W0372757

Für Rene, der mein Mardy ist, ohne behaupten zu wollen, ich wäre Ruth …

Leben, das ist das Allerseltenste in der Welt - die meisten Menschen existieren nur. (Oscar Wilde)

[1]

Lika erwachte und starrte schlaftrunken auf die Wand vor sich. Im schummerigen Licht des Ruhemodus verschmolzen das Bett und die Mediawand mit der farbleeren Umgebung des Zimmers. Wie spät mochte es sein? Drei grüne Ziffern leuchteten vor ihr auf. Die Zahlen flirrten in der Luft. Geblendet kniff sie ihre Augen zusammen. 7 Uhr 43. Ihr blieben siebzehn Minuten. Sie seufzte und wälzte sich auf die andere Seite. Ihr Körper drückte sich bleischwer in die Matratze. Lika zog sich die Decke bis unter die Nasenspitze und kuschelte sich in das körperwarme Bett. Der Schlaf war nur noch einen Atemzug entfernt. Doch schon erfüllte sanftes Meeresrauschen den Raum und kündete das Ende der Nachtruhe an.

»Guten Morgen«, ertönte eine samtige Stimme aus der Mediawand. »Es ist acht Uhr.«

Die Scheiben der raumhohen Fensterfront begannen von innen zu leuchten und tauchten das Zimmer in blassgelben Schimmer. Während der sanfte Schein immer intensiver wurde, bis die Umgebung in gleißendem Licht erstrahlte, schüttelte Lika ihre Müdigkeit ab. Hellwach richtete sie sich auf und stellte die Beine auf den Boden.

»Guten Morgen«, erwiderte sie den Gruß.

»Heute ist der fünfzehnte März im Jahre 249 nach Exodus«, setzte die Stimme fort. »Noch ein Tag bis zur Großen Feier zum zweihundertfünfzigsten Geburtstag der Neuen Welt.«

Lika reckte sich und unterdrückte ein Gähnen. »Wie sieht mein Tagesplan aus?«

»Du hast eine Nachricht von Oclay. Sie fragt an, ob ihr euch nach der Arbeit ihre neue Hologrammshow ansehen wollt.«

»Können wir machen«, bestätigte sie. »Sonst noch etwas?«

»Mir liegen keine weiteren Einträge vor.«

»In Ordnung.« Mit einer raschen Handbewegung beendete Lika die Terminabsprache.

Wie jeden Morgen glitt nun die Tür zum Wohnbereich auf und gab den Blick auf ihren rot getigerten Kater frei. Er stand regungslos im Eingang zum Schlafzimmer. Seine grünen Augen fixierten Lika, bevor er sich mit einem Maunzen in Bewegung setzte und auf das Bett zuschlenderte. Schnurrend schmiegte er sich an ihre Beine. Sie beugte sich zu ihm hinunter und strich dem Tier über das seidige Fell.

»Na, Malcom, mein Dickerchen? Hast du denn schon ausgeschlafen?« Der Kater presste seinen Kopf gegen ihre Handfläche und sah sie auffordernd an. »Du hast Hunger, was?«, neckte sie ihn.

Gefolgt von ihrem Gefährten betrat Lika den Wohnbereich und blieb an der gegenüberliegenden Wand vor der Servunit stehen. Von der matt glänzenden Oberfläche des raumhohen Apparates starrte ihr ihr Spiegelbild entgegen. Die bernsteinfarbenen Augen wirkten in der Reflexion fast schwarz und schienen im Vergleich zu ihrer zierlichen Nase und dem leicht geschwungenen Mund zu groß geraten. Das rotblonde Haar hing in verwuschelten Strähnen bis auf ihre

Schultern. Es bildete den einzigen Farbklecks auf dem Bildschirm und umrahmte ihr blasses Gesicht wie ein Leuchtkranz. Lika fuhr mit den Fingern durch ihre Mähne und versuchte, Ordnung in das Chaos zu bringen.

Ein Flackern lief über den Screen und anstelle ihres Spiegelbildes erschien die interaktive Kontrolleinheit der Servunit. Während das Gerät leise schnurrend den morgendlichen Gesundheitsscan durchführte, stellte Lika sich an der Benutzeroberfläche die Kleidung für den Tag zusammen. Sie mochte es nicht, bei der Arbeit durch extravagante Sachen, ausgefallene Frisuren oder grelles Make-up aufzufallen. Das behielt sie sich für ihre Freizeit vor. Zum Dienst im Wissenschaftlichen Zentrum erschien sie zweckmäßig angezogen.

Ein hochgeschlossener Overall fiel ihr ins Auge. Er war schmal geschnitten und würde sich an ihren schlanken Körper schmiegen. Dafür wählte sie einen Stoff, der an Leder erinnerte und matt glänzte. Ein bisschen langweilig, fand sie. Mithilfe der Gedankensteuerung vergrößerte sich ein Fenster mit weiteren Materialien. Sie betrachtete die Effektstoffe, und ein Untermenü, bestehend aus zwei Spalten, öffnete sich. Am linken Bildschirmrand stapelten sich Kästchen, die Gewebestrukturen präsentierten. Einige zeigten Stoffe, die aussahen, als wären sie aus pflanzlichen Fasern, metallenen Fäden oder Kunststoff hergestellt worden. In anderen schimmerten die Strukturen so zart, dass sie an Spinnweben erinnerten. Dann wiederum gab es organisch anmutende Oberflächen wie die Häute und Felle verschiedenster Tierarten, Baumrinden, Moose oder Flechten.

In der rechten, ähnlich aufgebauten Spalte liefen kurze Filmsequenzen visueller Effekte ab. In einem Feld waberten Nebelschwaden, in einem anderen züngelten Feuerflammen empor.

Likas Blick blieb an einem Kästchen hängen, in dem

schäumende Wassermassen Gischt gegen eine Felswand schleuderten. Sie fixierte den Visualeffekt und kombinierte ihn mit einem metallenen Gewebe in der linken Spalte. Das Menü schloss sich. Auf dem Bildschirm war wieder der schwarze Overall zu sehen. Ihr Finger schwebte dicht über dem Monitor, während sie die Seitenlinien des Anzugs vom Ärmelbündchen bis hinunter zu den Knöcheln nachzeichnete und so einen schmalen Streifen einfügte. Kritisch betrachtete sie ihr Werk. Die brodelnden Wellen zierten die Seite des Kleidungsstücks. Sie bildeten einen reizvollen Kontrast zu dem glatten Material des Overalls. Lika veränderte die Farbintensität des Videos, passte die Breite des Stoffstreifens an und nickte zufrieden. Halbhohe, schwarze Stiefel würden den Anzug komplettierten.

Malcom hatte die Zeit geduldig neben ihr gesessen, doch nun forderte er mit einem Maunzen ihre Aufmerksamkeit.

»Na, womit kann ich dir heute eine Freude machen, mein Kleiner?« Sie warf dem Kater einen kurzen Blick zu, bevor sie sich schmunzelnd wieder der Servunit zuwandte. Ihre Finger schnellten über den Bildschirm. »Was hältst du von leckeren Crackern? Oder lieber vitaminreiche Frühstückssnacks?« Erneut ertönte Malcoms langgezogenes Miauen. »Jaja. Ich weiß doch, was dir schmeckt«, antwortete Lika lachend und wählte für den Kater eine appetitlich aussehende Pastete.

Als sie das angrenzende Badezimmer betrat, lag das soeben von ihr entworfene Ensemble nebst Stiefeln im Porter bereit. Sie trat für die Körperreinigung in die Hygieneeinheit, schlüpfte in den Overall und zog sich die Schuhe an. Abschließend stellte sie sich unter den Styler, der sie nach ihren Vorstellungen frisierte. Ein leises Summen ertönte und verkündete das Ende des Vorgangs.

Prüfend betrachtete Lika sich im raumhohen Spiegel. Der Anzug saß wie angegossen. Er betonte ihre sanften

Rundungen, ohne aufreizend zu wirken. Die Haare waren zu einem festen Knoten im Nacken gesteckt und schimmerten zart rotblond. Das Permanent-Make-up war kaum sichtbar, brachte ihre hellbraunen Augen aber dennoch zum Leuchten. Die Lippen schienen durch den Hauch von Farbe größer und voller zu sein. Zufrieden mit ihrem Erscheinungsbild verließ sie das Bad.

Sie entnahm der Servunit ein Tablett mit dem Frühstück und setzte sich an den Tisch. Malcom hockte zu ihren Füßen und starrte zu ihr herauf.

»Du kannst es wohl gar nicht mehr erwarten«, sagte sie und stellte eine der Schüsseln vor ihm auf den Boden. »Ich wünsche dir einen guten Appetit.«

Das Tier stürzte sich auf das Gefäß und verschlang die Pastete mit wenigen Bissen. Lika schüttelte den Kopf. Der Kater führte sich auf, als würde jeden Moment eine zweite Katze auftauchen und ihm sein Futter streitig machen.

Kleiner, alberner Malcom.

Wenige Minuten später schob sie die leeren Schüsseln zurück in die Servunit. Der Kater hatte sich in der Zwischenzeit verkrochen.

»Malcom, komm dich verabschieden. Ich muss los.«

Verwundert sah sie sich im Zimmer um.

»Malcom? Malcom!«

Endlich kam er hinter einem der Sessel hervor und spazierte auf sie zu.

»Wo steckst du denn?«, fragte Lika.

Plötzlich stutzte sie. War der Kater eben getaumelt? Mit gerunzelter Stirn verfolgte sie seine Bewegungen, bevor er sich vor ihr aufbaute und zu ihr heraufsah.

»Alles klar bei dir?« Malcoms Schwanz zuckte nervös hin und her. Er wirkte wie immer. »Ich muss los zur Arbeit.«

Lika hockte sich neben den Kater und kraulte ihn

lächelnd hinter den Ohren. Das Tier bedankte sich mit einem lauten Schnurren.

»Und du passt in der Zwischenzeit schön auf dich auf, hörst du?«

Sie erhob sich und Malcom stolzierte Richtung Schlafzimmer davon. Mit zusammengekniffenen Augen beobachtete sie, wie er auf ihr Bett sprang und sich auf der Decke zusammenrollte. Alles völlig unauffällig. Hatte sie sich das Straucheln doch nur eingebildet? Ihr blieb keine Zeit, Malcoms Verhalten zu ergründen. Das Shuttle würde jeden Moment erscheinen, um sie und die anderen Bewohner des Blocks zu ihrer Arbeit ins Wissenschaftliche Zentrum zu bringen. Sie atmete tief durch und lief zum Lift, der sie zur Shuttlestation auf das Dach des Hauses beförderte.

[2]

Lika biss sich auf ihre Unterlippe. In ihrem Bauch schien ein Schwarm Bienen sein Unwesen zu treiben. Das Kribbeln breitete sich immer weiter in ihrem Körper aus. Sie konzentrierte sich auf ihre Atmung und holte mehrmals tief Luft. Hoffentlich irrte sie sich.

Sie trat vor die gläserne Wand in ihrem Labor und beobachtete, wie der Serviceroboter in der angrenzenden Anzuchtkammer zwischen zwei Regalen auf sie zu schwebte. Lange Leuchtröhren tauchten den Raum hinter der Scheibe in kaltes Licht und bestrahlten die unzähligen Probeschälchen, die sich auf vier Regalebenen drängten. Kurz vor der Glaswand blieb der Roboter stehen, griff ein Tablett mit Proben und entfernte sich wieder in den hinteren Bereich der Kammer, wo sich die Analyseeinheit befand. In einer fließenden Bewegung schob er die Schälchen in den schmalen Eingabeschlitz. Nur noch wenige Sekunden, dann würden die Zwischenergebnisse vorliegen.

Sie atmete ein letztes Mal tief ein und kehrte der Anzuchtkammer den Rücken zu. Ein Summen ertönte. Die Luft vor ihr flimmerte und ein Holoscreen öffnete sich in der Mitte des Labors. Lika trat näher und begutachtete die ersten Zahlenkolonnen, die den virtuellen Bildschirm füllten.

Sie hatte es geahnt. Was hier auf dem Screen zu sehen war, bestätigte ihren schlimmsten Verdacht: Die Viren vermehrten sich munter weiter, anstatt sich aufzulösen.

Ihre Aufgabe als Wissenschaftlerin war es, eine Behandlungsmethode für die gefährlichen Erreger der Beta-Kategorie zu entwickeln. Die ursprüngliche Form dieses Virus hatte kurz nach der Errichtung Edens die Erde wie eine Feuersbrunst überrollt und beinahe die gesamte Menschheit vernichtet. Und noch immer hatten die mutierten Formen dieses Stammes nichts von ihrer Aggressivität eingebüßt. Erst wenn ihnen ein wirksamer Schutz zur Verfügung stand, konnten sie ihre abgeschirmte Insel verlassen und sich die Erde wieder zu eigen machen. Natürlich gab es da noch andere Gründe, warum eine Reise in die Alte Welt derzeit viel zu gefährlich war, aber um diese Probleme kümmerten sich Wissenschaftler anderer Forschungsteams. Sie und ihre beiden Mitarbeiter waren lediglich mit der Suche nach einem wirksamen Mittel gegen alle Erreger, die in die Beta-Kategorie fielen, beauftragt. Lika hatte gehofft, dem Durchbruch ein Stückchen nähergekommen zu sein. Aber diese Viren mutierten so häufig, dass sie ihr und ihrem Team immer einen Schritt voraus waren.

Mit einem leisen Zischen glitt die Labortür auf und Manoo tauchte auf. Ihre Haare waren heute sattgrün und auf der rechten Seite zu einer wilden Mähne gestylt, wohingegen raspelkurze Stoppeln ihre linke Kopfhälfte bedeckten. Was für ein Kontrast zu den hüftlangen schwarzen Zotteln, mit denen sie gestern zur Arbeit erschienen war. Lika seufzte leise. Manoo war eine von Likas beiden Mitarbeitern und eine enge Freundin. Oft trafen sie sich nach Feierabend und verbrachten Zeit mit ihrem gemeinsamen Freundeskreis. Doch manchmal war Manoos Art anstrengend. Gerade heute passte das fröhliche Hallo, das Manoo beim Eintreten rief, nicht zu Likas Stimmung. Sie schluckte ihre Enttäuschung über den misslungenen Versuchsansatz hinunter. Rückschläge gehörten zu ihrem Alltag im Labor. Wenn sie ehrlich war, musste sie zugeben, dass sie bereits bei der Vorplanung dieser Versuchsreihe ein mulmiges Gefühl gehabt hatte. Aber selbst als Leiterin dieser Forschungsgruppe konnte sie eine im Team entwickelte Herangehensweise nicht aufgrund eines Bauchgefühls verwerfen. Und tatsächliche Argumente gegen den Einsatz des neuartigen Wirkstoffes hatte sie damals nicht vorbringen können. Vielleicht hätte sie Manoo und Joon dennoch dazu bringen können, den Ansatz ein weiteres Mal zu prüfen. Dann hätten sie nicht abermals wertvolle Zeit verloren.

»Oh, das sieht aber nicht gut aus!«, zwitscherte Manoo mit Blick auf den Holoscreen.

Sie steuerte mit federndem Gang auf Lika zu. Der Rock ihres mintgrünen Kleides reichte bis zur Hälfte ihrer Oberschenkel und schwang bei jedem Schritt wie eine Glocke hin und her. Der Schaft ihrer engen silberfarbenen Stiefel endete knapp oberhalb der Knie. Durch die dicken Sohlen wirkte sie größer. Dennoch überragte Lika sie um einen halben Kopf.

»Schicker Overall.« Manoo blieb neben ihr stehen und musterte sie von den streng im Nacken gebundenen Haaren bis hinunter zu den Spitzen ihrer schwarzen Stiefel. »Elegant und schlicht wie immer«, bemerkte sie anerkennend.

»Danke«, sagte Lika. Ihr fehlten die Geduld und die nötige Begeisterung, sich über ihr Erscheinungsbild zu unterhalten. Mit einem Wink Richtung Holoscreen lenkte sie Manoos Aufmerksamkeit wieder auf die Arbeit. »Ich habe schon befürchtet, dass unser Ansatz keinen Erfolg bringen würde. Aber lieber gewesen wäre mir, ich hätte mich geirrt.« Sie rieb ihre Hände über den weichen Stoff des Overalls.

Gemeinsam studierten sie die Messergebnisse, die inzwischen vollständig vorlagen und den gesamten Holoscreen ausfüllten.

»Hmmm«, durchbrach Manoo die Stille. »Dass die Behandlung der Viren so gar keine Auswirkung hatte, will mir nicht einleuchten. Der Stamm müsste doch zumindest geschwächt sein, oder?«

Lika verschränkte die Arme und tippte sich mit dem Zeigefinger an die Lippen. Manoo hatte recht. Die Messergebnisse deuteten nicht nur darauf hin, dass die Viren unverändert weiter wüteten. Im Gegenteil. Der Erreger schien sich ungewöhnlich stark vermehrt zu haben und attackierte die infizierten Zellen aggressiver als zuvor. *Könnte es sein …?* In Likas Kopf ratterte es. Sie ließ die Arme sinken und richtete sich auf. Mit fahrigen Fingern wischte sie durch die verschiedenen Schautafeln auf dem Holoscreen.

»Und wenn wir …« Lika führte Zeigefinger und Daumen ihrer rechten Hand zu einem Kreis zusammen und vergrößerte die mikroskopische Darstellung einer Zellkultur, indem sie beide Finger spreizte. Sie zoomte in die DNA des Virus und schob sie neben eine Aufnahme, die den Virusstamm vor Beginn der Versuchsreihe zeigte.

»Einfach den Effekt umdrehen. Das wäre es.« Manoos Kopf wippte aufgeregt auf und nieder. Sie schien zu wissen, worauf Lika hinauswollte.

»Dann müssten wir nur …« Likas Finger deutete auf einen Abschnitt im Erbgut des Erregers. Im Vergleich zu den Aufnahmen aus der Zeit vor Beginn der Testreihe wies er deutliche Veränderungen auf.

Aufgeregt tänzelte Manoo von einem Bein auf das andere »… den Virus umprogrammieren!«

Lika nickte zustimmend. »So könnte es klappen. Einen Versuch ist es wert.«

Die beiden lächelten sich an. Also war die Versuchsreihe

doch nicht umsonst gewesen. Sie gingen zu ihren Kontrollboards und stürzten sich in die Arbeit.

»Wenn Joon nachher kommt, müssen wir ihm gleich von unserer Idee erzählen. Ihm fällt bestimmt ein Weg ein, wie wir die Programmierung gezielt durchführen können«, meinte Manoo, während sie Anweisungen in die Kontrolleinheit hämmerte.

»Ich werde den Professor so schnell wie möglich über unseren neuen Ansatz unterrichten«, sagte Lika.

»Ich habe ein richtig gutes Gefühl bei der Sache. Und stell dir vor, wir könnten zum zweihundertfünfzigsten Geburtstag der Neuen Welt die Lösung für eines unserer großen Probleme präsentieren«, sprudelte es aus Manoo.

Ihre Augen strahlten. Eine feine Röte hatte sich auf den Wangen ausgebreitet. Die Gedanken schienen sich in ihrem Kopf zu überschlagen. Das kannte Lika schon, aber genau diese Eigenart ihrer Freundin, Likas analytischer Geist und Joons technischer Verstand ergänzten sich perfekt. Diese Stärken waren der Grund, warum sie so erfolgreich als Team zusammenarbeiteten.

»Na ja, das ist wohl etwas unrealistisch«, holte Lika sie auf den Boden der Tatsachen zurück. »Die Große Feier ist morgen und selbst wir können aus einer zugegebenermaßen genialen Idee nicht über Nacht das Allheilmittel zaubern. Und dann ist da immer noch die Möglichkeit, dass das Virus uns ein weiteres Mal an der Nase herumführt. Schließlich hat es mit dem ursprünglichen Virus, das beim Untergang der Alten Welt Millionen Menschen auslöschte, kaum noch etwas gemeinsam.«

Manoo kicherte leise. »Natürlich hast du recht. Aber man wird doch träumen dürfen. Stell dir vor: Wir könnten unsere Insel verlassen. Vielleicht sogar irgendwo siedeln.«

»Irgendwann wird es so weit sein«, sagte Lika. »Aber noch ist die Erde nach den Katastrophen, die die Klimaerwärmung auslöste, unbewohnbar für uns. Bei der nuklearen

Verseuchung, den mutierten Viren und all den anderen Bedrohungen wären wir bald genauso tot wie all die Menschen, die damals lebten. Wir können uns freuen, dass wir auf Eden unter unserem Schutzschild vor den Gefahren von außen sicher sind. Aber es stimmt«, lenkte Lika ein, als sie Manoos Schnaufen hörte. »Wir werden die Alte Welt wieder besiedeln. Erst müssen wir jedoch die radioaktive Strahlung neutralisieren, das verseuchte Wasser aufbereiten, die Monsterstürme kontrollieren …«

»Ja, ja. Ich habe es verstanden«, unterbrach Manoo lachend. »Du bist und bleibst eine unverbesserliche Realistin. Aber wer weiß? Die anderen könnten in ihren Forschungen genauso weit wie wir sein.«

»Das mag sein. Wahrscheinlicher ist es, dass wir uns noch fünfzig oder sogar einhundert Jahre gedulden müssen, bis wir zum ersten Mal unser kleines Paradies verlassen können.«

»Und da wir zum Glück nicht mehr altern und somit unsterblich sind, freue ich mich jetzt schon darauf!«

Lika lachte leise. Sie verkniff sich einen Kommentar zu der angeblichen Unsterblichkeit der Edenbewohner. Natürlich konnten sie ihr Leben verlieren. Zum Beispiel, wenn sie sich ernsthaft verletzen oder krank werden würden. Aber so gut wie jede Krankheit wurde bei den morgendlichen Gesundheitsscans im Keim erstickt und sollte es doch einmal nötig sein, stand ihnen im Gesundheitszentrum ausgefeilte Technik zur Verfügung, um innerhalb kürzester Zeit wieder gesund zu werden. Und sich lebensgefährlich verletzen? Dazu gab es auf Eden wohl kaum eine Gelegenheit.

Joon war von Manoos und Likas Idee begeistert. Gemeinsam erstellten die drei einen neuen Versuchsablauf. Während sie hinter ihren Kontrollboards standen und die Testreihe umprogrammierten, wanderte die Sonne an der breiten Fensterfront des Labors vorbei.

»Unser Shuttle startet in zehn Minuten«, durchbrach Joon Stunden später das konzentrierte Schweigen. Er streckte den Rücken durch und lockerte seine Muskeln, indem er den Kopf langsam hin und her drehte. Seine schlanke Gestalt lehnte an dem silbern glänzenden Gestell des Stehhockers. Er fuhr sich durch die kurzen braunen Haare und unterdrückte ein Gähnen. »Wir sollten für heute Schluss machen, sonst müssen wir bis zum nächsten Abflug warten.«

Nur widerwillig löste Lika sich von ihrer Arbeit. Joon fuhr bereits sein Kontrollboard herunter. Auffordernd schaute er sie an.

»Ich schließe nur noch schnell diesen Punkt ab.«

»Hast du heute Abend nicht eine Verabredung?«, fragte Manoo sie.

Eine Hitzewelle durchfuhr Lika. Beinahe hätte sie Oclay vergessen. Sie raffte ihre Sachen zusammen und eilte in Begleitung ihrer beiden Kollegen zur Shuttlestation.

[3]

Als Lika eine Stunde später vor die Tür ihres Wohnquartiers trat, war es bereits dunkel. Ein langer Tag lag hinter ihr. Wenn sie die Augen schloss, sah sie unendliche Zahlenkolonnen vor sich, die vor ihr in der Luft flirrten. Es war wirklich höchste Zeit gewesen, ihr Labor zu verlassen. Sie hatte ihren Overall gegen ein kurzes Kleid aus einem dünnen dunkelblauen Material eingetauscht. Laue Sommernachtsluft strich über ihre nackten Arme. Der luftige Rock schlug ihr bei jedem Schritt um die Beine. Lika hatte sich nicht die Zeit genommen, ihr Haar aufwendig vom Styler frisieren oder gar färben zu lassen. Es hing ihr lose über die Schulter. Eine rotblonde Strähne fiel nach vorn und schob sich in ihr Gesichtsfeld. Sie wickelte sie um ihren Zeigefinger und steckte sie hinter dem Ohr fest. Das Klicken ihrer hochhackigen Stiefel halte durch die Nacht. Leuchtkugeln schwebten zu beiden Seiten des Weges und zauberten einen Lichttunnel, der Lika die Richtung zum Park wies. Es war nicht mehr weit. Sie konnte schon den Duft der Nadelbäume erahnen, die in der weitläufigen Gartenlandschaft wuchsen.

Wie verabredet blieb sie am Eingang der Parkanlage

stehen und wartete auf ihre Freundin, die sich kurz darauf zu ihr gesellte.

»Pünktlich wie immer«, begrüßte Oclay sie.

»Du weißt doch, dass ich es hasse, zu spät zu kommen.«

»Klar weiß ich das. Wir sind schließlich nicht umsonst bei denselben Tutoren aufgewachsen.« Grinsend legte Oclay einen Arm um Likas Schulter und zog sie mit sich in den Park. »Aber eigentlich begann unsere Freundschaft viel früher. Ich bin fest davon überzeugt, dass schon unsere Fetalkapseln nebeneinanderstanden.«

Sofort sah Lika die gläsernen Gebärmütter vor sich. In der smaragdgrünen Flüssigkeit im Inneren der beiden Apparate schwebten zwei zusammengekauerte Föten.

»Wahrscheinlich haben wir uns da schon von Zeit zu Zeit zugewinkt, und du hast mich mit deinen Einfällen zum Lachen gebracht«, gluckste sie vergnügt. »Zum Glück bist du damals noch nicht aus deinem Glaskasten herausgekommen, sonst hättest du mich schon vor unserer Geburt in Schwierigkeiten gebracht.«

Oclays helles Lachen perlte durch die Nacht.

»Du kannst froh sein, dass du mit jemandem aufgewachsen bist, der für das Kreativteam vorgesehen war. So mussten die Reproduktionsmediziner meine DNA so zusammenbasteln, dass ich einfallsreich, risikofreudig und intelligent wurde. Dein Leben wäre so was von öde gewesen ohne mich. Nur Lernen, Lesen und Debattieren von morgens bis abends.« Oclay seufzte theatralisch und verdrehte die Augen.

»Ich weiß auch nicht, was die Mentoren sich dabei gedacht haben, uns beide zusammen aufwachsen zu lassen.« Lika stieg auf das Spiel ihrer Freundin ein. »Hättest du mich nicht ständig mit deinen aberwitzigen Ideen von den Lehrbüchern fortgelockt, wie viel mehr meines mitgegebenen Potenzials hätte ich entfalten können!«

»Tja, die wussten eben, dass Intelligenz allein nicht

reicht. Ein gewisses Maß an Kreativität und Spontanität brauchst selbst du als Wissenschaftlerin, um auf neue Lösungswege zu kommen.« Sie tippte sich übertrieben an die Unterlippe. »Hmmm. Wenn ich es genau bedenke, verdankst du deinen Erfolg ausschließlich mir.« Oclay warf ihr einen kurzen Blick zu. Um ihren Mund zuckte es verräterisch.

»Und meine Dankbarkeit wird niemals enden«, bestätigte Lika mit übertrieben ergebenem Ton.

Oclay richtete sich zu ihrer vollen Körpergröße auf und betrachtete sie mit huldvollem Lächeln. »Ich nehme deine Dankbarkeit wohlwollend entgegen. Als Beweis für deine Treue präsentiere ich dir nun meine neueste Show, und du darfst deine Begeisterung zeigen und mich mit Lob überschütten.«

Lika deutete eine Verbeugung an. Oclays Selbstbeherrschung brach zusammen. Sie prustete laut los und wenige Sekunden später stimmte Lika in das Lachen ein.

Nach einer Weile verebbte das Gelächter und Oclays Gesicht wurde ernst.

»Nein, aber jetzt mal ehrlich. Wir sind aus einem Jahrgang, sind bei denselben Tutoren aufgewachsen. Als wir achtzehn wurden, sind wir gemeinsam in den Kreis der Alterslosen aufgenommen worden. Ich kenne dich in- und auswendig, so wie du mich. Und so wird es auch immer bleiben.«

Lika knuffte Oclay in die Seite und nickte ihr zustimmend zu, bevor sie sich ihrer Umgebung zuwandte. Dieser Park war einer von Likas liebsten Ausflugszielen. Sie war regelmäßig hier, um die Natur zu genießen und durchzuatmen. Doch heute Nacht präsentierte sich die weitläufige Gartenanlage in neuem Licht. Platten aus blauem Quarz bedeckten den Pfad, der sich in weiten Schleifen durch die Anlage wand. Er strahlte von innen und tauchte die Umgebung in Mondglanz. Blühende Hecken und Blumenbeete säumten den Weg. Lika folgte ihrer Freundin tiefer in den Park. Plötzlich streifte sie etwas zart wie eine Feder an der Schulter. Überrascht sah sie sich um, doch was auch immer an ihr vorbeigehuscht war, war bereits mit den Schatten verschmolzen.

Langsam schlenderte sie weiter. Im Gras dicht neben dem Weg zischelte es. Blätter raschelten. Gespannt lauschte Lika. Das Knistern, Summen und Schaben verborgener Kreaturen drang von überall zu ihr herüber. Erwartungsvoll ging sie weiter, vorbei an einer Hecke. Rosenduft stieg ihr in die Nase. Sie schloss die Augen und sog den schweren Geruch genüsslich ein. Als sie die Lider wieder öffnete, war sie umringt von Schmetterlingen, ein jeder so groß wie ihre Hand. Ihre Flügel nachtleuchteten in den Farben des Regenbogens. Die Flatterwesen waren überall. Es war, als schwebte Lika in einer Wolke aus Seifenblasen. Sie streckte ihre Arme aus, doch bevor ihre Fingerspitzen die zarten Gebilde berührten, stob der Schwarm auseinander. In einiger Entfernung formierte er sich neu, verharrte für einen Moment auf der Stelle und flog dann knapp über ihren Kopf hinweg. Ein feiner Luftzug streifte ihr Gesicht. Die Leuchtgestalten entschwebten Richtung Wiese und verglühten kurz darauf am Nachthimmel.

»Das war unglaublich«, flüsterte Lika. Aufgeregt wandte sie sich zu ihrer Freundin um. »Und was kommt jetzt?«

Oclay grinste verschmitzt und zuckte mit den Schultern. »Das musst du schon selbst herausfinden.«

Erwartungsvoll folgte Lika dem Quarzweg. Begierig suchte sie nach weiteren Überraschungen. Und endlich zeigten sie sich in den Hecken, auf den Bäumen und am Wegesrand: Äffchen mit maskenhaften Gesichtern, metallen glänzende Käfer, Kolibris, die über dem Meer aus Blüten flirrten. Das Gekrächze von Papageien erfüllte die Luft.

Zwischen zwei Büschen entdeckte sie einen Panther. Er

lag auf der Wiese und leckte genüsslich seine großen Tatzen. Lika blieb stehen und betrachtete das Tier fasziniert. Es legte seinen Kopf in den Nacken und gähnte ausgiebig. Die spitzen Zähne glänzten im bläulichen Schein des Weges. Die Raubkatze schloss ihr Maul wieder und begutachtete ihre Umgebung gelangweilt. Sie musterte Lika, als wollte sie sie einer Prüfung unterziehen. Lika hielt die Luft an, doch schon wandte sich das Tier ab und bettete seinen Kopf auf die ausgestreckten Pranken. Es legte den Schwanz neben seinem Körper ab, schloss die Augen und schlief ein.

Lika riss sich von dem Anblick des Panthers los und setzte ihre Wanderung fort. Der Weg leuchtete in einiger Entfernung vor ihnen auf, als wollte er sie auffordern, weiterzugehen, sie locken, tiefer in den Park zu kommen, hin zu dem murmelnden Stimmengewirr, das mit jedem Schritt anschwoll. Doch sie ließ sich Zeit. Sie wollte diesen Gang durch Oclays Meisterwerk genießen, das erste Entdecken so weit wie möglich hinauszögern, um das Vergnügen zu steigern.

Oclay folgte ihr wie ein Schatten und überließ sie ihrem eigenen Tempo. Die beiden näherten sich einer Wegbiegung. Lika hörte Kinderstimmen. Pfiffe dröhnten in ihren Ohren. Eine Welle aus Applaus rollte auf sie zu und schlug über ihr zusammen.

Sie ließen den von Hecken gesäumten Teil des Weges hinter sich und entdeckten den Ursprung des Lärms. Mit leuchtenden Augen betrachtete Lika das ausgelassene Treiben vor sich. In schillernde Tücher gehüllte Kinder rannten lachend über die Wiese. Von Zeit zu Zeit schlugen sie ein Rad und stürmten anschließend hinter den anderen Kindern her. Feuerspeiende Artisten auf Stelzenbeinen standen am Wegesrand und stießen heiße Flammen in den Nachthimmel. Lika duckte sich, schmunzelte aber im nächsten Moment über ihre eigene Schreckhaftigkeit. Ein

Stückchen weiter hatte sich eine Gruppe bunt gekleideter Menschen um einen Mann in schwarzem Frack und Zylinder versammelt. Lika stellte sich neben eine Traube aus Zuschauern und verfolgte die Darbietung. Die Menge applaudierte. Der Magier griff nach seinem Hut und zog einen Affen daraus hervor. Das Tierchen wanderte auf den Pfoten laufend den Arm seines Meisters hinauf. Es kletterte auf dessen Kopf und schlug unter dem Applaus des Publikums einige Purzelbäume. Der Zauberer griff nach dem Äffchen und setzte sich seinen Zylinder wieder auf. Das Tier saß nun in der offenen Hand des Zauberers und jonglierte erst mit drei, dann mit vier und schließlich sogar mit fünf faustgroßen Leuchtkugeln, die wie lodernde Feuerbälle aussahen. Als die Vorführung beendet war, tätschelte der Zauberer den Kopf des Affen, bevor er ihn in hohem Bogen hinter sich warf. Noch in der Luft löste sich das Tier mit einem Knall in Rauch auf. Die Nebelschwaden dehnten sich aus und waberten über die Jahrmarktsbesucher hinweg. In dem Dunst wurden lange Fäden sichtbar. Sie führten wie gespannte Spinnweben von Kopf, Armen und Beinen der Zuschauer aufwärts.

Likas Blick wanderte die dünnen Schnüre hinauf, bis sie ihren Kopf in den Nacken legen musste. Erst jetzt entdeckte sie auf Höhe der Baumwipfel riesige durchscheinende Hände, die aus dem Himmel zu wachsen schienen und geschickt die Fäden zogen.

Derweil holte der Zauberer eine weiße Maus aus seinem Hut hervor und setzte sie auf seine ausgestreckte Hand. Das Mäuschen stellte sich auf seine Hinterbeine. Es rieb sich mit den Pfoten die Augen. Der Mann zog einen silbernen Stab aus der Innentasche seines Fracks und tippte auf das Tier. Plötzlich wuchsen aus dessen Rücken ein Paar Flügel. Die Maus sah sich erstaunt um. Sie ließ ihre Federschwingen auf und nieder schlagen und hob von der Hand des Zauberers ab. In weitem Bogen flog sie um ihren

Meister herum, wobei sie mit jedem Flügelschlag an Größe gewann. Schon bald hatte die Kreatur die Ausmaße des Panthers erreicht. Sie änderte ihre Richtung und galoppierte einem Pegasus gleich auf den freien Platz vor den Zuschauern zu. Aus der Menge erklang brausender Applaus. Anfeuerungspfiffe dröhnten in Likas Ohren. Obwohl sie wusste, dass das Schauspiel eine Illusion war, stimmte sie mit geröteten Wangen in den aufbrausenden Beifall ein. Das wundersame Flügelwesen landete auf der Wiese. Inzwischen hatte es die Ausmaße eines Elefanten erreicht. Nervös tänzelte es von einem Bein auf das andere. Der Zauberer schwang erneut seinen Stab und die einst winzige Maus verwandelte sich in einen feuerspeienden Drachen. Sein gezackter Schwanz peitschte auf den Boden. Er schnaubte aufgebracht. Seine Augen schleuderten Blitze in Richtung des Publikums. Das Ungetüm holte tief Luft und spie einen gewaltigen Feuerstrom aus. Doch bevor die Flammen die erstarrten Zuschauer erreichten, schnellte eine der Riesenhände wie ein überdimensionales Pendel aus der Höhe herab und fegte den Drachen mitsamt der Feuersbrunst hinfort.

Lika sprang zurück und schrie überrascht auf. Hinter ihr ertönte ein Kichern.

»Ich wusste, dass es dir gefallen würde.« Oclay klatschte begeistert in die Hände.

»Gefallen?«, fragte Lika. »Ich finde es schon ein wenig unheimlich. Deine Hologramme sind täuschend echt. Für einen Moment habe ich vergessen, dass es sich nur um eine Illusion handelt!« Sie strich sich über ihre Oberarme, als wollte sie einen Schauer fortwischen.

»Yavis hat die Soundeffekte und die anderen sinnlichen Täuschungen direkt an die Hologramme gekoppelt. Nun sind die Projektionen fast so real wie im Holospace«, berichtete Oclay. »Und das ist erst der Anfang! Warte nur ab, was wir uns für die Eröffnung der Kunstausstellung ausgedacht haben! Bald ist es so weit. Ich kann es kaum erwarten, dein Gesicht zu sehen!« Die Worte sprudelten aus ihr heraus.

Lika betrachtete Oclay kopfschüttelnd. Ihre Freundin erinnerte sie in diesem Moment an den Springbrunnen vor ihrem Wohnblock, in dem faustgroße Luftblasen aus den Tiefen des blau schimmernden Beckens emporstiegen, die dann an der Wasseroberfläche glucksend zerplatzten und dabei glitzernde Farbblitze in den Himmel schickten.

»Die Show ist toll geworden«, bestätigte Lika. »Ich hatte fast das Gefühl, als würde ich auch an einem der Marionettenfäden hängen.«

Oclay schien bei Likas Worten ein paar Zentimeter zu wachsen.

Sie schlenderten Richtung Parkausgang. Die Luft hatte sich nur unwesentlich abgekühlt. Obwohl es inzwischen recht spät war, kamen ihnen noch immer vereinzelte Besucher auf dem Weg zur Hologrammshow entgegen.

»Schön, dass du dir heute Zeit für mich genommen hast«, verabschiedete Oclay sich am Ausgang von Lika. »Wir sehen uns morgen Abend zu Custos Eröffnungsrede.« Sie drückte ihre Freundin kurz an sich und lief die Straße entlang zur nächstgelegenen Shuttlestation.

Lika rieb sich über ihre müden Augen. Die Arbeit im Labor war anstrengend gewesen. Nun freute sie sich auf ihre Wohneinheit und auf Malcom. Sicher erwartete er sie schon ungeduldig. Egal, wie sehr sie sich nach Schlaf sehnte, der Kater würde nicht lockerlassen, bis er seine abendliche Portion Streicheleinheiten bekommen haben würde. Aber danach würde sie nichts auf der Welt davon abhalten können, sich in ihr Bett fallen zu lassen.

[4]

»Der Professor steht nun für ein Holomeeting zur Verfügung.« Die Sprachsteuerung riss sie am späten Nachmittag des darauffolgenden Tages aus ihren Gedanken.

Lika zögerte. Die Planung der neuen Versuchsreihe hatten Joon, Manoo und sie abgeschlossen, aber die Präsentation war noch nicht fertig.

»In fünf Minuten, bitte«, forderte sie die Kontrolleinheit auf.

Sie trat vor den virtuellen Bildschirm und reinigte die Oberfläche mit einer Wischbewegung von allen Zahlenkolonnen und Abbildungen.

»Öffne die Zellproben«, wies sie das Board an.

Der Holoscreen füllte sich mit unzähligen mikroskopischen Aufnahmen. Lika überflog die Reihen in Windeseile. Sie fixierte brauchbare Bilder mit ihrem Blick und tippte mit dem Zeigefinger in die Luft. Nach einem erneuten Wedeln verschwanden die restlichen Bildchen. Lika vergrößerte die Zellkulturen, bis die DNA der Zellen und Viren sichtbar wurde.

»Und nun die Messergebnisse der Versuchsreihe, bitte«, forderte sie das Kontrollboard auf.

Der freie Platz neben den mikroskopischen Aufnahmen füllte sich mit mathematischen Formeln und Tabellen. Einige Befehle später präsentierten dreidimensionale Grafiken die Ergebnisse, die dem Team bisher vorlagen. Noch ein Bild des Virus und Lika war für die Präsentation bereit. Gerade rechtzeitig, denn schon flimmerte die Luft vor ihr und die Projektion des Professors erschien neben dem Holoscreen.

Lika betrachtete ihren Mentor und verkniff sich ein Grinsen. Wie immer trug er seinen weißen Laborkittel. Ein Relikt aus der Zeit vor dem Zusammenbruch der Alten Welt. Damals hatte er als Professor an einer Eliteuniversität gelehrt. Das war vor über zweihundertfünfzig Jahren gewesen und inzwischen gab es keinen Grund mehr, in dem formlosen Gewand herumzulaufen. Doch in diesem Punkt war er sentimental. Auch für den Gegenstand, der aus der Brusttasche seines Kittels lugte, wahrscheinlich ein Stift oder dergleichen, gab es in ihrer Welt keine Verwendung mehr.

Ein weiteres Überbleibsel aus der vergangenen Zeit war der Name ihres Mentors. Der Professor. Lika hatte Gerüchte gehört, wonach er schon in der Alten Welt von allen nur der Professor genannt worden war. Wahrscheinlich war er inzwischen der Einzige, der seinen wirklichen Geburtsnamen kannte.

Aber nicht nur durch seinen Namen, auch durch sein Äußeres stach er aus der Reihe der Neuweltler heraus. Kurz bevor die Gründer den Grundstein zum Aufbau der Neuen Welt gelegt hatten, hatten Humangenetiker ein Enzym isoliert, das den Alterungsprozess von Zellen stoppte. Der Professor war damals bereits über siebzig gewesen. Kurz darauf hatte das Alter keine Rolle mehr gespielt und die meisten Gründer hatten sich einer äußerlichen Verjüngungskur unterzogen. Seitdem waren sie kaum von den inselgeborenen Neuweltlern zu unterscheiden. Der

Professor hingegen sah noch immer so aus wie zum Zeitpunkt, als die Alte Welt zusammengebrochen war. Sein Haar war schlohweiß. Um den Mund zeichnete sich ein gepflegter Dreitagebart in demselben strahlenden Farbton ab. Von der Kinnpartie führte ein schmal rasierter Streifen an der Kante des Unterkiefers entlang bis hinauf zum Haaransatz und rahmte so das Gesicht des Professors ein. Lediglich die Augenbrauen hatten einen dunkleren Grauton und lenkten die Aufmerksamkeit auf seine hellblauen Augen, die immer zu lächeln schienen. Lika war dankbar, ausgerechnet ihn als Mentor an ihrer Seite zu haben. Als sie mit achtzehn Jahren in die Reihe der Alterslosen aufgenommen worden war, hatte ihre Ausbildung zur Wissenschaftlerin begonnen. Der Professor hatte ihr von Anfang an viel zugetraut und sie ermutigt, täglich zu lernen und über sich hinauszuwachsen. Er war ihre Vaterfigur in einer Welt, in der es keine Väter mehr gab.

Die Projektion ihres Mentors wandte sich dem Holoscreen zu und studierte die Präsentation.

»Wie ich sehe, liegen die ersten Ergebnisse eurer Versuchsreihe vor.«

»Guten Tag, Professor«, grüßte Lika, bevor sie auf seine Bemerkung einging. »Ja. Doch leider führte unser Ansatz nicht zum gewünschten Ziel. Allerdings haben wir eine interessante Entdeckung gemacht.« Sie deutete auf die entsprechende Aufnahme. »Wir vermuten, dass man die DNA des Virus umprogrammieren kann. Und wenn wir den Eingriff in diesem Abschnitt vornehmen …« Dabei zeigte sie auf eine farbig gekennzeichnete DNA-Sequenz. »… dürfte das Virus nicht weiter mutieren. Ob das stimmt, werden die nächsten Versuche zeigen. Joon hatte die Idee, die Programmierung durch Tetrastrahlen vorzunehmen. Er arbeitet schon daran, den neuen Code an die Strahlen zu koppeln.«

»Ausgezeichnet. Das könnte funktionieren. In ein paar

Wochen sind wir schlauer, nicht wahr?«

Lika lächelte zufrieden. »Wir halten dich auf dem Laufenden.«

»So wie immer.« Der Professor betrachtete ein letztes Mal die DNA des Virus, an der sie zuvor die neue Vorgehensweise erklärt hatte. Er kratzte sich am Kinn und nickte, bevor er sich zu Lika umdrehte. »Heute Abend beginnt die Große Feier. Da alle Neuweltler drei Tage von der Arbeit freigestellt sind, werden wir uns erst danach wieder im Labor sehen. Komm nach den Feierlichkeiten in mein Büro«, forderte er sie auf. »Ich möchte mit dir reden.«

Der Holoscreen flackerte auf und der Professor war verschwunden. Lika schnaufte leise. Er hatte weder auf eine Bestätigung des Termins gewartet noch sich von ihr verabschiedet. Aber das kannte sie schon von ihm. Wahrscheinlich war er in Gedanken bereits bei dem nächsten wissenschaftlichen Problem.

Was er wohl mit ihr besprechen wollte? Und warum wartete er mit der Unterredung bis nach den Feierlichkeiten? Lika zuckte mit den Schultern. Die Antwort auf diese Fragen würde sie wohl erst nach den freien Tagen erfahren. Und wenn es etwas Wichtiges war, hätte der Professor es doch sicher gleich angesprochen, oder?

Ein Blick auf die Zeitanzeige des Holoscreens bestätigte ihr, dass es inzwischen zu spät war, um vor der Eröffnungsrede der Großen Feier zu ihrer Wohneinheit zurückzukehren. Sie hätte gern nach Malcom geschaut, bevor sie sich mit ihren Freunden traf. Seit dem Vorfall gestern früh hatte sie jedes Mal ein komisches Gefühl gehabt, wenn sie ihren Kater betrachtet hatte. Es waren immer nur Kleinigkeiten gewesen. Hier ein Straucheln, da ein Blinzeln. Dennoch verstärkte sich der Verdacht, dass irgendetwas mit Malcom nicht stimmte. Aber nun würde sie sich ein paar Stunden länger gedulden müssen, bevor sie nach dem Rechten sehen konnte.

[5]

Die Sonne war bereits untergegangen, als Lika sich zu ihren Freunden gesellte. Das kleine Grüppchen aus fünf Leuten wartete am Eingang des Kulturparks, in dem sie die Übertragung der Eröffnungsrede anschauen wollten.

Yavis, neben Oclay ihr engster Freund, begrüßte sie mit Luftküsschen auf beide Wangen. Seine Haut glänzte bronzefarben und in seinem verwuschelten, dunklen Lockenkopf blitzten Silberpunkte wie Sterne am Nachthimmel. Dazu passend trug er eine enge silberfarbene Hose und ein ärmelloses schwarzes Oberteil, das seine sportliche Figur betonte.

»Jetzt fehlt nur noch Oclay, dann sind wir vollzählig«, verkündete er. »Aber wir haben ja noch Zeit.«

Lika winkte ihren Freunden zur Begrüßung zu. Manoo gab eine ihrer Geschichten zum Besten. Die Aufmerksamkeit der drei anderen fokussierte sich auf die quirlige junge Frau. Sie steckte in einem knappen Kleid, das aussah, als wäre es über und über mit glitzernden Tautropfen bedeckt. Dunkler Lidschatten betonte ihre Augenpartie und ihre Nägel glänzten in einem passenden Farbton. Die Gruppe brach in glucksendes Gelächter aus und Yavis verdrehte theatralisch die Augen.

Lika grinste ihrem Freund verschwörerisch zu. »Da haben wir bei der letzten Party ja einiges verpasst.«

»Ja. Vielleicht solltest du dich morgen Abend doch lieber Manoo und ihrer Truppe anschließen, anstatt mit Oclay und mir zu einem Konzert zu gehen.«

Mit einem Blick auf das gackernde Grüppchen schüttelte Lika den Kopf. »Nein, lass mal. Ich werde auch so Spaß haben. Anderen Spaß, aber das ist auch gut so.«

Ein mobiler Server schwebte aus dem Halbdunkel auf die Gruppe zu und bot Getränke und Häppchen zur Selbstbedienung an. Die Cocktails sahen verlockend aus. Es fiel Lika schwer, sich zu entscheiden. Yavis griff nach einem schmalen Stielglas, aus dem weiße Nebelschwaden quollen. Die Flüssigkeit darin strahlte ein sanftes, orangefarbenes Licht ab. Er setzte das Glas an seine Lippen und nahm einen Schluck des exotisch aussehenden Trankes. Er schloss die Augen und seufzte verzückt, während er sich einen letzten Tropfen von der Unterlippe leckte.

Lika schluckte und griff nach einem identischen Glas. Eine kleine Kostprobe reichte, um eine wahre Geschmacksexplosion in ihrem Mund auszulösen. Fruchtig, aber nicht süß, eine dezente Schärfe und etwas, das Lika nicht zu benennen vermochte. Wärme breitete sich in ihrem Inneren aus. Ihr Körper wurde leicht, und sie hatte das Gefühl, als höbe sie ein paar Zentimeter vom Boden ab. Ihr entschlüpfte ein Kichern. Sie sah Yavis über den Rand ihres Glases hinweg an. Er blinzelte ihr verschwörerisch zu. Bevor Lika etwas zu ihm sagen konnte, drängte Manoo sich zwischen sie.

»Es wird immer später. Wir sollten langsam losgehen. Oclay weiß, wohin wir wollen. Sie wird uns dort schon finden.«

Lika schaute sich ein letztes Mal suchend um. Durch den Eingang strömten immer mehr Menschen in den Kulturpark, doch keine der herausgeputzten Gestalten war

Oclay. Schweren Herzens drehte sie sich um und folgte ihren Freunden.

Das Herzstück des Parks bildete das Kulturzentrum, dem die Anlage ihren Namen verdankte. Das Gebäude erhob sich auf einer kleinen Anhöhe am Rande eines Sees. Die filigranen Elemente, aus denen das Bauwerk zusammengesetzt war, reckten sich wie dünne Stämme dem Himmel entgegen. Weitläufige Terrassen erstreckten sich vom Eingang bis hinunter zum Ufer. Auf der dem Gewässer abgewandten Seite wuchsen Bäume und Sträucher bis an das Zentrum heran. Durch die hohen Glasflächen war zu erkennen, dass sich die Vegetation im Gebäudeinneren fortsetzte. So entstand der Eindruck, das Bauwerk wäre um die Pflanzen herum gebaut worden. Diese Wirkung wurde von einem Bach verstärkt, der sich aus dem Park auf das Gebäude zu schlängelte, wie durch Magie ins Innere gelangte, sich durch die große Empfangshalle wand, um dann auf der gegenüberliegenden Seite wieder ins Freie zu treten. Dort führten glitzernde Kaskaden das Wasser die Uferböschung hinunter, wo es leise plätschernd mit dem tiefblauen See verschmolz. Das Kulturzentrum bot einen luftigen Rahmen, in dem viele Kunstwerke der Alten und Neuen Welt präsentiert wurden.

An diesem Abend erleuchteten Lichtkugeln aus einigen Metern Höhe den Kulturpark, das Gebäude und den See. Vom Ufer aus führte ein schwimmender Steg weit auf das Wasser hinaus, wo er sich zu einer Plattform weitete, auf der Hunderte Feierlustige tanzten. Die Musik schallte vom See aus bis in den Park. Auch dort standen festlich zurechtgemachte Neuweltler dicht beieinander und warteten auf den Beginn der Rede.

Die Gruppe blieb auf der Terrasse stehen. Durch die erhöhte Lage bot sich ihnen eine ungestörte Aussicht auf die Umgebung, und Oclay würde sie ohne Schwierigkeiten finden können. Lika sog die Atmosphäre auf. Sie nippte an ihrem Getränk und ließ ihren Blick schweifen. Am Rande des Parks stand die riesige Projektionswand, auf der die Rede des Oberen Rates übertragen werden sollte. Noch waren auf der hellen Leinwand Liveübertragungen der anderen Veranstaltungsorte zu sehen. In der Prachtallee, auf dem Großen Platz und in den übrigen Parks hatten sich Menschen versammelt. Überall warteten sie auf den offiziellen Beginn der Feier. Im Alltag beschränkte sich Likas Kontakt auf die immer gleichen Neuweltler, die sie zumindest vom Sehen alle kannte. Bei Anlässen wie diesem wurde ihr bewusst, wie groß die Bevölkerung ihrer Heimat war. Ein Schauer lief ihren Rücken herunter. Bei dem Gedanken, zu diesen Menschen zu gehören, richtete sie sich zu ihrer vollen Größe auf.

»Da! In der Prachtallee! Seht ihr diese riesigen schwarzen Quader?«

Manoos Stimme riss Lika in die Gegenwart zurück. Ihre Kollegin hüpfte auf und ab und zeigte mit ausgestrecktem Arm Richtung Leinwand. »Das sind die Viewbacks!«

»Die wurden doch als die Überraschung der Großen Feier angekündigt«, erinnerte Lika sich. Sie betrachtete die schwarzen Gebilde auf der Übertragung, die in regelmäßigem Abstand aus dem Menschenmeer ragten. »Sind das nicht so etwas wie ein Holospace in einer Box?«

»Holospace in einer Box?«, wiederholte Manoo empört. »Diese Viewbacks sind viel mehr.« Die Stimme ihrer Freundin gluckste vor Aufregung. »Ich war gestern in der Prachtallee unterwegs«, berichtete sie mit glänzenden Augen. »Die ganze Straße entlang stehen sie wie riesige Kartons. Ich kann es kaum noch erwarten, in eine dieser Viewbacks zu gehen. Außen laufen ununterbrochen Filmsequenzen ab. Von den Jahren unmittelbar nach der Errichtung der Neuen Welt, von der Verriegelung, von der ersten Großen Feier, von der Eröffnung des Wissenschaftlichen Zentrums … Alles, was in den letzten zweihundertfünfzig

Jahren wichtig war, soll dort zu sehen sein. Aber nicht wie in einem gewöhnlichen Holospace.« Manoo legte eine Kunstpause ein und betrachtete nacheinander die Gesichter ihrer Freunde, die anscheinend keine näheren Informationen zu den Viewbacks hatten und nun an ihren Lippen klebten. »Ein Bekannter hat mir verraten, dass diese Hologramme mittels Gedankensteuerung programmierbar sind. Sie funktionieren ähnlich wie die Servunits. Man soll seinen Fokus auf jedes winzige Detail richten können. Oder aber man spult die Zeit in beliebigem Tempo vor und zurück. Wie bei einer eigenen kleinen 3-D-Doku.«

»Das heißt, ich kann einen Prozess, der sich über einen Zeitraum von mehreren Jahren oder Jahrzehnten hinzog, innerhalb weniger Minuten miterleben?«, hakte Yavis verwundert nach.

»Du hast es erfasst«, bestätigte Manoo und löste damit einen Begeisterungssturm unter den Freunden aus.

Sie redeten laut durcheinander und schmiedeten Pläne, mit wem sie am nächsten Tag in welche Viewbacks gehen würden. Die aufgeregten Stimmen klingelten in Likas Ohren. Yavis lehnte sich zu Lika, damit sie ihn über den Lärm der anderen hinweg verstehen konnte.

»Erinnerst du dich an unseren Ausflug zum Ressourcensektor? Ähneln sie nicht erstaunlich diesen lauten Vögeln, die wir dort gesehen haben?«, fragte er mit Fingerzeig auf die drei Freunde. »Wie hießen sie noch gleich? Hühner oder so.«

»Du meinst wohl eher die Gänse.«

Bei der Erinnerung an die schnatternde Schar prusteten beide los.

Jemand tippte Lika auf die Schulter. Sie drehte sich um und sah sich Oclay gegenüber.

»Endlich! Wo warst du nur so lange?«

Ein fanfarenartiges Signal ertönte. Schlagartig verstummte die wartende Menschenmenge.

Oclay flüsterte Lika ins Ohr: »Die Rede des Oberen Rates beginnt. Ich erkläre es dir später, ja?«

Sphärische Klänge durchdrangen die erwartungsvolle Stille. Blaue, grüne und goldene Laserblitze durchzuckten die Nacht. Sie malten eine Geschichte an das Himmelszelt. Fasziniert verfolgten die Zuschauer die Show. Der Umriss ihrer Insel erschien am Himmel. Winzige Punkte lösten sich aus dem fernen Reigen der Sterne, kamen näher, wurden größer, bis sie wie Schatten von Menschen wirkten. Tausenden von Menschen. Von allen Richtungen strömten sie auf die Insel zu. Die Kontur ihrer Welt füllte sich. Die Leiber verschmolzen zu einer bunten Masse. Als auch der letzte Fleck ausgefüllt war, zeichnete ein Silberstrahl ein Schutznetz in die Nacht, das sich wie eine Kuppel über das Eiland spannte. Bevor das Werk vollendet war, explodierten die Sterne außerhalb der Schutzhülle und verglühten in einem grellen Funkenregen. Nun erstrahlte nur noch das Bild der Neuen Welt am Himmel. Die Musik verstummte und auf der Projektionsfläche erschien das ernste Gesicht von Custos. Einige Zuschauer reagierten mit Applaus auf die Entscheidung des Oberen Rates, ausgerechnet diesen Mentor für die Festrede zu wählen. Er war Ingenieur. Ohne seine zahlreichen Entwicklungen wäre die Errichtung der Neuen Welt nicht realisierbar gewesen. Er strahlte Verlässlichkeit und Souveränität aus. Die Neuweltler achteten seine besonnene Art.

Die Kameraperspektive veränderte sich, bis Custos in voller Gestalt auf der Leinwand zu sehen war. Ein Raunen breitete sich in der Menge aus, als ersichtlich wurde, dass er sich außerhalb der Neuen Welt aufhielt. Überbleibsel von Gebäuden ragten empor. Sie bildeten im gelblich trüben Licht eines Scheinwerfers einen gespenstischen Rahmen für den Mentor. Die Umgebung wirkte kalt und abweisend. Ein Kloß bildete sich in Likas Hals. Sie knetete die Hände und starrte auf das Bild vor ihr. War es nicht zu riskant für

Custos, sich außerhalb der Schutzzone aufzuhalten? Seit der Verriegelung ihrer Insel hatte es niemand mehr gewagt, die Alte Welt zu betreten. Warum setzte man ihn dieser Gefahr aus? Doch dann wurde ihr klar, dass es sich bei dem Hintergrund nur um eine Projektion handeln konnte. Erleichterung durchflutete sie.

»Liebe Freunde!« Die Stimme des Mentors erfüllte die Luft. Diese zwei Worte genügten, um die Menge verstummen zu lassen und die Aufmerksamkeit der Neuweltler zu fesseln. »Zweihundertfünfzig Jahre sind vergangen, seit der Größenwahn der Menschen mit der Zerstörung des Lebensraumes Erde endete. Dreck, Gestank, gähnende Leere. Das ist alles, was von dem einst Blauen Planeten übriggeblieben wäre.« Er hielt einen Moment inne, um dann mit Nachdruck fortzufahren: »Wären nicht die wagemutigen Visionäre von damals gewesen.«

Mit diesen Worten lief ein Flackern über den Bildschirm und Custos stand nun vor dem Sitz des Oberen Rates. Ein Lächeln umspielte seinen Mund, als er fortfuhr.

»Ihr alle wisst von den Ereignissen, die zur Gründung unserer Welt geführt haben. Dennoch ist es wichtig, uns immer wieder zu erinnern. Es liegt in der Natur des Menschen zu vergessen, zu verdrängen. Nur durch die Erinnerung verhindern wir, dass Geschehnisse wie damals sich wiederholen.«

Custos legte erneut eine Pause ein. Er schien seinen Blick über die Menschenschar schweifen zu lassen. Fast war es Lika, als schaute er einem nach dem anderen in die Augen. Sie sah sich verstohlen um. Jeder Einzelne in ihrem Umfeld starrte gebannt auf die Leinwand. Begierig darauf, Custos' Worte aufzusaugen.

Die Projektionsfläche blitzte auf und im Hintergrund erschien eine Aufnahme der Erde aus dem All. Das Filmmaterial musste aus dem zwanzigsten Jahrhundert stammen.

Wie eine blaue Leuchtkugel schwebte der Planet im schwarzen Raum. Unter weißen Wolkenschlieren erahnte Lika die Umrisse eines Kontinents. Vielleicht Afrika oder Australien. Während Custos seine Rede fortsetzte, zoomte die Kamera näher an die Erde, bis andere originale Filmaufnahmen das Weltallbild ablösten.

»Seit Hunderten von Jahren hatten die Menschen sich rücksichtslos aufgeführt. Ihre Gier nach immer mehr Konsum war unersättlich. Sie holzten Wälder ab. Entrissen der Erde alles, was sie für ihren ständig wachsenden Bedarf an Rohstoffen benötigten, und verseuchten dabei unberührten Lebensraum. Kraftwerke und Fabriken stießen schwarze Abgasschwaden aus, bis die Sonne fast vollständig hinter den Smogwolken verschwand. In vielen Teilen der Erde liefen die Menschen nur noch mit Atemschutzmasken herum. Ihre Kinder wurden krank. Es war wie eine Lawine. Ist sie erst einmal auf ihrem Weg ins Tal, kann sie niemand mehr aufhalten. Und so war es auch damals. Sie riss alles mit, was sich ihr in den Weg stellte. Wurde größer und größer. Hinterließ nichts als Zerstörung.

Die Erwärmung der Erdatmosphäre führte zu einer Verschiebung der Klimazonen. Einst fruchtbare Gebiete verwandelten sich in Wüstenlandschaften oder versanken durch den steigenden Meeresspiegel unwiederbringlich in den Wassermassen. Andere Gegenden wurden regelmäßig von Naturkatastrophen wie übertretenden Flüssen, Tornados oder sintflutartigen Regengüssen heimgesucht. Schon bald war es nicht mehr bezahlbar, die zerstörten Gebiete immer wieder aufzubauen. Darüber hinaus brachten Naturgewalten wie Tsunamis und Hurrikans rund um den Erdball Atomkraftwerke zum Einsturz. Ganze Landstriche wurden radioaktiv verseucht und bis heute, zweihundertfünfzig Jahre später, unbewohnbar. Flüchtlingsströme ergossen sich über den gesamten Erdball. Unzählige Menschen, alle auf der Suche nach einer neuen

Heimat. Kriege um sauberes Trinkwasser und fruchtbares Land waren die Folge. Als dann das Ebolavirus mutierte und eine weltweite Pandemie auslöste, brachen auch die letzten gesellschaftlichen Strukturen zusammen. Ein Kampf um das Überleben des Einzelnen, nicht der Gemeinschaft, setzte ein und breitete sich auf der gesamten Erde wie ein Flächenbrand aus.«

Wie versteinert starrte Lika auf die Bilder. Nichts als Zerstörung, Tod und Gewalt. Unmut regte sich in ihr. Warum hatten die Menschen die vielen Warnungen nicht ernst genommen? Für einen kurzen Zeitraum hatte es in ihrer Hand gelegen, diese Entwicklung zu stoppen. Aber diese Chance war in endlosen Diskussionen und Entschuldigungen ungenutzt verpufft. In Lika formte sich der Gedanke, dass die Menschen damals es nicht anders verdient hatten, doch im nächsten Moment schalt sie sich für diese Sichtweise. Sie fragte sich, ob sie bereit gewesen wäre, ihr Leben umzustellen und auf viele liebgewonnene Annehmlichkeiten zu verzichten, wenn sie damals gelebt hätte. Erleichtert sah Lika, dass die Aufnahmen sich veränderten und ein Labor auf der Leinwand erschien. Etwa zwanzig Männer und Frauen in weißen Kitteln saßen hinter Mikroskopen oder standen um einen Tisch herum. Sie erkannte Custos und im Hintergrund den Professor.

»Einige Wissenschaftler hatten diese Kette an Ereignissen vorhergesehen«, hörte Lika den Mentor fortfahren. »Ihnen war klar, dass die Industrienationen die letzten Chancen für eine Kehrtwende ungenutzt verstreichen lassen würden. Diese visionären Forscher erarbeiteten einen Plan, nach dem wenigstens für eine ausgewählte Gruppe Menschen das Überleben auf der Erde möglich sein würde. Schließlich lieferten Humangenetiker den fehlenden Baustein zur Realisierung ihres *Eden Projektes*. Sie isolierten ein Enzym, das den Alterungsprozess von Zellen stoppte. Zellen, die ihre Fähigkeit zur ständigen Regeneration behielten, ermöglichten es den Menschen, so gut wie unsterblich zu werden. Das Überleben der Menschheit war wieder in den Bereich des Möglichen gerückt.

Bis zu diesem Zeitpunkt hatten sich die gesellschaftlichen Strukturen eines Landes oft im Laufe vieler Jahrhunderte entwickelt. Wie die Bevölkerung sich zusammensetzte, welche Berufe sie ausübte, welchen kulturellen Hintergrund sie vorwies, hing von Faktoren ab, die in der Regel historisch begründet waren und zufällig auftraten.

Auf *Eden* sollte eine Gesellschaft geformt werden, wie Soziologen sie als ideal erachteten. Gezielt suchten die Gründer nach Menschen für die neue Gemeinschaft. Und sie fanden sie wie fehlende Steinchen eines Mosaiks überall auf der Erde verstreut, unabhängig von Alter, Geschlecht und ethnischer Zugehörigkeit. Was sie alle gemein hatten, war eine außergewöhnliche Begabung, sei es auf wissenschaftlichem, medizinischem oder kulturellem Gebiet, sowie herausragende soziale Kompetenzen. Einige Mitglieder der oberen Zehntausend griffen bei der Aussicht, als Pioniere bei diesem Projekt zur Rettung der Menschheit mitwirken zu können und nebenbei das ewige Leben zu erlangen, gern und großzügig in ihre Taschen. Der Geldregen erlaubte es den Visionären schon bald, fernab von den Augen der Öffentlichkeit mit dem Bau der Neuen Welt zu beginnen. Und als auf der Erde die Ereignisse ins Rollen gerieten und die eskalierenden Katastrophen Millionen von Menschen das Leben kosteten, waren Tausende von Alterslosen damit beschäftigt, auf unserer Insel das *Eden Projekt* Wirklichkeit werden zu lassen.«

Lika saugte Custos Worte ehrfürchtig auf. Sie drangen in sie ein und versetzten ihr Wesen in Schwingungen. Dies alles waren keine neuen Informationen für sie. Jeder Neuweltler wuchs mit dem Wissen um die Hintergründe Edens auf. Doch es gehörte zur Tradition, sich die Ereignisse, die zur Gründung ihrer Welt geführt hatten, zu

Beginn einer Großen Feier zu vergegenwärtigen. Diese Katastrophe durfte nie vergessen werden. Sie diente als ewige Mahnung, dass so etwas nie wieder geschehen durfte. Eine weitere Chance würde die Menschheit sicher nicht bekommen.

Bei dem Gedanken, Teil der einzigartigen Gemeinschaft Edens zu sein, schwoll ihr Herz an, bis es ihre Brust zu sprengen drohte. Gleichzeitig drückte das Gewicht der Verantwortung auf ihre Schultern. Custos erwähnte, dass es die Aufgabe eines jeden Alterslosen war, das Fortbestehen der Menschheit zu sichern. In den Forschungszentren arbeiteten viele Wissenschaftler unermüdlich an einer Lösung für die Umweltprobleme in der Alten Welt. Eines Tages würde die Erde wieder ein bewohnbarer Platz werden. Jeder Neuweltler war ein wichtiger Stein auf diesem Weg. Gleichbedeutend, gleichberechtigt.

Custos beendete seine Rede. Jubel erschallte aus allen Richtungen und schwoll weiter an, als ein Funkenregen den Himmel erhellte. Lika erschauerte. In dem Moment schob sich eine Hand von hinten auf ihren Arm. Überrascht drehte sie sich um. Oclay stand hinter ihr und starrte mit leicht geöffnetem Mund zur Leinwand, während sie geistesabwesend bei ihr Halt suchte. Auch sie schien von Custos' Rede ergriffen zu sein. Doch dann merkte Lika, dass mit ihrer Freundin irgendetwas nicht stimmte. Sie schwankte kaum sichtbar. Der Griff um ihren Arm verstärkte sich. Oclay kniff ihre Augen zusammen und blinzelte ein paar Mal.

»Was ist mit dir?«, fragte Lika.

Es dauerte nur einen Wimpernschlag, dann klärte sich Oclays Blick wieder. Sie gewann ihre Körperspannung zurück und ließ die Hand sinken.

»Es tut mir leid, Lika. Ich kann nach der Rede nicht bleiben.« Oclay trat einen Schritt zur Seite. Ihr Blick huschte umher, bevor er kurz auf Likas Gesicht verweilte.

»Ich habe mich mit Freunden von der Arbeit verabredet. Eigentlich wollte ich dir das schon früher sagen. Aber irgendwie … mir ist immer etwas dazwischengekommen.« Sie lächelte verlegen. »Bleibt es bei unserer Verabredung morgen früh?« Auf Likas Nicken hin drehte sie sich um und verschwand in der Menge.

»Warte«, rief Lika. Sie wollte ihr folgen, doch Yavis stellte sich ihr in den Weg.

»Was hast du vor?«

»Oclay …« Sie zeigte in die Richtung, in der ihre Freundin verschwunden war.

Yavis zuckte nur mit den Schultern. »Lass sie. Die letzten Tage hatte sie Stress auf der Arbeit. Ich wundere mich nicht, dass sie vergessen hat, dir Bescheid zu geben.

Lika hätte den Rest des Abends gern mit ihrer engsten Freundin verbracht. Doch während der Großen Feier würden sich ihnen genügend Gelegenheiten bieten, einander zu sehen.

Für weitere Gedanken blieb ihr keine Zeit. Die Große Feier war offiziell eröffnet. Die Menge pulsierte vor Aufregung und riss sie und ihre Freunde mit sich fort.

[6]

Am nächsten Morgen lief Lika die Stufen zum Sportzentrum hinauf. Wenig später betrat sie den ihnen zugewiesenen Work-out-Bereich, in dem Oclay bereits auf sie wartete. Ihre Freundin stand mit dem Rücken zur Tür vor dem Kontrollboard des in dunklem Grau gehaltenen Raumes und programmierte das Setting für die heutige Sporteinheit. Likas Blick fiel auf die Landschaft, die sich hinter der Glasabtrennung im Holospace aufbaute. Sie stöhnte gequält auf. Sie trainierte wirklich gern. Sie liebte das Gefühl, an ihre Grenzen zu gehen, zu spüren, wie sich der Puls erhöhte und die Körpertemperatur stieg. Wie sich der Schweiß auf der Haut sammelte und die Stirn hinunterlief, die Muskeln brannten. Denn dann, wenn dieser Tiefpunkt durchgestanden war, verflüchtigte sich der Schmerz, die Gedanken kamen zur Ruhe und der Körper arbeitete wie von selbst. Immer weiter und weiter.

Aber um diesen Zustand zu erreichen gab es verschiedene Möglichkeiten. Schwimmen zum Beispiel. Oder Klettern. Laufen natürlich auch. Gegen Laufen durch einen Wald oder an einem Strand mit einer leichten Brise im Gesicht hatte Lika nichts einzuwenden. Was sie aber gar nicht leiden konnte, war Laufen bei Hitze, und noch furchtbarer, bei trockener Hitze. Wie in einer Wüste. Und genau das war es, was im Holospace auf sie wartete.

Oclay drehte sich zu ihr um und grinste sie an. Sie strich sich eine widerspenstige Strähne ihres leuchtend roten Haares aus den Augen.

»Tja, es ist aber auch zu schade, dass ich heute vor dir im Sportzentrum war. So habe ich dieses Mal das Vergnügen, unser Trainingsset festzulegen.« Mit übertrieben unschuldigem Blick fuhr sie fort: »Dieses Stöhnen, das ich eben gehört habe. Bist du von dem Work-out-Set etwa nicht begeistert?« Sie kicherte in sich hinein. »Aber wenn du mich ganz lieb darum bittest, können wir uns ja ein anderes Set zusammenstellen!«

Lika gab vor, Oclays Andeutung nicht zu verstehen. Sie kannte den schrägen Humor ihrer Freundin und ließ sich auf deren Spielchen ein.

»Ein anderes Set? Aber wieso denn?«, fragte sie unschuldig. »Du bist meine beste Freundin. Wenn du gern knöcheltief durch Wüstensand läufst und es genießt, dir ein heißtrockenes Lüftchen ins Gesicht wehen zu lassen, wer bin ich denn, dir diesen Spaß zu vermiesen?«

Oclay lachte laut auf und begrüßte Lika mit einer Umarmung.

»So hart wird das Training schon nicht werden.« Das schlechte Gewissen stand ihr ins Gesicht geschrieben. »Es tut mir übrigens leid wegen gestern Abend. Ich hatte vergessen, dir von meiner Verabredung mit den anderen zu erzählen. Du kannst dir gar nicht vorstellen, wie stressig die vergangenen Tage waren. Bis zur letzten Minute haben Yavis und ich gebraucht, die Vorbereitungen für die Eröffnung der Kunstausstellung abzuschließen.« Mit hochgezogenen Augenbrauen sah sie ihre Freundin an. »Ich hoffe nur, du hattest auch ohne mich Spaß?«

»Mach dir keine Gedanken«, antwortete Lika. »Yavis

hat mir alles erzählt. Solange es bei unserer Verabredung heute Abend bleibt, vergebe ich dir.«

»Natürlich. Ich freue mich schon ewig auf das Konzert.« Oclay grinste sie erleichtert an. »Und in zwei Tagen kann ich dir mein neues Projekt zeigen. Ich bin gespannt, wie dir die Eröffnung der Kunstausstellung gefällt.« Sie zeigte auf den Raum hinter sich. »Willst du das Set wirklich so lassen?«, hakte sie nach.

»Klar. Ich muss dir doch beweisen, dass mich Lappalien wie Hitze und Wüstensand nicht unterkriegen.«

Lachend traten die Freundinnen zu der Bank, die neben dem Eingang zum Holospace stand. Zwei Stapel mit Sportsachen und Laufschuhen lagen dort für sie bereit. Die beiden schälten sich aus ihrer Kleidung und zogen die luftige Trainingsmontur an.

»Warum bist du heute eigentlich so spät dran?«, fragte Oclay.

»Spät? Ich bin doch nicht spät!«

»Nicht nach normalen Maßstäben. Aber bei dir ist es schon ungewöhnlich, wenn du nach mir zu einer Verabredung erscheinst.«

Lika schnaufte nur und schnappte sich wortlos ihre Laufschuhe. Nachdem sie in den ersten Schuh geschlüpft war, hielt sie inne.

»Seit gestern Morgen verhält Malcom sich eigenartig. Anfangs waren es nur Kleinigkeiten.«

Lika richtete sich auf und zupfte an ihrer Unterlippe. Dann sah sie zu Oclay hinüber, die in ihrer Bewegung verharrte und sie fragend ansah.

»Heute Nacht zum Beispiel. Ich kam nach Hause, aber er lief mir nicht wie sonst entgegen«, erklärte Lika. »Malcom lebt seit über fünfzig Jahren bei mir. So etwas ist noch nie vorgekommen. Außerdem hatte ich mehrmals den Eindruck, als würde er schwanken, wie bei einem Schwindel oder so …«

»Aber das ist nicht alles, oder?«, unterbrach Oclay.

»Leider nein.«

Lika starrte ins Leere und tastete nach ihrem zweiten Schuh. Sie sah ihren Kater deutlich vor sich, wie er in einem der Sessel zusammengerollt gelegen hatte. Seine aufgerissenen Augen, als sie neben ihm niedergekniet war. Sie erzählte Oclay vom Verhalten des Tieres am Morgen.

»Mich beunruhigt nicht, was er gemacht hat, sondern wie. Als hätte er Angst«, sagte Lika mit gedämpfter Stimme. Doch dann straffte sie ihre Schultern und sah Oclay an. »Du kennst ihn. Malcom ist immer frech. Führt sich wie der Herr im Hause auf. Aber heute war es, als würde er seine Umgebung nicht mehr erkennen. Als würde er mich nicht mehr kennen.« Plötzlich kam ihr eine Idee. »Könnte es sein, dass etwas mit seinen Augen ist?«

Oclay hatte sich inzwischen fertig umgezogen. Sie erhob sich von der niedrigen Bank und stemmte die Hände in die Hüften. »Wenn du dir Sorgen machst, solltest du mit deinem Kater ins Gesundheitszentrum gehen. Aber es ist sicher harmlos.«

Zögernd nickte Lika. »Ein Termin im Gesundheitszentrum ist eine gute Idee. Da fällt mir ein ... nächste Woche ist Malcoms nächster Gesundheitscheck fällig. Den könnte ich vorverlegen. Dann kann die Servunit das Problem beheben.« Erleichtert lachte Lika auf. »Ich verstehe gar nicht, warum ich nicht gleich darauf gekommen bin.«

Sie zog sich ihren zweiten Schuh an und erhob sich ebenfalls. Gemeinsam betraten die beiden Freundinnen den Holospace. Heiße, trockene Luft schlug ihnen entgegen. Es flackerte kurz. Die Wand zum Vorraum samt Tür verschwand. Wohin das Auge schaute, nur gelber Sand und gleißendes Licht. Die Kruste eines eingetrockneten Flusses knirschte unter ihren Füßen. Zu beiden Seiten des Laufes türmten sich Dünen meterhoch auf.

Lika drehte sich um die eigene Achse und betrachtete

die Umgebung eingehend. »Na, wenn das mal nicht zu meinem Lieblingsort wird!«

Oclay konnte sich ein Grinsen nicht verkneifen. »Wenigstens brauchst du keine Angst zu haben, dass du im Sand versinkst.« Bestätigend stampfte sie mit dem Fuß ein paarmal auf den Boden. Die Erdkruste unter ihren Füßen war hart und eben, bestens zum Laufen geeignet. »Los?«

»Los«, bestätigte Lika.

Sie rannten schweigend das Flussbett entlang. Die immer gleichen Sandberge zu beiden Seiten waren ermüdend. Nach einer Weile ertappte Lika sich dabei, dass sich ihre Gedanken wieder um Malcom drehten. Der Moment, als sie sich neben den Sessel gehockt und er angsterfüllt zu ihr heraufgestarrt hatte, spielte sich wie eine Endlosschleife vor ihrem inneren Auge ab. Verärgert über sich selbst schob sie die Erinnerung zur Seite und konzentrierte sich auf das Vor und Zurück, Vor und Zurück ihrer Füße. Die Anspannung fiel von ihr ab und schon bald versetzte das eintönige Stampfen sie in eine Art Trance. Die Schritte gaben den Rhythmus vor, dem sich ihr Atem anpasste.

Nach nicht einmal vierzig Minuten zeichnete sich am Horizont die Silhouette einer Oase ab. Die erste Pause des Trainings war in Sicht. Wahrscheinlich hatte die Hitze Oclay mehr zugesetzt als ihr. Lika war noch lange nicht erschöpft. Aber wenn man zu zweit trainierte, hing das Ende des Workouts von der Kondition des Schwächeren ab. Sie fragte sich, ob mit ihrer Freundin alles in Ordnung sei. Sie warf ihr einen prüfenden Blick zu. Rote Haarfransen klebten an Oclays Stirn. Ihr Gesicht war leicht gerötet. Lika lauschte. Der gleichmäßige Atem ihrer Freundin hörte sich völlig normal an.

Die Oase war nicht groß. Einige Palmen wuchsen um einen Brunnen aus Lehmziegeln. Im Schatten der Palmwedel luden zwei Liegestühle zur Erholung ein. Auf einem Tischchen dazwischen standen Erfrischungsgetränke. Lika wischte mit dem Saum ihres Shirts den Schweiß von der Stirn und griff sich ein Glas mit einer hellblau schimmernden Flüssigkeit. Oclay hatte es sich auf einer der Liegen bequem gemacht und schnappte nach Luft. Lika nahm einen Schluck des Getränks und ließ sich auf dem zweiten Liegestuhl nieder.

»Ist alles okay bei dir?«

»Ja, alles bestens.« Oclay griff ebenfalls nach einem Glas und leerte es in einem Zug. »Du kannst dir gar nicht vorstellen, wie froh ich bin, dass die letzten Vorbereitungen für die Kunstausstellung abgeschlossen sind.«

Oclay ließ ihren Kopf nach hinten fallen und schloss ihre Augen. Lika runzelte die Stirn. Wich ihre Freundin ihr etwa aus? Nachdenklich beobachtete sie sie, fand aber keinen Hinweis für ihren Verdacht.

»Und mit welchem Knaller wollt ihr die Ausstellung eröffnen? Yavis meinte, ihr habt euch etwas völlig Neues ausgedacht.«

Oclay schnalzte mit der Zunge und schüttelte grinsend den Kopf. »Netter Versuch, aber nein. Von mir erfährst du nichts!«

Lika seufzte langgezogen. »Und was habe ich nun davon, mit dir befreundet zu sein?« Sie drückte sich tiefer in ihren Liegestuhl und schloss die Augen. »Vielleicht sollte ich noch einmal überdenken, ob es sich wirklich lohnt, mich ständig mit dir abzugeben und mich deinen Späßchen auszusetzen.«

Oclays lachte in sich hinein. Lika öffnete ihre Augen einen Spalt und prostete ihr zu. Eigentlich war dieses Setting gar nicht so schlecht. Sie hatte es bequem und die Erfrischungsgetränke schmeckten köstlich. So entspannt war selbst die heiße Wüstenluft angenehm.

Nach einer Weile regte Oclay sich neben ihr. Lika sah zu ihrer Freundin hinüber, die sich in ihrem Stuhl aufgesetzt hatte und ihr leeres Glas auf dem Tischchen abstellte. Ein klares Zeichen. Die Pause war beendet.

»Wollen wir die Strecke wieder zurücklaufen? Eine Düne sieht aus wie die nächste. Es macht keinen Sinn, einen anderen Weg erstellen zu lassen. Oder was meinst du?« Lika sah Oclay fragend an.

»Mir reicht es für heute. Du kannst ja gern noch den zweiten Teil des Trainings dranhängen. Aber ich mache jetzt Schluss.«

Lika drückte sich aus ihrem Liegestuhl hoch. »Nein, nein. Ich schließe mich dir an.« Sie könnte zu Hause eine weitere Trainingseinheit absolvieren, sollte sie das Bedürfnis nach mehr Bewegung verspüren. Die Mindestanzahl an täglich zu sammelnden Bewegungspunkten hatte sie mit dem bisherigen Training erreicht.

Die Landschaft flackerte auf. Der Sand, die Oase samt Palmen und Brunnen sowie die Sitzgruppe nebst Tischchen und Gläsern lösten sich in Luft auf. Die beiden Freundinnen standen in dem nun leeren Holospace. Die Türen zum Vorraum glitten auseinander. Auf der Bank wartete ihre Kleidung auf sie. Nach einem kurzen Abstecher in die Hygieneeinheit zogen sich die beiden um und verließen den Work-out-Bereich.

»Wir sehen uns heute Abend.« Oclay verabschiedete sich vor dem Sportzentrum von ihrer Freundin.

Lika winkte, war in Gedanken jedoch wieder bei ihrem Kater. Hoffentlich hatte Oclay recht und sie sorgte sich unnötig.

Obwohl Lika sich auf das Konzert gefreut hatte, gelang es ihr nicht so recht, sich auf die Musik einzulassen. Yavis hatte sich gewünscht, dass sie sich Lieder und Instrumentalstücke aus der untergegangenen Welt anhörten. Die Pop-

und Rocksongs klangen in ihren Ohren fremdartig und altbacken. Da gefielen ihr die Titelmelodien, die zur Untermalung der damals beliebten Kinofilme komponiert worden waren, schon eher. Doch immer wieder schob sich Malcom in ihre Gedanken und lenkte ihre Aufmerksamkeit von der Musik ab, die dann wie aus weiter Ferne in ihr Ohr drang. Umso länger der Abend dauerte, desto unruhiger wurde sie. Als die letzten Töne verklungen waren, sprang sie erleichtert von ihrem Sitz auf und trat den Heimweg an.

In ihrer Wohneinheit war von Malcom weit und breit nichts zu sehen. Ein feines Kribbeln breitete sich in Likas Bauch aus. Sie rief den Kater und lauschte gespannt, doch alles blieb ruhig. Mit einem mulmigen Gefühl lief sie in den Schlafbereich. Hier war Malcoms Lieblingsplatz. Wahrscheinlich schlief er und hatte sie nicht zurückkommen gehört. Wenig Schritte später starrte sie auf das leere Bett. Im Schlafzimmer hatte er sich nicht versteckt, das sah sie auf einen Blick. Der Wohnbereich dagegen bot mit der Sitzgarnitur und den anderen Möbeln mehrere Schlupfwinkel, in denen sich ein Kater verkriechen konnte. Sie sah neben der Couch nach. Nichts. Zwischen Servunit und Wand. Wieder nichts. Schließlich fand sie ihren vierbeinigen Freund zusammengerollt hinter dem Sessel. Er schlief. Sein rotgetigertes Fell hob und senkte sich im Rhythmus seines rasselnden Atems. Lika hockte sich neben ihn. Der Kater erwachte und zuckte zurück. Er riss seine Augen auf und starrte voller Angst zu ihr herauf.

»Alles gut, mein Kleiner.« Lika redete mit sanfter Stimme auf Malcom ein und versuchte ihren Liebling zu beruhigen. »Ich bin es nur.«

Behutsam streckte sie ihre Hand aus und fuhr durch das weiche Fell des Tieres. Doch Malcom reagierte, als hätte sie ihn mit heißem Wasser übergossen. Er sprang auf und fauchte sie an. Das Fell stand ihm entlang der Rückenlinie zu Berge. Sein Schwanz war zu doppelter Größe aufgebauscht. Überrascht zog Lika ihre Hand weg. Erst jetzt fiel ihr auf, dass seine Augen unnatürlich glänzten. Hatte er etwa Fieber? Oder Schmerzen? Wie in Zeitlupe erhob sich das Tier von seinem Platz. Sie beobachtete, wie er auf steifen Beinen hinter die Couch schlich und sich versteckte. Bei diesem Anblick fiel ihr das Schlucken schwer. Ihre Augen brannten.

Sie rappelte sich auf und lief zur Servunit. Die Meditecs würden die Ursache für Malcoms Probleme finden. Mit der richtigen Behandlung wäre er bald wieder der Alte. Ganz bestimmt. Sie bat um einen Termin im Gesundheitszentrum und wurde angewiesen, den Kater am nächsten Morgen zur Untersuchung zu bringen. Bis dahin erhielt sie über den Porter der Servunit ein Beruhigungsmittel für Malcom.

Es war nicht leicht, dem Tier das Mittel zu verabreichen. Es wehrte sich. Als sie ihm die Flüssigkeit in das Maul tropfte, musste Lika sich vor seinen scharfen Zähnen und Krallen in Acht nehmen. Schon bald schlief Malcom erschöpft ein. Nachdenklich betrachtete sie ihren Gefährten. Am liebsten hätte sie ihn sich geschnappt und wäre mit ihm sofort zum Gesundheitszentrum gefahren. Das Kribbeln in ihrem Bauch war inzwischen gewichen. Stattdessen lag ein dicker Klumpen in ihrem Magen, der sie nach unten zog, so dass sich ihr Körper schwer wie Blei anfühlte. Sie beschloss, zu Bett zu gehen. Sie löste den Haarknoten und fuhr sich mit den Händen durch ihre Haare, die nun locker um ihre Schultern fielen. Sie warf einen letzten Blick auf Malcom. Er schlief tief und fest. Sein Atem schien gleichmäßiger und leiser zu sein. Sie machte sich im Badezimmer für die Nacht zurecht. Morgen, gleich nach dem Aufstehen, war der Termin im Gesundheitszentrum, versuchte sie sich zu beruhigen. Was sollte bis dahin schon passieren?

[7]

Die Sonne schien ihr ins Gesicht. Benommen wischte Lika sich über die Augen und starrte auf die Zeitanzeige. Es war bereits nach acht. Wieso war sie nicht bei den ersten Klängen der Mediawand wach geworden? Verwundert schaute sie sich im Zimmer um. Es war hell erleuchtet. Sie schlug die Decke zurück und richtete sich gähnend im Bett auf. Ihr Kopf fühlte sich an, als wäre er in Watte gepackt worden. Auf wackligen Beinen tappte sie Richtung Tür. Gedankenfetzen rasten durch ihren Kopf, aber so sehr sie sich auch mühte, sie bekam keinen von ihnen zu fassen. Eine Erinnerung kratzte an ihrem Unterbewusstsein, drängte an die Oberfläche, doch bevor sie Gestalt annahm, tauchte sie wieder ab und verschwand in dem grauen Durcheinander. Lika fühlte sich benebelt. Irgendetwas stimmte nicht. Sie schaute sich um, aber alles sah wie immer aus. Sie betrat den Wohnbereich. Auch hier entdeckte sie nichts Ungewöhnliches. Warum nur hatte sie das Gefühl, etwas Wichtiges vergessen zu haben? Das gefiel ihr kein bisschen. Sie stellte sich vor die Servunit. Während die Maschine verhalten im Hintergrund schnurrte, lief der allmorgendliche Gesundheitscheck ab. Ein Ruck durchfuhr

Lika. Das Blut strömte durch ihre Adern. Sprudelnde Energie breitete sich in ihr aus, bis selbst die letzte Faser ihres Körpers vibrierte. Sie richtete sich auf, streckte ihren Rücken durch und atmete tief ein. Dieses verwirrende Gefühl, sie würde etwas Wichtiges übersehen, verflüchtigte sich. Ihr Kopf klarte sich auf. Heute war der zweite Tag der Großen Feier. Sie hatte geplant, sich die Viewbacks in der Prachtallee anzusehen. Zum Abschluss des Tages hatte sie sich mit ihren Freunden zu einer Party verabredet. Dort würde sie Yavis und Oclay treffen. Das versprach, ein lustiger Abend zu werden. Leckeres Essen, prickelnde Drinks, Musik bis zum Morgengrauen.

Lika bestätigte die Termine und beschloss, die heutigen Sporteinheiten gleich am Vormittag zu erledigen, dann bliebe ihr genügend Zeit für die restlichen Aktivitäten. Sie wischte mit der Hand über die Oberfläche der Servunit und verließ das Menü zum Zeitmanagement. Das Fenster zur Versorgungsplanung poppte auf, und ohne einen Gedanken darauf zu verschwenden, stellte Lika ihr Frühstück zusammen. Saft und Brei, wie jeden Morgen. Sie bestätigte die Auswahl und verharrte schlagartig in der Bewegung. Verwirrt starrte sie auf ihren Finger, der wie festgefroren kurz über dem Bildschirm schwebte. Es drängte Lika, eine nächste Handlung auszuführen. Doch wie sah die aus? Sie durchforstete ihr Gehirn, aber da war keine Antwort auf ihre Frage. Nur dieser Drang, eine Bewegungsabfolge zu beenden, die seit langer Zeit automatisiert ablief und sich nun im Nichts verlief. Was hatte das zu bedeuten? Auf einmal senkte sich ihr Kopf und sie betrachtete den leeren Platz zu ihren Füßen. Eine Welle aus Verlust und Sehnsucht erfasst sie. Sehnsucht nach etwas, das ihr wichtig war, das zu ihr gehörte. Nur was? Lika runzelte die Stirn und versuchte, sich zu erinnern. Ärgerlich über sich selbst schüttelte sie den Kopf. Was war nur los mit ihr? *Reiß dich zusammen*, schalt sie sich. *Versuche, dich zu konzentrieren!*

Vielleicht sollte sie den Gesundheitsscan ein zweites Mal durchlaufen lassen. Falls mit ihrem Erinnerungsvermögen irgendetwas nicht stimmte, würde die Servunit das Problem beheben. Zufrieden mit dieser Idee aktivierte sie den Scan erneut. Sie lauschte dem Summen des Apparates. Langsam lichtete sich das beklemmende Gefühl. Sie atmete tief ein und war bereit, ihren gewohnten Tagesablauf fortzusetzen.

[8]

Lika schlenderte die Prachtallee entlang. Wie schnell der zweite Tag der Großen Feier vergangen war! Nicht mehr lange und es würde dunkel sein. Die Sonne verschwand bereits hinter den Häuserreihen. Die meiste Zeit hatte Lika, wie viele andere, auf dem großen Platz verbracht. Hatte sich Musik angehört, Shows gesehen, war in eine Viewback gegangen. Sie verweilte in Gedanken bei dem, was sie dort erlebt hatte. Einfach unfassbar, unter welchen Bedingungen die Menschen während der Aufbauphase der Neuen Welt vegetiert hatten. Diese Entbehrungen, die körperlichen Anstrengungen und die Gefahren, denen die Gründer Edens sich ausgesetzt hatten! Sie meinte noch immer, den Staub und den Dreck auf der Zunge zu schmecken. Mittlerweile waren den Bewohnern der Neuen Welt Strapazen dieser Art fremd.

Lika schlenderte durch den Strom der Menschen zu einer mit Leckereien gefüllten Servunit. Sie nahm sich ein Konfekt und knabberte daran herum. In zwei Tagen würde sie den Professor treffen. Sie würde ihn zu gern fragen, was er damals erlebt hatte. Vielleicht ergab sich ja nach ihrem offiziellen Gespräch die Gelegenheit dazu. In der

Projektion der Viewback hatten die Menschen graue, sackähnliche Overalls getragen. Robuste Kleidung, angefertigt für die harte Arbeit unter der Erde. Die Gründer Edens hatten die Tunnel für das unterirdische Shuttlesystem gegraben und obwohl ihnen computergestützte Maschinen zur Verfügung gestanden hatten, hatten sie viele Arbeitsschritte von Hand ausführen müssen. Der feuchte, erdige Geschmack der Luft und die bedrückende Enge unter Tage waren für Lika eine neue, beklemmende Erfahrung gewesen. Sie versuchte, sich ihren Mentor in dieser groben Kleidung vorzustellen, aber das Bild wollte nicht entstehen. Wahrscheinlich war er von Anfang an für die Planung des Wissenschaftlichen Zentrums zuständig gewesen und hatte bei der Errichtung der Neuen Welt nicht körperlich mit anpacken müssen. In der Viewback war ihr wieder bewusst geworden, dass der Aufbau Edens Opfer gefordert hatte. Custos hatte recht gehabt, als er sagte, sie trügen die Verantwortung für das Fortbestehen der Menschheit. Aber genauso waren sie den Männern und Frauen verpflichtet, die alles riskiert und ihr Leben gelassen hatten, damit Lika und ihre Freunde überhaupt erst existieren konnten.

Die Menschenmenge schob sich gemächlich die Prachtallee entlang. Lika war mit ihren Gedanken beschäftigt und überließ sich bereitwillig dem Willen dieser Masse. Die festlich geschmückten Häuserfassaden, die Bühnen mit ihren Shows und die Musik zogen wie Schatten an ihr vorüber. Aus den Seitenstraßen schlossen sich immer mehr Menschen dem Strom an. Das Gedränge nahm zu und als ihr jemand in die Hacken trat, brachte der stechende Schmerz Lika in die Gegenwart zurück. Sie betrachtete die Neuweltler vor sich. Eine Ansammlung von herausgeputzten, fröhlichen Feiernden. Sie redeten miteinander, lachten, deuteten um sich. Jeder für sich einzigartig und doch waren sie einander so gleich. Lika fühlte sich mit allen verbunden.

Sie waren Teil einer Familie, geeint durch ein gemeinsames Ziel. Der Einzelne vom anderen abhängig.

Plötzlich stutzte sie. Einige Reihen vor ihr hatte etwas ihre Aufmerksamkeit erregt. Sie stellte sich auf die Zehenspitzen und reckte sich. Wenn sie nur wüsste, wonach sie suchte! Für einen Moment hatte sie irgendetwas gesehen, das ihr vertraut war. Die Menge bewegte sich langsam weiter. Die Masse teilte sich und da erkannte sie Oclays Gestalt am Ende des Blockes. Ihre Haare leuchteten wie eine Fackel.

Lika sprang in die Höhe und rief nach ihrer Freundin, doch die vielen Geräusche verschluckten ihre Stimme. Sie reagierte nicht. Lika beschleunigte ihre Schritte und versuchte, sich an den Menschen vorbeizuschlängeln. Nach einigen Metern reckte sie sich erneut. Der flammende Schopf war immer noch weit entfernt. Allerdings bewegte sich ihre Freundin nicht mehr mit dem Strom, sondern strebte zum Rand der Menge. Lika rief zum zweiten Mal Oclays Namen. Wieder keine Reaktion.

Das Gedränge war zu groß. Egal, wie sehr sie sich bemühte, sie kam nicht schneller voran. Energisch bahnte sie sich unter Einsatz ihres ganzen Körpers einen Weg durch die Feiernden.

»Vorsicht bitte! Entschuldigung! Achtung!«

Lika war es unangenehm, den Menschen zu nahe zu treten, doch bis auf den einen oder anderen empörten Blick und überraschten Ausruf, wenn sie sich wieder an jemandem vorbeizwängte, schenkten die Neuweltler ihr keine Beachtung.

Oclay hatte inzwischen den Rand der Menge erreicht. Dort waren nicht mehr so viele Menschen unterwegs. Es sah fast so aus, als würde sie rennen. Aber das konnte doch nicht sein.

Wo will sie bloß hin?

Lika musste Oclay einholen. Wenn sie jetzt nicht

schnellstmöglich dieses Gedränge hinter sich ließe, würde sie ihre Freundin aus den Augen verlieren. Entschlossen schob sie sich durch eine Gruppe, die besonders eng beisammenstand, und taumelte ins Freie. Sie blickte sich nach dem roten Haarschopf um und sah gerade noch, wie die hochgewachsene Gestalt am Ende des langen Gebäudekomplexes in einer Seitenstraße verschwand.

Warum hatte sie es so eilig?

Eine Strähne hatte sich aus Likas sonst so ordentlichen Frisur gelöst. Sie strich sich das Haar aus dem Gesicht und nahm die Verfolgung wieder auf. Hätte sie gewusst, dass sie heute Abend Oclay hinterherjagen würde, hätte sie sich in der Servunit andere Schuhe erstellt. Die Silberstiefel mit der hohen Sohle sahen zwar gut aus, waren aber nicht für eine Verfolgungsjagd geeignet. Lika biss die Zähne zusammen und konzentrierte sich darauf, nicht den Halt unter ihren Füßen zu verlieren.

Sie näherte sich der Seitenstraße, in die ihre Freundin abgebogen war. Inzwischen war die Sonne hinter dem Häuserblock verschwunden. Während die Prachtallee im Schein unzähliger Leuchtballons erstrahlte, lag der schmale Straßenzug im Halbdunkel. In einigen hundert Metern endeten die Häuserfronten. Dahinter wand sich die Straße durch einen Park Richtung Verwaltungsbezirk.

Lika verschnaufte ein paar Atemzüge lang und hielt nach Oclay Ausschau. Bis auf eine Gruppe von sieben oder acht Neuweltlern, die offensichtlich auf dem Weg zu den Feierlichkeiten war, lag der Straßenzug menschenleer vor ihr. Wo steckte sie nur? Hier gab es keine weitere Seitenstraße, in die ihre Freundin hätte verschwinden können. Die Häuserfassaden reihten sich nahtlos aneinander. Nirgends eine Nische, in der man sich verstecken konnte. Und warum sollte Oclay das auch wollen?

Lika ging langsam weiter. Sie drehte sich um die eigene Achse, entdeckte aber keine Spur von ihrer Freundin. Die

Neuweltler vor ihr waren in bester Feierlaune. Lachen erfüllte die Luft. Wild gestikulierend redeten sie aufeinander ein. Als sie sich ihnen näherte, teilte sich die Gruppe und gab den Blick frei auf den hinteren Teil der Straße. *Endlich!* Oclay hatte bereits das Ende des Häuserblocks erreicht und rannte Richtung Parkeingang.

»Oclay!«

Likas Stimme überschlug sich und ihr Hals kratzte vom lauten Rufen. Sie hatte nicht oft Grund zu brüllen. So etwas waren ihre Stimmbänder nicht gewohnt. Sie fühlten sich rau und wund an, als wären sie mit einem Reibeisen bearbeitet worden. Sie räusperte sich und stellte erleichtert fest, dass Oclay sie dieses Mal wohl gehört hatte. Ihre Freundin schien einen Moment zu zögern. Gleich würde sie sich zu ihr umdrehen und sie entdecken. Dann hätte diese alberne Verfolgungsjagd ein Ende. Doch anstatt stehen zu bleiben, rannte sie unbeirrt weiter. Hatte die zunehmende Dunkelheit Lika einen Streich gespielt? Ihre Verwunderung wuchs, als Oclay die Straße verließ und in den dunklen Park lief.

Sie versuchte, die schattenhafte Gestalt ihrer Freundin nicht wieder aus den Augen zu verlieren, aber da sie fernab der beleuchteten Wege über die Rasenfläche eilte, war das gar nicht so leicht. Wenigstens schienen Oclays Kräfte nachzulassen. Der Abstand zwischen ihnen hatte sich fast halbiert. Lika bündelte ihre letzten Kraftreserven, bog von der Straße ab und stürmte ebenfalls über den nachtschwarzen Rasen Richtung Park. Ihre Augen brauchten etwas Zeit, bis sie sich an die Dunkelheit gewöhnt hatten. Nicht mehr weit vor ihr huschte ein Schatten den Bäumen entgegen. In wenigen Sekunden würde Oclay das Wäldchen erreichen, und dann wäre es so gut wie unmöglich für Lika, ihre Freundin aufzuspüren. Ein Beet mit Sträuchern und Stauden versperrte ihr den Weg, und anstatt außen herum zu laufen, sprang sie durch die Rabatte. Zweige knackten unter ihren Füßen, und die Dornen eines Rosenstrauches schabten über den Stiefelschaft. Ihr Blick heftete sich an Oclays Rücken. Sie war noch zu weit entfernt, und das Wäldchen rückte mit jedem Schritt näher. Hoffentlich war Lika schnell genug. Das Kribbeln in ihrem Bauch verstärkte sich. Irgendetwas stimmte nicht. Doch bevor sie Oclay zum wiederholten Mal rufen konnte, geriet diese ins Straucheln und stürzte auf den Rasen.

Lika lief die letzten Meter und blieb heftig atmend neben ihrer Freundin stehen. Diese richtete sich langsam auf und verharrte auf allen vieren. Sie schüttelte vorsichtig den Kopf und presste eine Hand an die Stirn. Ihr Atem ging stoßweise. Das rote Haar hing ihr in feuchten Strähnen ins Gesicht. Sie schien irgendwie neben sich zu stehen, nicht wirklich anwesend zu sein. Beunruhigt musterte Lika ihre Freundin. So hatte sie sie noch nie erlebt.

»Was ist nur los mit dir?«, fuhr sie Oclay heftiger als beabsichtigt an.

Sie griff nach dem Ellenbogen ihrer Freundin und half ihr auf. Oclay ließ dies widerstandslos geschehen. Sie schien einen Moment zu brauchen, um zu sich zu kommen. Lika legte ihr einen Arm um die Schultern, aber Oclay entwand sich ihr und wich vor ihr zurück.

»Ich will dir doch nur helfen!« Likas Stimme hatte einen gekränkten Unterton.

»Vielleicht würde es mir schon helfen, wenn du mich einfach in Ruhe ließest.«

Lika blieb der Mund offenstehen. »Dich in Ruhe lassen? Du bist meine Freundin. Wenn ich sehe, dass du fällst, helfe ich dir auf. Und wenn ich sehe, dass du Probleme hast, helfe ich dir, damit es dir wieder gut geht.«

Oclay schnaubte höhnisch. »So einfach ist das, ja? Du findest heraus, worin das Problem besteht, und alles ist wieder gut?«

»Vielleicht nicht so einfach, aber für jedes Problem gibt es eine Lösung.«

»Du bist wie all die anderen. Etwas ist nicht in Ordnung, also wird es wieder gerichtet. Du stehst morgens auf. Die Sonne scheint. Du freust dich auf deine Arbeit, wo du einen wichtigen Beitrag für die Gesellschaft leistest. Immer im Dienste der großen, edlen Sache.«

Oclay kam Schritt für Schritt auf sie zu. Ihre Stimme wurde mit jedem Satz lauter. Lika hatte noch nie so einen aggressiven Ausdruck in Oclays Gesicht gesehen. Eigentlich hatte sie noch nie so einen aggressiven Ausdruck in irgendeinem Gesicht gesehen. Aber Oclay war noch nicht fertig.

»Alles muss immer gut sein. Und wenn es nicht gut ist, wird es gut gemacht.« Wütend fuchtelte ihre Freundin mit dem Finger umher. Trotz der Dunkelheit sah Lika, dass ihre Wangen gerötet waren. Ihre Augen glänzten unnatürlich. »Aber was wäre, wenn das nicht geht?«, fuhr Oclay unbeirrt fort. »Wenn wir uns alle irren und gar nichts gut ist?«

Jetzt reichte es! Lika schnappte empört nach Luft. »Was ist los mit dir?«

Statt einer Antwort hob ihre Freundin nur die Hände und stieß sie mit ganzer Kraft von sich. Lika stürzte zu Boden. Der unerwartete Aufprall raubte ihr den Atem. Als sie die Augen wieder öffnete, war es, als hätte Oclay sich in Luft aufgelöst. Lika sprang auf und rannte in das Wäldchen, dorthin, wo sie ihre Freundin vermutete. Sie würde sie finden und zur Rede stellen. Sie konnte ihr doch nicht derartige Dinge an den Kopf knallen und kurz darauf verschwinden. Irgendetwas war mit ihr geschehen. Sie würde der Ursache auf den Grund gehen, und dann würde es sehr wohl eine Lösung geben!

Lika durchkämmte den Park, doch ihre Suche war zwecklos. Die Beleuchtung am Wegrand warf nur wenig Licht bis in die hinteren Bereiche der Anlage. Sie hätte einen Meter neben Oclay stehen können, ohne sie zu sehen. Wenn ihre Freundin nicht entdeckt werden wollte, würde sie sie auch nicht aufspüren. Aber welchen Grund sollte sie haben, sich vor ihr zu verstecken? Lika versuchte, über ihre MobiCom Kontakt zu ihr aufzunehmen, doch sie reagierte nicht auf ihre Anfrage. Blieben nur die Orte, an denen ihre Freundin sich oft aufhielt. Lika nahm sich eine Bar nach der anderen, einen Club nach dem anderen vor. Von Oclay keine Spur. Auch von den Bekannten, die ihr über den Weg liefen und die sie befragte, hatte niemand sie an diesem Abend gesehen.

Stunden später gab sie auf. Sie verabschiedete sich von Manoo, die sie in dem letzten Club getroffen hatte. Auch sie hatte ihr nicht weiterhelfen können.

Lika trat auf die Straße hinaus. Nach dem ohrenbetäubenden Lärm und den grellen Lichtblitzen auf der Tanzfläche war die Ruhe und das gedämpfte Licht hier draußen eine Wohltat. Lika atmete erschöpft durch. Sie war ausgelaugt und ließ sich auf eine Bank fallen. Sie holte ihre MobiCom hervor und stellte einen Kontakt zu ihrer Servunit her. Aber auch dieses Mal war Oclay nicht erreichbar. Sie erhielt keine Auskunft zum Aufenthaltsort ihrer Freundin. Enttäuscht steckte sie ihre MobiCom wieder weg. Lika beschloss, nach Hause zu gehen. Auf eine ausgelassene Feier hatte sie keine Lust mehr. Sie erhob sich schwerfällig von der Bank und sah sich plötzlich Yavis gegenüber. Er war mit einigen Freunden auf dem Weg in den Club.

»Hast du dich schon so verausgabt, dass du dich hier ausruhen musst?«, fragte er amüsiert.

»Irgendwie schon. Allerdings nicht so, wie du denkst. Ich nehme mal an, dass du Oclay auch nicht gesehen hast?«

Yavis bat seine Freunde, ohne ihn in den Club zu gehen. Er versprach, ihnen so schnell wie möglich zu folgen, bevor er sich wieder Lika zuwandte.

»Nein, nicht seit gestern Abend. Aber sie wird sicher gleich hier auftauchen, falls sie noch nicht hier sein sollte.«

»Das bezweifle ich«, murmelte Lika. »Ich habe sie kurz vor der Festzeremonie auf der Prachtstraße gesehen«, erklärte sie Yavis. »Wir hatten im Park eine Auseinandersetzung und plötzlich war Oclay wie vom Erdboden verschwunden. Sie war nicht sie selbst. Es ging ihr nicht gut, auch wenn sie das nicht zugegeben hat. Ich mache mir wirklich Sorgen!«

»Lika, nun beruhige dich erst einmal.« Yavis trat auf sie zu und legte ihr die Hände auf die Schultern. »Du weißt doch, dass Oclay sich wegen der Eröffnung der Ausstellung unter Druck setzt. Wenn der Abend morgen vorbei ist und alles so gelaufen ist, wie wir es geplant haben, wird sie wieder ganz die alte, fröhliche Oclay sein.«

»Nein!« Lika schüttelte entschieden den Kopf. »Es war anders. Wenn du sie gesehen hättest, wärest du nicht so gelassen.«

»Was soll schon sein? Sie hat die Nerven verloren, und nun tut es ihr leid und sie weiß nicht, wie sie sich bei dir entschuldigen soll.« Yavis schob Lika mit sanftem Druck Richtung Shuttlestation, die sich unweit des Clubs befand. »Du fährst jetzt in deine Wohneinheit und schläfst dich aus. Morgen wird alles wieder gut sein. Glaube mir!«

Lika sah Yavis aufmerksam in die Augen, als suchte sie dort nach einem Beweis für seine Versicherung. Dann nickte sie zögernd. Er hatte sicher recht und morgen würde Oclay für das alles hier eine Erklärung haben. Yavis drückte sie an sich, bevor er zum Eingang des Clubs ging. An der Tür blieb er stehen und drehte sich noch einmal zu Lika um.

»Wir sehen uns morgen Abend bei der Eröffnung der Kunstaustellung!«, rief er ihr zum Abschied zu.

Lika starrte regungslos auf den Eingang, hinter dem ihr Freund verschwunden war. Sie fühlte sich unendlich müde. Als sie schließlich die Kraft aufbrachte, um zur Shuttlestation zu gehen, war ihr, als wären inzwischen Stunden vergangen. Der Tag hatte schon so eigenartig begonnen, erinnerte sie sich. Immer wieder war das Gefühl aufgeflammt, irgendetwas wäre aus ihrem Gedächtnis verschwunden. Am Vormittag war sie an einer der Viewbacks vorbeigeschlendert, in der der Aufbau des Ressourcenzentrums gezeigt wurde. Auf der Außenseite dieser Box liefen Aufnahmen von Tierarten ab, die durch das Generhaltungsprogramm des Zentrums vor dem Aussterben bewahrt worden waren. Als die Großaufnahme eines Sibirischen Tigers die Oberfläche gefüllt hatte, hatten ihre Handflächen gekribbelt. Sie hatte sich gefragt, ob sie nicht darüber nachdenken sollte, sich ein eigenes Haustier anzuschaffen, so wie es viele ihrer Freunde hatten. Wenn sie den Tiger betrachtete, wäre eine Katze vielleicht genau das Richtige für sie. Doch bei dem Gedanken hatte Wehmut sie erfüllt und nicht Vorfreude, wie sie erwartet hätte.

Und dann die Sache mit Oclay. Morgen würde alles wieder gut sein, hatte Yavis ihr versichert. Das hatte Lika in ähnlicher Form schon einmal gehört. Nach dem Treffen in Likas Lieblingspark hatte Oclay gemeint, dass es ihr nach einer erholsamen Nacht wieder besser gehen werde. Stattdessen hatte Lika sie nicht mehr wiedererkannt, als sie sie vorhin nach der Verfolgungsjagd zur Rede gestellt hatte.

Doch ihr blieb keine andere Wahl, als in ihre Wohneinheit zurückzukehren. Morgen zur Eröffnung der Kunstausstellung würden sie sich wieder treffen und dann würde ihre Freundin ihr ganz bestimmt eine Erklärung für ihr eigenartiges Verhalten liefern. Lika strich sich mit der Hand über die gerunzelte Stirn, und als die Türen zur Shuttlestation sich hinter ihr schlossen, war nur noch ein kleiner Rest dieses beunruhigenden Gefühls in ihrem Bauch übrig.

[9]

Das Motto der Kunstausstellung lautete *Eiswelten*. Rund um das Kulturzentrum hatte Yavis Skulpturen, Sitzgelegenheiten und sogar eine Bar aus Eisblöcken errichtet. Der Park mit seinen Bäumen, Sträuchern und Wegen schien von einer Eisschicht bedeckt zu sein, wurde Teil der Szenerie. Das Licht brach sich in den kristallenen Strukturen und brachte die Welt zum Glitzern. Selbst die Menschen verwandelten sich in lebende Diamanten, sobald sie durch das Eingangstor traten und von Kopf bis Fuß mit einer feinen Puderschicht überzogen wurden. Lika hielt ihren Arm in die Höhe. Es sah aus, als wäre ihre Haut bereift, doch als sie mit ihrem Finger darüber strich, fühlte sie nur die Wärme ihres Körpers.

Als sie sich dem Kulturzentrum näherte, eilte Yavis ihr freudestrahlend entgegen. Er war ganz in Weiß gekleidet. Die Haut seiner nackten Arme, das Gesicht und selbst die Haare glitzerten, als wären sie mit Raureif überzogen, wodurch seine Augen noch größer und schwärzer erschienen.

»Gut, dass du da bist! Du musst mich unbedingt ablenken. Gleich geht es los und ich bin ganz hibbelig vor Aufregung.«

Lika lachte laut. Yavis war der Ruhepol im Freundeskreis und auch jetzt sah er recht entspannt aus. »Du und nervös? Das passt doch gar nicht zusammen!«

»Eigentlich nicht. Das stimmt. Aber seit ich wach geworden bin, stehe ich irgendwie neben mir. Ich habe das Gefühl, ich habe etwas vergessen.«

Dann scheint es nicht nur mir so zu gehen, stellte Lika verwundert fest. Auch heute Morgen hatte sie nach dem Aufwachen den Eindruck gehabt, irgendetwas wäre aus ihrem Gedächtnis verschwunden. So sehr sie auch grübelte, sie fand keine Erklärung für dieses Gefühl. Erst nach dem Gesundheitsscan hatte sich die Unruhe gelegt.

»Hast du denn Angst, dass irgendetwas nicht klappt?«

Yavis lenkte Lika geschickt um die Grüppchen von Schaulustigen herum, die überall auf dem Weg verteilt standen.

»Nein, natürlich nicht. Die Vorbereitungen für die Show haben wir schon vor Tagen abgeschlossen. Der letzte Probelauf lief ohne Zwischenfälle ab, aber immer noch denke ich, irgendetwas ist mir entfallen. Ich weiß auch nicht, was mir da im Kopf herumgeistert.«

Eben führte Yavis Lika an einem Serviceroboter vorbei. Schnell schnappte sie sich ein Konfekt und schob es sich in den Mund. Wahrscheinlich konnte sie ihrem Freund am besten helfen, wenn sie ihn ablenkte.

»Und du willst mir nicht verraten, was du dir für die Eröffnungsshow ausgedacht hast?«, fragte sie deshalb.

»Eigentlich nicht.« Yavis sah Lika ernst an, doch dann breitete sich ein schelmisches Grinsen auf seinem Gesicht aus. »Aber du bist ja nicht irgendjemand. Bei dir mache ich natürlich eine Ausnahme.« Er verlangsamte seine Schritte und neigte sich zu ihr herunter, als befürchtete er, jemand könnte ihr Gespräch belauschen. »Die Kunstwerke sind alle zu dem Thema *grenzenlos* geschaffen worden.« Mit weiten Gesten untermalte er, was er Lika erzählte. »Es sind tolle Werke entstanden. Sie werden dir gefallen. Eine Installation schwebt sogar, und wenn du dich ihr näherst, ist es, als würdest du selbst Teil des Kunstwerks sein!« Yavis blieb stehen und wandte sich Lika zu. Seine Augen sprühten vor Begeisterung. »Meine Idee war es, die einzelnen Exponate für sich stehen zu lassen. Ohne Wände drum herum, die räumliche Grenzen aufzeigen. Die verhindern nur die uneingeschränkte Wirkung der Kunstwerke. Das siehst du doch auch so, oder?« Lika nickte. »Ich habe einen Weg gefunden, das Kulturzentrum für die Ausstellung verschwinden zu lassen. Natürlich nicht richtig. Es ist nur eine optische Illusion, allerdings eine gute!«

Yavis sah Lika erwartungsvoll an. Sie spürte, wie wichtig ihm ihre Meinung war.

»Das hört sich … toll an«, erwiderte sie zögernd. »Ich kann mir nur noch nicht vorstellen, wie das Ganze ablaufen soll. Aber ich schätze, das werde ich ja bald erleben.«

»O ja, das wirst du.« Yavis Augen blitzten vor Vorfreude.

Lika ergriff seine linke Hand und drückte sie aufmunternd. »Es wird schon alles klappen. Du wirst sehen. Alle werden begeistert sein!«

Yavis nickte, bevor abermals ein Schatten über sein Gesicht huschte. »Wenn da nicht dieses Gefühl wäre, dass mir etwas Wichtiges entfallen ist.« Er schüttelte den Kopf und lächelte sie nun wieder an. »Wir müssen jetzt los. Ich stelle dir noch schnell mein Team vor und dann ist es auch schon so weit.«

Auf der Rückseite des Kulturzentrums waren Yavis' Mitarbeiter mit letzten Vorbereitungen für die Show beschäftigt. Zwei Frauen und ein Mann standen vor einem Holoscreen und diskutierten miteinander. Die drei kamen Lika nur vage bekannt vor. Wahrscheinlich war sie ihnen bei der einen oder anderen Veranstaltung begegnet, hatte bisher jedoch noch nichts mit ihnen zu tun gehabt. Verwundert schaute sie sich um.

»Suchst du irgendetwas?«

Yavis' Stimme drang wie durch einen Nebel in Likas Bewusstsein.

»Nein.« Irritiert schüttelte sie den Kopf. »Ich war wohl für einen Moment in Gedanken.«

»Wir arbeiten zum ersten Mal in dieser Konstellation zusammen«, erklärte Yavis mit Blick auf seine Mitarbeiter. »Aber wir sind so ein tolles Gespann, dass du die anderen in Zukunft wohl öfter sehen wirst.«

Lika gab allen die Hand und versicherte, sie warte schon voller Ungeduld auf die Show. Als Letzte stellte Yavis ihr eine junge Frau vor, deren schmales Gesicht von langen dunkelbraunen Haaren eingerahmt war. Sie reichte Lika nur bis zur Schulter und lächelte sie verhalten an.

»Bela hat die Hologramme für die Eröffnung der Ausstellung entwickelt. Du kennst ihre Arbeit schon. In deinem Lieblingspark hat sie vor Kurzem eine neue Show installiert. Mit viel Zauber und Kunststücken. Die solltest du dir unbedingt ansehen.«

»Schön, dich kennenzulernen«, begrüßte die Alterslose Lika.

Sprachlos starrte Lika auf Belas ausgestreckte Hand. Falsch, falsch, falsch, schrie eine Stimme in ihr. Erst als Yavis sie von hinten anstupste, löste sie sich aus ihrer Erstarrung und schluckte. Sie studierte das hübsche Gesicht ihres Gegenübers. Sie war sich sicher, Bela heute zum ersten Mal persönlich zu begegnen. Warum nur meinte sie, dass sie Yavis' Mitarbeiterin eigentlich kennen müsste? Sie versuchte, das beklemmende Gefühl abzuschütteln, und erwiderte die Begrüßung.

[10]

Die Lifttüren glitten gerade zu, als Manoo aus ihrer Wohneinheit stürzte. Im letzten Moment quetschte sie sich durch den verbliebenen Spalt. Manoo wohnte drei Stockwerke über Lika und fiel dieser sogleich um den Hals, als sie sie in dem Gedränge im Lift entdeckte.

»Ich bin heute Morgen einfach nicht aus dem Bett gekommen. Die Show gestern Abend war un-glaub-lich.«

Manoo zog die Silben breit auseinander und unterstrich jede von ihnen mit einer ausladenden Geste. Lika konnte sich ein Grinsen nicht verkneifen.

»Da denkt man, man hätte alles gesehen und dann – bämm- kommt Yavis mit einer noch genialeren Idee daher. Wirklich un-glaub-lich! Oder hast du damit gerechnet, dass er ein ganzes Gebäude verschwinden lassen würde? Und noch dazu das Kulturzentrum!« Manoos Wangen glühten vor Begeisterung. »Was für ein Abschluss der Großen Feier! Hättest du dir das vorstellen können?«

Manoo sah Lika erwartungsvoll an, doch ehe diese eine Antwort geben konnte, war der Lift in der obersten Etage angekommen. Die Türen öffneten sich. Vor ihnen lag die Shuttlestation.

Manoo hüpfte auf und nieder, um trotz ihrer fehlenden Zentimeter einen Blick auf den hinteren Teil des Wartebereichs zu erhaschen.

»Da sind sie ja!« Aufgeregt winkte Manoo einem Grüppchen zu. Die Bekannten hatten Manoo ebenfalls in der Menge entdeckt und riefen sie nun zu sich. »Du bist mir doch nicht böse, wenn ich zu den anderen laufe, oder? Wir sehen uns nachher im Labor.«

Ein kurzer Abschiedskuss auf die Wange und schon war Manoo verschwunden.

Lika schlenderte die Plattform entlang. Vorbei an vertrauten Gesichtern, mit denen sie ein Lächeln tauschte. Ihre Gedanken kreisten um das anstehende Gespräch mit dem Professor. Was er wohl mit ihr besprechen wollte?

Plötzlich schnellte ihr Puls in die Höhe. Am Ende der Station blitzte ein roter Haarschopf aus der Menge. Wie von allein setzten sich Likas Füße in Bewegung. Sie drängte sich durch die Wartenden. Angetrieben von der Angst, die junge Frau wieder aus den Augen zu verlieren, hastete sie vorwärts. Die entrüsteten Ausrufe der anderen prallten an ihr ab. Ihr Herzschlag dröhnte in ihren Ohren und irgendetwas schnürte ihr die Luft zum Atmen ab. Endlich war die Frau zum Greifen nah. Sie fasste sie von hinten an der Schulter, drehte sie zu sich herum und – erstarrte, als sie in das überraschte Gesicht der Fremden sah.

»Kann ich dir helfen?«

Die weiche Stimme der Frau drang nur langsam zu Lika durch. Hastig schüttelte sie den Kopf. Ihr Mund schien vergessen zu haben, wie er Worte formen musste. Wenigstens ließen ihre Füße sie nicht im Stich. Wie in Zeitlupe drehte Lika sich um und entfernte sich Schritt für Schritt von der Unbekannten. Immer wieder spulte die Szene sich vor ihr ab.

Der Moment, als die Rothaarige sich umdrehte. Der überraschte Ausdruck in ihren Augen. Noch immer fühlte

Lika die Nachwehen der Enttäuschung, die wie eine riesige Welle auf sie zugerollt und dann über ihr kollabiert war.

Das Shuttle landete. Die Türen öffneten sich und die Wartenden strömten in die Luftfähre. Lika ließ sich von den Umstehenden mitreißen. Sie schlüpfte auf einen freien Fensterplatz und betrachtete die Häuserschlucht unter ihnen. Langsam verflüchtigte sich die Schwere, die ihren Körper nach unten zog. Ihr Kopf wurde klarer und die Luft floss wieder frei in ihre Lungen. Sie konnte sich nicht erklären, was da eben mit ihr geschehen war. Eine Verwechslung, so viel war klar. Doch ihre Reaktion war ihr unbegreiflich. Wahrscheinlich waren die drei Tage, an denen sie viel erlebt und wenig geschlafen hatte, etwas viel für ihren Körper gewesen. Sie sollte heute unbedingt nach der Arbeit raus gehen. Sonne tanken. Am besten an einem See. Wasser hatte immer eine besondere Wirkung auf sie. Allein bei dem Gedanken an das leise Plätschern der Wellen breitete sich Ruhe in ihr aus.

Als Lika das Büro betrat, erwartete der Professor sie bereits. Er saß hinter seinem Schreibtisch und verstaute einen Stift in der Brusttasche seines Kittels.

»Gut, dass du gleich gekommen bist.« Er betrachtete sie wohlwollend. »Du arbeitest jetzt schon lange in meinem Institut, nicht wahr? Ich habe von Anfang an große Erwartungen in dich gesetzt. Du hast sie alle erfüllt.«

Likas Mentor erhob sich von seinem Stuhl und trat hinter dem Schreibtisch hervor. Erst als er vor ihr stand, redete er weiter.

»Du bist klug, ehrgeizig und wissbegierig. Bei unserer letzten Versuchsreihe dachten alle, wir wären in einer Sackgasse gelandet. Doch du hast nicht lockergelassen und das Problem noch einmal ganz von vorn aufgerollt. Deine Zielstrebigkeit ist eine besondere Eigenschaft, die unseren Erfolg erst ermöglichte.« Der Professor sah Lika an, als wartete er auf irgendeinen Kommentar von ihr. Ehe ihr etwas Passendes einfiel, fuhr er fort: »Lika, ich habe dich ausgewählt. Du sollst mich bei einem besonderen Auftrag begleiten. Allerdings bist du zu absolutem Stillschweigen verpflichtet. Alles, was mit dieser Mission zu tun hat, muss zwischen uns bleiben. Ich werde dir zeigen, worum es bei dieser Sache geht, und dann wirst du dich entscheiden müssen. Mit allen dazugehörigen Konsequenzen. Aber darüber sprechen wir noch zum gegebenen Zeitpunkt.«

Der Professor bedeutete Lika, ihm zu folgen, und ging Richtung Tür. Lika stand wie festgewachsen an ihrem Platz. Was sollte dieses Gerede um den heißen Brei? Warum sagte er nicht einfach, was er von ihr wollte? Absolutes Stillschweigen? Seit wann gab es Dinge, die man vor anderen geheim hielt?

»Nun?« Der Professor hielt die Tür auf. Seine Finger klopften einen leisen Rhythmus, während er mit hochgezogenen Augenbrauen auf sie wartete.

Wo ist dein Problem?, rief Lika sich zur Ordnung. *Dies ist der Professor, mit dem du schon seit Ewigkeiten zusammenarbeitest. Derselbe Mann, von dem du dich vor drei Tagen verabschiedet hast.* Lika atmete tief durch. Sie straffte ihre Schultern und folgte ihrem Mentor nach einem knappen Nicken.

Er führte sie durch unzählige Flure bis zu einem Lift, der sie zu einer Shuttlestation auf dem Dach eines Nebengebäudes beförderte, von deren Existenz sie bisher nichts gewusst hatte. In der Mitte der runden Landefläche stand bereits ein kleines Zwei-Mann-Shuttle.

Lika nahm neben dem Professor Platz. Das Luftschiff erhob sich und flog Richtung Stadt davon. Der Professor war in Schweigen verfallen. Lika hatte das Gefühl, er würde Fragen jeglicher Art als Zeichen mangelnden Vertrauens auffassen. Also übte sie sich in Geduld und versuchte zu erraten, wohin die Reise ging. Das Wissenschaftliche Zentrum lag hinter ihnen. Vor ihnen erhob sich die Silhouette der Stadt. Die Gebäudetürme glitzerten im grellen Sonnenlicht. Links das Versorgungszentrum, der Verwaltungsbezirk, darum herum die Wohnkomplexe und das in die Höhe strebende Kulturzentrum. Hier und da blitzten die sattgrünen Park- und Waldanlagen zwischen den Gebäuden durch. Ein zartes Flirren am Himmel fesselte ihre Aufmerksamkeit. Diese kleinen Lichtreflexionen waren die einzigen Hinweise auf die Existenz der Schutzkuppel, die Eden von der Außenwelt abschirmte. Plötzlich änderte das Shuttle seine Richtung.

»Der Verwaltungskomplex?«

Jetzt hatte sie ihre Neugier doch nicht zügeln können.

Der Professor schmunzelte amüsiert.

»Ich habe uns gleich nach unserem Abflug angemeldet. Wir werden sicher schon erwartet. Sobald wir da sind, ist der richtige Zeitpunkt für deine Fragen gekommen.«

Tatsächlich führte der Professor sie wenig später in einen Raum, in dem drei Männer und zwei Frauen an einem Tisch saßen. Sie begrüßten die Neuankömmlinge mit einem stummen Nicken. Verwundert stellte Lika fest, dass Custos zu den Anwesenden gehörte.

Sie zog den letzten freien Stuhl hervor und setzte sich. Verstohlen wanderte ihr Blick über den Tisch hinweg zu dem Mitglied des Oberen Rates, dessen Eröffnungsrede sie vor einer gefühlten Ewigkeit gelauscht hatte. Er saß zurückgelehnt in seinem Stuhl, das dunkelblonde Haar aus der Stirn gegelt. Auf seinem Gesicht der Schatten seines getrimmten Bartes. Um seine Augen ein feines Netz kaum sichtbarer Fältchen. Er betrachtete den Professor neben ihr, die Augenbrauen leicht zusammengezogen, als würde er über etwas nachgrübeln.

Eine Stimme ertönte und lenkte Likas Aufmerksamkeit

von Custos weg, hin zu der schmalen Frau zwei Sitze weiter.

»Lika, es freut uns, dass du unserer Einladung gefolgt bist. Mein Name ist Tanara. Der Professor hat in den höchsten Tönen von dir gesprochen. Er hat uns versichert, dass du uns nicht enttäuschen wirst.«

Am liebsten hätte Lika laut gelacht. Von einer Einladung hatte sie ja gar nichts gewusst! Und dann noch Tanaras Gebaren! So unbewegt, wie die Frau vor ihr saß, klangen auch ihre Worte. Sie war ein zartes, farbloses Geschöpf. Lika ertappte sich bei der Frage, ob es sich bei diesem Wesen wirklich um eine alterslose Neuweltlerin handelte, oder doch eher um einen Androiden? Aber diese dienten in der Neuen Welt lediglich als Servicekräfte. Das konnte also nicht sein.

»Das, was wir dir nun erzählen werden, ist schwer zu verstehen«, setzte Tanara ihre Erklärung fort. »Dennoch möchten wir dich bitten, mit deinen Fragen so lange zu warten, bis unsere Ausführungen abgeschlossen sind.«

Sie sah Lika starr an. Erst als diese zustimmend nickte, aktivierte Tanara über die Kontrolleinheit einen 3-D-Holoscreen in der Mitte des Tisches.

Vor den Augen der Anwesenden erwachte eine fremd anmutende Miniaturwelt zum Leben. Lika sah ein Hologramm des Professors. Er befand sich in einer Siedlung, umringt von eigentümlich gekleideten Menschen. Es musste wohl recht warm dort sein, denn die Frauen trugen knielange Kleider, die mit einem Gürtel oder Strick um die Taille gerafft waren. Die dunkle Kleidung wirkte formlos. Sie schien aus einem groben Material gefertigt zu sein. Der Professor hatte wie die anderen Männer eine enge braune Hose und eine ärmellose Tunika an. Die Schuhe waren zum Schnüren und aus Leder gefertigt. Eine Weile betrachteten alle die lautlose Szene, bis Tanara schließlich erzählte.

»Hier siehst du den Professor vor einem Jahr in einer der letzten Siedlungen in der Alten Welt.«

»In der Alten Welt? Aber ich dachte, niemand außer uns hätte die große Katastrophe überlebt!«

Lika war schockiert. Wie konnte etwas so Ungeheuerliches wahr sein? Warum wusste niemand davon? Tanara nahm Likas Ausbruch ohne Reaktion hin.

»Das haben wir auch lange Zeit gedacht«, ergriff der Professor das Wort. »Aber es gab Überlebende. Nicht viele, gemessen an der Größe der Weltbevölkerung zu Beginn des Zusammenbruchs. Aber genug. Einige leben in Clans zusammen. Sie betreiben Ackerbau, haben Tiere, handeln untereinander. Andere führen das Leben von Nomaden. Ihr Alltag wird vom Wechsel der Jahreszeiten bestimmt. Andere wiederum haben sich zu größeren Gruppen zusammengetan. Sie leben in den Ruinen der alten Städte.«

»Jetzt wissen wir also von ihnen. Warum müssen sie dann unter so primitiven Bedingungen leben? Warum holen wir sie nicht zu uns? Warum geben wir ihnen nicht das, was sie brauchen?«

Der Professor beugte sich zu Lika herüber und drückte ihr beruhigend die Hand.

»Natürlich ist es unsere Pflicht, ihnen zu helfen. Doch wir können sie nicht einfach hierherholen. Der Schutz unserer Welt steht an oberster Stelle. Nur wenn wir überleben, wird die Menschheit auf lange Sicht existieren. Auch wenn in der Alten Welt Menschen wohnen, heißt das nicht, dass wir dort gefahrlos hin und her reisen können. Es gibt noch immer tödliche Viren, denen auch wir wehrlos ausgeliefert wären. Unsere Wissenschaftler arbeiten an zuverlässigen Schutzmaßnahmen und auch du leistest mit deinen Forschungen einen wichtigen Beitrag dazu.«

Likas Blick wanderte wieder zu der Projektion in der Mitte des Tisches. Der Holoscreen zeigte den Professor. Er saß vor einer Hütte. Eine Frau, auf deren Hüfte ein kleines

Kind thronte, löste sich aus der Gruppe. Sie trat auf ihn zu. Die beiden unterhielten sich. Lika beobachtete, wie die Frau dem Professor ihr Kind reichte. Es sah aus, als untersuchte er das Kleine.

»Die Menschen da draußen müssen mit vielen Krankheiten fertig werden«, hörte Lika Tanaras Stimme. »Die meisten sind völlig harmlos, aber ohne geeignete Medikamente oder Impfungen stehen sie ihnen schutzlos gegenüber. Manchmal kommt es sogar vor, dass eine Epidemie einen ganzen Clan auslöscht.

Wenn wir einen Weg gefunden haben, die Umweltprobleme auf der Erde in den Griff zu bekommen, und uns wirksame Mittel gegen die Viren zur Verfügung stehen, werden die Menschen wieder vereint sein. Bis dahin gibt es für uns vor allem eine Sache zu tun: ihnen beim Überleben helfen. Das ist es, was unser Team macht. Bisher ist es uns nur möglich, den Menschen eines Clans zu helfen. Sie leben in relativer Abgeschiedenheit in den Bergen. Das Risiko für den Professor ist dort verhätlnismäßig gering. Er reist seit einigen Jahren jeden Sommer für einige Tage zu ihnen und impft die Clanbewohner. Mehr können wir nicht machen. Mehr können wir *noch* nicht machen«, konkretisierte Tanara.

»Und was hat das mit mir zu tun?« Lika sah fragend in die Runde.

Custos richtete sich in seinem Stuhl auf und stützte die Unterarme auf dem Tisch ab. Er sah ihr in die Augen. Es fühlte sich an, als würde ihr Körper um einige Grad runterkühlen, ihr Atem einfrieren.

»Wir möchten, dass du Teil des Teams wirst. Du sollst den Professor bei seiner nächsten Reise in die Alte Welt begleiten.«

[11]

Ungläubig wanderte Likas Blick von einem der Anwesenden zum nächsten. Das, was sie soeben gehört hatte, machte noch keinen Sinn. Sie hatte das Gefühl, als würden ihr entscheidende Teile eines Puzzles fehlen.

»Aber warum ich? Ihr sagt, der Professor reise jedes Jahr zu dem Clan. Warum soll ich ihn plötzlich begleiten? Und warum wählt ihr nicht jemanden, der viel besser für diese Mission geeignet wäre? Jemanden mit medizinischer Ausbildung zum Beispiel?«

Der Professor beugte sich zu ihr herüber und schenkte ihr ein Lächeln. »Wir haben dich gewählt, weil du am besten für diese Aufgabe geeignet bist. Du hast ein fundiertes medizinisches Basiswissen. Das gehörte mit zu deiner Ausbildung. Wissen, das dir fehlt, wirst du in den nächsten Wochen dazulernen. Und warum ich dieses Mal nicht allein in die Alte Welt reise?« Der Professor lachte leise. »Da gibt es gleich zwei Gründe. Zum einen möchten wir das Vertrauen der Clanbewohner nicht aufs Spiel setzen. Irgendwann werden sie misstrauisch werden, wenn ich wiederholt zu ihnen reise und jedes Mal unverändert alt aussehe. Ich werde dir also auf dieser Mission alles zeigen, was du wissen musst, damit du nächstes Jahr allein zum Clan reisen kannst. Zum anderen planen wir, Kontakt zu anderen Gemeinschaften aufzunehmen und auch ihnen unsere Hilfe anzubieten.« Der Professor lehnte sich zurück. »Und eine andere Sache solltest du auch wissen. Wir impfen diese Menschen nicht ganz uneigennützig.« Er räusperte sich und sah einen Moment in Gedanken vor sich hin, als wägte er die nächsten Worte sorgfältig ab. »Ich nutze die Impfungen, um neue Virenstämme zu sammeln. Du weißt selbst, dass die Erreger, an denen wir forschen, ständig mutieren. Wir kommen mit unserer Arbeit kaum hinterher. Wie oft haben wir schon einen Impfstoff entwickelt, nur um bei der nächsten Testphase festzustellen, dass das Virus sich schon wieder verändert hat und unser Mittel unwirksam geworden ist. Das ist ein Problem. Eure neue Methode ist ein vielversprechender Ansatz. Nicht nur für die Viren der Beta-Katagorie, an denen ihr forscht. Ich habe große Hoffnung, dass wir mit dieser Methode alle Viren unabhängig von ihrem Aufbau und ihrer DNA unschädlich machen können. Um dies zu untersuchen, benötigen wir möglichst viele verschiedene Virenstämme aus der Alten Welt. Nur so können wir sie in unsere Forschungen einbeziehen. Denn du weißt ja: Unser Traum ist es, irgendwann wieder auf der gesamten Erde leben zu können.«

»Deine Aufgabe wird es sein, die Clanbewohner kennenzulernen und dich mit ihren Gepflogenheiten vertraut zu machen, damit du den Einsatz in Zukunft allein durchführen kannst«, ergriff Custos das Wort. Der Blick aus seinen grauen Augen lag schwer auf ihr. »Außerdem wirst du dem Professor dabei helfen, Abstriche zu entnehmen und zu scannen. So sichern wir neues Material für unsere Forschungen.«

Lika nickte bedächtig. Der Schock über die unglaubliche Neuigkeit, dass es in der Alten Welt noch menschliches Leben gab, ebbte nur langsam ab. Dennoch formte sich aus den neuen Informationen allmählich ein Bild, das für sie Sinn ergab. Sie verstand zwar nicht, warum die Existenz der Altweltler vor den anderen Bewohnern Edens geheim gehalten wurde, aber dafür würde der Obere Rat seine Gründe haben.

»Du musst dich nicht sofort entscheiden«, ergänzte der Professor. »Es liegt an dir, ob du mich bei meiner nächsten Reise ans andere Ende der Welt begleiten wirst. Aber wenn, wartet eine Menge Arbeit auf dich.«

»Schlaf eine Nacht darüber«, sagte Custos. »Und morgen teilst du dem Professor mit, wie deine Entscheidung ausgefallen ist.«

Mit diesen Worten stand er von seinem Platz auf. Die Unterredung schien beendet zu sein. Verblüfft beobachtete Lika, dass auch die anderen sich von ihren Stühlen erhoben.

»Einen Moment«, sprudelte es aus ihr heraus. Custos stoppte und drehte sich zu ihr um. »Ich fühle mich geehrt, dass ihr gerade mich ausgewählt habt, um den Professor bei dieser wichtigen Mission zu unterstützen.« Lika räusperte sich. Vor Aufregung war ihre Kehle ganz trocken geworden und ihre Stimme hörte sich rau an. »Ich brauche keine Zeit, um über eure Bitte nachzudenken. Selbstverständlich begleite ich meinen Mentor.«

[12]

Drei Monate später betrat Lika das verwaiste Dach des Verwaltungsgebäudes.

Das Shuttle, mit dem sie in wenigen Minuten die ihr bekannte Welt verlassen würde, thronte wie ein überdimensionaler Rochen auf der Startrampe. Ein Rochen, dem der Schwanz fehlte. Dafür verstärkten die an den Enden nach oben geschwungenen Flügelspitzen den Eindruck, vor einem stählernen Verwandten eines Riesenmantas zu stehen. Im Sea-Ressource-Center schwammen einige Exemplare dieser Art umher. Lika hatte sie oft bewundert, wenn sie schwerelos an ihrer Unterwasserkapsel vorüber schwebten. Die Fortbewegungsart des Kolosses vor ihr würde sich jedoch von der der Fische unterscheiden. Kein sanftes Gleiten, wie in Zeitlupe. Sie stellte es sich wie ein Sausen vor, bei dem die Welt sich zusammenziehen würde, umso schneller das Shuttle durch den Himmel schoss, bis sie auf die Größe der Passagierkabine zusammengeschrumpft wäre und es draußen nur noch verschwommene Schatten gäbe.

Vom Professor wusste Lika, dass ihr Flieger sie mit mehr als doppelter Schallgeschwindigkeit zur anderen Seite der Erde befördern würde. Sie trat näher an das Shuttle.

Die dunkle Außenhaut glitzerte metallen. Die Oberfläche fühlte sich rau und warm an.

»Erstaunlich, nicht wahr?«, ertönte hinter ihr die Stimme des Professors. Wie Lika war auch er in der typischen Tracht der Altweltler gekleidet. Der Stoff, aus dem die Tunika und die Hose gefertigt war, wirkte grob und kratzig. Aber inzwischen wusste Lika aus eigener Erfahrung, dass der Schein trog.

Der Professor blieb neben ihr stehen und stellte seinen Rucksack mit einem dumpfen Knall neben sich ab. »Das äußere Material des Shuttles ähnelt in seiner Struktur der Haut von Haien. Zusätzlich haben wir sie mit einer projizierenden Membran beschichtet. Eine Erfindung deines Freundes Yavis. Er hat mit Hilfe dieser Technik das Kulturzentrum während der Abschlussshow verschwinden lassen.« Der Professor strich mit einem angedeuteten Lächeln über die Außenhaut des Shuttles. »Ich gehe davon aus, dass du dieses Spektakel live miterlebt hast, nicht wahr? Diese Technologie ermöglichte uns, eine ganz neue Tarnvorrichtung zu entwickeln. So wird unser Gefährt nach der Landung in der Alten Welt unentdeckt bleiben.«

Der Professor zog den linken Ärmel seiner Jacke ein Stück nach oben. Um sein Handgelenk hing ein schmaler Reif. Er sah handgefertigt aus. In der Mitte des angelaufenen Metalls – war das etwa Silber? – war ein runder Mondquarz eingefasst. Lika reckte den Hals, konnte aber nicht erkennen, was ihr Mentor mit dem Armreif tat, doch die Wirkung war unübersehbar. Vor ihren Augen löste sich das Shuttle in Luft auf. Lika streckte ihre Hand ein weiteres Mal aus. Wie zuvor spürte sie die raue Oberfläche unter ihren Fingern. Das Shuttle befand sich noch immer direkt vor ihr, auch wenn ihre anderen Sinne ihr vorgaukelten, vor einer leeren Startrampe zu stehen.

»Und ich hatte Yavis' Entwicklung für eine von seinen Spielereien gehalten.«

Der Professor schnalzte missbilligend mit der Zunge. »Viele Erfindungen sind weit bedeutender, als die meisten vermuten. Und es hat für ihre Welt ja auch keine Relevanz. Erst wenn man wie wir die ganze Wahrheit kennt, erschließt sich das Potenzial, das eine neue Technologie in sich birgt.«

»Ihre Welt, unsere Welt.« Lika schüttelte den Kopf. »Ich dachte, wir alle leben in derselben Welt.«

Die Türen des Liftes öffneten sich. Tanara betrat in Begleitung von Custos die Plattform. Sie hatte Likas Rucksack dabei. Ihr knabenhafter Körper steckte in einem enganliegenden Anzug. Das weißblonde Stoppelhaar trug sie zurückgegelt. Während Custos ihnen zunickte, richtete Tanara das Wort an die beiden Wartenden.

»Guten Morgen, Professor. Lika.«

Kühl und sachlich wie immer. Nachdem Lika von der Existenz der Alten Welt erfahren hatte, hatte sie viele Stunden mit ihr verbracht. Es war in Tanaras Aufgabenbereich gefallen, sie auf ihren Einsatz in dem Clan vorzubereiten. Aber nicht ein Mal hatte sie auch nur ansatzweise Emotionen bei Tanara wahrgenommen. Keine Freude, keine Begeisterung, kein Mitgefühl. Keine Ungeduld. Dafür war sie die personifizierte Verlässlichkeit. Lika hätte geschworen, die Frau sei einer dieser androgynen Serviceroboter. Der einzige Unterschied zwischen beiden bestand darin, dass die Roboter Emotionen imitierten, Tanara dagegen neben ihrer scheinbaren Gefühlskälte unübersehbar atmete. Ihr Verhalten und die absolute Vorhersehbarkeit ihrer Reaktionen hatten jedoch auch positive Seiten. Nachdem die Enthüllungen Likas Welt auf den Kopf gestellt hatten, war Tanaras Berechenbarkeit zu ihrem Fels in der Brandung geworden. Tage hatten die beiden im Holospace verbracht, damit Lika alles Nötige über den Clan und das Leben in der Alten Welt lernte. Doch den überwiegenden Teil dieser Zeit hatten sie genutzt, um Lika auf ihre Rolle als

Ärztin vorzubereiten. Der Professor hatte ihr versichert, dass es äußerst unwahrscheinlich sei, dass sie auch nur einen kleinen Teil dieses neuen Wissens jemals anwenden müsse. Schließlich gab es im Clan jemanden, der die Bewohner medizinisch versorgte. Allerdings müsse sie im Notfall wie eine erfahrene Ärztin handeln können, um nicht das Misstrauen der Altweltler zu wecken. Also übte sie unermüdlich mithilfe von 3-D-Projektionen, wie sie die Krankheiten, die da draußen immer noch ihr Unwesen trieben, behandeln musste. Woran erkannte man Angina, Bronchitis oder Mittelohrentzündung? Welches Kraut war dagegen gewachsen, und wie wandte man es an? Dank Tanara wusste Lika nun alles, was es über Heilpflanzen, ihre Wirkung und Verarbeitung zu wissen gab. Arm- und Beinbrüche, Quetschungen, Verbrennungen, eiternde Wunden. Für jeden dieser Fälle kannte sie inzwischen die richtige Behandlungsmethode unter Verwendung der in dem Clan zur Verfügung stehenden Hilfsmittel und Arzneien. Die vielen Stunden im Holospace unter Tanaras unerbittlicher Aufsicht hatten sich ausgezahlt.

Auch wenn sie in der Alten Welt nur die dort verfügbaren Medikamente sowie Nadel, Faden und Verbandsmaterial nutzen konnte, um nicht das Misstrauen der Clanbewohner zu erregen, steckte in Likas Gepäck neben den Impfstoffen und den an einen Holzspatel erinnernden Scaner zur Entnahme der Speichelproben auch ein mobiles Meditool. Für absolute Notfälle und nur zu benutzen, wenn niemand sie beobachtete, wie Tanara immer wieder betonte. Aber allein der Gedanke daran, das Gerät jederzeit zur Verfügung zu haben, verlieh ihr zusätzliche Sicherheit.

Tanara reichte Lika ihren Rucksack. »Dein Stift steckt oben im Fach«, sagte sie. »Wir haben die Schrifterkennung angepasst. Was du schreibst, wird digitalisiert und gespeichert. Die Scanfunktion kennst du.«

Lika nickte und setzte sich das Gepäckstück auf. Das

Gewicht war zumutbar, aber nach einer längeren Wanderung würde sie jedes Gramm wahrnehmen. Eine weitere Erfahrung aus dem Holospace.

Custos zog etwas aus seiner Hosentasche und hielt den Gegenstand in die Höhe. Verwundert betrachtete Lika das lederne Armband, dessen Mitte ein matt glänzender Stein zierte. Es war schlicht und wirklich wie aus einer anderen Zeit.

»Deine mobile Servunit«, erklärte ihr Mentor. »Sie wird dich in der Alten Welt vor den dortigen Parasiten und Krankheitserregern schützen. Sie führt auch den täglichen Gesundheitsscan durch. Außerdem ist eine Ortungsfunktion in der Unit integriert.«

Custos forderte sie mit einer forschen Handbewegung auf, ihm ihren Arm zu reichen. Sie spürte seine kühlen Finger auf ihrer Haut, als er die geflochtene Lederschnur um ihr Handgelenk schlang und die Enden verknotete.

»Das Band ist reißfest. Mach dir also keine Sorgen, dass du es verlieren könntest.« Seine Hand ruhte für einen Moment auf ihrer Schulter, bevor er einen Schritt zurücktrat. »Die Servunit ist gleichzeitig dein Kommunikator, mit dem du mit dem Shuttle und von dort aus mit uns Kontakt aufnehmen kannst. Wir sind dann innerhalb von zehn Stunden bei euch und holen euch zurück.«

Likas Fingerspitzen glitten über das Armband. Der Stein lag warm auf ihrer Haut. Weiße Adern durchzogen den schwarzen Quarz. Langsam sickerte die Erkenntnis in ihr Bewusstsein, dass sie in wenigen Minuten alles, was ihr vertraut war, zum ersten Mal in ihrem Leben hinter sich lassen würde. Sie spürte, wie sich ihr Puls bei diesen Gedanken beschleunigte. Verwundert über sich selbst schüttelte sie den Kopf und straffte ihre Schultern.

Das Shuttle verließ die Neue Welt durch eine Schleuse. Für einen Moment stand es unbewegt in der Luft, während das System einen letzten Sicherheitscheck durchführte. Lika blickte zurück und beobachtete, wie sich das riesige Portal hinter ihnen schloss. Vor dem strahlend blauen Himmel hob sich Eden majestätisch ab. Ergriffen saugte sie den Anblick ihrer Welt in sich auf. Die Schutzkuppel glitzerte im Sonnenlicht wie eine mit Raureif überzogene Kristallkugel. Unter dem feinen Netz der einzelnen Segmente zeichneten sich die Silhouetten der Gebäude, der weitläufige Verwaltungsbezirk und die vielen Park- und Seenlandschaften ab. Lika meinte sogar, am Rand der Kuppel das Wissenschaftliche Zentrum ausfindig zu machen. Ein dicker Kloß formte sich in ihrem Hals. Sie räusperte sich und schluckte das eigenartige Gefühl hinunter. Ihr stockte der Atem, als ein feines Flirren über die Schutzkuppel lief und *Eden* sich in Luft auflöste.

Das leise Brummen des Shuttleantriebs schwoll an. Die Turbinen wirbelten den Ozean unter ihnen auf, und es sah aus, als würde das Wasser sprudeln. Schaumberge bäumten sich auf und explodierten beim Aufschlagen auf die Wasseroberfläche in einem dunklen Tropfennebel. Die bis dahin ruhige See verwandelte sich in ein wütendes Ungeheuer. Das Meer tobte, doch die Geräusche prallten an dem schallisolierten Shuttle ab. Kein Laut drang in die Kabine. Von oben betrachtete Lika das stumme Schauspiel. Sie gewannen an Höhe. Wolken schoben sich zwischen die Luftfähre und den Ozean. Wurden dichter und dichter, bis sie den Aufruhr unter sich begruben. Die Sonne brachte die Wolkenwatte zum Leuchten und zeichnete gleißende Gipfel und Dunkeltäler in die Traumlandschaft, während das Shuttle seinem Ziel entgegen schoss.

»Du solltest die Zeit nutzen, um etwas Schlaf zu bekommen«, riss der Professor Lika aus ihren Beobachtungen. »Wenn wir landen, wird es früher Morgen sein, und eine lange Wanderung liegt vor uns.«

Ihr Mentor saß ihr gegenüber und zog eine Decke unter

seinem Sitz hervor. Er breitete sie über sich aus. Penibel klemmte er die Ränder unter seinen Beinen fest.

»Das werde ich machen. Aber noch bin ich zu unruhig. Ich bezweifle, dass ich schlafen könnte.«

Der Professor schien zu überlegen, was oder wie er darauf antworten sollte, während er mit der rechten Hand die Decke unter seinen linken Arm stopfte.

»Es gibt keinen Grund, aufgeregt zu sein. Du hast in den letzten Wochen alles gelernt, was du wissen musst, um deine Aufgaben erfüllen zu können und in der Alten Welt zurechtzukommen. Halte dich an meine Anweisungen, dann kann gar nichts passieren.«

Nachdenklich betrachtete Lika ihr Gegenüber. Natürlich hatte er recht. Und es war auch nicht so, als hätte sie Angst, die Erwartungen des Oberen Rates nicht zu erfüllen. Doch zum ersten Mal in ihrem Leben begab sie sich in eine Umgebung, die ihr fremd war, traf Menschen, die sie nicht kannte und denen sie nicht vollkommen offen begegnen konnte. Sie konnte nachvollziehen, woher die Nervosität kam. Dennoch war sie unzufrieden mit sich. Diese Unsicherheit war neu und kein Gefühl, das sich gut anfühlte.

Schließlich war ihr Mentor zufrieden mit seinen Bemühungen. Er rückte sich in seinem Sessel zurecht und schob nun seinen rechten Arm unter die Decke. Nur der Kopf guckte aus dem wärmenden Kokon heraus. Der Professor schloss die Augen. Schon hörte Lika sein tiefes, gleichmäßiges Atmen. Er war von einer Sekunde zur nächsten eingeschlafen.

Irritiert schüttelte sie den Kopf. Wie hatte er das angestellt? Einschlafen auf Knopfdruck? Sie seufzte leise und beschloss, den Rat ihres Mentors zu befolgen. Sie schob die kreisenden Gedanken beiseite, stellte ihren Sitz in Liegeposition und breitete eine Decke über sich aus.

Als sie die Augen wieder öffnete, war es draußen dunkel, das Licht im Shuttle gedämpft. Die einzigen Geräusche, die sie vernahm, waren das leise Brummen der Motoren und das Atmen des Professors. Lika drehte den Kopf auf die andere Seite und schloss die Augen erneut.

Sie erwachte zum zweiten Mal. Die Sonne schien ihr ins Gesicht. Die Wolkendecke hatte sich aufgelöst. Unter ihnen flimmerte die spiegelblanke Oberfläche des Ozeans. Bis zum Horizont erstreckte sich das blaue Wasser. Plötzlich stutzte Lika.

»Was ist das denn?«

Der Professor richtete sich in seinem Sitz auf und schob die Berichte, die er in dem Holoscreen vor sich aufgerufen hatte, mit einer forschen Handbewegung zur Seite. Er lugte aus dem Fenster und betrachtete das Meer. Sein Blick blieb an dem gewaltigen braungrünen Etwas hängen, das Likas Aufmerksamkeit erregt hatte.

»Ach, du meinst den Müllteppich.« Das Shuttle näherte sich schnell dem schwimmenden Gebilde. »Eine Hinterlassenschaft meiner Generation und der Generation davor. Solche Ansammlungen von Plastikmüll gibt es auf allen Ozeanen. Die Strömungen haben die Kunststoffabfälle zu riesigen Feldern zusammengetragen, die nun im Meer herumtreiben. Inzwischen haben Algen und Seetang den Abfall überwuchert, aber es wird noch einmal zweihundert Jahre brauchen, bis auch das letzte Stück Plastik mechanisch zerkleinert ist und dann als Mikropartikel im Meer herumschwimmt.«

Inzwischen flog das Shuttle über den endlos scheinenden Teppich hinweg.

»Ich habe von diesen schwimmenden Müllhalden von meinen Tutoren gehört«, sagte Lika. »Aber sie nun in Wirklichkeit zu sehen, ist etwas ganz anderes.« Sie entdeckte bunte Gebilde verschiedenster Art und Beschaffenheit, die aus der schlammgrünen Masse ragten. »Was ist das alles?«

Der Professor reckte sich, um den Abfall genauer betrachten zu können: »Tüten, Container, Spielzeug. Alles

Dinge, die wir damals unbedingt haben mussten, um glücklich zu sein.«

»Das Ausmaß dieses Müllteppichs ist einfach unfassbar.«

Der Professor nickte bedächtig. »Ja. Er ist ein sichtbares Überbleibsel dessen, was die Menschen vor so vielen hundert Jahren verbrochen haben. Aber genauso schlimm sind die nicht so offensichtlichen Auswirkungen. Früher gab es überall auf der Erde Atomkraftwerke. Saubere Energie haben sie das eine Zeit lang genannt. Wie du weißt, sind noch immer weite Landstriche rund um die Ruinen dieser Anlagen radioaktiv verseucht. Man sieht und fühlt die Strahlung nicht, aber an den Pflanzen und Tieren in der Umgebung ist ihre Wirkung auch nach hunderten von Jahren noch sichtbar.« Er rückte sich wieder in seinem Sitz zurecht. In seinen Worten hatte ein eigenartiger Unterton mitgeschwungen. Lika gewann den Eindruck, als ließen die Verfehlungen der Menschen ihren Mentor nicht so kalt, wie er es sie gern glauben lassen wollte. Konnte es sein, dass er selbst nach so langer Zeit noch Groll empfand, wenn er an das Versagen der Menschen damals dachte?

»Aber keine Angst«, fuhr er fort. »Der Clan lebt am Rande einer Bergkette, weit genug von den verseuchten Gebieten entfernt. Dort haben sie höchstens mal mit extremen Wetterlagen wie langen Dürrezeiten oder orkanartigen Stürmen und solchen Sachen zu kämpfen. Wir setzen uns keiner radioaktiven Gefahr aus.«

Der Professor schien das Thema für beendet zu halten. Er wandte sich wieder seinem Holoscreen zu und vertiefte sich in seine Arbeit.

Lika konnte ihren Blick nicht von dem Bild unter ihnen lösen. Trotz des gewaltigen Ausmaßes der Müllansammlung lag das Zeugnis der untergegangenen Zivilisation bald hinter ihnen. Das Gesehene bedrückte sie. Sie wusste von ihren Tutoren, dass die Forscher damals die nahende Katastrophe rechtzeitig vorausgesehen hatten. Wären die Menschen sich einig gewesen und hätten entschlossen gehandelt, wäre der Untergang der Alten Welt aufzuhalten gewesen. Warum hatten die Menschen damals ihre Intelligenz nicht verantwortungsbewusster genutzt? Die Gründe waren für sie nicht nachvollziehbar. Schade, dass der Professor schon wieder in seinen Zahlenkolonnen versunken war. Sie würde ihn bei Gelegenheit noch einmal dazu befragen. Schließlich war er vor über zweihundertfünfzig Jahren dabei gewesen, als sich das Ende der bekannten Welt angekündigt hatte. Erst als sie am Horizont den Umriss eines Festlands entdeckte, konnte sie das Thema innerlich beiseitelegen.

Die Landmasse hob sich nur um Nuancen vom Einheitsgrau des Himmels und des Ozeans ab. Das Shuttle schoss auf den Kontinent zu. Lika presste ihre Stirn gegen das kühle Kabinenfenster. Sie wollte so viele Details wie möglich von der Welt aufsaugen. Die weißen Klippen einer Steilküste erschienen vor ihr und waren einen Moment später schon wieder verschwunden. Es folgte eine grüne Hügellandschaft. Ein breiter Strom wand sich durch bewaldete Flächen. Er glitzerte hell im Sonnenlicht. Vor einer Bergkette erschienen die Überreste einer Stadt. Lika riss die Augen auf. Hier hatten einmal Menschen gewohnt. Viele Menschen. Die Reste einer Brücke ragten in den Himmel. Dahinter schlanke Gebäudetürme. Bevor sie alle Details erfassen konnte, lag auch dieses Szenario hinter ihnen. Am Horizont entdeckte Lika ein Gebirge. Seine Kuppen ragten bis weit über die Baumgrenze und waren mit Schnee bedeckt. Das angestrengte Sehen ermüdete ihre Augen. Ihr wurde schwindelig. Wie sie erleichtert feststellte, drosselte das Shuttle seine Geschwindigkeit.

Der Professor schloss den Holoscreen. »Jetzt sind wir bald da. Die Region, in der der Clan lebt, ist sehr bergig. Das Dorf liegt in einem Tal. Es ist von einem dichten, teilweise unzugänglichen Wald umgeben. Wir können nicht nah an unser Ziel heranfliegen. Es gibt dort keinen geeigneten Landeplatz. Und die Gefahr, dass jemand unser Shuttle sieht, wäre natürlich auch viel zu groß, nicht wahr?«

Atemlos betrachtete Lika die Gegend. Während der Professor weiterredete, entdeckte sie an einem See die Überreste einer Hütte. Auch in diesem zusammengefallenen Haufen aus Steinen und Holzbalken hatten einmal Menschen gelebt. Ein feines Kribbeln kroch aus Likas Bauch und erfüllte schon bald ihren ganzen Körper. Sie rutschte auf ihrem Sitz hin und her.

»Das Wetter ist wie vorausgesagt trocken und um die sechzehn Grad«, hörte sie ihren Mentor sagen. »Wir werden planmäßig am späten Nachmittag oder frühen Abend im Dorf eintreffen.«

Lika nickte, auch wenn der Professor den Ablauf nicht zur Diskussion stellte, sondern ihn lediglich noch einmal für sie zusammenfasste. Sie konnte es inzwischen kaum erwarten, die Alte Welt zu betreten.

[13]

Das baumlose Hochplateau, über dem das Shuttle zur Landung ansetzte, lag wie ein großes Geröllfeld am Fuße eines schneebedeckten Gletschers. Milchiges Wasser floss an etlichen Stellen unter dem Eis hervor, rauschte die Felswand hinab und speiste einen trüben, grünlich schimmernden See.

Lika kletterte die schmale Treppe hinunter. Lose Steine knirschten, während sie sich langsam um ihre eigene Achse drehte und die Umgebung begutachtete. Der Professor aktivierte die Tarnvorrichtung, und das Fluggefährt verschwand vor ihren Augen.

»Du kannst das Shuttle mit deiner mobilen Servunit ansteuern.« Er zeigte Lika, wie sie mit Hilfe ihres unscheinbaren Armbands einen Holoscreen aufrief. »Die mobile Servunit ist übrigens geschützt. Nur du bist in der Lage, sie zu aktivieren.«

»Nur ich?«, fragte Lika erstaunt.

Der Professor zuckte mit den Schultern. »Na ja. Und ich. Wir beide eben, aber kein Fremder.«

Ein letztes Mal kontrollierten sie den Sitz ihrer Rucksäcke, zogen Gurte nach und rückten Polster zurecht. Ihre gesamte Ausrüstung sah aus, als hätten sie sie im Archiv für antike Relikte gefunden. Doch hinter dem fleckigen, an Leder erinnernden Material verbarg sich eine federleichte, strapazierfähige Kunsthaut. Die Schuhe, dem Anschein nach klobig und schwer, spürte Lika kaum am Fuß. Selbst bei rutschigem oder steinigem Untergrund hatte sie einen festen Halt. Auch nach stundenlangem Wandern lief sie noch wie auf Wolken. Eine Erkenntnis, die sie ebenfalls in den letzten Wochen im Holospace gesammelt hatte.

Sie kamen zügig voran. Schon bald hatten sie die karge Bergregion mit den Krüppelkiefern, Sträuchern und Wiesen hinter sich gelassen. Sie folgten einem kleinen Gebirgsfluss hinab ins Tal. Um sie herum erhob sich inzwischen ein dichtes Durcheinander aus unterschiedlich hohen Nadelbäumen. Lika sog genüsslich die Luft ein und lauschte auf die vielen Geräusche, die vom glucksenden Fluss und aus den Tiefen des Waldes zu ihnen drangen. Doch schon bald forderte jeder Schritt ihre ganze Aufmerksamkeit. Die Steine entlang des Flussufers waren nass und lagen lose übereinander. Zu groß war die Gefahr, abzurutschen und sich zu verletzen. Die Stunden zogen dahin. Nur selten tauschten die beiden ein Wort.

Die Sonne stand hoch am Himmel. Sie hatten den Fluss schon vor einer Weile hinter sich gelassen und folgten nun einem schmalen, ausgetretenen Pfad, der offenbar vom Wild in das Unterholz getrampelt worden war. Likas Muskeln schmerzten. Der Rucksack schien mit jedem Schritt schwerer zu werden. Sie wunderte sich, wieso der Professor noch so frisch wirkte. Selbst er müsste doch irgendwann an seine Grenzen stoßen. Aber von Erschöpfung keine Spur. Im Gegenteil! Es kam Lika so vor, als hätte er das Tempo ein weiteres Mal angezogen.

Was erwartete sie in dem Clan? Ob die Bewohner der Alten Welt sich von ihren Freunden unterschieden? Sie hatten hier draußen mit ganz anderen Problemen zu tun.

Was das wohl mit einem Menschen machte, wenn er jeden Tag ums Überleben kämpfte? Wie war das Zusammenleben in so einer Gruppe? Würden die Clanmitglieder sie mögen? Alles Fragen, auf die ihr die Simulationen im Holospace keine Antworten hatten bieten können. Likas Gedanken kreisten unentwegt um sich selbst. Sie suchte nach einer Möglichkeit, sich abzulenken.

Vögel flatterten zwischen den Bäumen umher. Lika rief sich ihre Namen ins Gedächtnis. Meisen, Finken, Drosseln.

»Es ist erstaunlich, wie laut der Wald hier ist.«

Der Professor schnaufte. »Laut vielleicht. Aber wenn du die Wälder meiner Kindheit erlebt hättest, ...!« Er blieb stehen und lauschte. »Ich höre drei, höchstens vier verschiedene Spezies von Vögeln. Früher gab es viel mehr unterschiedliche Arten. Doch die meisten von ihnen sind ausgestorben. Schuld daran war vor allem die fehlende Nahrung und dass ihre Lebensräume immer kleiner wurden. Man hatte die Auswirkungen des Insektensterbens längst erkannt und trotzdem reagierten die Länder zu langsam und unentschlossen. Pestizide durften weiterhin eingesetzt werden. Wälder wurden abgeholzt, Felder vergrößert. Es ist müßig, darüber zu reden. Das Ergebnis siehst du hier. Oder besser hörst du hier.« Der Professor sah sich noch einmal um, bevor er weitermarschierte.

Lika folgte ihm durch das Dickicht. Zielstrebig schritt er voran. Mit den Armen drückte er die Zweige der Büsche zur Seite. Es schien, als würde er einer unsichtbaren Straße folgen. Es war Lika ein Rätsel, wie er sich in diesem Dschungel, wo ein Baum dem anderen glich, zurechtfand. Vielleicht half ihm seine Servunit ja, sich zu orientieren? Überrascht registrierte sie, dass sich ihre Unruhe von vorhin gelegt hatte. Es schien zu helfen, sich mit anderen Dingen zu befassen. Unsicherheit war ihr bisher fremd gewesen. Tanara hatte sie mit allem Wissen ausgestattet, das sie für die Zeit im Clan brauchen würde. Wie die Menschen im Clan Lika begegnen würden, konnte aber niemand vorhersehen oder beeinflussen. Es brachte sie aber kein Stück voran, sich jetzt schon ihren Kopf darüber zu zerbrechen. Wenn tatsächlich Probleme auftreten würden, würde sie eine Lösung finden. Da war sie sich sicher. Sich im Vorfeld verrückt zu machen, indem sie sich alle möglichen Szenarien ausmalte, verunsicherte sie nur. Sie nahm sich vor, diese Gedankenspiele in Zukunft sofort zu unterbrechen und sich nicht wieder stundenlang mit Was wäre wenn? zu beschäftigen.

Lika richtete ihren Blick wieder auf ihre Umgebung. Auf dem mit Moos bewachsenen Boden klangen ihre Schritte seltsam gedämpft.

»Es ist wunderschön hier.«

Sie blieb stehen und legte den Kopf in den Nacken, die Augen leicht zusammengekniffen. Das Blätterdach über ihr säuselte leise und die Äste schwangen sanft auf und nieder. Das Spiel der Schatten und die leuchtenden Grüntöne um sie herum faszinierten Lika. Langsam ging sie weiter, während sie zu den Baumwipfeln hinaufsah. Ihr Fuß blieb hinter einer Baumwurzel hängen und sie stolperte. Sie griff nach einem Ast und konnte sich in letzter Sekunde vor einem Sturz bewahren.

»Ups, das war wohl keine gute Idee«, murmelte sie vor sich hin. Sie richtete ihre Aufmerksamkeit wieder auf den Weg.

Der Professor hatte nichts von der Verzögerung bemerkt und war schon weit vor ihr. Sie beschleunigte ihre Schritte, bis sie gleichauf mit ihrem Mentor lief.

»Ich habe mir die Alte Welt immer anders vorgestellt.«

Er warf ihr einen fragenden Blick zu.

»Wenn von der Alten Welt gesprochen wurde, sah ich zerstörte Landschaften vor mir. Alles grau und kalt. Eben trostlos, tot.« Lika bemerkte den leicht spöttischen Ausdruck auf dem Gesicht ihres Mentors. Hastig fügte sie hinzu: »Ich weiß. Das ist stereotyp. Aber wenn ich an Custos' Ansprache bei der Großen Feier denke, hat der Obere Rat dieses Bild sogar bewusst in den Köpfen der Neuweltler entstehen lassen.« Sie deutete mit ausladender Geste auf den dichten Wald um sie herum. »Hier strotzt es nur so vor Leben. Bäume, Sträucher, Blumen und Gräser, so weit man schaut. Und Tiere sind auch überall zu hören. Ich kann mir gar nicht vorstellen, dass es in anderen Teilen der Erde nicht so aussieht.«

»Lass dich nicht von dieser Idylle täuschen.« Der Professor sah nun nicht mehr amüsiert aus. Er hatte die Brauen eng zusammengezogen und schien mit seinen Gedanken weit weg zu sein. »Die Natur hat sich in den Hunderten Jahren ohne nennenswerten Einfluss der Menschen die Erde zurückerobert. Die alten Siedlungen sind überwuchert. Straßen von einer dicken Schicht aus Humus und Geröll bedeckt. Gerodete Flächen wieder von dichtem Gehölz bewachsen. Aber wenn du die Wälder meiner Kindheit gesehen hättest, würde dir der Unterschied sofort auffallen. Hunderttausende Arten, egal ob Pflanzen oder Tiere, sind aufgrund der Klimaveränderung verschwunden. Dieser Wald hier ist grün und üppig, aber er hat nichts mehr von der Artenvielfalt zu bieten, die es vor der Katastrophe gab.« Der Professor riss sich aus seinen Erinnerungen. Energisch schritt er voran. »Inzwischen sind die bewaldeten Flächen auf der Erde wieder groß genug. Die Regenwälder regulieren den Kreislauf des Wassers, die riesigen Tornados, deren Ausmaße aus dem Weltall zu sehen waren, sind auf fast normale Dimensionen geschrumpft. Aber immer noch wüten überall auf der Erde Unwetter. Selbst hier gehören sie zum Leben.«

Der Professor hatte wohl genug von diesem Thema. Er beschleunigte seine Schritte und lief wieder vor Lika. Das war ihr ganz recht. Die Unterhaltung hatte sie nachdenklich gestimmt. Es war verführerisch, sich vom Schein beeinflussen zu lassen und sich eine schnelle Meinung zu bilden. Sie nahm sich vor, künftig etwas bedachter zu urteilen. Diese Erkenntnis würde ihr bestimmt bei all den neuen Erfahrungen, die auf sie warteten, nützen.

Plötzlich riss der Professor beide Hände hoch und erstarrte in der Bewegung. Sie runzelte die Stirn.

»Ist es Zeit, für eine nächste …?«

Das letzte Wort blieb ihr im Halse stecken. Drei Menschen traten aus dem Unterholz und bauten sich vor ihnen auf. Die beiden Männer trugen löchrige Jacken und schienen nicht viel Wert auf Sauberkeit zu legen. Auch der Mantel der Frau war zerschlissen und ausgeblichen. Ihre Haare hingen ihr in filzigen Strähnen ins Gesicht. Verwundert betrachtete Lika die drei. Ihre Hygieneeinheit würde mehr als einen Durchgang brauchen, um aus diesen verdreckten Gestalten wieder menschliche Wesen zu machen. Bisher war sie wie selbstverständlich davon ausgegangen, dass die Altweltler sich zwar einfach, aber dennoch sauber kleideten.

»Nun sieh mal, was wir hier haben«, sprach der größere der beiden Männer sie an. Dunkle Haarsträhnen hingen ihm bis auf die Schultern. Ein ungepflegter Bart wucherte in seinem Gesicht. In den Händen, an denen sie die Farbe seiner Haut nur erahnen konnte, hielt er einen dicken Stock. Mit diesem schlug er gegen einen Baumstamm und trat auf sie zu.

Verwundert starrte Lika ihn an. Sie hatte im Mindlab die Sprache der Clanbewohner gelernt. Aber dieser Mann zog die Wörter eigenartig in die Länge, als spräche er einen Dialekt. Sie hatte Mühe, den Mann zu verstehen. Ihr Blick fiel auf den Professor, der die Gruppe nicht aus den Augen ließ. Seine Haltung wirkte angespannt, und er hatte die Hände abwehrend in Bauchhöhe erhoben. Endlich verstand Lika: Dies hier waren keine Clanmitglieder.

»Was wollt ihr von uns? Wir haben nichts Wertvolles bei uns«, bestätigte der Mentor Likas Vermutung.

»So? Meinst du das?« Der Mann lachte dröhnend und Lika wurde klar, dass die drei alles andere als harmlos waren. »Ich glaub, die Schuh´ da kannst du gut gebrauchen, oder?« Er zeigte auf Likas Schuhe und sah grinsend zu seiner Begleiterin hinüber.

Inzwischen hatten die Gestalten sich vor ihnen versammelt. Während der eine bellend über die Bemerkung des Anführers lachte, griff die Frau nach Likas Rucksack. Fauler Atem streifte sie. Ihr wurde übel.

»Was fällt dir ein?«

Sie stieß die Ältere von sich. Diese schrie schrill auf und stürzte sich mit gebleckten Zähnen auf sie. Lika griff nach den Handgelenken der Angreiferin und stemmte sich mit aller Kraft gegen die wütende Frau. Während die beiden sich gegenüberstanden und miteinander rangen, sah Lika aus dem Augenwinkel, wie die beiden Männer mit ihren Knüppeln auf den Professor losgingen. Dieser riss seinen Rucksack vom Rücken und hielt ihn wie einen Schild vor sich, um die Hiebe und Schläge der Angreifer abzuwehren. Die Frau knurrte, bevor sie tief einatmete, ihre Kräfte bündelte und Lika zu Boden warf. Das Gepäckstück auf ihrem Rücken dämpfte den Fall, dennoch raubte der Aufprall ihr für einen Moment den Atem. Ihre Gegenerin zögerte nicht, sich erneut auf sie zu stürzen. Die zu Krallen gekrümmten Finger der Frau schnellten vor. Es sah aus, als wollte sie ihre langen Nägel in Likas Gesicht bohren. In letzter Sekunde riss diese ihren Arm empor und wehrte den Angriff ab. Die Frau landete nur wenige Zentimeter neben ihr auf dem Waldboden.

Hastig rollte Lika aus der Reichweite ihrer Angreiferin und sprang auf die Füße. Sie wusste, dass ihr Gegenüber nicht so schnell aufgeben würde. Lauernd beobachtete sie, wie die Frau sich aufrappelte und sie aus schmalen Augenschlitzen fixierte.

Ein greller Pfiff ertönte. Wie von Geisterhand ließen die drei Wilden von ihnen ab und flüchteten in das schützende Dickicht des Waldes. Verwundert sah Lika den dreien hinterher. Hinter ihr knackte es. Sie drehte sich um und entdeckte den Grund für das abrupte Ende dieses Zwischenfalls. Ein Mann und eine Frau kamen auf sie zu. Trotz der Gewehre, die die beiden in ihren Händen hielten, wirkten sie im Gegensatz zu den Angreifern nur wenig furchteinflössend. Auch äußerlich hatten sie kaum etwas mit ihnen gemein. Die ledernen Hosen passten wie angegossen und auch die Tuniken aus grobem Webstoff waren sauber und gepflegt. Der Professor stieß zischend den Atem aus und sackte in sich zusammen. Erleichtert stellte Lika fest, dass er die beiden zu kennen schien.

»Wir halten schon seit ein paar Tagen nach dir Ausschau«, begrüßte die Frau Likas Mentor freundlich. Sie war um einiges älter als ihr Begleiter. Weiße Strähnen durchzogen ihr braunes geflochtenes Haar. Um ihre Augen zog sich ein feines Netz von Falten. »Wie mir scheint, haben wir euch im richtigen Moment gefunden«, meinte sie schmunzelnd.

»Ich habe mich noch nie so gefreut, euch zu sehen.« Der Professor klopfte sich trockene Blätter von der Jacke. Er reichte den beiden die Hand und winkte Lika zu sich, die Mühe hatte, das soeben Erlebte einzuordnen. »Ich möchte euch Lika vorstellen. Sie begleitet mich dieses Jahr und wird mir bei den Untersuchungen und Impfungen zur Hand gehen.«

Die Frau lächelte Lika warmherzig an. »Mein Name ist Loreen. Ich freue mich, dich kennenzulernen.«

Lika fühlte sich immer noch von den Ereignissen der letzten Minuten überrollt. Sie wunderte sich, wie mühelos ihr Mentor die Erinnerung an die Gefahr, in der sie vor wenigen Minuten geschwebt hatten, abschütteln konnte. Zögernd erwiderte sie die Begrüßung der älteren Frau.

»Ihr habt wirklich Glück gehabt, dass ihr nur mit diesen Streunern Bekanntschaft gemacht habt«, fuhr Loreen fort. »Lästige Kreaturen, aber von der harmlosen Sorte.« Sie lachte leise vor sich hin. »Nomaden hätten sich nicht so leicht in die Flucht schlagen lassen. Im Gegensatz zu Streunern durchstreifen die bis an die Zähne bewaffnet die Gegend. Aber um diese Jahreszeit treiben sie sich zum Glück nicht in unseren Wäldern herum.«

Sie deutete auf ihren Begleiter. Er war noch recht jung. Höchstens zwei oder drei Jahre älter als die Neuweltler beim Eintritt in die Alterslosigkeit. Das hellblonde Haar trug er zu einem kurzen Zopf gefasst. Seine blauen Augen blitzten Lika fröhlich entgegen.

»Das ist Jona. Er wird euch zum Clan bringen. Es ist nicht mehr weit von hier, nur noch etwa eine Stunde, dann seid ihr da.«

Die Siedlung lag eingebettet in ein weites Tal. Durch die Talsohle schlängelte sich ein blau schillernder Bach. Zu beiden Seiten des Gewässers hatten die Clanmitglieder einen Teil des Waldes gerodet und Wiesen und Äcker angelegt. Lika entdeckte eine Viehherde auf einer eingezäunten Weide. Ein Stückchen weiter liefen Menschen gebückt über ein Feld und bearbeiteten den Boden. Die Siedlung am Rande der abgeholzten Fläche schien Lika nicht besonders groß zu sein. Etwa fünfzig niedrige Behausungen schmiegten sich um einen Platz, in dessen Mitte eine große, runde Hütte thronte. Neben dem Eingang schloss sich ein ovaler Anbau an das Gebäude an. Die Dachflächen waren mit dünnen Holzschindeln oder Schilf eingedeckt. Aus einigen Schornsteinen stieg Rauch auf.

Als sie sich dem Dorfplatz näherten, traten einige Menschen aus dem runden Bauwerk. Dank ihrer Vorbereitung wusste Lika, dass die Idylle vor ihr trügte. Spätestens wenn im Frühjahr und Herbst die Stürme durch die Berge jagten, die Winter sich kalt und lang erstreckten und das Essen knapp wurde oder eine neue Grippewelle kursierte, ging es für die Clanbewohner um den alltäglichen Kampf ums Überleben.

»Da vorne ist die Ratshütte«, erklärte Jona ihr. »Unser Clan wird von den Ratsmitgliedern geführt. Alle drei Jahre wählen wir jeweils einen Mann und eine Frau aus den verschiedenen Altersgruppen unseres Clans. Jugendliche, junge Erwachsene, die Vierzig- bis Sechzigjährigen und die Betagten. Jede Gruppe hat andere Interessen, und die müssen gut vertreten werden. Dazu kommen noch zwei Repräsentanten aus den Reihen der Jäger. Sie sind besonders wichtig für unser Überleben, denn sie versorgen uns nicht nur mit zusätzlichem Fleisch, sondern schützen uns auch vor Angriffen feindlicher Clans oder plündernder Trupps.«

Obwohl diese Informationen für Lika nicht neu waren, lauschte sie Jonas Worten, als würde sie das alles zum ersten Mal hören. Sie folgten ihm zu einer Frau mittleren Alters. Auch ihr Haar war wie das von Loreen von grauen Strähnen durchzogen. Allerdings besaß sie nicht dieselbe freundliche, offene Ausstrahlung wie diese. Auf Lika machte sie den Eindruck einer willensstarken Frau, die es gewohnt war, Verantwortung zu tragen.

»Das ist Lovis«, stellte Jona ihr die Clanfrau vor, bevor er sich von ihnen verabschiedete. »Sie ist seit zwei Monaten unsere Ratsführerin. Sie wird euch über alles andere unterrichten.«

Lovis begrüßte den Professor herzlich. Die beiden schienen sich gut zu kennen. Mit wenigen Worten erklärte er ihr Likas Anwesenheit. Aufmerksam musterte sie Lika, während sie sich zur Begrüßung die Hand schüttelten.

»Ich zeige euch am besten gleich, wo ihr untergebracht seid. Eigentlich haben wir ja nur mit dem Professor gerechnet. Aber die Hütte, in der wir ihn unterbringen wollten, ist groß genug, um auch zwei Gäste zu beherbergen.« Mit Blick auf Lika fügte sie erklärend hinzu: »Sie gehört einem jungen Paar. Ihre Eltern sind im letzten Winter bei einem Lawinenabsturz in den Bergen ums Leben gekommen. Es war wirklich schlimm für die Familie, gleich zwei Mitglieder zu verlieren. Nun wohnt nur noch ihre Großmutter bei ihnen. Sie haben also Platz für euch beide.«

Lovis blieb vor einem Holzhäuschen am Rande des Dorfes stehen und klopfte an die massive Eichentür. Die Tür öffnete sich. Eine junge Frau trat heraus.

»Hallo, Lovis. Wie ich sehe, ist unser Gast eingetroffen.«

Neugierig musterte Lika die junge Frau, bei der sie die nächsten Tage untergebracht sein würde. Sie reichte ihr kaum bis an die Schulter. Ein blonder Pagenkopf umrahmte das zarte Gesicht. Sie trug ein knielanges Kleid, das sich unförmig über einem für ihre Größe gewaltigen Bauch wölbte. Likas Mund wurde trocken, als ihr bewusst wurde, dass sie vor einer schwangeren Frau stand. Verlegen schnellte ihr Blick wieder aufwärts und blieb auf dem Gesicht der jungen Clanbewohnerin liegen. Diese schien Likas Unbehagen zu spüren. Ein feines Lächeln umspielte ihre vollen Lippen und ihre blassblauen Augen blitzten sie schelmisch an.

»Du bist aber nicht der Professor. Oder hat mein Gedächtnis im Laufe der Schwangerschaft Schaden genommen?«

Die unbekümmerte, freundliche Art der jungen Frau zog Lika in ihren Bann. Es überraschte sie, wie einfach es war, jemanden zu mögen.

»Keylin, das ist Lika. Sie begleitet den Professor dieses

Jahr. Ich hoffe, es macht euch nichts aus, einen weiteren Gast bei euch aufzunehmen?«

Ein Schatten huschte über das Gesicht der jungen Frau, als sie den Kopf schüttelte. »Wir haben zwei freie Betten. Genug also, um auch zwei Gäste zu beherbergen.« Sie trat zur Seite und bat sie, einzutreten.

Die Hütte bestand aus einem Raum. Gegenüber der Tür brannten Holzscheite in einem offenen Kamin. An einer langen Kette hing ein Topf über dem Feuer. In dem gusseisernen Kessel köchelte eine Suppe vor sich hin. Es duftete herrlich. Lika hatte nach dem anstrengenden Tag Hunger, und ihr Magen machte dies lautstark deutlich. In der Hütte war es mollig warm. Eine kühle Brise strich erfrischend durch die beiden Fensteröffnungen.

»Im Winter ist so ein Feuer bestimmt angenehm, aber wie haltet ihr es hier drinnen bloß aus, wenn es draußen so richtig heiß wird?«, fragte Lika Keylin.

»Man kann eben nicht alles haben. Im Winter ist es kuschlig warm, dafür aber dunkel, wenn die Fensterläden geschlossen bleiben müssen und sogar Felle vor die Öffnungen gehängt werden. Wenn das Feuer aus ist, können wir hier drinnen selbst bei Tag Verstecken spielen.« Keylin lachte über Likas verständnisloses Gesicht, bevor sie Likas eigentliche Frage beantwortete: »Wenn es wärmer wird, kochen wir draußen.«

Lika sah sich neugierig in der Hütte um. Vor der Feuerstelle stand ein Holztisch mit sechs Stühlen. Das Mobiliar musste schon einige Generationen miterlebt haben. Das Holz hatte einen dunklen Farbton angenommen. Die Oberfläche der Möbelstücke war von dem häufigen Gebrauch und Putzen abgenutzt und glattgeschliffen. An der einen Giebelwand entdeckte Lika hinter einem Holzverschlag ein breites Bett, in dem wohl Keylin und ihr Mann schliefen. Daneben ein zweites, deutlich schmaleres Bett. An der gegenüberliegenden Seite der Hütte standen zwei weitere

Bettgestelle, zu denen Keylin sie nun führte. In jeder Schlafstätte befand sich eine Matratze, darüber ein Laken, ein Fell und eine Decke.

»Das ist eigentlich der Bereich meiner Großmutter.« Keylin deutete mit einer vagen Handbewegung auf die beiden einzelnen Betten. »Während eures Aufenthalts steht er euch zur Verfügung. Großmutter nimmt das freie Bett auf unserer Seite. Es ist, als hätte sie geahnt, dass du nicht allein kommen würdest«, fuhr sie an den Professor gewandt fort. »Sie hat heute früh gleich beide Betten hergerichtet, nachdem sie ihre Sachen ans andere Ende der Hütte geräumt hatte.«

»Es ist wirklich nett, dass du auch Lika aufnimmst. So ist es viel einfacher für uns, wenn wir etwas abzusprechen haben.« Er räusperte sich umständlich. »Lovis bat mich, sie zur Ratshütte zu begleiten. Sie scheint keine Zeit verlieren zu wollen und will schon heute über den Ablauf der nächsten Tage reden.«

»Aber natürlich. Es bleibt noch genug Zeit bis zum Abendessen«, versicherte Keylin. »Ich kümmere mich solange um Lika.« Sie zwinkerte ihr verschmitzt zu, und Lika konnte nicht anders, als zurückzulächeln.

Der Professor stellte seinen Rucksack neben eines der Betten. Dann verabschiedete er sich und ging zu Lovis, die am Eingang der Hütte auf ihn wartete.

Lika half Keylin, den Tisch für das Abendmahl zu decken.

»Es dauert noch, bis mein Mann nach Hause kommt«, meinte Keylin mit Blick aus dem Fenster. »Was hältst du davon, wenn wir zu meiner Großmutter gehen? Dann lernen wir beide uns gleich ein bisschen kennen und ich zeige dir das Dorf.«

Sie hielt Lika die Tür auf und gemeinsam traten sie in die Abendsonne hinaus.

Ihr Weg führte sie an vielen Hütten vorbei. Sie ähnelten sich alle in Größe und Aussehen.

»Wir wissen, dass wir nur überleben können, wenn wir eine funktionierende Gemeinschaft bilden. Jeder im Clan hat eine feste Aufgabe. Einige kümmern sich um die Tiere, andere arbeiten auf den Feldern oder besorgen Holz. Dann gibt es Clanbewohner, die in den Minen nach Eisenerz für unser Werkzeug suchen. Sie wechseln sich mit ihrem Dienst ab. Die Mine ist weit vom Dorf entfernt und die Männer bleiben immer zwei Wochen in den Bergen. Ich bin zur Jagd gegangen. Aber das wird in der nächsten Zeit nicht mehr zu meinen Aufgaben gehören.« Sie tätschelte liebevoll ihren runden Bauch. »Solange das Baby noch nicht da ist, helfe ich bei der Versorgung der Tiere. Aber auch das wird nun bald vorbei sein.«

Die beiden Frauen erreichten einen Bach. Mehrere Kinder füllten Eimer mit Wasser und hängten sie an einem hölzernen Gestell über ihre Schultern, bevor sie Richtung Hütten davonstiefelten.

Auf der anderen Seite des Ufers trieben jüngere Kinder eine laut schnatternde Gänseschar vor sich her. In einem Gatter hinter dem Stall suhlten sich gefleckte Schweine. Schwaden ihrer Ausdünstungen wehten hin und wieder zu ihnen herüber.

Fasziniert betrachtete Lika die Dorfidylle. Wäsche flatterte an Leinen zwischen den Hütten. Hühner scharrten im Schatten eines Apfelbaumes. Auf einem Feld außerhalb der Siedlung liefen Menschen tief gebückt die Furchen entlang. Ein ähnliches Szenario hatte sie im Holospace gesehen, als sie auf die Alte Welt vorbereitet worden war. Lediglich die Gerüche kamen Lika intensiver vor, beinahe greifbar. Und sie wusste, dass die alten Frauen, die vor einer Hütte saßen und Handarbeiten erledigten, real waren. Eine von ihnen stellte Keylin Lika als ihre Großmutter Mora vor. Sie hatte einen halb fertigen Korb auf ihrem Schoß. Die knochigen

Finger der Greisin flochten Weidenruten um die nach oben ragenden Aufstecker.

Mora beendete die Reihe, packte ihre Utensilien zusammen und verabschiedete sich von den anderen Männern und Frauen. Lika bewunderte, wie geschickt diese ihre jeweiligen Arbeiten verrichteten. Wolle kämmen, spinnen, Stricke drehen, Zinken schnitzen, all diese Tätigkeiten schienen ihnen in Fleisch und Blut übergegangen zu sein. Es wirkte auf Lika, als hätten sie sich vor der Hütte versammelt, um sich über die neuesten Vorkommnisse auszutauschen, sich zu necken und miteinander zu lachen. Der eine oder andere beobachtete Lika verstohlen, aber niemand richtete das Wort an sie.

Als Keylin, Mora und Lika in ihrer Hütte eintrafen, stand der Kessel bereits auf dem Tisch. Ein großer, schwarzhaariger Mann trat auf Keylin zu. Er umfasste ihr Gesicht mit den Händen und küsste sie zur Begrüßung. Keylin strich über seine Wange, auf der sich ein dunkler Bartschatten abzeichnete. Sie drehte sich zu Lika um. Ein breites Lächeln umspielte ihren Mund und ließ ihr Gesicht erstrahlen. Ihre hellblauen Augen leuchteten und erinnerten Lika an Wasser, auf dessen Oberfläche sich Sonnenstrahlen brachen.

»Lika, das ist Matteo, mein Mann.«

Verstohlen beobachtete Lika den gutaussehenden Mann. Er wirkte wie jemand, der nicht gern im Zentrum der Aufmerksamkeit stand. Zurückhaltend, dunkel und geheimnisvoll.

Der Professor gesellte sich zu ihnen. Sie setzten sich und nahmen ihre Abendmahlzeit ein. Der rustikale Eintopf war für Lika eine ungewohnte Erfahrung, die sie genauso genoss wie die entspannte Atmosphäre bei Tisch.

Als sie Stunden später wach in ihrem Bett lag, ließ sie die vergangenen Erlebnisse noch einmal an sich vorüberziehen. Heute früh war sie wie jeden Morgen in ihrer Wohneinheit aufgewacht und nun befand sie sich am anderen Ende der Welt. Vor ihrer Ankunft im Clan war sie verunsichert gewesen. Vollkommen unnötig, wie sie nun wusste. Nach ihrer Ankunft im Clan waren ihr alle freundlich, wenn auch zurückhaltend begegnet.

Bei einem Spaziergang nach dem Essen hatte sie mit dem Professor ihr Vorgehen für die nächsten Tage besprochen. Ihr Mentor hatte schon vor Jahren mit Peet, dem Arzt des Clans, Patientenakten für jeden Bewohner des Dorfes angelegt. Vor Beginn der Impfungen sollte Lika sich mit diesen vertraut machen und sie mithilfe ihres Scanstiftes digitalisieren. So würden die Daten dem Professor auch nach ihrer Heimreise für seine Forschungen zur Verfügung stehen.

Lika ruckelte sich auf der Suche nach der richtigen Schlafposition in ihrem Bett zurecht. Die Matratze war mit Schafwolle und Stroh gefüllt und drückte sich unangenehm in den Rücken. Wie es wohl sein mochte, mehrere Wochen hier zu verbringen? Bei einem kurzen Aufenthalt für ein paar Tage oder eine Woche konnte sie den Menschen hier sicherlich distanziert begegnen und wie ein Besucher am Dorfleben teilnehmen. Aber war das auf längere Zeit auch noch möglich? Gedankenverloren ließ sie ihre Finger über die mobile Scanunit gleiten. Das raue Lederband rieb an ihrer Haut. Sie fuhr mit den Fingerspitzen das polierte Oval der als Stein getarnten Unit entlang. Ihre Gedanken legten sich zur Ruhe und kurz darauf fielen ihr die Augen zu.

[14]

Am nächsten Morgen erwachte Lika wenig erholt. Ihr Rücken schmerzte. Unheimliche Geräusche von außerhalb der Hütte hatten sie die halbe Nacht wachgehalten. Sie erhob sich von ihrer Schlafstatt und ächzte leise. Während sie ihre Schultern kreisen ließ, fragte sie sich, wie sie in diesem unausgeschlafenen Zustand vernünftig arbeiten sollte.

Zum Frühstück gab es eine Schüssel mit Haferbrei und Obst, dazu einen heißen Kräutertee. Der kurze Gang zur Ratshütte tat Lika gut, und an der frischen, noch kühlen Morgenluft kehrten ihre Lebensgeister zurück.

In der Ratshütte wurden sie und der Professor bereits von den Ratsmitgliedern erwartet. Sie saßen auf Holzbänken, die entlang der Außenwände des runden Bauwerks platziert waren, und redeten miteinander. Neugierig sah sie sich um. Neben dem Eingang befand sich eine zweite Tür. Sie war geschlossen, musste aber in den halbrunden Anbau führen, der Lika auf dem Weg hierher aufgefallen war. Durch die Fensteröffnungen und das runde Loch in der Dachspitze strömte Licht in das Innere. Die hölzernen, mit

Stroh und Lehm verschmierten Wände waren weiß gekalkt und reflektierten die einfallenden Strahlen.

Lovis winkte die Neuankömmlinge heran. Sieben Augenpaare richteten sich auf sie. Lika folgte dem Professor in die Mitte der Hütte und musterte beim Vorübergehen die Ratsmitglieder, denen sie nun vorgestellt werden sollte.

Die beiden Vertreter der Kinder und Jugendlichen schienen Lika noch sehr jung zu sein. Sie hatte in der Neuen Welt nur selten Kontakt mit jungen Menschen. Neugeborene wuchsen bei Tutoren auf und wurden erst nach Erreichen der Alterslosigkeit in die Gesellschaft eingeführt. Lika schätzte das Mädchen auf sechzehn oder siebzehn Jahre. Das lockige braune Haar trug sie im Nacken zusammengebunden. Sie begrüßte Lika freundlich. Der Junge war etwas jünger. Entsprechend den Regeln des Clans musste er mindestens vierzehn Jahre alt sein. Vielleicht war er etwas älter, aber sicher nicht viel. Er war schmächtig. Seine Haut schimmerte wächsern, was ihm ein kränkliches Aussehen verlieh.

Lovis stellte jedes Mitglied einzeln vor, aber Likas Blick wanderte immer wieder zu dem ältesten Menschen zurück, den sie je gesehen hatte. Die vielen Lebensjahre hatten tiefe Furchen in sein Gesicht gegraben. Die Haut hing schlaff von seinen Wangenknochen. Ein Netz von Falten umzog den schmalen Mund. Nase und Ohren schienen unnatürlich groß. War das so bei alten Menschen? Über seinen tief liegenden Augen wuchsen buschige Brauen. Die borstigen Haare standen in alle Richtungen ab. Lika betrachtete das Gestrüpp fasziniert. Auch aus seiner Nase und den Ohren ragten einzelne Borsten wie Fühler heraus.

Die Stimme der Ratsführerin riss sie aus ihren Betrachtungen. Lovis forderte sie auf, sich zu den Ratsmitgliedern zu setzen. Peinlich berührt stellte Lika fest, dass sie sich lediglich an einen Namen erinnerte: Sehlem, der Ratsälteste.

Hoffentlich musste sie in den nächsten Minuten niemanden ansprechen. Es wäre ihr unangenehm, wenn die anderen denken würden, sie wäre nicht in der Lage, sich die paar Namen zu merken. Doch zu Likas Erleichterung berichtete Lovis nun von Ereignissen im Dorf, die seit dem letzten Besuch des Professors vorgefallen waren. Der Sommer war warm und feucht gewesen und hatte dem Clan reiche Ernte beschert. Auch ihre Viehherde war weitestgehend von Krankheiten und wildernden Wölfen verschont geblieben. Beste Bedingungen, um alle Familien gut über den Winter zu bringen. Sie erzählten von Todesfällen, neu gestifteten Lebensbündnissen und Geburten. Da Lika keine der erwähnten Personen kannte, plätscherte das Gespräch an ihr vorüber. Der Professor jedoch integrierte sich in die Gruppe, als wäre er ein Clanmitglied, das nach langer Reise wieder in die Heimat zurückgekehrt war. Es war offensichtlich, dass besonders die älteren Ratsmitglieder ein Vertrauensverhältnis zu ihm hatten. Sie mochten ihn. Der Einzige, der sich ebenfalls nicht an dem Gespräch beteiligte, war Sehlem. Er hockte vornübergebeugt auf seiner Bank. Wieder konnte sie ihren Blick nicht von ihm losreißen. Fast schien es Lika, als wäre er eingenickt. Sie fragte sich, ob er überhaupt noch in der Lage war, dem Rat hilfreich zur Seite zu stehen. Ihr schien es, als würde es ihn bereits unmenschliche Kräfte kosten, sich aufrecht auf seinem Platz zu halten. Plötzlich drehte Sehlem seinen Kopf in ihre Richtung. Er sah sie durchdringend an. Sie fühlte sich ertappt. Schamesröte flutete ihre Wangen. Konnte es sein, dass er ihre Gedanken gelesen hatte und genau wusste, was sie gedacht hatte? Es fühlte sich an, als würde er auch die hintersten Winkel ihrer Persönlichkeit durchleuchten, und sie konnte sich nicht dagegen wehren. Unruhig rutschte sie auf ihrem Sitz umher.

»Lika! Lika?«

Lovis sah erwartungsvoll zu ihr herüber.

»Wir haben gerade besprochen, dass der Professor und

ich uns um die Vorbereitung der Impfungen kümmern werden, da Peet, unser Arzt, im Moment Verwandte in einem anderen Clan besucht. Es wäre schön, wenn du dir von Sehlem die Krankenakten zeigen lässt. Du kannst dich über alle medizinischen Vorfälle des letzten Jahres informieren und anschließend den Professor auf den neuesten Stand bringen.«

Die Formulierung legte nahe, Lika könnte sich überlegen, ob sie diese Aufgabe auch wirklich übernehmen wollte. Tatsächlich hatte sie jedoch keine Wahl. Sehlem machte sie zwar nervös, das stimmte, aber die Faszination überwog bei Weitem. Und so bestätigte Lika Lovis' Vorschlag.

Die Ratsmitglieder verabschiedeten sich von ihnen und verließen einer nach dem anderen die Hütte. Als auch Lovis, dicht gefolgt vom Professor, nach draußen trat, sah Lika sich Sehlem allein gegenüber.

»Na, dann wollen wir mal keine Zeit verschwenden.«

Seine Stimme klang rau und zitterte leicht. Er tastete nach dem Gehstock hinter ihm. Dann rückte er an die Kante seiner Bank und erhob sich mühsam. Sein Körper ächzte unter der Last der Jahre. Lika sah, welche Kraft es ihn kostete, sich aufzurichten. Am liebsten hätte sie ihm helfend unter die Arme gegriffen, aber sie hatte das Gefühl, er wäre über ihre Hilfe nicht erfreut. Also übte sie sich in Geduld, bis Sehlem auf seinen Stock gestützt neben ihr stand. Er führte sie zu der zweiten Tür.

»In diesem Anbau befindet sich unser Archiv«, erklärte Sehlem und forderte sie auf, einzutreten.

Der halbrunde Raum nahm den gesamten Anbau ein. Durch die kleinen Fenster, die knapp unterhalb der Decke angeordnet waren, drang nur wenig Licht. Zum Bersten gefüllte Bücherregale standen dicht an dicht aneinandergedrängt und füllten den gesamten Raum aus. Lika versuchte, den Titel auf dem Rücken eines Exemplars zu entziffern. Die Bücher mussten sehr alt sein. Einige waren in braunes

Leder gebunden, das brüchig wirkte. Andere Einbände bestanden aus dicker Pappe oder Leinen. Vorsichtig zog Lika einen schmalen Band aus der Reihe. Das Papier des Buches war vergilbt und porös. Der Titel bestand aus für sie unlesbaren Schriftzeichen.

»Ein stummes Vermächtnis der untergegangenen Welt«, ertönte Sehlems Stimme hinter ihr. »Hier lagern mehr als zehntausend Bücher. Viele davon in Sprachen, die keiner von uns lesen, geschweige denn sprechen kann.«

»Und warum gebt ihr euch dann so viel Mühe, sie hier zu bewahren?« Es musste Stunden dauern, jedes einzelne Buch vom Staub zu befreien.

Sehlem sah Lika nachdenklich an. »Das kann ich dir auch nicht genau sagen. Aber ich habe das Gefühl, dass es unsere Pflicht ist, uns um sie zu kümmern. Vor langer Zeit, als die große Katastrophe begann, kämpften die Menschen um das nackte Überleben. Und dennoch gab es jemanden, dem dieses Buch so wichtig war, dass er es nicht zurückließ.« Er deutet auf die Ausgabe, die Lika immer noch in ihren Händen hielt. »Wie können wir das ignorieren und sie nun dem Verfall aussetzen? Sie erinnern uns daran, woher wir kommen. Die Menschen hatten verlernt, demütig zu sein. Sie hatten nur noch ihre eigenen Interessen im Sinn. Diese Bücher helfen uns, das nicht zu vergessen.«

Der Alte nahm Lika das Buch ab und stellte es an seinen Platz zurück. Er ging zu einem anderen Regal und zog zwei dicke, in Leder gebundene Bücher heraus.

»Das ist unsere Clanchronik. In ihr halten wir alles Wichtige wie zum Beispiel Geburten und Todesfälle für die nächsten Generationen fest. Dieses Buch ist unser Gedächtnis. Daneben stehen die Bücher, in denen alle Krankheitsfälle, deren Verlauf und Ausbreitung vermerkt werden.« Er zog einen weiteren Folianten aus dem Regal und drückte ihn Lika in die Hand. »Hier drin findest du die nötigen Informationen, um dir einen Überblick über alles, was letztes Jahr hier passiert ist, zu schaffen. Ich nenne die Aufzeichnungen unsere Gesundheitschronik. Alles andere wäre zu deprimierend.« Er grinste sie verschmitzt an. »Wenn du nähere Informationen zu einem bestimmten Fall brauchst, kannst du dir anhand des Namens die entsprechende Akte heraussuchen.«

Der alte Mann zeigte auf eine Kiste neben dem Regal, in der die Krankenakten der Clanbewohner aufbewahrt wurden.

»Ich werde mir zuerst die Gesundheitschronik ansehen«, erklärte sie augenzwinkernd.

Das dicke Buch lag schwer in ihren Händen. Auf der Suche nach einer Sitzgelegenheit sah sie sich in dem Raum um. Unterhalb einer der kleinen Fensteröffnungen stand ein Tisch im Lichtkegel der wenigen Sonnenstrahlen, die einen Weg in das Archiv gefunden hatten. Lika zog einen der beiden Stühle zu sich heran und setzte sich.

Sie schlug das Buch auf und blätterte zu der Seite, auf der die Aufzeichnungen nach dem letzten Besuch des Professors begannen. Versonnen betrachtete Lika die gleichmäßige Schrift, die Seite um Seite füllte.

»Wer hat diese Aufzeichnungen eigentlich gemacht?«, fragte sie.

Sehlem trat zu ihr und beugte sich über das Buch. Er kniff die Augen zusammen, bis ein Lächeln seine Züge erhellte.

»Das ist Edirahs Schrift«, verkündete er und richtete sich wieder auf. »Sie unterstützt Peet bei seiner Arbeit im Clan und lernt von ihm alles, was sie als Ärztin wissen muss. Inzwischen ist sie fast so kompetent wie er. Du wirst sie demnächst sicher kennenlernen.«

Sehlem griff sich den freien Stuhl und schleifte ihn hinter sich her, während er zu dem Regal zurückkehrte.

Die nächsten Stunden vertiefte Lika sich in Edirahs Aufzeichnungen. Sie las von fiebrigen Infekten, Lungenentzündungen und Angina. Aber auch von diversen gebrochenen Gliedmaßen wurde nicht selten berichtet. Die meisten der erwähnten Krankheiten waren seit Jahrhunderten nicht mehr in der Neuen Welt aufgetreten.

Edirah hatte jedes medizinische Vorkommnis, unterteilt in Zeitpunkt, Name des Clanbewohners, Behandlungsmethode und Verlauf der Erkrankung, festgehalten. Lika übersprang die Einträge über Frakturen, Schnittverletzungen oder andere äußerlich zugezogene Blessuren. Die waren für sie ohne Bedeutung. Sie suchte nach Vermerken zu Viruserkrankungen.

Susa, vier Jahre, gestorben nach tagelangem hohen Fieber. Lika suchte die Akte des Mädchens aus der Kiste heraus. Die Schrift unterschied sich deutlich von Edirahs gleichmäßiger Handschrift. Lika vermutete, dass diese Aufzeichnungen von Peet stammten. Sie studierte die Angaben und fuhr währenddessen mit dem Scanstift knapp über die Seiten, um deren Inhalt zu scannen. Als sie die Informationen für den Professor gesichert hatte, packte sie die Akte zurück und las weiter in Edirahs Aufzeichnungen. Was für eine mühselige Arbeit! Lika war klar: Der Rest dieses Tages würde nicht ausreichen, um alle Aufzeichnungen mit den detaillierten Informationen aus den Akten zu ergänzen.

Sehlem hatte sich derweil in einen anderen Bereich des Archivs zurückgezogen. Lika sah ihn zwischen zwei Regalreihen auf dem Stuhl hocken. Es sah so aus, als würde er versuchen, den Einband eines Buches zu flicken. Lika schmunzelte bei dem Anblick der zusammengekauerten Gestalt. Sie mochte diesen Mann, auch wenn sein zerfurchtes Aussehen sie anfangs verunsichert hatte. Sie beugte sich wieder über das dicke, in Leder gebundene Buch vor sich und konzentrierte sich auf ihre Aufgabe.

Die Zeit flog dahin, so sehr war sie in ihre Arbeit vertieft. Irgendwann machte sich ihr Rücken schmerzhaft bemerkbar. Der Lichtkegel war mittlerweile von der Tischgruppe zur hinteren Zimmerwand weitergewandert. Kein Wunder, dass ihre Augen schmerzten. Es mussten Stunden vergangen sein. Sehlem trat zu ihr und schlug eine kurze Pause an der frischen Luft vor. Ein wenig Bewegung, eine kleine Mahlzeit und der Rest der Arbeit sei im Nu erledigt. Lika nahm den Vorschlag nur allzu gern an. Sie sehnte sich nach den wärmenden Sonnenstrahlen.

Jemand hatte ihnen ein Tablett mit Brot, Käse und einem Wasserkrug vor die Tür des Archivs gestellt. Als sie nach der Stärkung einen Spaziergang durch das Dorf machten, erinnerte sich Lika an einen Eintrag, der ihre Aufmerksamkeit erregt hatte.

»Beim Lesen der Gesundheitschronik fiel mir ein Vorfall aus dem letzten Jahr auf. Fünfzehn Menschen zeigten unklare Symptome. Vier von ihnen starben innerhalb weniger Tage.«

Der Ratsälteste zog die Stirn in Falten. »Das war kurz nach dem letzten Besuch des Professors«, erinnerte er sich. »Es fing ganz harmlos an. Wenn ich mich richtig erinnere, bekamen sie Kopfschmerzen und Schnupfen, dann kam hohes Fieber. Ihre Körper waren von leuchtendroten Pusteln übersät. So etwas habe ich zuvor noch nie gesehen. Es war schlimm für die Angehörigen und Edirah. Peet war zu der Zeit nicht im Clan, und egal, was sie versuchte, nichts half den Kranken. Nach einer Woche waren vier von ihnen tot.«

Der Vorfall ging Sehlem nahe. Wer wusste, ob er bei dieser Epidemie nicht sogar einen Angehörigen verloren hatte? Schweigend traten sie den Rückweg an. Es war höchste Zeit, weiterzumachen.

Als sie sich der Ratshütte näherten, lief ihnen ein junges Mädchen entgegen. Es war sichtlich aufgewühlt. Die Wangen glänzten tränenfeucht. Es stürmte an den beiden vorbei und verschwand hinter der nächsten Hütte.

»Was war das denn?«

Lika sah Sehlem fragend an. Doch der deutete mit seinem Stock nur Richtung Ratshütte. Eine komische Marotte, den Stock als verlängerten Arm zu benutzen, aber langsam gewöhnte sich Lika an seine schrulligen Eigenarten. Gemeinsam setzten sie ihren Weg fort. Hinter der nächsten Wegbiegung erwartete sie eine Überraschung. Zwei junge Männer standen einander gegenüber. Sie hatten ihre Fäuste geballt und überschütteten sich lautstark mit Vorwürfen. Als der eine seinen Kontrahenten unsanft an den Schultern wegstieß, landete dieser in einer Staubwolke auf dem Boden. Von einer Sekunde zur nächsten wälzten sich die beiden eng umschlungen im Dreck und attackierten sich mit den Fäusten.

»Diese Hitzköpfe!«

Der Ratsälteste schnalzte missbilligend mit der Zunge. Lika wunderte sich, warum der Alte stehen blieb und die Balgerei auf seinen Stock gestützt beobachtete. Sollten sie nicht einschreiten? Oder Hilfe holen? Dann sah sie, was Sehlem wohl schon zuvor aufgefallen war. Ein weiterer Mann, älter und kräftiger, lief auf die Raufbolde zu, griff jeden von ihnen am Kragen und riss sie auseinander. Obwohl es aussichtslos war, versuchten sie weiterhin, sich gegenseitig mit ihren Fäusten zu bearbeiten. Der Streitschlichter redete wütend auf die beiden ein. Als es ihm zu viel wurde, schüttelte er sie ein paar Mal kräftig durch. Lika wunderte sich, was zu diesem unwürdigen Verhalten geführt haben mochte. Der Große ließ die jungen Kerle los, und nach einem unsanften Schubs liefen sie in entgegengesetzter Richtung davon.

Lika sah Sehlem fragend an, doch der tat den Vorfall mit einem Schulterzucken ab.

»Ein Streit um ein Mädchen. Sie hat sich für einen von ihnen entschieden. Der andere will es nicht akzeptieren. Die beiden sind heute nicht zum ersten Mal aneinandergeraten.«

»Aber das ist doch kein Grund, sich so gehen zu lassen und gewalttätig zu werden!« Lika war fassungslos.

»Du sprichst wie jemand, der noch nie verliebt war.«

Nein, war sie auch nicht. Und wenn verliebt sein bedeutete, sich wie ein Tier aufzuführen, konnte sie auch gut auf diese Erfahrung verzichten. Das eben Gesehene verdeutlichte Lika einmal mehr, warum animalische Gefühle wie Liebe in einer zukunftsorientierten Gesellschaft wie der Neuen Welt überholt waren. Zwischen den Neuweltlern herrschte etwas viel Ehrlicheres. Die Menschen mochten einander. Respektierten sich. Traten füreinander ein. Wenn sie den alten Dokumentationen und Geschichten glauben wollte, war Liebe wohl ein berauschendes Gefühl. Doch es ging einher mit Eifersucht und die führte zu Gewalt. Das hatte sie ja eben erlebt, genau wie ihre Tutoren es gelehrt hatten. In einer Gesellschaft konnte nur dann Harmonie und Zusammenhalt herrschen, wenn sie Liebe überwunden hatte.

Stunden später war es in der Hütte schummrig geworden. Selbst im flackernden Kerzenlicht hatte Lika Mühe, Edirahs Schrift zu entziffern. Sie richtete sich in ihrem Stuhl auf und lauschte. Leben war in das Dorf zurückgekehrt. Lika hörte Stimmen, Lachen, Kinder schrien. Die Bewohner hatten ihr Tagwerk beendet. Irgendwo schepperte es.

Lika ging zu Sehlem. Er war auf seinem Stuhl eingenickt. Sie rüttelte ihn sanft an den Schultern.

»Ich musste gerade über etwas nachdenken«, meinte er ernst. »Da habe ich wohl gar nicht gemerkt, wie die Zeit vergangen ist. Lass uns für heute Schluss machen. Wie weit bist du gekommen?«

»Der Anfang ist gemacht. Morgen noch, dann bin ich

mit der Chronik fertig. Danach nehme ich mir sämtliche Akten vor, um die Liste zu erstellen, bei wem eventuell ein Impfschutz erneuert werden muss und wer einfach nur die jährliche Grippeschutzimpfung benötigt.«

Vor einer kleinen Hütte unweit des Ratsplatzes verabschiedete sich Sehlem von Lika. Der Tag hatte ihn erschöpft. Zum Glück war der Weg nur kurz gewesen. Während Sehlem die letzten Schritte zur Tür zurücklegte, schien es Lika, als ginge er noch stärker über seinen Stock gebeugt als am Morgen. Seine krummen Gichtfinger hielten den Stockknauf fest umklammert. Die Fingerknöchel traten weiß hervor. Wie alt konnte man in dieser Welt unter diesen Lebensbedingungen überhaupt werden? Wie alt war der Ratsälteste? Siebzig? Achtzig? Oder gar neunzig?

Als Sehlem im Inneren der Hütte verschwunden war, blieb Lika noch einen Moment stehen und bewunderte den Vorgarten des Ratsältesten. Wilde Rosen blühten umringt von einer blauen Wolke Vergissmeinnicht. Dazwischen andere Blumen, deren Namen ihr beim besten Willen nicht einfielen. Zwei Reihen runder, faustgroßer Steine zeichneten einen Pfad, der durch das Blütenmeer führte. Ein süßlicher Duft stieg ihr in die Nase. Alles schien gepflegt und doch urwüchsig.

Likas Gastgeber und der Professor saßen bereits zu Tisch, als sie die schwere Holztür hinter sich zuzog. Ein sauberes Gedeck wartete auf Lika, und sie ließ sich erschöpft, aber zufrieden auf ihren Stuhl fallen. Ihre Arbeit für den Tag war erledigt. Der Professor berichtete, dass Lovis und er bereits die Ratshütte für die anstehenden Untersuchungen hergerichtet hatten. Allerdings würde sich der Beginn der Impfungen verzögern. Der Clan hatte erst vor Kurzem einen neuen Rat gewählt. Für die Impfungen war die Zustimmung der neuen Ratsmitglieder notwendig. Die beiden Vertreter der Waffenträger waren jedoch gerade auf der Jagd. Da der Trupp das Dorf vor mehr als zwei

Wochen verlassen hatte, war Keylins Meinung nach jeden Tag mit der Rückkehr der Jäger zu rechnen.

»Wir hoffen, wir fallen euch nicht zur Last?« Der Professor sah fragend in die Runde.

»Wir freuen uns sehr, euch hier zu haben.« Keylin streichelte ihren Bauch. »Und dieses Würmchen hier hat noch einige Wochen, um zu wachsen und sich schön dick und rund zu futtern.«

»Keylin wird sich ganz besonders freuen, wenn ihr länger bleibt.« Matteo griff nach der Hand seiner Frau und drückte sie leicht. »Sie hat gern viele Menschen um sich.«

Lika lehnte sich auf ihrem Stuhl zurück. Die Mahlzeit hatte gutgetan. Es erstaunte sie, aber sie freute sich tatsächlich über die Verzögerung. Für sie gab es noch so vieles zu entdecken in dieser Welt. Und auch zu Keylin fühlte sie sich hingezogen. Es würde schön sein, mehr Zeit mit ihr zu verbringen.

[15]

Lika sortierte die letzten Akten in die Holzkiste und schob die Papiere auf dem Tisch zu einem ordentlichen Stapel zusammen. Mehr als drei Tage hatte sie gebraucht, bis sie sämtliche Akten der Clanbewohner studiert hatte. Drei Tage in demselben Raum, umgeben von staubigen Papierbergen. Nur Sehlem schaute von Zeit zu Zeit vorbei, leistete ihr für ein Stündchen Gesellschaft und verschwand dann genauso klammheimlich, wie er erschienen war.

Lika griff nach ihrem Scanstift und verstaute ihn in ihrer kleinen Gürteltasche, bevor sie die Tür hinter sich schloss. Vor der Ratshütte traf sie auf den Professor. Er saß auf einer Bank und genoss die Sonne.

»Sehlem sagte mir, du seist gegen Mittag fertig.«

»Ja. Ich hätte nicht gedacht, dass ich für die Arbeit so lange brauchen würde!«

»Ich gehe davon aus, dass du alle Berichte von Edirah und auch die Krankenakten gescannt hast?«

Lika nickte. »So, wie es Teil meiner Aufgabe war.«

Sie holte den Stift hervor und hielt ihm den Professor entgegen.

»Sehr schön.« Zufrieden schaute er zu ihr empor. Er ließ

den schmalen Gegenstand in der Innentasche seiner Weste verschwinden. »Der Beginn der Impfungen wird sich noch etwas verzögern. Hoffentlich ist der Jägertrupp bald zurück. Ich hatte nicht vor, hier mehr Zeit als nötig zu verbringen.« Der Professor erhob sich von seiner Bank. »Wie auch immer. Ich werde Richtung Berge gehen. Von dort oben kann ich meine Servunit mit dem Boardcomputer des Shuttles verbinden. Deine Daten müssen vom Scanstift in das System übertragen werden. Ansonsten ist soweit alles vorbereitet, und vor der Rückkehr der Jäger gibt es für uns nichts mehr zu tun. Zum Abendessen werde ich zurück sein. Wenn jemand fragt, sag einfach, du wüsstest nicht, wo ich mich gerade aufhalte.«

Lika schaute bei Sehlems Hütte vorbei und informierte ihn, dass ihre Arbeit beendet sei.

»Ich suche Keylin. Vielleicht kann ich ihr irgendwie behilflich sein. Du weißt nicht zufällig, wo ich sie um diese Zeit finde?«

Der alte Mann dachte einen Moment nach.

»Ich würde es in den Stallungen versuchen.«

Lika folgte Sehlems Wegbeschreibung und fand Keylin tatsächlich in einem der Ställe. Sie stand vor einer Buchte, in der sich eine Kuh mit ihrem Kalb befand. Obwohl Lika keine Ahnung von Kühen hatte, erkannte sie, dass das Junge noch nicht sehr alt sein konnte. Es lag erschöpft im Stroh, sein Fell klebte ihm an der Haut. Als Lika neben Keylin trat, erhob das Kälbchen sich auf seine wackeligen Beinchen. Doch immer wieder knickten seine Vorderläufe weg. Ein paar Mal konnte es sich nur knapp davor bewahren, kopfüber ins Stroh zu stürzen.

»Das Kleine und seine Mutter hatten es nicht leicht«, erklärte Keylin. »Das Kalb lag falsch herum und wollte mit den Hinterbeinen zuerst auf die Welt kommen. Die Kuh hat die ganze Nacht gekämpft. Es sah fast so aus, als würden wir die Kuh und ihr Junges verlieren.« Keylin streichelte über die struppige Stirn des großen Tieres. »Sie mussten das Kalb aus ihr herausziehen. Aber zum Glück war die Quälerei nicht vergebens.«

Die Kuh sah Keylin mit ihren großen schwarzen Augen an, während sie schmatzend wiederkäute. Lika betrachtete fasziniert, wie lang und gebogen die Wimpern des Tieres waren. Es sah wunderschön aus. Das Kälbchen stand inzwischen etwas sicherer auf seinen staksigen Läufen und suchte nun zielstrebig nach dem Euter seiner Mutter. Es umfasste eine der Zitzen mit seinem weichen Maul und saugte gierig die Milch.

»Wie zufrieden das Kleine wirkt. Ich könnte stundenlang hier stehen und den beiden zuschauen.« Keylin betrachtete versonnen das Schauspiel. »Wenn nur meine Füße mich nicht umbringen würden!« Ihr fröhliches Lachen schreckte das Kalb auf. »Das Kälbchen ist noch ziemlich schwach. Es wird ein paar Tage, vielleicht eine Woche bei seiner Mutter bleiben, bevor es zu den anderen Kleinen auf die Kälberweide geht.«

»Auf die Kälberweide?« Lika war irritiert. »Aber das Kälbchen braucht doch seine Mutter! Woher soll es denn sonst zu trinken bekommen?«

»Milch gehört mit zu unseren wichtigsten Nahrungsmitteln. Wir trinken sie, machen daraus Butter, Joghurt oder Käse. Wenn wir die Kälbchen bei ihren Müttern lassen, können wir die Kühe nicht melken. Einen Teil der Milch geben wir den Kälbern zu trinken, den Rest verarbeiten wir.« Erklärend fügte sie hinzu: »So eine Kuh kann viel mehr Milch geben, als ein Kalb trinken kann, aber nur, wenn sie gemolken wird.«

»Ich finde die Vorstellung, die beiden zu trennen, traurig, aber ich verstehe auch, dass es notwendig ist.«

Lika fuhr mit der Hand über das warme Fell der Kuh. Die Haare kitzelten unter ihren Fingern.

Keylin musterte sie nachdenklich. »Ich verstehe nicht,

warum du so etwas nicht weißt. Da, wo du herkommst, müssen die Menschen doch auch von irgendetwas leben. Ihr müsst genauso essen und trinken wie wir.«

Die Wendung des Gespräches traf Lika unvorbereitet. Sie fuhr erschrocken herum und verschluckte sich prompt an ihrer eigenen Spucke. Da war er, der Moment, den sie schon seit ihrer Ankunft im Dorf gefürchtet hatte. Sie japste nach Luft und versuchte hustend, wieder zu Atem zu kommen. Keylin klopfte ihr unterdessen mit der flachen Hand zwischen die Schulterblätter. Und dann fiel Lika wieder ein, was der Professor gesagt hatte: Wenn jemand dich auf unsere Herkunft anspricht, erzähl ihm, wir kämen aus einer der Städte am Meer. Die Clanbewohner haben so gut wie keinen Kontakt zu den Städtern und wissen nichts über ihr Zusammenleben, außer, dass die Bevölkerung in Kasten unterteilt ist. Dort herrscht die Obere Kaste mit absoluter Kontrolle, unterstützt von der militärischen Gewalt der Wachen über die Unteren Kasten. Diese verdienen sich den Schutz der Gemeinschaft, indem sie ihre Arbeitskraft den Oberen Kasten zur Verfügung stellen.

Likas Hustenreiz ließ nach und ihr Puls beruhigte sich wieder. Dann erzählte sie Keylin die Version des Professors. Sie erklärte, dass sie mit dem Professor in der Stadt in der Nähe der Küste im Labor arbeite. Und dass sie auch dort Kranke behandele. Dass es andere gebe, deren Aufgabe es sei, die Bevölkerung mit Nahrungsmitteln zu versorgen. Dass sie mit diesen Menschen nie zu tun habe. Und dass der Professor sich einmal im Jahr aus der Stadt davonschleiche, um Keylins Clan die Impfstoffe zu bringen. Und dass die anderen im Labor ihr Fehlen deckten. Und dass es sonst niemandem auffalle, wenn jemand für ein paar Tage fehle, denn für die Oberen Kasten sei es egal, was mit einem geschehe, solange die Arbeit reibungslos ablaufe.

Je mehr Lika in die Geschichte des Professors eintauchte, desto ruhiger wurde sie. Keylin vertraute ihr, mochte sie und hinterfragte ihre Worte deshalb nicht. Sie erinnerte sich daran, warum es notwendig war, den Clanbewohnern ihre wahre Herkunft zu verschweigen. Sie sah ja nun selbst, wie die Menschen hier lebten. Zwischen diesem Leben und ihrem eigenen in der Neuen Welt lagen Lichtjahre, nicht nur ein Ozean. Natürlich könnten sie den Clan und vielleicht auch noch drei oder vier weitere bei sich aufnehmen. Aber würden es die Dorfbewohner überhaupt wollen? Sie lebten ohne technische Hilfsmittel, primitiv und jeder Art von Gefahren ausgesetzt, aber sie schienen dennoch zufrieden mit ihrem Leben. Machte man sich schuldig, wenn man jemandem eine Alternative vorenthielt, von der er keine Ahnung hatte, dass es sie gab? Oder war es notwendig, für andere zu entscheiden, ganz einfach aus dem Grund, weil man aus einer anderen, größeren Perspektive heraus, ausgestattet mit mehr Wissen, Konsequenzen viel besser abwägen konnte? Und was würde es für die Neue Welt bedeuten, wenn plötzlich fünfhundert oder tausend Menschen von außen in das geordnete System eindrangen, das Gefüge störten?

Die Neue Welt verkörperte die perfektionierte Gesellschaft. So vieles war bis dahin in der Menschheitsgeschichte schiefgelaufen. Humane Katastrophen, Kriege, großangelegte Vernichtungsschläge gegen Volksgruppen, die aufgrund ihrer Religion, Hautfarbe oder Gesinnung nicht ins Konzept gepasst hatten. Und zum Abschluss die großen Flüchtlingsströme. Millionen auf der Flucht vor Überschwemmungen, Hurrikans und anderen Naturkatastrophen. Aber das Interesse des Einzelnen hatte sich darauf beschränkt, sein eigenes Leben ungestört weiterführen zu können. Nun endlich gelang es einer Gruppe von Menschen, ohne Neid, Hass und Missgunst zusammenzuleben.

Lika spürte Stolz bei dem Gedanken, Teil dieser einzigartigen Gesellschaft zu sein. Das Prinzip der Neuen Welt basierte auf der Einsicht, dass es allen nur gut gehen konnte, wenn es dem Einzelnen gut ging. Gemeinsam lebten sie für das Ziel, durch ihre Forschungen die Probleme auf der Erde, verursacht durch Jahrhunderte währenden Raubbau, zu beseitigen. Radioaktive Verseuchung, verheerende Unwetter, die im Zyklus der Jahreszeiten über die Kontinente tobten, resistente Bakterienstämme, alles keine leichten Aufgaben. Aber die Erde musste für die Menschen wieder zu einem lebenswerten Planeten werden. Im Gegensatz zu dem größten Teil der Neuweltler wusste Lika nun, dass sie nicht nur daran arbeiteten, neuen Lebensraum für sich zu schaffen, sondern dass ihre Forschungen auch den Menschen der Alten Welt helfen würden. Die bräuchten dann nicht mehr in dunklen lehmverschmierten Hütten zu hausen, ständig in Angst, einen geliebten Menschen durch eigentlich harmlose Krankheiten zu verlieren. Das war das Ziel, rief Lika sich in Erinnerung. Es ging nicht um sie oder den Professor, auch Keylin, Matteo, Sehlem und all die anderen waren ohne Bedeutung. Das Ziel, dass irgendwann wieder alle Menschen, egal ob Neu- oder Altweltler, gemeinsam und friedlich auf einer gesunden Erde lebten, erforderte es, Keylin nicht die Wahrheit zu sagen.

Während Lika von ihrem angeblichen Alltag in der Stadt berichtete, hörte Keylin ihr zu. Sie stellte keine weiteren Fragen, sondern sah sie nur an, aufmerksam, offen, vertrauensvoll. Als Lika ihre Erklärungen beendet hatte, fühlte sie sich unbehaglich. Und dann sprudelte das Erste, das ihr in den Sinn kam, aus ihr heraus.

»Ich bin froh, dass der Professor mich hierher mitgenommen hat. Sonst hätte ich dich nicht kennengelernt. Und irgendwie ist es, als würde ich dich schon mein ganzes Leben kennen.«

Keylin lachte und umarmte Lika, soweit es ihre Fülle zuließ. »Mir geht es genauso! Komm, du kannst mir helfen.

Umso schneller können wir hier raus und die Sonne genießen.«

Während Keylin die Raufen mit Heu füllte, holte Lika frisches Wasser aus dem Bach. Die Griffe der vollen Eimer gruben sich schmerzhaft in Likas Finger, und sie musste mehrere Male laufen, bevor alle Kühe mit Wasser versorgt waren. Diese Arbeit wäre viel zu schwer für Keylin gewesen. Gut, dass sie zum richtigen Zeitpunkt hier gewesen war.

Nachdem alle Tiere gefüttert waren, traten die beiden ins Freie. Keylin zog die Stalltür hinter sich zu, schloss die Augen und reckte ihr Gesicht der Sonne entgegen. Sie atmete tief ein und aus und streckte die Hände weit von sich.

»Ich liebe diese Jahreszeit. Es ist warm, aber durch den leichten Wind von den Bergen nicht zu heiß. Überall riecht es nach Sommer.«

Lika schloss ebenfalls die Augen. Sie nahm einen tiefen Zug der warmen Luft und versuchte, den Sommer herauszuschnuppern. Es roch nach trockenem Gras. Ein zarter Blütenduft, sie wusste nicht, von welcher Blume er stammte. Und Staub. Trockener Staub lag in der Luft. Von der Wiese drang eine feines Zirpen an ihr Ohr. Hinter ihr gluckste der Bach.

»Ich freue mich, dass du mir geholfen hast. Da du in deiner Stadt den ganzen Tag im Labor arbeitest, hast du wohl auch noch nie auf dem Feld gearbeitet. Du kannst mich begleiten, wenn du nicht gerade irgendwelche Kranken versorgen musst oder Impfungen vorbereitest oder …«

»Nein, nein«, unterbrach Lika lachend Keylins Redefluss. »Im Moment gibt es für mich nichts zu tun. Ich begleite dich gern.«

Die beiden kehrten dem Dorf den Rücken zu und folgten einem sandigen Pfad den Berg hinauf.

[16]

Keylin führte sie zu einer Wiese, auf der Männer Sensen schwangen. In einigem Abstand dahinter folgten weitere Trupps, die das gemähte Gras zu Haufen harkten und diese dann zum Trocknen über hölzernen Gestellen ausbreiteten.

Keylin und Lika gingen zu einer Gruppe von Frauen und Kindern, die am Ende der Wiese arbeiteten. Ein kleiner Junge trat zu Lika.

»Wenn du willst, zeige ich dir, wie man das richtig macht.«

Lika hatte in der Neuen Welt so gut wie keinen Kontakt zu Kindern. Ihr fehlte die Erfahrung, um ihr Alter anhand ihrer Größe und ihres Verhaltens schätzen zu können. Sie vermutete, dass er um die zehn Jahre alt sein musste, höchstens, vielleicht sogar noch jünger. Sie hatte ihn am Tag zuvor bereits gesehen, als er und ein Freund versucht hatten, mit einer Steinschleuder unreife Äpfel von einem Baum zu schießen.

»Das hört sich gut an. Dein Name ist Aldo, oder? Dein Freund hat mich mit Wasser und Essen versorgt, als ich im Archiv gearbeitet habe.«

Aldo nickte. Dann bückte er sich, griff nach einem

Haufen Gras und breitete es über der untersten Querstange aus.

»Das Heu darf nicht zu eng liegen, sonst schimmelt es«, erklärte er ernst.

Mit zusammengezogenen Augenbrauen beobachtete Aldo, wie Lika das erste Büschel über einer Stange ausbreitete. Sein Ausdruck entspannte sich. Anscheinend zufrieden mit ihr wandte er sich wieder seinen eigenen Aufgaben zu.

Die Arbeit war monoton und nicht sehr anspruchsvoll. Keylin mit ihrer aufgeschlossenen Art beteiligte sich sofort an dem fröhlichen Geplapper der anderen. Lika nahm die Rolle der außenstehenden Beobachterin ein. Das störte sie aber nicht. Sie genoss es, Teil der Gruppe zu sein und sich wieder körperlich zu betätigen.

Nach einer Weile bemerkte Lika, wie schwer es Keylin bereits fiel, sich nach dem Gras zu bücken. Der Rücken bereitete ihr Probleme. Ihre Hand wanderte immer wieder in ihr Kreuz. So ein dicker Bauch musste wirklich störend sein.

»Ist diese Arbeit nicht etwas zu schwer für dich?«, fragte sie ihre Freundin.

»So ein Unsinn. Du hörst dich schon fast wie Matteo an. Der würde mich auch am liebsten den ganzen Tag ins Bett verfrachten. Ich bin doch nur schwanger und nicht krank! Es dauert noch mindestens sieben Wochen, bis das Baby kommt. Wenn ich die ganze Zeit nur herumsitzen und warten müsste, würde ich verrückt werden!«

Die anderen Frauen in der Runde stimmten Keylin lachend zu. Sie schienen nur auf das Stichwort Schwangerschaft gewartet zu haben.

»Wisst ihr noch, mein Karl?«, fragte eine dickliche Frau kichernd. »Als unser Sohn geboren werden sollte, ließ er mich Tag und Nacht nicht mehr aus den Augen. Er rechnete wohl damit, dass ich jede Sekunde platzen würde. Den ganzen Clan machte er mit seiner Nervosität verrückt, bis

Sehlem Mitleid mit uns hatte und ihn unter irgendeinem Vorwand für ein paar Tage fortschickte. Als er zurückkam, wartete unser Baby bereits friedlich schlummernd in seinem Bettchen auf ihn.«

Das Gelächter der Frauen erfüllte die Wiese. Eine nach der anderen berichtete nun von ihrer eigenen Erfahrung rund ums Kinderkriegen. Lika lauschte fasziniert, war aber auch befremdet. Selbstverständlich war so eine Geburt etwas Natürliches, aber wenn sie sich die Berichte von Übelkeit, Rückenbeschwerden und stundenlangen Wehen anhörte, kam ihr das Ganze doch recht archaisch vor. Zum Glück gehörte in der Neuen Welt diese Art der Fortpflanzung dank Gebährkapseln längst der Vergangenheit an. Wenn es irgendwann wieder eine vereinte Welt geben würde, müsste keine Frau mehr diese Tortur über sich ergehen lassen!

Plötzlich stieß Aldo einen hellen Schrei aus. Er rannte wie vom Blitz getroffen über die Wiese Richtung Pfad. Und dann sah Lika den Grund für Aldos Freude.

»Die Jäger sind zurück«, rief Keylin.

Auch die anderen unterbrachen ihre Arbeit. Erwartungsvoll sahen sie der Gruppe aus etwa fünfzehn Männern und Frauen entgegen. Die Jagd war wohl erfolgreich gewesen. Jeder Rückkehrer schleppte einen riesigen, prall gefüllten Rucksack. Über ihren Schultern hingen weitere bis oben hin gefüllte Ledersäcke. Ein Jäger von kräftiger Statur hatte sogar eines der erlegten Tiere im Ganzen über seinen Schultern hängen. Es musste ein Reh oder eine Hirschkuh sein. Die schlanken Läufe baumelten vor der Brust des Mannes. Das Fell des Tieres schmiegte sich wie eine dicke Stola um den Hals des Jägers.

Fasziniert beobachtete Lika die Truppe. Sie waren alle ähnlich gekleidet. Ihre Beine steckten in eng sitzenden Hosen aus weichem Leder. An den Füßen trugen sie wadenhohe, geschnürte Stiefel. Die Tuniken reichten bis auf ihre

Oberschenkel. Aber anstatt wie formlose Säcke herunterzuhängen, umschmeichelten die Kleidungsstücke die Oberkörper ihrer Träger. Ihre Muskeln zeichneten sich darunter ab, und dennoch wirkten sie nicht behäbig. Lika stellte sich vor, wie sie in dieser Aufmachung stundenlang hinter dem Wild herliefen, um es dann nach einem letzten Kräftemessen zu Fall zu bringen.

Die Gesichter der Männer waren von struppigen Bärten verdeckt. Das wirre Haar hing ihnen bis auf die Schultern. Die Frauen hatten ihre Haare zu dicken Zöpfen geflochten. Die Truppe strahlte eine Wildheit und Kraft aus, die Lika in ihren Bann zog. Die Waffen verstärkten diesen Eindruck noch. Neben Pfeil und Bogen, Messern aller Größe und lanzenähnlichen Stöcken entdeckte Lika sogar mehrere Gewehre.

Aldo hatte mittlerweile die Jäger erreicht und warf sich einem der Männer entgegen. Es musste sich bei ihm um Aldos Vater handeln. Lika lächelte, als sie sah, wie dieser seine Last abwarf und den fliegenden Jungen in seinen Armen auffing, um ihn fest an sich zu drücken. Die anderen klopften dem Kind beim Vorübergehen auf die Schultern. Einige sagten irgendetwas zu den beiden, das Lika aber nicht verstand.

Keylin beugte sich zu Lika herüber. »Die Große hinten rechts mit den dunklen Haaren ist meine Freundin Edirah. Seit sie von Peet zur Ärztin ausgebildet wird, nutzt sie die Jagden vor allem, um im Wald und auf den höhergelegenen Bergwiesen Heilpflanzen zu sammeln. Morgen Abend wird es ein Fest geben, weil die Jäger gesund und erfolgreich zurückgekehrt sind. Spätestens dann werde ich euch miteinander bekannt machen.«

Inzwischen war die Gruppe auf Höhe der Feldarbeiter angelangt.

»Wie ich sehe, hat sich euer Ausflug gelohnt«, rief Keylin ihrer Freundin zu.

Edirah winkte. »Mit unserer Beute werden wir selbst dich satt bekommen. Obwohl du so aussiehst, als hättest du bereits einen Bären verschlungen!«

Die anderen stimmten in Edirahs Lachen ein. Sie nickten den Arbeitern auf der Wiese beim Vorübergehen zur Begrüßung zu. Lika betrachtete die unbekannten Gesichter neugierig. Sie schienen alle freundlich und offen. Die Menschen um sie herum freuten sich über die Rückkehr der Jäger.

Ein Mann fiel ihr auf. Er lief am Ende des Zuges. Seine hochgewachsene Gestalt überragte die beiden Männer vor ihm um einige Zentimeter. Er war in den Schultern breit gebaut, und die Last auf seinem Rücken schien ihm keine Mühe zu bereiten. Sie betrachtete sein Gesicht, das von einem dunklen Bart und wirren schwarzen Haaren fast vollständig verdeckt war. Die Lippen hatte er fest aufeinandergepresst, was seine düstere Ausstrahlung noch verstärkte. Unvermutet drehte er seinen Kopf und sein Blick bohrte sich in ihren. Lika erstarrte und ihr stockte der Atem. Doch bereits im nächsten Moment unterbrach er den Augenkontakt wieder. Abschätzig musterte er sie nun von oben bis unten. Seine Mimik verschloss sich und der ablehnende Ausdruck, der sich in seinem Gesicht abzeichnete, versetzte Lika einen Stich. Doch bevor sie reagieren konnte, wandte er sich ab und folgte den anderen Richtung Dorf.

Lika sackte in sich zusammen. Die Luft strömte zischend aus ihren Lungen.

»Was war das denn?«, entfuhr es ihr.

Wie konnte jemand, mit dem sie noch kein einziges Wort gewechselt hatte, sie so offensichtlich ablehnen?

Keylin hatte den kurzen Austausch wohl nicht mitbekommen. Sie hatte ihre Arbeit wieder aufgenommen und bückte sich nach dem nächsten Grashaufen. Lika beschloss, sich von diesem Vorfall nicht verunsichern zu lassen. Wenn dieser Kerl ein Problem mit ihr hatte, würde sie ihm eben aus dem Weg gehen. Bloß weil einer ihr nicht freundlich begegnete, ließ sie sich ihr Abenteuer in der Alten Welt nicht vermiesen.

Sie hatten Keylins Hütte fast erreicht, als ihnen der Professor in Begleitung eines älteren Mannes entgegentrat. Lika schätzte ihn auf Mitte vierzig. Er war von untersetzter Gestalt. Da seine Haare sich wohl bereits lichteten, hatte er seinen Kopf kahlrasiert. Dadurch wirkte seine Nase etwas zu groß geraten für das schmale Gesicht.

Der Professor stellte den Mann als Peet vor, den Arzt des Clans.

»Ich habe den Professor gebeten, mich zur Hütte einer alten Patientin zu begleiten«, erklärte er Lika, nachdem sie sich bekanntgemacht hatten. »Sie liegt im Sterben. Ich hoffe, dass ihr Medikamente dabeihabt, um ihr den letzten Weg zu erleichtern.«

»Ich möchte, dass du uns begleitest«, ergänzte ihr Mentor. »Dann lernst du Peet gleich ein wenig kennen und bekommst einen Einblick in seine Arbeit.«

»Natürlich«, erwiderte Lika. Sie verabschiedete sich von Keylin und folgte den Männern zu der Hütte der Kranken.

Der Anblick der kleinen, in sich zusammengefallenen Frau traf Lika völlig unvorbereitet. Die Kranke lag in ihrem viel zu großen Kastenbett wie ein Häufchen Elend. Neben ihr saß eine jüngere Frau und hielt ihre Hand.

Der Professor schlug die Decke zurück, um die Alte zu untersuchen. An ihrem ganzen Körper war kein Gramm Fett mehr vorhanden. Eine dünne Pergamenthaut überzog die spitzen Knochen. Ein säuerlicher, muffiger Geruch ging von dem Bett aus. Der rasselnde Atem wurde hin und wieder von einem Stöhnen unterbrochen. Schmerz und Verzweiflung waren darin zu hören.

Lika hielt sich im Hintergrund, während der Professor die Kranke mit geübten Griffen untersuchte. Er fühlte ihren Puls, betrachtete Augen und Zunge, drückte vorsichtig mehrere Stellen in ihrem Bauch. Ab und zu stellte er Peet eine Frage, die dieser mit leisen, knappen Sätzen beantwortete. Der Professor zog seine Tasche heran und kramte für einen Moment in ihr. Dann holte er ein kleines braunes Fläschchen hervor, goss aus einem bereitstehenden Krug einen Schluck Wasser in einen Becher und fügte anschließend einige Tropfen aus dem Fläschchen hinzu. Peet trat an das Bett und richtete die Alte etwas auf. Nach mehreren Versuchen gelang es ihnen, der Kranken das Arzneimittel einzuflößen.

»Ich lasse die Flasche hier.« An die jüngere Frau gerichtet fügte der Professor hinzu: »Ihr könnt ihr alle vier Stunden einige Tropfen geben. Deiner Mutter vermag niemand mehr zu helfen, aber wenn du ihr die Medizin gibst, wird sie wenigstens keine Schmerzen haben.«

Das Mittel schien bereits zu wirken. Die Kranke atmete deutlich ruhiger und schlief nun.

Peet brachte Lika und den Professor zur Tür. Es war dunkel geworden. Die Luft umfing die beiden angenehm kühl, aber Lika meinte dennoch, den säuerlichen Geschmack des Todes auf der Zunge zu schmecken. Sie hätte ihn gern mit etwas Wasser weggespült. Schweigend traten sie den Rückweg zu Keylins Hütte an.

»Was hat die Frau denn?«, durchbrach Lika nach einer Weile die Stille.

»Sie hat Krebs«, sagte der Professor. »Ich konnte mehrere Geschwüre tasten. Im Bauchraum, an ihren Lymphen. Ihre Leber versagt bereits. Es ist nur noch eine Frage von Tagen, eher Stunden.«

»Wenn wir doch nur eine Servunit hier hätten. Dann wäre eine andere Hilfe möglich gewesen.«

Die alte Frau tat Lika leid. Aber auch ihre Tochter litt. Lika hatte die deutlichen Anzeichen von Trauer und Schmerz in ihrem Gesicht gesehen.

»Wir sind nicht hier, um eine alte Frau vor dem Sterben

zu bewahren. Das solltest du dir immer vergegenwärtigen. Der Tod gehört für diese Menschen genauso zu ihrem Leben wie Geburt, Heranwachsen und Altern. Verliere das Ziel nicht aus den Augen: Wir sind hier, um den Menschen durch unsere Impfstoffe zu helfen und Proben zu nehmen. Das Wichtigste sind deine Forschungen, denn wenn du Erfolg hast, werden wir alle Menschen, auch die Bewohner des Clans dauerhaft vor gefährlichen Viren schützen können.«

Lika ließ die Worte ihres Mentors auf sich wirken, bevor sie ihm innerlich zustimmte. Das Schicksal der alten Frau und ihr schmerzhafter Kampf mit dem Tod hatten sie berührt, doch wichtig war, dass die Jäger zurück waren und die Impfungen somit bald beginnen würden.

[17]

Bereits vor dem Betreten der Ratshütte am nächsten Morgen hörte Lika die aufgebrachten Stimmen der Ratsmitglieder. Irgendetwas stimmte hier nicht. Sie suchte im Gesicht des Professors nach einer Erklärung, aber seine Mimik war undurchdringlich, wie so oft.

»So etwas wie das hier wird weitläufig als Höhle des Löwen bezeichnet«, meinte er trocken. »Und in eben diese werden wir uns nun wagen. Aber keine Sorge, Lika. Hunde, die bellen, beißen nicht. Das trifft sicher auch auf einheimische Hitzköpfe zu.«

Jetzt schien es tatsächlich so, als würde sich der Professor amüsieren. Er hielt Lika die Tür zur Ratshütte auf und bedeutete ihr, einzutreten.

»Nach dir. Und nur Mut!«

Der Rat hatte sich wohl schon vollständig zur Abstimmung eingefunden. Zumindest standen etliche Mitglieder in der Mitte der Hütte beisammen. Unter ihnen brannte eine hitzige Diskussion. Nach genauerem Beobachten gewann Lika den Eindruck, der verbale Schlagabtausch würde vorrangig zwischen Lovis und dem Jäger mit dem finsteren

Gesicht ausgetragen werden. Warum musste ausgerechnet er die Jäger vertreten? Zu dumm aber auch! Lika bemerkte, dass die anderen Ratsmitglieder die Rolle der stillen Beobachter eingenommen hatten. Sie folgten dem Disput gebannt. Niemand bemerkte ihre Ankunft.

»Wie könnt ihr nur so naiv sein«, dröhnte die wütende Stimme des jungen Jägers durch den Raum. »Kommt es euch nicht seltsam vor, dass irgendein Kerl von was weiß ich woher bei uns auftaucht, aus reiner Nächstenliebe unsere Kinder und uns impft und dann einfach wieder verschwindet?«

»Der Professor ist nicht irgendein Kerl!«, empörte sich Lovis. »Wir kennen ihn seit vielen Jahren. Bist du wirklich so zynisch? Kannst du dir nicht vorstellen, dass ein Mensch anderen hilft, weil er die Möglichkeit dazu hat und es somit als seine Pflicht empfindet?«

Lovis' Bemerkung schien den finsteren Typen nicht zu besänftigen. Lika wäre nicht überrascht, wenn er im nächsten Moment vor Wut expoldieren würde.

»Und da ist auch schon der nächste Punkt. Der Professor kehrt Jahr für Jahr zu uns zurück, und dabei scheint er kaum älter zu werden. Da stimmt doch etwas nicht!«

Lovis setzte zu einer Erwiderung an, doch da bemerkte sie wohl die Neuankömmlinge nahe der Tür. Sie sah ihr Gegenüber warnend an, bevor sie die beiden zu sich winkte.

»Schön, dass ihr da seid. Wir haben euch hierher bestellt, weil wir über die anstehenden Impfungen und Untersuchungen abstimmen wollen. Wie ihr sicher mitbekommen habt, gibt es vereinzelt noch Diskussionsbedarf.«

Sie deutete auf den jungen Mann neben sich.

»Professor, du kennst Milo ja. Bei unserer letzten Wahl wurde er als Vertreter der Jäger in den Rat gewählt. Genauso wie Edirah. Sie ist darüber hinaus auch Peets rechte Hand bei der Versorgung unserer Kranken, aber das wisst ihr ja bereits.«

Die junge Frau trat auf sie zu und lächelte Lika entschuldigend an, während sie die beiden Neuankömmlinge begrüßte. Das war ja interessant. Es schien Edirah unangenehm zu sein, dass sie das Streitgespräch zwischen Milo und Lovis mit angehört hatten. Anscheinend teilte sie Milos Bedenken nicht. Auf Lika machte Edirah einen netten Eindruck. Es würde schön sein, hier eine zweite Freundin zu haben.

Milo hingegen stand mit leicht geöffneten Beinen und vor der Brust verschränkten Armen wie ein Bollwerk vor ihnen. Klarer konnte er seine Ablehnung nicht ausdrücken. Er sah den Professor abweisend an, schaffte es aber immerhin, ihm zur Begrüßung zuzunicken. Lika ignorierte er ganz. Dann eben nicht. Das Dorf war groß genug, um sich aus dem Weg zu gehen.

»Ich kann verstehen, wenn es für dich schwer zu glauben ist, dass wir völlig uneigennützig zu euch kommen«, sagte der Professor an Milo gewandt. »Niemand von uns hat sich ausgesucht, ob wir in einer der Städte, in einem Clan oder als Nomadenkind auf die Welt kommen. Das Leben in der Stadt ist hart und kalt, gerade als Angehöriger der Unteren Kasten. Aber wir haben noch technische Möglichkeiten, die euch Clanbewohnern nicht mehr zur Verfügung stehen. Und ja! Ich sehe es tatsächlich als meine Pflicht an, euch zu helfen. Nicht, weil ihr mich dafür entlohnt, sondern weil ich so euren Kindern ermögliche, gesund und nach Möglichkeit mit beiden Elternteilen aufzuwachsen. Egal, wo wir leben, wir Menschen sind gleich. Unsere einzige Chance, die Katastrophe unserer Vorväter zu überleben, ist es, zusammenzuhalten. Friedlich, jeder mit dem Beitrag, den er zu leisten imstande ist.«

Der Professor hatte seinen Deckmantel aus Gelassenheit

abgelegt. Die Menschen um ihn lauschten gebannt seinem leidenschaftlichen Plädoyer.

»Ich weiß, dass nicht viele in der Stadt so denken wie Lika und ich. Aber ihr müsst uns vertrauen! Es gibt keinen Grund, sich den gefährlichen Grippeviren schutzlos auszuliefern. Und eure Kinder haben ein Recht auf ein Leben ohne Verkrüppelung, ohne Schmerzen und Leid. Niemand muss zu früh an Hirnhautentzündung, Diphtherie oder Kinderlähmung sterben, solange wir die Möglichkeit haben, dies durch unsere Impfungen zu verhindern.«

Ein Mann löste sich aus der Gruppe und legte dem Professor beschwichtigend die Hand auf die Schulter.

»Es sollte nicht der Eindruck entstehen, als würden wir alle euch misstrauen. Die meisten von uns sind froh, euch hier zu haben. Und auch Milo wird seine Vorwürfe fallen lassen, wenn er einsieht, dass sie vollkommen haltlos sind.«

»Ganz bestimmt nicht!« Die Rede des Professors hatte Milos Bedenken offensichtlich nicht zerschlagen. »Und wenn ihr nicht alle so gutgläubig wärt, wäre euch auch klar, dass der Professor mit seinen Besuchen im Clan einen eigenen Zweck verfolgt.«

Nun wurde Lovis ärgerlich. »Solange du keine Beweise für deine Anschuldigungen hast, solltest du mit dem, was du sagst, vorsichtig sein. Der Professor kommt seit vielen Jahren zu uns. Seitdem ist die Sterberate unserer Bewohner deutlich zurückgegangen. Als du ein Kind warst, war es nicht selbstverständlich, dass du das Erwachsenenalter erleben würdest. Auch deine Schwester ist gestorben, als sie noch kein Jahr alt war. Hast du das etwa vergessen? Willst du wirklich riskieren, dass der Professor geht und nicht wiederkommt?«

Mit einem letzten, ermahnenden Blick in Milos Richtung wandte Lovis sich nun allen Ratsmitgliedern zu.

»Es ist an der Zeit, zur Abstimmung zu kommen. Wie immer entscheidet die Mehrheit. Ein Handzeichen, wenn ihr eure Zustimmung zu den geplanten Impfungen und Untersuchungen unserer Clanmitglieder durch Lika und den Professor gebt. Bleibt eure Hand unten, wird dies als Ablehnung gewertet.«

Einer nach dem anderen hob seine Hand. Lediglich Edirah und Milo hatten ihr Votum noch nicht abgegeben.

»Ich weiß, du denkst, dies wäre ein Fehler. Aber ich sehe keine Alternative. Ich hoffe, du verstehst das.« Dann streckte auch Edirah ihre rechte Hand in die Höhe.

Lovis nickte zufrieden. »Somit sind die Impfungen mit zehn zu einer Stimme beschlossen.«

Milo konnte seine Wut nicht länger unterdrücken. »Das ist ein großer Fehler, und ich werde Beweise dafür finden!«

Nachdem er sie bis zu diesem Zeitpunkt vollständig ignoriert hatte, warf er Lika nun einen zornigen Blick zu und stürmte aus der Hütte. Lika strich sich mit der Hand über ihren Unterarm, an dem sich die feinen Härchen aufgestellt hatten.

Einen Moment herrschte in der Hütte betretenes Schweigen.

»Ich werde den Clan bei der Feier heute Abend über den Ablauf der Impfungen informieren«, durchbrach Lovis die Stille. »Bis dahin gibt es noch viel zu tun.«

Die Runde löste sich auf, lediglich Edirah blieb neben Lika stehen.

»Wir haben uns gestern bereits von Weitem gesehen«, sagte die junge Frau. »Ganz schön anstrengend, so ein Tag im Heu, oder?« Sie lachte leise. »Da gehe ich lieber mit den anderen in den Wald, erlege ein Reh oder zwei und sammele nebenbei meine Kräuter.«

Edirah trug ihr langes schwarzes Haar heute zu einem hohen Zopf gebunden. Im leicht abgedunkelten Inneren der Hütte schimmerte ihre Haut bronzefarben. Mit ihren vollen Lippen, den tiefschwarzen Augen und der athletischen Figur erinnerte sie Lika an die sagenumwobenen Amazonen, deren Mythen sie als Kind geliebt hatte. Wunderschön und unbesiegbar.

Lika war wirklich froh, dass Edirah Milos ablehnende Haltung nicht teilte. Da die Clanbewohner nichts von der Neuen Welt und ihrem Leben dort erfahren durften, konnten sie sich nicht einmal richtig gegen Milos Vorwürfe verteidigen. Wenn er wüsste, wie sehr er sich mit seinen Vermutungen irrte! Aber letztendlich war es egal, was Milo über sie dachte. Hauptsache, er steckte mit seinem Argwohn die anderen nicht an. Lika beschloss, ihm in Zukunft aus dem Weg zu gehen. Was auch immer sein Problem war, es hatte nichts mit ihr zu tun.

Edirah lud Lika ein, sie zu begleiten, und Lika nahm das Angebot gern an. Ihr Weg führte sie vorbei an dem Dorfplatz. Dort schichteten Männer Holz zu einem großen Haufen auf. Über einem Feuer hing ein Schwein am Spieß und brutzelte vor sich hin. Überall herrschte geschäftiges Treiben.

»Bei dem Fest heute Abend scheint ja richtig was los zu sein.«

Edirah sah sich um, als würde sie den Trubel zum ersten Mal bewusst wahrnehmen.

»Ja. Die Feste sind immer etwas Besonderes. Bis spät in die Nacht sitzen wir beisammen. Die Alten erzählen Geschichten und wir singen unsere Lieder. Im Alltag bleibt kaum Zeit für Geselligkeit. Diese Feiern sind wichtig für den Zusammenhalt, aber auch für die Moral im Clan.« Edirah führte Lika an dem Platz vorbei und bog in einen schmalen, abschüssigen Weg, während sie weitererzählte. »Es gibt viele Gemeinschaften, in denen das Leben leichter ist, gerade im Winter. Und auch die medizinische Versorgung ist in zahlreichen Siedlungen besser. Aber das weißt du ja. Euch Städtern stehen Medikamente zur Verfügung, die wir mit unseren primitiven Mitteln nicht mehr herstellen können. Wir beschränken uns auf die Arzneimittel, die wir aus natürlichen Zutaten gewinnen können. Zum Glück gehört Penicillin dazu, sodass wir vielen Krankheiten nicht vollkommen schutzlos ausgeliefert sind. Aber bei Viruserkrankungen oder anderen schwerwiegenden Verletzungen geraten unsere Möglichkeiten schnell an ihre Grenzen. Jeder muss für sich abwägen, ob die bessere medizinische Versorgung in der Stadt den Preis, den ihr dafür zahlt, wert ist. Alle, die du hier siehst, leben in unserem Clan, weil sie es wollen. Sie führen ein Leben in Selbstbestimmtheit und als Teil einer gleichberechtigten Gesellschaft, statt in einem Kastensystem, in dem die Unteren Kasten wie Leibeigene behandelt werden.«

Erst jetzt schien Edirah bewusst zu werden, wie Lika ihre Bemerkung auffassen musste.

»Ich wollte dich nicht beleidigen. Wie der Professor vorhin sagte: Niemand sucht sich aus, wo er geboren wird. Aber ich würde meine Freiheit niemals gegen mehr Sicherheit eintauschen.«

Wenig später betraten die beiden Frauen die Hütte, die Edirah scherzhaft Hexenhäuschen nannte. Sie zeigte Lika, wie sie die Kräuter und Wurzeln, die sie während der Jagd gefunden hatte, weiterverarbeitete.

»Einen Teil unserer gesammelten Schätze habe ich schon unterwegs zum Trocknen vorbereitet. Vieles muss so schnell wie möglich zu Tinkturen, Ölen oder Salben verarbeitet werden. Es ist keine besonders spektakuläre Arbeit und oft mühselig und einsam. Aber ich freue mich, wenn du mir hilfst.«

Edirah zeigte Lika das Innere der Hütte. Vorn standen zwei Betten und eine Liege für die Behandlung der Kranken. Neben dem Kamin befand sich ein langer Arbeitstisch. Das raumhohe Regal dahinter war vollgestopft mit Fläschchen, Tiegeln, Mörsern und tönernen Krügen.

»Unsere Hexenküche«, meinte Edirah stolz.

Sie entfachten ein Feuer und hängten einen bauchigen

Kupferkessel, in den sie dicke Klumpen von Schweinefett geworfen hatten, über die Flammen. Als sich das Schmalz verflüssigt hatte, fügten sie dicke Bündel Beinwell hinzu und rührten die Mischung, während sie vor sich hin kochte.

»Diese Salbe brauchen wir fast täglich. Wunden, Geschwüre, Entzündungen. Es gibt immer jemanden, der behandelt werden muss. Auch bei Blutergüssen und Quetschungen hilft Beinwellsalbe gut.« Sie wies auf eine tönerne Schale auf dem mittleren Regalboden. Lika trat neugierig näher und entfernte das Wachstuch, mit dem das Gefäß abgedeckt war. Überrascht zog sie die Augenbrauen hoch, als mehrere Brotscheiben zum Vorschein kamen. Dicker grüner Schimmelpilz überzog die Oberfläche des Lebensmittels. »Für ernste Fälle, bei denen sich Wunden entzündet haben, stellen wir aus diesem Pilz Penicillin her. Sieht ganz schön unappetitlich aus, oder?« Edirah lachte leise.

»Ihr werdet doch nicht ernsthaft dieses Zeug schlucken?«, fragte Lika entsetzt.

Wieder lachte Edirah. »Aber nein. Der Pilz ist nur für die äußerliche Anwendung gedacht. Für Notfälle haben wir immer eine ausgereifte Pilzkultur vorrätig.« Prüfend rührte sie den dampfenden Topfinhalt ein letztes Mal. Dann nickte sie zufrieden und legte die Holzkelle beiseite. »Die Salbe ist fertig. Am anderen Ende des Regals stehen die leeren Tontöpfe. Bring sie mal her.«

Lika trug die Gefäße zum Tisch und half Edirah, sie mit dem flüssigen Fett zu befüllen.

Als sie das nächste Mal aus dem Fenster sah, dämmerte es bereits.

»Das Feuer ist bestimmt schon entzündet«, meinte Edirah. »Wenn wir noch etwas von dem Schwein abhaben wollen, müssen wir uns beeilen.«

Gemeinsam räumten sie den Arbeitstisch auf, wuschen Tiegel, Töpfe und Bestecke ab. Schließlich war alles an seinem gewohnten Platz verstaut.

Die untergehende Sonne färbte den Himmel tiefrot. Die beiden Frauen blieben einige Minuten vor der Hütte stehen und genossen das dramatische Schauspiel, bevor sie Richtung Dorfplatz aufbrachen.

»Hallo, ihr beiden! Hier ist noch Platz für euch!« Keylin nahm die beiden winkend in Empfang.

Lika erkannte den sandigen Platz vom Vormittag kaum wieder. Die Bänke, die sonst in der Ratshütte standen, waren nun strahlenförmig um das knisternde Feuer arrangiert. Der gesamte Clan schien bereits auf dem Festplatz versammelt zu sein. Der Braten am Spieß hatte inzwischen eine knusprige braune Kruste bekommen. Bei dem verführerischen Duft lief Lika das Wasser im Mund zusammen und ihr Magen knurrte.

Auf den Tischen standen Krüge mit Wein, Bier, Kräuterlimonade und Wasser. Lika goss sich einen Becher mit Limonade ein und ließ sich das kühle Getränk schmecken. Ihr wurde zum ersten Mal bewusst, wie groß der Clan tatsächlich war. Zu wissen, dass rund dreihundert Menschen zusammenlebten, war eine Sache. Aber sie hier auf einem Platz versammelt zu sehen, eine ganz andere.

Der Professor saß am Ende ihres Tisches. Er unterhielt sich mit der alten Mora. Zwei Tische weiter entdeckte Lika Sehlem und Lovis mit einigen anderen Ratsmitgliedern. Likas Blick wanderte die Tischreihen entlang, bis er bei einem bekannten Gesicht hängenblieb. Milo. Fast hätte sie ihn nicht erkannt. Von dem Bart waren lediglich kurze Stoppeln geblieben, die sein kantiges Kinn betonten. Das struppige Haar trug er kürzer. Unter den Strähnen, die ihm in die Stirn hingen, zeichneten sich seine dunklen Brauen ab. Er saß mit einigen anderen Jägern zusammen, aber irgendwie auch nicht. Auf Lika machte es den Anschein, als wäre er trotz all der Menschen um ihn herum allein auf diesem Platz. Fast tat er ihr leid. Aber dann erinnerte sie sich, wie er sie behandelt hatte. Er verdiente ihr Mitleid nicht.

Mit zunehmender Stunde stieg der Lärmpegel an. Die Kinder hatte schon vor einer Weile nichts mehr auf ihren Bänken gehalten. Sie tobten in Grüppchen umher und waren mit Greif- und Versteckspielen beschäftigt. Das festliche Gelage neigte sich dem Ende zu. Die Tische wurden weggetragen und Bänke um das Feuer platziert. Keylin setzte sich zu Matteo, der einen Arm um ihre Schultern legte und sie an sich zog. Lika glitt neben Edirah auf den Boden. Ein alter Mann griff nach einer Fidel und stimmte eine einfache Melodie an. So etwas Ähnliches hatte Lika in einer der Viewbacks gehört. Das Lied war berührend. Der melancholische Grundton verfehlte seine Wirkung nicht. Die Kinder liefen zu ihren Eltern und plumpsten in deren Schoß. Eine Frau setzte der Weise mit einer Flöte eine zweite Melodie wie das Zwitschern eines Vogels entgegen. Amüsiert beobachtete Lika ein kleines Mädchen von höchstens zwei Jahren. Es stellte sich auf seine pummeligen Beinchen und wippte freudestrahlend auf und ab. Inzwischen hatten sich weitere Musiker mit ihren Instrumenten aufgebaut. Das Lied endete, und sie begannen, einen Tanz zu spielen. Immer mehr Dorfbewohner sprangen von ihren Plätzen auf und tanzten um das Feuer. Edirah griff nach Likas Hand und versuchte, sie mit sich zu ziehen. Aber Lika vertröstete sie auf später. Es kam ihr komisch vor, wie die anderen herumzuspringen.

Der Tanz endete und ging nahtlos in das nächste Musikstück über.

Besonders gefielen Lika die Lieder. Die einzelnen Stimmen der Clanbewohner schmolzen zu einem Chor zusammen. Sie sangen von der Schönheit ihrer Heimat, der Anmut eines Mädchens mit wildem roten Haar oder unglücklich Verliebten. Einige dieser Lieder mussten aus der Zeit vor der Katastrophe stammen.

Edirah hielt es nie lange auf ihrem Platz neben Lika aus. Sobald sich die Ersten zu einem Kreis aufstellten, war auch sie dabei. Die Tänze, bei denen sie neben Lika sitzen blieb, konnte man an einer Hand abzählen.

Lika tat inzwischen vom langen Sitzen auf dem harten Boden alles weh. Es war spät geworden. Die meisten Kinder lagen bereits in ihren Betten. Eigentlich hätte sie sich auch verabschieden können. Sie war müde. Das kleine Orchester verstummte. Wieder erklang nur die Fiedel. Edirah kehrte zu ihrem Platz zurück. Sie ließ sich neben Lika auf die Erde fallen und flüsterte ihr ins Ohr: »Das ist eines meiner Lieblingslieder!«

Lika lauschte. Die Melodie durchdrang sie. Die Menschen verstummen. Eine erwartungsvolle Stille breitete sich über dem Platz aus. Dann setzte eine männliche Stimme ein. Lika suchte unter den Anwesenden nach dem Sänger. Sein tiefer, warmer Bass erzählte die Geschichte eines Mannes, der seine Heimat verlassen hatte. Nun irrte er umher, auf der Suche nach einem verlorenen Schatz.

Lika entdeckte den Sänger an einem der Tische, ganz in der Nähe des Alten mit der Fiedel. Am Nachbartisch saßen die Jäger. Auch Milo war noch da. Den Oberkörper vornübergebeugt stützte er die Ellenbogen auf seinen Knien ab. Die Hände hielt er fest ineinander verschränkt. Er starrte ins Feuer, schien in seine eigene Welt abgetaucht zu sein. Lika betrachtete ihn genauer. Die dunklen Locken standen wirr ab. Er presste die Lippen aufeinander. Sein Kinn wirkte im flackernden Licht noch kantiger als zuvor. Er hob seinen Kopf leicht an und sah Lika direkt in die Augen. Für einen Moment war es ihr, als könnte sie in seine Seele schauen. Was sie dort vorfand, waren Schmerz, Einsamkeit und Trauer. Ein Kloß formte sich in ihrem Hals. Sie hatte Mühe, ihn hinunterzuschlucken. Doch so unerwartet, wie dieser Augenblick gekommen war, endete er auch. Sein Gesicht verschloss sich. Er kniff die schwarzen Augen zusammen, sprang auf und stürmte vom Platz. Lika sah ihm hinterher, bis er in der Dunkelheit verschwunden war. Erst jetzt konnte sie wieder frei atmen.

»Der ist ja vollkommen gestört!«, entfuhr es ihr.

Edirah hatte die Szene wohl ebenfalls beobachtet. Zumindest fragte sie nicht, von wem die Rede sei.

»Nein. Ist er nicht. Es gibt einen Grund, warum er sich so eigenartig verhält.«

Edirah griff nach einem kleinen Stöckchen und stocherte in der Erde umher. Lika hatte den Eindruck, als würde sie mit sich ringen. Dann endlich gab sie sich einen Ruck.

»Er hatte einen Bruder. Finn. Nur ein Jahr jünger als er. Vor etwa zwei Jahren waren wir gemeinsam auf einer Mission. So nennen wir unsere Beutezüge. Ab und zu müssen wir in den Depots der Stadt unsere Munition auffüllen und uns neue Waffen besorgen.

Ich war damals dabei. Und auch Keylin und Matteo. Es lief alles ganz gut. Wir hatten es bis ins Lagerhaus geschafft und unsere Rucksäcke gefüllt. Doch bevor wir den Rückzug antreten konnten, entdeckten uns die Guards. Sie schossen auf uns. Ich bekam einen Streifschuss ab. Auch Milo wurde verletzt. Die Kugel traf ihn in die Schulter. Zum Glück war es nichts Ernsthaftes. Erst als wir uns außerhalb der Stadt sammelten, erfuhren wir von Keylin, dass Finn tödlich getroffen worden war.« Edirah verstummte. »Wir konnten ihn noch nicht einmal begraben … Und Milo … ist seitdem nicht mehr er selbst. Er leitete die Mission. Also ist er in seinen Augen auch für den Tod seines Bruders verantwortlich.«

Den ganzen Weg zur Hütte dachte Lika darüber nach, wie es für Milo gewesen sein musste. Für eine Mission die Verantwortung zu tragen. Entdeckt zu werden. Jemanden aus seinem Team zu verlieren. Den Bruder zu verlieren. Sie stellte sich vor, sie wäre an seiner Stelle gewesen. Wie mochte sich das anfühlen? Ihre Gedanken kreisten unentwegt um dieses Bild. Aber die Gefühle von Wut, Trauer und Selbstanklage, die in Milo toben mussten, konnte sie nicht wirklich nachempfinden.

[18]

Auch als Lika am nächsten Morgen erwachte, kehrten ihre Gedanken zu ihrem Gespräch mit Edirah zurück. Milo tat ihr leid. Aber egal, wie schrecklich die Ereignisse für ihn gewesen waren, war es nicht längst an der Zeit, damit abzuschließen? Zwei Jahre waren seitdem vergangen. Niemand konnte das Geschehene rückgängig machen. Und selbst wenn Milo die Verantwortung für die Mission gehabt hatte, es war ja nicht so, als hätte er den Abzug höchstpersönlich gedrückt. Solche Dinge passierten in dieser Welt eben. Lika sah keinen Grund, deshalb sein Leben aufzugeben und nebenbei auch noch das der anderen zu vermiesen. Für sie war es ein Zeichen von Schwäche. Wenn man fiel, sollte man sich aufrappeln, aus seinen Fehlern lernen und gestärkt weitergehen!

Wie verabredet traf Lika nach dem Frühstück in der Ratshütte ein. Fleißige Helfer hatten am Tag zuvor aus mit Strohmatten bespannten Holzrahmen zwei provisorische Kabinen aufgebaut. In der einen sollten Lika und Edirah die Voruntersuchungen durchführen: Den allgemeinen Gesundheitszustand feststellen, kleinere Wehwehchen behandeln, bei Problemen mit Rat und Tat zur Seite stehen und nebenbei die Speichelprobe entnehmen. Der Virenscaner sah wie ein einfacher Holzspatel aus, doch hinter seiner Fassade versteckte sich ein ausgeklügeltes, technisches Präzisionsinstrument, in dem die Proben bis zur Weiterverarbeitung in der Neuen Welt kultiviert werden würden.

Da Edirah die Voruntersuchungen durchführen sollte und es in Likas Aufgabenbereich fiel, die Ergebnisse in den Patientenakten zu dokumentieren, war es kein Problem für sie, den Spatel zu reinigen, ihn Edirah zur Untersuchung des Mundraumes zu reichen und die dabei gewonnene Probe anschließend zu sichern. In der zweiten Kabine würden der Professor und Peet anschließend die Patienten impfen.

Lika holte die Kiste mit den Patientenakten aus dem Archiv und stellte sie neben ihren Platz. Edirah trat in den Behandlungsraum und sah sich um.

»Ich denke, wir sind so weit«, stellte sie zufrieden fest. »Dann werde ich mal die Ersten hereinlassen.«

Sie hatten für jeden Clanbewohner fünf bis zehn Minuten veranschlagt. Bis zur Mittagspause wollten sie demnach die ersten fünfzig Clanbewohner geimpft haben. Verwundert stellte Lika fest, dass sich wohl schon alle für den Vormittag eingeladenen Dorfbewohner vor der Ratshütte versammelt hatten. Der große Raum füllte sich mit den ausgelassenen Stimmen der Frauen, Männer und Kinder. Es machte den Anschein, als würden sie sich über den Vormittag voller Müßiggang freuen.

»Dann wollen wir mal.«

Lika tauschte ein verschwörerisches Lächeln mit Edirah. Sie griff nach ihrem Scanstift, zog die vorderste Akte hervor und rief mit lauter Stimme den ersten Namen auf.

Es war dunkel draußen, als der letzte Patient des Tages ging. Sie hatten alle für heute vorgesehenen Untersuchungen und Impfungen durchgeführt. Trotz des eng gestrickten Terminplans war hier und da noch Zeit für ein kleines Gespräch am Rande oder ein paar medizinische Ratschläge abgefallen. Edirah und Lika waren ein eingespieltes Team geworden. Kaum zu glauben, dass sie sich erst seit gestern kannten!

Peet kam zu ihnen herüber.

»Das war´s für heute«, verkündete er. »Edirah, kannst du bitte deine Tasche mit Medikamenten packen? Der Professor und ich wollen noch ein paar Hausbesuche machen. Ich möchte, dass du uns begleitest.«

Edirah sah unschlüssig zu Lika.

»Das ist kein Problem«, versicherte Lika schnell. »Ich werde hier in Ruhe aufräumen und alles für morgen vorbereiten.«

Die drei verabschiedeten sich und Lika fand sich allein in der Hütte wieder. Den Müll wegräumen, die Patientenakten durch neue für den nächsten Tag austauschen, die Vorräte an Tees, Salben und anderen Medikamenten auffüllen, all das dauerte nicht lange. Sie verstaute die letzten Bandagen in einem Korb, bevor sie zufrieden die Tür zur Ratshütte hinter sich zuzog.

Der Platz vor der Hütte war in silbernes Licht getaucht. Fast kreisrund prangte der Mond über dem Dorf und leuchtete Lika den Weg heim. Sie hatte Keylins Hütte fast erreicht, als sie abbog und geradewegs Milo in die Arme lief. Der Pfad war schmal. Milo konnte nicht einfach so tun, als hätte er Lika nicht gesehen. Mehr als ein kurzes Hallo hatte er allerdings nicht für sie übrig, bevor er sich an ihr vorbei schob.

Lika fühlte sich überrumpelt. Ihre Gedanken waren wohl nach dem Schreck noch in einer Art Schockzustand, sonst hätte sie sich kaum zu Milo umgedreht und ihm, kurz bevor er hinter der nächsten Hausecke verschwand, ein »Es tut mir leid« hinterhergerufen. Milo blieb wie angewurzelt stehen. Dann drehte er sich langsam zu ihr um. Das Mondlicht malte Schatten in sein Gesicht. Wie in Zeitlupe wanderte seine linke Augenbraue aufwärts.

»Was tut dir leid?«

Er erinnerte sie an einen Wolf auf der Lauer. Lika schluckte. Es war ihr ungewollt herausgerutscht, doch nun gab es kein Zurück mehr.

»Das mit deinem Bruder. Es tut mir leid, dass er damals bei dieser Mission erschossen wurde. Aber es war nicht deine Schuld. Das weißt du doch, oder?«

Von einer Sekunde zur anderen fiel die Maske aus Gleichgültigkeit und Überlegenheit von Milo ab und Wut verzerrte sein Gesicht. Mit zwei langen Schritten war er bei ihr. Seine Hände schlossen sich schmerzhaft um ihre Oberarme.

»Was weißt du denn? Denkst du etwa, irgendjemand erzählt dir ein paar Fakten und schon wüsstest du Bescheid? Du weißt gar nichts! Und du verstehst auch gar nichts. Halte dich gefälligst aus meinem Leben raus. Ich will mit dir oder dem Professor nichts zu tun haben!«

Er stieß Lika von sich und sie taumelte zurück.

»Wir tragen keine Schuld an seinem Tod!«, rief Lika entrüstet.

»Nein, nicht an seinem, aber an dem von vielen anderen!«

Lika erstarrte. Es herrschte atemlose Stille, während Milos schwarze Augen sie wütend anblitzten.

»Wie kannst du so etwas Schreckliches sagen?«, fragte sie mit leiser Stimme.

»Wie ich so etwas sagen kann? Frag doch mal deinen feinen Herrn Professor, wie es sein kann, dass plötzlich, nur wenige Tage nach seinem letzten Besuch, mehrere Menschen an einem mysteriösen Infekt erkrankten. Alle innerhalb weniger Stunden. Peet und Edirah konnten nichts für sie tun. Vier von ihnen starben. Darunter ein Baby. Alle waren zuvor vom Professor geimpft worden. Willst du wirklich behaupten, dass das ein Zufall war?«

Lika schüttelte ungläubig den Kopf. »Ich habe von diesem Fall gelesen. Er hat viel mehr als diese fünfzehn geimpft. Und alle anderen sind gesund belieben, oder? Der Professor hatte nichts mit diesem furchtbaren Vorfall zu tun. Wahrscheinlich irgendein mutiertes Virus. Und dass er so kurz nach dem Besuch des Professors auftrat, war Zufall.« Wenn sie nicht aufpasste, schaffte dieser Kerl es wirklich, sie aus der Ruhe zu bringen. »Du kannst doch nicht wegen irgendwelcher Verschwörungstheorien, die du dir zurechtspinnst, herumlaufen und Lügen verbreiten!«

»Lügen«, schnaubte Milo verächtlich. »Nimm dir doch mal die Zeit und gucke dir auch die älteren Einträge in der Chronik an. Du wirst sehen, dass erstaunlich häufig ähnliche Vorfälle auftraten, nachdem der Professor hier gewesen war. Alles nur Zufall?« Er winkte verächtlich ab. »Aber mach dir nicht die Mühe. Selbst wenn ich einen Zusammenhang beweisen könnte, würdest du mir eine andere Erklärung auftischen. Verschließ lieber die Augen, sonst bricht deine schöne, heile Welt noch in sich zusammen!«

Mit diesen Worten drehte Milo sich um und verschwand hinter der nächsten Hausecke.

Lika brauchte ein paar Minuten, um sich zu sammeln. Sie sah sich einmal mehr in ihrem Entschluss, Milo bis zu ihrer Abreise aus dem Weg zu gehen, bestätigt. Obwohl sie es schade fand. Die anderen im Clan mochten ihn. Das hatte sie gestern auf dem Fest immer wieder beobachtet. Sie suchten seine Nähe, redeten mit ihm. Ab und zu hatte er sogar mit ihnen gelacht. Auch Sehlem sprach stets respektvoll von Milo. Lika hatte das Gefühl gehabt, er sähe in ihm eine Art Sohn. Kein Wunder, da die beiden ohne nahe

Angehörige im Clan lebten. Sie fühlte sich zu Milo hingezogen. Das konnte sie nicht leugnen. Wenn er ihr vertrauen würde, könnten sie vielleicht sogar Freunde werden. Diese kalte, hasserfüllte Behandlung hatte sie nicht verdient, auch wenn er das anders sah. Aber nun war wohl selbst die letzte Chance vertan. Er würde seine Meinung über sie nicht mehr ändern, und sie wusste nun, warum dies so war.

Ungeduldig wartete Lika vor der Hütte auf die Rückkehr ihres Mentors. In ihrem Bauch kribbelte es unangenehm. Keine Minute hielt sie es auf der Bank vor Keylins Häuschen aus. Immer wieder sprang sie auf und tigerte auf und ab. Als der Professor am Ende des Pfades auftauchte, lief Lika ihm entgegen und berichtete von dem Zwischenfall mit Milo.

»Wenn er das tatsächlich glaubt, kann ich sein Verhalten uns gegenüber verstehen«, meinte er nachdenklich. »Ich habe von dem Vorfall natürlich gehört und es tut mir leid um diese Clanbewohner.« Langsam setzten sie ihren Weg fort. »Die Erkrankungen hatten nichts mit den Impfungen zu tun. Du weißt selbst, wie sorgfältig wir die Menschen im Vorfeld untersuchen. Dennoch kann es vorkommen, dass sie bereits einen Erreger in sich tragen. Ich schließe nicht aus, dass die Impfung das Immunsystem der Menschen zusätzlich schwächte und der Infekt dadurch mehr Todesfälle forderte, als er es sonst getan hätte. Jede Impfung birgt ein Risiko in sich, das wir aber so klein wie möglich halten.«

»Ich wünschte, wir könnten Milo einen Beweis liefern, und er würde einsehen, wie haltlos seine Vorwürfe sind.«

»Ich fürchte, selbst wenn es so einen Beweis gäbe, würde er seine Meinung nicht ändern. Die Menschen wollen oft an dem festhalten, was sie glauben. Sie sehen nur das, was sie in ihrer Meinung bestätigt. Für ihn ist es am einfachsten, uns als Sündenböcke hinzustellen, anstatt sich mit seiner eigenen Schuld am Tod seines Bruders zu befassen.« Der Professor betrachtete Lika mit durchdringendem Blick. »Ich rate dir, dich von Milo fernzuhalten. Du kannst ihn ohnehin nicht von der Wahrheit überzeugen. In einigen Tagen ist unsere Mission hier beendet und wir kehren nach Hause zurück. Konzentriere dich auf die Menschen, die dich mögen, und genieße die Zeit mit ihnen.«

[19]

Im Laufe der nächsten beiden Tage stellte sich eine gewisse Routine in Likas Tagesablauf ein. Nach dem Frühstück ging sie in Begleitung des Professors zur Ratshütte, wo er sich verabschiedete und sich mit Peet in den hinteren Teil der Hütte zurückzog. Sie und Edirah nutzten die Zeit vor der Ankunft der ersten Patienten für letzte Vorbereitungen.

Während die beiden ein Clanmitglied nach dem anderen untersuchten, mit ihnen Fragebögen ausfüllten oder ihnen bei Problemen rund um die Gesundheit behilflich waren, wuchs Likas Respekt vor Edirah. Sie kannte jeden beim Namen, stellte detaillierte Fragen zu Familienangehörigen oder dem Verlauf der letzten Erkrankung. Wenn Lika an ihr Leben in der Neuen Welt dachte, wurde ihr der Unterschied im Zusammenleben der Menschen immer bewusster. Sie konnte die Menschen daheim, von denen sie mehr als Namen, Wohneinheit und Beschäftigungsstatus kannte, an einer Hand abzählen. Na ja, vielleicht doch eher an zwei. Edirah hingegen schien die persönliche Geschichte eines jeden Clanbewohners vertraut zu sein.

Milo aus dem Weg zu gehen, hatte sich als einfacher herausgestellt, als Lika befürchtet hatte. Seit dem Zusammenstoß neulich nachts war er wie vom Erdboden verschwunden. Das war ihr ganz recht. Sie hielt sich an den Rat ihres Mentors und verbrachte möglichst viel Zeit mit Edirah und Keylin, ihren neuen Freundinnen.

Die erste Untersuchung war abgeschlossen. Edirah lächelte das kleine Mädchen an und hob es von der Pritsche. Sie reichte der Mutter der Kleinen die Akte für Peet und den Professor und verabschiedete sich von den beiden. Lika trat vor den Vorhang, der den Untersuchungsbereich vor neugierigen Blicken abschirmte, und rief den Namen der nächsten Patientin auf. Eine ältere Frau erhob sich und trat auf sie zu. Nach wenigen Schritten blieb sie jedoch wie angewurzelt stehen. Etwas fesselte ihre Aufmerksamkeit. Sie drehte sich zur Eingangstür um. Und dann hörte Lika es auch. Von draußen drangen laute Stimmen herein. Mehrere Menschen mussten auf dem Platz vor der Hütte umherlaufen. Sie schrien. Pferde wieherten. Edirah trat neben Lika. Sie warf ihr einen beunruhigten Blick zu. Die Außentür flog auf und fiel krachend gegen die Wand. Ein Mann mit rußverschmiertem Gesicht stürmte in die Hütte. Er war aufgelöst. Seine Worte überschlugen sich.

»In der Grube ist ein Unglück passiert. Es gibt Verletzte. Edirah! Peet! Ihr müsst kommen! Schnell!«

Edirah ließ alles stehen und liegen. »Ich kümmere mich darum«, rief sie dem Mann zu.

Der nickte erleichtert. Sein Blick huschte über die Anwesenden, als suchte er jemanden. Er schien nicht fündig geworden zu sein, drehte sich um und hetzte davon. Die Wartenden in der Hütte lösten sich aus ihrer Erstarrung. Sie redeten laut durcheinander. Panik breitete sich aus.

»Heute werden keine weiteren Untersuchungen stattfinden«, rief Edirah gegen die aufgeregten Stimmen an. »Geht nach Hause. Wir informieren euch, sobald die Impfungen fortgesetzt werden.« Dann wandte sie sich Lika zu: »Pack alles ein, was du finden kannst. Verbandzeug, Medizin, unsere Instrumente. Die Kohlengrube ist in den Bergen. Wir nehmen die Pferde, dann sind wir in fünf, spätestens in sechs Stunden da. Ich informiere Peet und den Professor.«

In der Ärztehütte füllte Lika den letzten Ledersack mit Flaschen und Mullbinden, als Edirah eintrat. Sie verschaffte sich einen Überblick über die eingepackten Sachen, bevor sie alle verfügbaren Decken zusammentrug und in weitere Taschen stopfte.

Edirahs Hände zitterten, als sie nach einigen Holzstangen griff.

»Ich weiß nicht, was uns erwartet. Aber mit diversen Knochenbrüchen müssen wir rechnen. Die Stangen benötigen wir, um die Brüche zu schienen.«

»Es wird schon nicht so schlimm sein«, versuchte Lika sie zu beruhigen.

»Wir werden sehen«, wehrte Edirah ab. »Die Pferde stehen draußen bereit. Der Professor und Peet holen Ampullen mit Morphium und Antibiotika aus eurer Hütte. Sobald sie zurück sind, geht es los.«

Als sie das Lager der Bergarbeiter erreichten, hatte die Sonne den Zenit bereits seit einer Weile überschritten. Der dichte Nadelwald warf lange Schatten auf die Lichtung, die die Dorfbewohner vor dem Eingang der Steinkohlengrube angelegt hatten. Bei dem Unglück musste es sich um eine gewaltige Explosion gehandelt haben. Kaum etwas schien noch an seinem ursprünglichen Platz zu sein. Baumstämme lagen in einem Chaos aus Schutt, Gesteinsbrocken und Staub auf der Lichtung verteilt. Einige Hölzer waren in Brand geraten. Ihre verkohlten Stumpen qualmten vor sich hin. Die dem Grubeneingang am nächsten gelegene Hütte hatte den größten Schaden davongetragen. Lediglich zwei Außenwände standen noch.

Der Grubeneingang war ein düster klaffendes Loch in der Felswand. Rauchschwaden quollen aus der Öffnung. Aus dem Inneren des Höllenschlunds ergoss sich ein orangefarbenes Feuerglühen. Es pulsierte. Flackerte auf, fiel in sich zusammen, um kurz darauf erneut aufzuflammen. Als schliefe weit hinten im Berg ein Lindwurm, dessen Feueratem im Takt seines sich hebenden Brustkorbs an- und abschwoll. Zumindest entstand dieses Bild vor Likas innerem Auge, als sie zu dem Eingang hinübersah. So hatte sie sich den Zugang zur sagenumwobenen Unterwelt ihrer Kindheitsgeschichten immer vorgestellt. Scharren und Klopfen drangen aus der Tiefe des Berges und verstärkten den unheimlichen Eindruck.

Am anderen Ende der Lichtung lagen die verletzten Bergarbeiter nebeneinander im Staub. Zwei Männer versorgten einen Mann, der regungslos auf dem Boden lag und aus einer Wunde am Bein blutete.

Sie bemerkten die Ankunft der Helfer und winkten sie zu sich. Die Erleichterung war ihnen in die Gesichter geschrieben, auch wenn diese mit einer dicken Rußschicht bedeckt waren. Das Weiß ihrer Augen hob sich unnatürlich grell vor ihrer geschwärzten Haut ab.

»Das sind Raleb und Josuf!«, rief Edirah. Sie griff nach ihrer Tasche und eilte dicht gefolgt von Lika und den anderen Helfern zu den beiden Männern.

»Die Erstversorgung der Wunden haben wir gleich nach der Bergung der Männer durchgeführt«, informierte sie der kleinere der beiden. »Die meisten haben Brüche, Verbrennungen oder oberflächliche Wunden. Aleks konnten wir nur noch tot bergen. Er befand sich zu nah am Explosionsherd. Mick dort hinten hat einen Balken oder so was auf den Kopf bekommen. Er ist immer noch bewusstlos. Die meisten haben einen Schock. Sie zittern wie Espenlaub. Wir haben alle Decken und Kissen aus den Hütten geholt, die wir finden konnten, aber es scheint ihnen nicht besser zu gehen.«

Peet legte dem Mann die Hand auf den Arm.

»Ihr habt alles getan, was in eurer Macht stand, Josuf. Lika und Edirah kümmern sich jetzt um den Verletzten. Der Professor und ich sehen uns die anderen Männer an. Ihr beide solltet euch ausruhen, sonst brecht ihr noch zusammen.«

Josuf nickte erleichtert. »Die Explosion ist gestern Abend passiert. Kurz bevor wir Schluss machen wollten. Seitdem hatten wir keine Minute zum Durchatmen.«

Raleb und Josuf erhoben sich mühsam. Während Edirah den Verletzten eingehend vom Kopf abwärts untersuchte, kümmerte Lika sich um die blutende Wunde. An seinem Oberschenkel klaffte ein großes Loch. Die Ränder des Kraters waren verkrustet. Ein dünnes Rinnsal Blut sickerte aus der tiefsten Stelle. Es roch nach verbranntem Fleisch. Lika wurde übel. Sie atmete flach durch die Nase. Das Wasser in dem Eimer neben ihr war rot gefärbt. Sie schluckte, gab sich einen Ruck und spülte das Tuch sorgfältig aus, bevor sie es auswrang.

Raleb war bei ihnen stehen geblieben. Er hatte Lika beobachtet. Jetzt griff er nach dem Eimer.

»Ich werde euch frisches Wasser holen.«

»Vielen Dank. Wir brauchen aber auch heißes Wasser. Wäre das möglich?« Edirah sah den Mann bittend an.

»Ich kümmere mich darum«, versicherte Raleb, bevor er mit dem Eimer in der Hand verschwand.

Schweigend wandten die beiden Frauen sich wieder ihrem Patienten zu. Er schien zu sich zu kommen. Als Lika den Lappen auf die Wunde presste, stöhnte er leise. Lika sah ihn forschend an.

»Ich kenne diesen Mann«, stellte sie schockiert fest. »Er saß bei dem Fest an unserem Nachbartisch. Zusammen mit seiner Frau und mehreren Kindern. Was macht er hier?«

Edirah antwortete, ohne ihre Arbeit zu unterbrechen.

»Unsere Männer wechseln sich alle zwei Wochen bei der Arbeit in der Steinkohlengrube ab. Der neue Trupp hat erst vorgestern mit seiner Schicht begonnen.«

»Wie viele waren hier, als das Unglück passierte?«

Edirah runzelte nachdenklich die Stirn. »Ich glaube, Peet sprach von achtzehn Männern.«

Lika sah sich um. »Hier liegen zwölf. Zwei, die die Verwundeten versorgt haben. Einer, der uns zu Hilfe geholt hat. Macht fünfzehn.«

Edirah sah Lika stumm an. Dann fügte sie leise hinzu: »Fehlen noch drei.« Sie konzentrierte sich wieder auf den Mann vor sich. »Ich konnte keine weiteren Verletzungen feststellen. Er scheint Glück gehabt zu haben. Die kleine Beule am Kopf erklärt, warum er noch nicht zu sich gekommen ist. Sobald Raleb das heiße Wasser bringt, reinigen wir die Wunde ein letztes Mal. Such schon das Johanniskrautöl heraus. Danach kann das Bein verbunden werden.«

Als Lika das Fläschchen mit dem Rotöl aus der Tasche zog, stellte Raleb gerade den Topf mit kaltem Wasser neben ihr ab.

»Ich habe den großen Kessel mit Wasser aufgesetzt, aber der braucht noch, bis er kocht.«

Edirah sah ihn dankbar an. Bevor er mehr sagen konnte, rief Peet ihn zu sich herüber. Ohne ein weiteres Wort eilte er zu dem Professor und seinem Kollegen. Die beiden waren über einen weiteren Verletzten gebeugt.

Als Raleb zu ihnen trat, unterbrachen sie ihre Arbeit. Vermutlich wollten sie von ihm Informationen zu Art und

Schwere der Verletzungen der Bergarbeiter. Lika konzentrierte sich wieder auf den Mann vor ihr. Die Reinigung und Versorgung der Brandwunde forderten ihre ungeteilte Aufmerksamkeit. Sie fischte eine kleine Holzschale aus ihrem Arzneisack, goss frisches Wasser hinein und fügte einige Tropfen des Johanniskrautöls hinzu. Dann zog sie ein sauberes Stück Leinen hervor und tauchte es in das Wasser. Mit dem Lappen betupfte sie ein letztes Mal die Wunde, ließ einige Tropfen unverdünntes Öl auf die Stelle fallen und verband anschließend den Oberschenkel mit einem sauberen Tuch. Obwohl er hin und wieder leise stöhnte, war der Mann immer noch in der Bewusstlosigkeit gefangen.

»Wie schwerwiegend die Kopfverletzung ist, werden wir erst wissen, wenn er wieder zu sich kommt«, bemerkte Edirah, die Likas Gedanken gehört zu haben schien.

Lika griff nach dem Wassereimer und ihrem Sack und ging mit Edirah zum nächsten Verwundeten. Edirah kniete sich neben den Mann und untersuchte ihn mit geübten Griffen.

»Es sieht so aus, als wäre die Verletzung nicht allzu schlimm. Vielleicht solltest du dir schon einmal den nächsten ansehen.«

Lika nickte und ließ sich neben einem Mann im mittleren Alter auf die Erde nieder. Er war bei Bewusstsein und sah Lika mit glänzenden Augen an. Lika legte ihm die Hand auf die Stirn. Seine schweißnasse Haut glühte. Mit dem feuchten Tuch befreite sie sein Gesicht von der dicken Rußschicht. Das kalte Wasser kühlte seine Haut gleichzeitig.

»Wie geht es dir?«, fragte sie ihn mit leiser Stimme. »Tut es dir irgendwo weh?«

Er versuchte zu sprechen, doch sein Mund schien zu trocken zu sein. Er räusperte sich mühsam. Nicht weit von der Lagerstatt entfernt entdeckte Lika einen Becher. Er stand im Staub. Raleb oder Josuf hatten wohl schon versucht, den Verletzten mit Flüssigkeit zu versorgen. Sie holte den Becher und setzte ihn an die Lippen des Mannes. Er war schwach. Lika musste seinen Kopf stützen, damit er aus dem Gefäß trinken konnte. Mühsam schluckte er. Ein Rinnsal lief ihm aus dem Mundwinkel, die Wange hinunter und verschwand dann zwischen Ohrläppchen und Hals. Nach einigen Schlucken schloss er erschöpft die Augen. Lika legte seinen Kopf zurück auf das Kissen und wischte die Wasserspuren weg.

»Mein Bauch.« Er sprach leise.

Lika beugte sich zu ihm hinunter, aber er war bereits wieder verstummt. Behutsam tastete sie die Arme und Beine des Verletzten ab, konnte aber nichts Auffälliges finden. Das hohe Fieber machte ihr Sorgen. Sie berührte den Bauch des Mannes. Die Bauchdecke war angespannt. Sie erhöhte den Druck ihrer Finger. Der Mann fuhr zusammen und stöhnte unter Schmerzen. Lika setzte sich zurück. Mit gerunzelter Stirn sah sie in das blasse Gesicht ihres Gegenübers.

»Nicht so gut, oder?«, krächzte er.

Versuchte er tatsächlich zu lächeln? Lika schluckte.

»Das wird schon wieder. Ich muss kurz mal mit Edirah reden, okay?«

»Ich laufe schon nicht weg. Versprochen.«

Es zuckte leicht um ihre Mundwinkel. Sie ergriff seine Hand und drückte sie. Doch bevor sie sich erheben konnte, stellte jemand einen neuen Eimer mit heißem Wasser neben ihr ab.

»Vielen Dank! Ich …« Während sie sprach, war sie aufgestanden und sah sich nun von Angesicht zu Angesicht dem Wasserträger gegenüber.

[20]

»Milo! Was machst du hier?«

Auch sein Gesicht war schwarz wie bei den anderen Bergarbeitern. Eine graue Staubschicht bedeckte sein sonst dunkles Haar. Abgesehen von der ramponierten Kleidung und einigen Schürfwunden schien er jedoch unversehrt zu sein.

»Ich war zur Arbeit in der Steinkohlengrube eingeteilt. Als sie explodierte, befand ich mich gerade auf dem Weg zur Grube. Glück für mich. Bis auf das Fiepen im Ohr bin ich ohne Schaden davongekommen.« Mit einem Wink Richtung Eimer fügte er hinzu: »Josuf hat mich gebeten, dir heißes Wasser zu bringen.«

Damit drehte er sich um und stiefelte Richtung Grubeneingang davon. Einen Moment starrte Lika ihm verwirrt hinterher. Dann konzentrierte sie sich wieder auf den Mann vor sich. Bevor Milo so unerwartet aufgetaucht war, war sie im Begriff gewesen, Edirah zu suchen. Und das sollte sie jetzt schnellstmöglich tun.

»Gut, dass du kommst«, empfing Edirah sie. »Wir haben beschlossen, die Männer ins Dorf zu bringen. Die Notversorgung haben Raleb und Josuf ja bereits erledigt. Hier können wir kaum etwas für die Verletzten tun. Die Helfer bauen bereits zwei Schleppen, auf die wir diejenigen legen, die nicht auf den Pferden sitzen können. Das heißt aber auch, dass wir nur langsam vorankommen werden. Je schneller wir aufbrechen, desto besser.«

»Darüber wollte ich mit dir sprechen. Dem Mann, den ich gerade untersucht habe, geht es nicht gut. Er hat hohes Fieber und starke Schmerzen im Bauchraum. Ich denke, er hat innere Verletzungen. Ich weiß nicht, ob man ihm überhaupt noch helfen kann …« Sie hielt einen Moment inne. »Ich kenne noch nicht einmal seinen Namen!«

Edirah legte ihre Hand auf Likas Schulter.

»Ein Grund mehr, sofort aufzubrechen. Wenn wir ihm helfen können, dann im Dorf.« Sie sah Lika eindringlich an. »Wir wollten dich fragen, ob du bereit wärst, hierzubleiben. Zwei Bergarbeiter werden noch vermisst. Raleb, Josuf und Milo versuchen, den Grubengang freizulegen. Die Verschütteten werden sicher verletzt sein und benötigen mehr als die medizinische Erstversorgung, die die drei leisten können.«

»Natürlich bleibe ich. Du brauchst dir um mich keine Sorgen zu machen.«

Die Helfer hatten aus langen Holzstangen, Ästen und Seilen zwei Schleppen gebaut. Diese befestigten sie nun an zwei Sätteln. Lika eilte zu dem schwer verletzten Mann zurück und kniete neben ihm nieder.

»Sie bringen euch ins Dorf zurück. Dort wird das Ärzteteam dir helfen.«

Peet trat zu ihnen. Gemeinsam trugen sie den Verletzten zu der Schleppe, auf der bereits der bewusstlose Familienvater lag.

Der Professor trat neben Lika und zog sie zur Seite.

»Ich habe gerade erfahren, dass einer der Männer, die die Vermissten suchen, Milo ist. Bist du dir sicher, dass du hierbleiben möchtest? Ich könnte Edirah bitten, an deiner Stelle hierzubleiben.«

»Das ist nicht nötig«, wiegelte Lika ab. »Neulich haben seine Vorwürfe mich unvorbereitet getroffen. Aber nun weiß ich, wie er über uns denkt. Wir sind beide erwachsen. Und hier geht es nicht um irgendwelche wilden Behauptungen. Ich bin mir sicher, dass wir zivilisiert miteinander umgehen können, schließlich wollen wir dasselbe: die Verschütteten finden und ihnen helfen.«

Der Professor nickte bedächtig. Er verabschiedete sich von Lika und ging zu den anderen zurück.

Mittlerweile war der Tross aufbruchbereit.

Einige Minuten später fand Lika sich allein auf der Lichtung wieder. Sie schaute sich um, aber von Raleb, Josuf und Milo keine Spur.

Aus den Tiefen des Berges erklang weiterhin das metallene Schlagen der Picken auf Stein. Sie bemerkte eine Bewegung im Eingangsbereich der Höhle. Ein leichtes Flackern von Schatten, die sich vereinten und den Umriss eines Mannes bildeten. Er war weit vornübergebeugt. Ein dicker Lederriemen hing über seinen Schultern, während er einen Holzkarren schob, auf dem sich ein gewaltiger Haufen aus Geröll und Schutt auftürmte. Das schmiedeeiserne Rad des Vehikels quietschte bei jeder Umdrehung. Es war Milo, auch wenn sie ihn nicht gleich erkannt hatte, über und über mit Staub bedeckt. Ein grauer Stofffetzen verhüllte seine untere Gesichtshälfte. Er steuerte den Schuttberg in der Nähe des Höhleneingangs an. Mit einem kräftigen Schwung riss er die Karre auf die Seite und entleerte sie. Eine riesige Staubwolke erhob sich und verhüllte Milo für einen Moment. Als der Staub sich gelegt hatte, sah Lika, wie er den Karren wendete und ihn wieder Richtung Eingang schob.

Lika wollte zu ihm laufen und helfen. Unschlüssig blieb sie jedoch stehen.

»Was willst du hier noch? Wieso bist du nicht mit den anderen ins Dorf zurück?«

Er hatte sie also bemerkt. Aber Höflichkeit gehörte ja bekanntlich nicht zu seinen Stärken.

»Ich will euch helfen …« Lika verstummte, als sie sein höhnisches Lachen hörte. Er stellte die Karre ab und drehte sich zu ihr um.

»Helfen? Du nimmst dich etwas zu wichtig!«

Ärger wallte in Lika auf. Sie spürte den unbändigen Drang, ihre Fäuste auf Milos Brust niedertrommeln zu lassen. Sie verschränkte ihre Finger ineinander und schluckte ihre Gefühle hinunter. Betont gelassen schlenderte sie auf ihn zu.

»Das siehst du wohl so. Aber ich denke, wenn ihr die beiden vermissten Bergarbeiter findet, werden sie sich freuen, wenn jemand da ist, der etwas mehr von Medizin versteht als du.«

Milos Augen weiteten sich. Er rieb sich mit der Hand über die Augen und schüttelte den Kopf. Seine unfreundlichen Worte schienen ihm tatsächlich unangenehm zu sein.

Er sieht müde aus, dachte Lika. Aber das war ja auch nicht verwunderlich. Seit dem Unglück hatte er sich ganz bestimmt keine Minute Ruhe gegönnt.

»Tut mir leid. Das war unangebracht«, bestätigten seine nächsten Worte ihre Vermutung. »Keine Ahnung, warum du immer das Schlechteste in mir herauskehrst. Bevor wir die anderen finden, gibt es für dich nicht viel zu tun. Durch die Explosion ist ein Teil der Grubendecke eingestürzt und verschließt den Gang. Wir tragen das Geröll ab und hoffen, so den Durchgang freizulegen.«

Likas Gedanken rasten. *Jetzt bloß nichts Falsches sagen, sonst macht er wieder dicht.*

»Ich könnte helfen, den Schutt auf die Karre zu schaffen.« Sie ärgerte sich über das leichte Zittern in ihrer Stimme.

Milo sah sie zweifelnd an. »Da unten ist es dunkel und die Luft ist voller Staub. Und gefährlich ist es auch. Niemand weiß, ob die Decke hält, selbst wenn wir sie notdürftig abstützen. Das musst du dir nicht antun.«

»Ich möchte es aber.« Lika trat einen Schritt auf ihn zu und schaute ihn entschlossen an. »Wenn du siehst, dass ich nur im Weg stehe, kannst du es mir sagen. Dann gehe ich und warte hier draußen, bis ihr die beiden gefunden habt. Versprochen!«

Milo dachte einen Augenblick nach, bevor er mit den Schultern zuckte und an Lika vorbei in der Grube verschwand.

Lika konnte sich ein triumphierendes Grinsen nicht verkneifen.

Als sie Milo in die Höhle folgte, schlug ihr die warme, muffige Luft entgegen. Der Staub kratzte beim Luftholen in der Kehle. Nach wenigen Atemzügen konnte sie den Hustenreiz nicht mehr unterdrücken. An den Wänden des Ganges hingen Laternen an eisernen Haken. In ihrem Inneren brannten Kerzenstumpen. Sie tauchten den schmalen Grubengang in ein orangefarbenes Licht. Milo hatte sich wieder das Tuch über Mund und Nase gezogen. Eine gute Idee. Lika tastete in ihrer Tasche nach irgendetwas Verwertbarem. Da sie nichts fand, riss sie kurzentschlossen den Saum ihrer Tunika ab und band sich den Streifen um ihre untere Gesichtshälfte. Das machte das Atmen zwar nicht einfacher, aber der lästige Hustenreiz ließ endlich nach.

Sie waren etwa fünfzig Meter in das Innere des Berges vorgedrungen, als sie den eingestürzten Teil der Grube erreichten. Im matten Schein der Laternen sah Lika Raleb und Josuf, bewaffnet mit Picke und Schaufel den gewaltigen Geröllhaufen attackieren. Josuf schippte bereits den gelösten Schutt in eine zweite Karre. Als er sie kommen sah, drückte er ihr seine Schaufel in die Hand und griff stattdessen nach einer Spitzhacke, die neben ihm an der Wand lehnte. Schweigend schaufelte Lika den Schutt in die Karre. Sobald das Gefährt voll war, hängte Milo sich abermals den Lederriemen um und schob es zum Entleeren nach draußen.

Lika zog sich die zweite Karre heran und setzte ihre Arbeit fort. Sie konnte nicht sagen, wie viel Zeit vergangen war. Wie aus dem Nichts stand Milo wieder neben ihr und warf einen schweren Stein auf das Geröll, das sie soeben aufgeladen hatte. Irgendwann verkündete Milo, es sei Zeit für eine Pause. Die anderen Männer sahen aus, als wollten sie protestieren, legten dann aber doch ihr Werkzeug zur Seite und folgten Lika und Milo aus der Höhle.

Draußen ließen sich die Männer auf den Boden fallen. Lika sah, wie erschöpft die drei waren. Es begann bereits zu dämmern. Nicht mehr lange und die Nacht würde hereinbrechen. Lika verteilte den Proviant, den sie mitgebracht hatte. Dazu reichte Milo Becher mit Wasser. Schweigend nahmen sie ihr Mahl zu sich.

»Wir sollten beginnen, uns abzuwechseln«, warf Lika in die Runde. »So halten wir nie durch, bis wir den Gang freigelegt haben. Wir sind zu viert. Genug, damit sich einer für eine oder zwei Stunden ausruhen kann, während die anderen weiter machen.«

Dem ersten Impuls folgend stritten Raleb und Josuf ab, dass das nötig wäre. Milo hingegen starrte nur grübelnd vor sich hin, während er sein Brot aß. Dann meinte er: »Sie hat recht. Wir wissen nicht, wie tief der Gang eingefallen ist. Vielleicht noch zwei Karren Schutt, vielleicht aber auch zwanzig oder fünfzig.« Er nahm einen großen Schluck aus seinem Becher. »Du kannst dich dort hinten in der Hütte hinlegen.« Er schaute Lika an. »Raleb weckt dich, wenn er an der Reihe ist, dann Josuf und anschließend ich.«

»Das würde dir so passen! Wenn jemand eine Pause nötig hat, dann Raleb. Guck ihn dir an! Er wurde bei der Explosion verletzt und hat trotzdem ununterbrochen gearbeitet. Er ist am Ende. Das ist wohl kaum der richtige Zeitpunkt für deine kleinen Spielchen. Wenn du mir sagen willst, dass es dir gegen den Strich geht, dass ich hier bin, dann mach es direkt!«

»Hey, hey, hey!«, schaltete sich Josuf ein. »So war das von Milo doch nicht gemeint. Wir sind alle angespannt. Kein Grund, jetzt die Beherrschung zu verlieren. Dein Vorschlag mit der Pause ist schon richtig.« Zu Raleb fügte er hinzu: »Ich wecke dich in einer Stunde. Dann ruhe ich mich aus. Danach sehen wir weiter.«

Lika verstaute die Reste der Mahlzeit in einer Tasche. Sie ärgerte sich über ihre Unbeherrschtheit. Es sah ihr gar nicht ähnlich, sich so zickig zu benehmen. Ihre Reaktion war völlig übertrieben gewesen. Sie musste sich eine Strategie überlegen, wie sie es schaffte, nicht bei jeder noch so kleinen Provokation von Milo in die Luft zu gehen.

Während Milo, Josuf und Lika Richtung Grube davongingen, nahm Raleb Kurs auf eine der Schlafhütten. Mit etwas Glück würden sie die Vermissten bald finden. Und mit viel Glück war ihnen durch den eingestürzten Gang lediglich der Weg nach draußen versperrt.

Da es draußen bereits dunkel war, brauchten Likas Augen nicht lange, um sich an das schummerige Licht in der Grube zu gewöhnen. Karre für Karre füllten sie verbissen arbeitend. Der Rücken und die Arme taten ihr schon lange weh. Die Blasen an ihren Händen waren mittlerweile offen und brannten wie Feuer. Sie versuchte, nicht daran zu denken, sondern sich auf ihre Tätigkeit zu konzentrieren. Schutt auf die Schaufel schieben, Schaufel hochstemmen, Drehung nach rechts, Schaufel in die Karre entleeren. Und das Ganze wieder von vorn. Raleb war schon vor einer Ewigkeit von Josuf geweckt worden. Inzwischen hielt Milo seine Pause. Vielleicht noch zwanzig oder dreißig Minuten, dann würde sie ihn ablösen. Auch sie hatte Schlaf inzwischen bitter nötig. Aber bis dahin hieß es, durchzuhalten.

Lika biss die Zähne zusammen und füllte die Schaufel erneut, als ein Aufschrei sie in der Bewegung verharren ließ.

Josuf stand mit der Spitzhacke in der Hand auf dem Geröllhaufen und rief aufgeregt: »Wir sind durch! Wir haben es geschafft! Raleb, bring mir eine Laterne. Schnell!«

Raleb nahm die Lampe vom Haken über ihm und reichte sie Josuf hinauf. Dann rief er Lika zu: »Hol Milo!«

Lika löste sich aus ihrer Erstarrung, warf die Schaufel hin und rannte den Gang hinauf. Ihre Hände zitterten vor Aufregung. Was würden sie auf der anderen Seite vorfinden?

Draußen umfing sie tiefe Dunkelheit. Sie griff nach einer Laterne und lief zur Hütte hinüber. Bevor sie Milo zurück in die Grube folgte, hängte sie den Kessel mit dem inzwischen abgekühlten Wasser über die Feuerstelle und warf einige Scheite in die Glut. Die Wärme und das heiße Wasser würden sie sicher bald brauchen.

Zurück im Schacht hatten die Männer das Loch weiter vergrößert. Ein erwachsener Mann konnte sich nun durch die Öffnung zwängen. Mit bloßen Händen rollten sie die losen Gesteinsbrocken zur Seite. Sie arbeiteten fieberhaft und ächzten vor Anstrengung. Der Schweiß lief ihnen das Gesicht hinunter und glänzte im Schein der Laternen.

»Lasst mich durch das Loch kriechen«, bat Milo die anderen.

»Aber sei vorsichtig«, mahnte Raleb. »Der Haufen kann schnell ins Rollen geraten.«

Milo griff sich eine Laterne und hielt sie so weit es ging in das Loch.

»Ich kann nichts erkennen. Es bleibt keine andere Möglichkeit, als durchzukriechen.«

Er reichte Josuf die Laterne und zog sich vorsichtig durch die enge Öffnung. Lika legte die Hände zusammen. Ihre Nerven beruhigten sich langsam, auch wenn sie weiterhin angespannt war. Von Milo waren nur noch die Füße zu sehen. Kurz nachdem auch diese in dem schwarzen Loch verschwunden waren, erschien sein Arm aus dem Dunkel. Josuf drückte ihm den Henkel der Lampe in die Hand. Der Arm samt Lampe verschwand und ein matter Schein erhellte nun die fast runde Öffnung. Bis auf ein dumpfes Scharren drang kein Laut von der anderen Seite herüber. Eine gefühlte Ewigkeit später wurde das Licht in dem schmalen Gang hell und heller, bis Milos Stimme ertönte.

»Ich habe sie gefunden. Albert muss sich bei dem Einsturz der Decke direkt darunter aufgehalten haben. Er ist unter dem Schutt begraben. Er hatte keine Chance. Lio liegt ein paar Meter weiter im Gang. Er wurde von einem Holzbalken erwischt, aber er lebt.«

Fieberhaft erweiterten sie die Öffnung. Es kam Lika wie eine Ewigkeit vor, bis das Loch groß genug war, um den Verletzten hindurchtragen zu können. Milo führte sie zu der Fundstelle. Gemeinsam räumten sie die Balken, die Lio unter sich begraben hatten, beiseite.

»Seid vorsichtig«, rief Lika. »Er hat einen offenen Bruch. Ich muss den Arm erst stabilisieren, bevor ihr Lio herausholen könnt. So wie die Balken liegen, wird er sicher auch eine Brustkorbprellung haben. Vielleicht sogar Schlimmeres, aber das kann ich erst sagen, wenn ich ihn untersucht habe.«

Als sie auch den letzten Balken entfernt hatten, wickelte Lika den Stoffstreifen, der ihr zuvor als Atemmaske gedient hatte, um seinen Oberkörper und den Arm.

»Das sollte reichen. Zum Glück ist er bewusstlos, sonst würde er vor Schmerzen schreien.«

Sie trugen ihn zu der Hütte. Lika versorgte Lio, während Raleb und Josuf in die Grube zurückeilten, um auch Albert zu bergen.

Lika untersuchte vorsichtig den offenen Bruch an Lios

rechtem Arm. Wahrscheinlich hatte er versucht, den einstürzenden Balken abzuwehren. Elle und Speiche ragten aus der Haut. Lika griff nach seiner Hand und zog den Arm behutsam in die Länge. Milo fixierte währenddessen den Bewusstlosen mit festem Griff an den Oberarmen. So etwas hatte Lika zuvor lediglich in der virtuellen Trainingseinheit geübt. Sie hoffte, dass Stärke und Richtung des Zuges passten. Als die Knochen mit einem leisen Schmatzen in der Haut verschwanden, atmete sie erleichtert auf. Milo war bei der Prozedur blass geworden. Er hatte sein Gesicht abgewandt und atmete schwer.

»Das Schlimmste ist erledigt«, beruhigte Lika ihn. »Die Knochen sitzen wieder an Ort und Stelle. Ich reinige die Wunde und dann müssen wir sie nähen. Kannst du mir bitte den Sack mit den Mullbinden bringen? Er liegt draußen bei den anderen Taschen. Und ich brauche gerade Holzstangen, damit wir den Bruch fixieren können.«

Sobald Milo die Hütte verlassen hatte, holte Lika aus einer kleinen Umhängetasche eine Spritze mit Antibiotikum hervor.

»Du hast so viel Glück gehabt da unten«, flüsterte sie, während sie Lio das Heilmittel injizierte. »Und ich sorge dafür, dass du wieder ganz gesund wirst. Ich werde es nicht zulassen, dass du an einer Infektion oder Wundstarrkrampf stirbst. Das verspreche ich dir.«

Zufrieden mit ihrer Arbeit verstaute sie ihre Utensilien in der Tasche. Gerade rechtzeitig, denn schon kehrte Milo mit dem Verbandsmaterial in die Hütte zurück.

Kurz vor der Morgendämmerung erwachte Lio aus der Bewusstlosigkeit. Lika gab ihm einen Schluck zu trinken und kontrollierte seine Temperatur. Seine Haut fühlte sich normal an. Das Antibiotikum schien zu wirken. Lio war erstaunlich klar und erkundigte sich nach den anderen Bergarbeitern. Lika erzählte ihm, was sich in den letzten

Stunden ereignet hatte. Lio nickte stumm und schloss die Augen. Sekunden später schlief er wieder tief und fest.

Mit den ersten Sonnenstrahlen regte sich wieder Leben in der Hütte. Obwohl sie ein paar Stunden geschlafen hatte, fühlte Lika sich wie gerädert. Nach einer kleinen Mahlzeit packten sie alles Nötige zusammen und verstauten es auf den Pferden. Lika nutzte die Gelegenheit, Lio noch einmal zu untersuchen. Sie war mit seinem Zustand zufrieden. Er hatte kein Fieber und bis auf die erwartete Brustkorbprellung fand Lika keine Anzeichen für weitere innere oder äußere Verletzungen. Gegen die Schmerzen vermischte sie eine kleine Dosis Morphium mit Wasser.

»Eine Brustkorbprellung ist zwar extrem schmerzhaft, gerade beim Atmen und bei Erschütterungen, aber an sich nicht weiter gefährlich. Trink das, dann kannst du wieder tief durchatmen und auch der Ritt nach Hause wird erträglicher.«

Im Dorf wurden sie von einer großen Menschenmenge empfangen. Jemand hatte ihre Rückkehr wohl bemerkt und die anderen Bewohner informiert. Alberts und Lios Familien empfingen den Trupp mit lautem Wehklagen beziehungsweise mit erleichterten Freudenrufen. Eine eigenartige Mischung aus Emotionen. Lika entdeckte Edirah in der Menge und sank erschöpft in deren Arme. Sie berichtete in wenigen Worten von den Geschehnissen.

»Die letzten beiden Tage waren die anstrengendsten in meinem ganzen Leben. Ich war noch nie so müde wie jetzt. Ich möchte einfach nur noch ins Bett und eine Woche lang durchschlafen.«

Edirah drückte Lika an sich. »Das hast du dir auch verdient.«

Lika sah sich auf dem Platz um, aber von Raleb, Josuf

oder Milo war keine Spur mehr zu sehen. Wahrscheinlich waren sie schon nach Hause gegangen. Lika schlug den Weg zu Keylins Hütte ein. Das harte, ungemütliche Holzbett schien ihr auf einmal weich und verführerisch. Keylin wartete bereits mit heißer Suppe und warmem, duftenden Brot. Lika schlang die Mahlzeit hinunter und ging zu Bett. Sobald ihr Kopf das Kissen berührte, fiel sie in einen tiefen, traumlosen Schlaf.

[21]

Nach einigen Tagen setzte das Ärzteteam die Untersuchungen und Impfungen fort. Das Grubenunglück hatte drei Menschen das Leben gekostet. Der Mann mit den inneren Verletzungen war bei Likas Rückkehr bereits verstorben gewesen. Alle drei waren nach einer Zeremonie auf dem Friedhof am Rande des Waldes beigesetzt worden. Der ganze Clan war anwesend gewesen. Hunderte von Menschen. An diesem Tag hatte das Leben im Dorf geruht. Das fröhliche Treiben war einer bleiernen Stille gewichen. Selbst die Trauer der Familie und Freunde war lautlos gewesen. Erst als die Männer die schmucklosen Särge an Seilen in die Erdgruben hinabgesenkt hatten, hatten Schluchzer den stummen Abschied durchbrochen.

Lika war froh, als das Leben im Dorf wieder seinen gewohnten Rhythmus aufnahm. Für sie hieß das, morgens die geplanten Impfungen vorzubereiten, dann Untersuchungen bis in die Nachmittagsstunden. Auf dem Heimweg stattete sie Lio einen Besuch ab.

»Die Wunde sieht wirklich gut aus«, sagte sie, während sie den Verband erneuerte. »Die Stelle ist nicht entzündet und der Heilungsprozess hat begonnen.« Ein Glück für dich, dass ich die Medikamente aus der Neuen Welt zur Hand hatte, dachte sie.

Sie fixierte den Bruch erneut mit zwei Holzstangen und umwickelte den Unterarm mit Binden.

»Alles, was dein Arm nun braucht, ist Zeit, damit die Knochen wieder zusammenwachsen können.«

»Ich danke dir.« Lio erhob sich von seinem Stuhl und bot Lika etwas zu trinken an. »Das war dann also dein letzter Besuch bei mir?«

Glucksend lachte Lika, als sie den Hundeblick sah, den er ihr zuwarf.

»Sieht so aus. Der Professor und ich werden in spätestens zwei Tagen aufbrechen. Die Impfungen sind fast abgeschlossen.«

Lio reichte ihr einen Becher, doch bevor Lika ihn greifen konnte, klopfte es und die Tür flog auf. Aldo erschien im Eingang zur Hütte. Das Gesicht des Jungen war gerötet und er rang nach Atem.

»Lika. Ich suche dich schon die ganze Zeit«, presste er hervor. »Lovis schickt mich. Du sollst zur Ratshütte kommen. Jetzt.«

Die Dringlichkeit in den Worten des Jungen ließ Lika mit einer neuen Katastrophe rechnen. Wieder musste etwas passiert sein. Gehörte diese ständige Aufregung, die allzeit lauernde Gefahr zum Alltag der Altweltler? Bisher war ihr das Leben in dem Clan eher beschaulich erschienen. Aber vielleicht hatten sie diese ersten Tage ja in einer falschen Sicherheit gewiegt.

Sie eilte zur Ratshütte, an der sie zeitgleich mit dem Professor eintraf. Auch er schien von Lovis´ Bitte überrascht worden zu sein.

»Dann wollen wir mal sehen, was uns erwartet«, sagte er und forderte sie mit einer fließenden Bewegung seiner Hand auf, voranzugehen. Er schien sich keine Sorgen über den Grund für dieses unerwartete Treffen zu machen.

In der Versammlungshütte empfingen mehrere Mitglieder des Rates sie, und sobald Lika und ihr Mentor Platz genommen hatten, ergriff Lovis das Wort.

»Ein befreundeter Clan hat uns eine Nachricht geschickt. Ich habe ihnen vor einiger Zeit von den Impfungen des Professors und den vielen positiven Auswirkungen auf unsere Clanmitglieder erzählt.« Sie lächelte Lika freundlich an. Von Aufregung keine Spur. Also hatte Aldos Auftritt Lika ganz unnötig in Angst und Schrecken versetzt. Sie würde mit dem Jungen ein ernstes Wörtchen reden müssen. Es war nicht die feine Art, andere ohne Grund zu beunruhigen. Anderseits war sie einfach nur froh, dass sich die Aufregung als unnötig herausgestellt hatte. Erleichtert lauschte sie Lovis´ weiteren Ausführungen.

»Jemand hat ihnen wohl von dem Grubenunglück und eurer Anwesenheit berichtet. Sie bitten euch nun, zu ihnen in die Berge zu kommen und auch ihre Leute, vor allem die Kinder, zu untersuchen und zu impfen.«

Der Professor nickte bedächtig, als müsse er über das soeben gehörte gründlich nachdenken. Doch Lika war bewusst, dass das Gesuch des Clans ihrem Mentor ganz gelegen kommen musste. Schließlich war sein Plan, die Impfungen auf andere Gruppen auszuweiten, einer der Gründe, warum sie ihn dieses Jahr in die Alte Welt begleitete. Natürlich waren zusätzliche Impfungen nicht für diese Reise vorgesehen, aber ihnen stand im Shuttle die notwendige Technik zur Verfügung, um weitere Impfdosen herzustellen.

»Ich sehe keinen Grund, die Bitte eurer Freunde abzuschlagen«, bestätigte er Likas Vermutung. »Wir haben genügend Mittel für weitere Impfungen, und es wird kein Problem sein, unseren Aufenthalt hier zu verlängern.« Er lehnte sich auf seinem Sitz zurück und streckte die Beine von sich. Dann strich er über seinen rechten Oberschenkel, als würde er verkrampfte Muskeln lockern wollen. »Wo genau müssen wir denn hin?«

»Der Clan wohnt etwa einen Tagesmarsch von hier entfernt weiter oben in den Bergen. Leider ist es nicht ganz einfach, dorthin zu gelangen. Der Weg führt über unwegsames Gelände, das nur zu Fuß zu passieren ist«, sagte Lovis.

Der Professor runzelte die Stirn. »Könnten wir nicht zumindest für einen Teil der Strecke Pferde nehmen?«

Lovis schüttelte den Kopf. »Das würde nicht viel nützen. Bereits nach kurzer Zeit ist der Weg so steil, dass ihr sie zurücklassen müsstet.«

»Dann hilft es alles nichts«, sagte der Professor. Er schaute Lika an und lächelte entschuldigend. »Ich fürchte, ich bin zu alt für diese Herausforderung. Besonders, da mein Bein mich wieder ärgert.« Wie zur Bestätigung strich er erneut über den Oberschenkel. »Du wirst die Untersuchungen wohl allein durchführen müssen.«

Likas Puls erhöhte sich. Warum veranstaltete ihr Mentor so ein Theater um sein angeblich krankes Bein? Als sie in der Alten Welt gelandet und auf dem Weg zum Clan waren, hatte sie teilweise Mühe gehabt, mit ihm Schritt zu halten. Noch nie hatte er über irgendwelche gesundheitlichen Beschwerden geklagt. Aber er hatte sicherlich einen guten Grund für diese Show und traute ihr diese Herausforderung offensichtlich zu.

»Und wie werde ich zu diesem Clan kommen?«

»Jemand aus dem Dorf wird dich begleiten«, informierte Lovis sie.

In dem Moment öffnete sich die Tür erneut und Milo betrat die Ratshütte. Die Ratsälteste winkte ihn zu sich.

»Ich habe entschieden, dass Milo dich zum Bergclan führen wird.«

Bevor Lika sich unter Kontrolle hatte, entfuhr ihr ein entsetztes »Was?«.

Warum ausgerechnet er? Gab es denn niemanden sonst, der für diese Aufgabe infrage kam?

Klar. Er war seit dem Grubenunglück etwas netter zu ihr. Oder zumindest weniger aggressiv. Aber seinem Gesicht nach zu urteilen, war auch Milo nicht gerade begeistert von der Aussicht, die nächsten Tage mit ihr zu verbringen. Er hatte seine linke Augenbraue abschätzig nach oben gezogen.

»Wir haben mit Milo gesprochen, nachdem uns die Anfrage erreicht hat. Ich brauche euch nichts vorzumachen. Er war nicht begeistert, euch oder nunmehr Lika zu dem Clan zu begleiten.« Lovis fixierte Milo mit einem strengen Blick, während sie fortfuhr: »Aber wir haben das geklärt und schließlich hat er mir seine Zustimmung gegeben.«

»Ich halte es für keine gute Idee, ausgerechnet Milo mit dieser Aufgabe zu betreuen«, schaltete der Professor sich ein. »Wir alle wissen, wie Milo über die Impfungen denkt. Er ist uns gegenüber feindselig eingestellt. Es wird doch bestimmt jemand anderen im Clan geben, der Lika begleiten kann.«

»Niemanden, der den Weg und den Bergclan so gut kennt wie Milo. Und egal, wie er zu den Impfungen steht, die beiden sind erwachsen und werden es fertigbringen, zivilisiert miteinander umzugehen.« Lovis wandte sich an Milo, dessen Gesicht nichts über seine Gedanken verriet. »Ich weiß, dass ich mich auf dich verlassen kann.«

Seine Antwort beschränkte sich auf ein kurzes Nicken, doch Lika sah ihm an, dass es in ihm brodelte. Sie wunderte sich, wie Lovis es geschafft hatte, ihm die Zustimmung abzuringen. Es musste sich für ihn anfühlen, als hätte er seine Seele verkauft. Und wenn sie ehrlich war, konnte sie auch gern auf das fragwürdige Vergnügen, ihm ausgeliefert zu sein und mehrere Tage in seiner Gesellschaft zu verbringen, verzichten. Plötzlich durchfuhr sie ein Gedanke. Ob er auf eine Gelegenheit hoffte, sie unauffällig loszuwerden? Aber nein, schalt sie sich im nächsten Moment. Lovis kannte und vertraute ihm, sonst hätte sie ihn nicht mit dieser Aufgabe betraut.

»Dann werde ich die Impfungen im Bergclan durchführen«, durchbrach der Professor ihre Gedanken.

Er trat einen Schritt vor, um seiner Ankündigung Nachdruck zu verleihen. Lika wusste, dass ihr Mentor sie vor Milos Anfeindungen beschützen wollte. Allerdings schien er übersehen zu haben, dass sie sehr wohl auf sich selbst aufpassen konnte.

»Das kannst du gern tun.« In Milos Stimme schwang ein gelangweilter Ton mit. »Wir werden dann den Weg um die Berge herum wählen müssen. Wir brauchen in diesem Fall mehr Proviant, weil wir mindestens doppelt so lange unterwegs sein werden. Aber es wird sicher kein Problem sein, den schweren Rucksack etwas länger zu tragen. Er wird ja auch mit jedem Tag ein wenig leichter.«

Milo starrte den Professor an, als wollte er ihn zu einem Zweikampf herausfordern. Der ältere Mann kniff die Augen zusammen und schien mit sich zu ringen.

»Ich sehe keinen Grund, warum wir den ursprünglichen Plan ändern sollten.« Entschlossen sah Lika ihren Mentor an. »Milo und ich gehen zum Clan, ich führe die Impfungen durch und wir kommen zurück. Wo soll da das Problem sein?«

»Genauso sehe ich das auch.« Lovis stärkte ihr den Rücken. »Milo wird dir bei den Untersuchungen zur Hand gehen und spätestens in einer Woche seid ihr wieder zurück.«

»Wann geht es los?«, fragte Lika.

Der Professor hatte sich anscheinend mit dieser Lösung abgefunden. Er blieb stumm, aber Lika sah, wie sich die Muskeln über seinen Kieferknochen anspannten.

»Ihr werdet heute Abend alles zusammenpacken, was ihr für die Impfungen und den Weg braucht, dann könnt ihr morgen aufbrechen«, sagte Lovis mit einem Blick auf den Professor, der die Aussage mit einem Nicken bestätigte.

Milo schien der Meinung zu sein, dass alles Wichtige besprochen wäre. »Ich bin morgen früh bei deiner Hütte. Sei fertig!«, sagte er an Lika gewandt, bevor er ohne ein weiteres Wort aus der Hütte marschierte.

»Ich habe dir die Impfstoffe aus dem Shuttle besorgt«, sagte der Professor, als sie am späten Abend die Sachen für Likas Reise packten. »Du weißt, wie du vorgehen musst. Nimm die Daten der Bewohner auf, dann die Voruntersuchungen und die Impfungen. Und vergiss die Abstriche nicht. Dies ist eine gute Gelegenheit, um an neues Material zu kommen.« Der Professor betrachtete die Gegenstände, die Lika auf dem Bett ausgebreitet hatte. Es schien, als wolle er sicherstellen, dass sie nichts vergessen hatte. »Instruiere den Heiler des Clans, wie er die Patientenakten weiterführen soll, damit wir nächstes Jahr alle wichtigen Daten haben.«

»Kein Problem«, versicherte Lika. Sie hatte ihren Rucksack geleert und stopfte nun Wechselsachen und eine Decke in ihr Gepäckstück. »Ich lege die Akten genauso an, wie sie hier aufgebaut sind.«

Sie griff nach ihrem Scanstift und schob ihn in ein Seitenfach ihres Rucksacks. Als Nächstes folgte ihr mobiles Meditool und das Täschchen mit Salben und Verbandsmaterial.

»Und noch eins: Lass dich auf keine Diskussion mit Milo ein«, schärfte der Professor ihr ein. »Du kannst seine Meinung über uns ohnehin nicht ändern.«

»Ich mach das schon. Es ist nicht mein Ziel, ihn davon zu überzeugen, was für einen Unsinn er uns vorwirft.«

Lika verstaute die letzten Sachen und verschnürte ihr Gepäck.

[22]

Als Lika am nächsten Morgen aus der Hütte trat, erwartete Milo sie bereits. Ein Blick in sein Gesicht, und Lika wusste, woran sie bei ihm war. Seine Augen waren leicht zusammengekniffen und zwischen den Augenbrauen hatte sich eine steile Falte gebildet.

Sie strahlte Milo an und begrüßte ihn mit einem fröhlichen Guten Morgen!

Lika hievte sich ihren Rucksack auf den Rücken und registrierte grinsend, wie Milo seine linke Augenbraue nach oben zog.

»Wir haben keine Zeit zum Trödeln«, meinte er missmutig. »Der Weg ist weit und selbst für Geübte eine Herausforderung.«

Es hörte sich an, als fürchtete er, sie wäre den vor ihnen liegenden Strapazen nicht gewachsen. Lika bemühte sich, ihre Verärgerung nicht zu zeigen. Sie hatten Seite an Seite einen riesigen Haufen Schutt und Asche aus der eingestürzten Grube geschaufelt. Es war eine Beleidigung, anzudeuten, sie wäre zu schwach für diese Welt.

»Worauf wartest du dann noch?« Lika sah ihn herausfordernd an.

Wortlos drehte Milo sich um und marschierte voraus.

Sie liefen seit Stunden durch den dichten Wald. Die Buchen und Eichen waren inzwischen immer seltener geworden. Nun bildeten fast ausschließlich Nadelbäume von unterschiedlicher Größe und Art das dunkle Grün. Der Weg führte stetig aufwärts. Von ihrer Ankunft wusste Lika, dass der Wald schon bald immer lichter werden würde, die Bäume immer spärlicher und schmächtiger. Je weiter sie in die Berge vordringen würden, umso mehr bestimmten Felsen und niedrige Pflanzen wie Sträucher, Farne und schließlich Moose die Landschaft.

Der Rucksack auf ihrem Rücken wurde mit jedem Schritt schwerer. Auch ihre Füße meldeten sich seit einiger Zeit unangenehm. Sie hatte Salben und Bandagen dabei, aber um die schmerzenden Stellen zu verarzten, müssten sie eine Rast einlegen. Doch Milo ging immer noch ein paar Meter vor ihr zügig voran. Kein Straucheln, kein Zögern, kein Blick zurück. Wahrscheinlich erwartete er, sie würde ihn anflehen, etwas langsamer zu laufen oder gar einen Moment zu verschnaufen. Aber diese Genugtuung gönnte sie ihm nicht. Darauf konnte er warten, bis er schwarz wurde.

Nicht aufregen!, ermahnte Lika sich. *Das will er doch bloß erreichen.*

Dennoch wurde es immer schwerer, den Ärger hinunterzuschlucken. Letztendlich war es auch in ihrem Interesse, wenn sie zügig vorankamen. Um so eher wäre sie diesen arroganten Kerl los und könnte mit dem Professor nach Hause fliegen. Sie griff nach dem Wasserschlauch an ihrem Gürtel und nahm einen kräftigen Schluck.

Zwei mühselige Stunden später musste sich Lika wohl oder übel geschlagen geben. Sie war schließlich auch nur ein Mensch. Wenn sie jetzt nicht bald anhielten, würde sie sich in die Hose machen. Das hatte nichts mit Aufgeben zu tun. Hier waren höhere Mächte im Spiel.

»Milo«, rief sie ihrem Begleiter zu.

Er ging immer noch in einigem Abstand vor ihr und rannte unbeirrt weiter, als hätte er Lika nicht gehört.

Man könnte meinen, sie hätte eine ansteckende Krankheit, so wie der sich benahm!

Deutlich lauter rief sie nun: »Milo!«

Endlich blieb er stehen! Er drehte sich zu ihr um und schaute sie fragend an.

»Ich müsste mal kurz in die Büsche verschwinden, so lange wir hier noch welche haben.«

Er sah aus, als würde er seine Umgebung nach langer Zeit wieder bewusst wahrnehmen. Er sah sich um und nickte zögernd.

»Es wird ohnehin Zeit für eine Pause. Dann können wir auch gleich etwas essen und trinken, bevor es weitergeht«, sagte er schließlich.

Lika seufzte erleichtert. Ihr Rucksack landete mit einem dumpfen Knall auf dem Boden, bevor sie sich hinter einem Strauch zurückzog.

Als sie sich wieder zu Milo gesellte, hatte er bereits Brot, Käse, Äpfel und Möhren auf einem Tuch ausgebreitet. Lika trank durstig das lauwarme Wasser aus ihrem Schlauch.

»In dieser Richtung ist ein kleiner Waldsee.« Milo deutete hinter sich. »Dort können wir unser Wasser auffüllen, bevor wir weitergehen.«

Lika griff nach einer dicken Brotscheibe und biss ein großes Stück ab. Milo schnitt einige Stücke vom Käse ab. Er beobachtete erstaunt, wie beherzt Lika zulangte.

»Für jemanden, der so klein ist wie du, isst du ganz schön viel.«

»Was?«, begehrte Lika entrüstet auf. »Ich habe einfach nur einen gesunden Appetit. Und was meinst du mit klein? Keylin ist klein. Und auch wenn ich nicht ganz so groß bin wie Edirah, kannst du mich wohl kaum als klein bezeichnen!«

Milo zuckte nur gelangweilt mit den Schultern. Lika konnte ein entrüstetes Schnauben nicht zurückhalten.

Vielleicht behandelte er sie deshalb nicht wie eine erwachsene Frau. Er sah in ihr wohl nur ein kleines Mädchen. Sie brauchte man nicht ernst zu nehmen. Wenn er wüsste! Als er geboren worden war, hatte sie bereits als erfolgreiche Forscherin im Institut gearbeitet. Es hatte sie bereits gegeben, als seine Großeltern das Licht der Welt erblickt hatten.

Lika zog das Täschchen mit Salben, Kräutern und Verbandsmaterial aus der Seitentasche ihres Rucksacks, griff nach ihrem Wasserschlauch und machte sich auf die Suche nach dem See.

Er lag umgeben von Fichten und Tannen nicht weit von der Raststelle entfernt. In dem kristallklaren Wasser konnte sie bis auf den Grund sehen. Ein paar Fische, nur wenige Zentimeter groß, schwammen knapp unter der Wasseroberfläche. Als Lika sich auf einen Stein am Ufer setzte, flüchtete der Schwarm in die Mitte des Sees. Sie füllte ihre Wasservorräte auf. Dann zog sie sich Schuhe und Strümpfe aus und steckte ihre Füße in das kühle Nass. Es fühlte sich herrlich erfrischend an. Lika plätscherte ein wenig mit ihren Füßen im Wasser umher, bevor sie sie wieder trockenrieb. Sie verteilte Salbe großzügig auf zwei Stoffstreifen und wickelte diese anschließend um ihre geschundenen Füße. Sie band gerade ihren zweiten Schuh zu, als Milo neben ihr erschien, sich bückte und ebenfalls seinen Wasserschlauch füllte.

»Es wird Zeit. Wir sollten aufbrechen.«

»Von mir aus gern«, erwiderte Lika deutlich besser

gelaunt. Sie war stolz auf sich. Bis auf den kleinen Ausrutscher vorhin hatte sie sich gut unter Kontrolle.

Doch nach der kurzen Rast hatte sich nichts geändert. Wieder marschierte Milo in einigem Abstand voraus. Von Zeit zu Zeit sah er kurz über die Schulter zu ihr, um dann unbeirrt voranzustürmen. Aber Lika hielt Schritt.

Es war weit nach Mittag und Lika wusste weder, wohin sie gingen, noch, wie weit sie von ihrem Ziel entfernt waren. Zumindest war die Strecke nicht mehr so anstrengend. Anstatt immer höher zu steigen, folgten sie seit einiger Zeit einem breiten Tal. Die Berghänge erstreckten sich zu beiden Seiten, so weit das Auge reichte. Die kahlen Gipfel lagen hoch über ihnen. Hinter der Bergkette entdeckte sie die blassen Konturen eines wahren Riesen, auf dessen Spitze Schnee die Sonnenstrahlen reflektierte.

Na hoffentlich mussten sie den nicht überqueren.

Lika rückte ihre schwere Last zurecht. Wieder drehte Milo sich um, runzelte die Stirn und marschierte noch schneller voran. Zumindest wirkte es auf Lika so. Wut ballte sich in ihrem Bauch zusammen. Warum konnte er sich nicht wie ein normaler Mensch benehmen? Wenn er ihr zeigen wollte, wie sehr es ihm gegen den Strich ging, dass er sie zu dem Clan führen musste, hatte er diesen Punkt mehr als deutlich gemacht.

Als es wieder so weit war und er sich zu ihr umwandte, die Stirn in Falten warf und sein Tempo noch einen Tick verschärfte, platzte Lika der Kragen. Sie stürmte zu ihm und riss ihn an der Schulter zu sich.

»Du bist doch völlig gestört! Selbst wenn du wolltest, könntest du dich nicht wie ein normaler Mensch benehmen. Du gehst mit mir um, als hätte ich eine ansteckende Krankheit. Du kannst mich nicht ausstehen. Das ist mir bewusst. Aber das ist noch lange kein Grund, mich wie eine Aussätzige zu behandeln und vor mir wegzulaufen.«

Milo starrte irritiert zu ihr herunter. Ihr Ausbruch

schien ihn zu überraschen. Er zeigte in die Richtung, aus der sie gekommen waren.

»Ein Unwetter zieht auf. Und es nähert sich schneller als ich dachte.«

Lika drehte sich überrascht um. Und tatsächlich. Am Horizont braute sich ein schwarzes Wolkenmeer zusammen.

»Wenn es uns einholt, bevor wir unser Ziel erreichen, haben wir ein Problem«, hörte sie Milos Stimme hinter sich. »Der Clan lebt im benachbarten Tal, von hier noch mehrere Stunden Fußmarsch entfernt. Der Weg dorthin führt über einen Bergpass.« Lika drehte sich um und starrte in die Richtung, in die Milo zeigte. »Dort oben befindet sich eine Höhle, in der wir heute übernachten können. Aber es dauert noch, bis wir sie erreichen.«

Auch wenn Lika ihn nun verstand, war sie immer noch ärgerlich auf ihn.

»Hättest du mir das nicht gleich sagen können, anstatt wie ein Irrsinniger vor mir her zu rennen?«

Milo zuckte nur mit den Schultern. »Können wir dann weiter gehen?«

Dieser Kerl nervte einfach nur. Tief durchatmen, ermahnte Lika sich.

Kurz darauf holte das Unwetter sie ein. Sie folgten nun nicht mehr dem Verlauf des Tales, sondern stiegen höher die Berge hinauf. Das Terrain war nicht sehr steil und der schmale Pfad gut ausgetreten. Dennoch kamen sie zu Fuß zu langsam voran.

Zuerst setzte der Sturm ein. Er zerrte mit lautem Getöse an ihren Rucksäcken und an den dünnen Bäumen. Die biegsamen Stämme der Kiefern und Fichten beugten sich unter der unbändigen Kraft. Von einem Augenblick zum nächsten verdunkelte sich der Himmel. Die finstere Wolkenwand beschwor mitten am Tag die Nacht herauf. Es war, als hätte jemand die Sonne ausgeschaltet. Die Himmelsschleusen öffneten sich und durchnässten ihre

Kleider innerhalb weniger Sekunden bis auf die Haut. So musste sich der Weltuntergang anfühlen. Lika fing vor Kälte an zu zittern. Sie hörte Milo neben sich fluchen.

»Die Höhle können wir vergessen«, schrie er gegen das Heulen des Sturmes an.

Lika beugte sich ganz nah zu ihm hinüber. Nur so konnte sie über das Getöse hinweg genügend Wortfetzen aufschnappen.

»Das schaffen wir nicht. Nicht bei diesem Sturm!«

Er sah sich suchend um, bis sein Blick an einem Berg auf der anderen Seite des Tales hängen blieb.

»Dort oben! Der dunkle Fleck.«

Sie folgte seinem Fingerzeig und suchte die Felswand ab. Erst als sie weiter hinaufschaute, entdeckte sie eine dunkle, kaum wahrnehmbare Öffnung in der Felswand. Es musste sich um eine weitere Höhle handeln. Ihr wurde klar, wie weit es noch bis zu dem Unterschlupf war, und der Mut verließ sie. Sie würden den Weg ein Stück zurückgehen müssen, dann ins Tal hinabsteigen, durch den Bach, der sich an der tiefsten Stelle durch die Senke wand, und schließlich wieder hinauf. Das wäre schon bei gutem Wetter kaum in einer Stunde zu schaffen. Bei der Aussicht verließ Lika der Mut.

»Die andere Höhle ist zu weit weg. Und der Weg wäre bei diesem Regen zu gefährlich!« Eindringlich musterte Milo sie. »Wir schaffen das!«

Lika nickte. Ihr fehlten die Worte angesichts der Herausforderung. Der Wind zerrte an ihr, und sie spürte, dass ihre Kräfte langsam schwanden. Sie war nass und fror. Alles, wonach sie sich sehnte, waren ein trockener Unterschlupf und eine wärmende Decke, in die sie sich einwickeln konnte.

Der Regen hatte den Pfad, den sie Minuten zuvor ohne Probleme gegangen waren, in einen Schlammweg verwandelt. Der Untergrund war matschig. Bei jedem Schritt drohten ihnen die Füße wegzurutschen. Da sie sich für eine Weile dem Sturm entgegenstellen mussten, peitschte ihnen der Regen nun ins Gesicht. Lika kniff die Augen leicht zusammen. Der Pfad war kaum zu erkennen. Ein Blick in den schwarzen Himmel über ihnen bestätigte ihre Befürchtung: Mit einem Ende des Unwetters war vorerst nicht zu rechnen. Nicht ein winziger heller Streifen zeichnete sich am Horizont ab.

Konzentriert ging sie weiter, immer weiter. Milo befand sich direkt vor ihr. Sein breiter Rücken bot ein wenig Schutz vor dem Wind.

Plötzlich löste sich ein Stein unter ihren Füßen. Sie knickte um, verlor das Gleichgewicht und stürzte zu Boden. Nun war ihre rechte Seite nicht nur nass, sondern auch noch schlammverschmiert. Aber ihr fehlte die Kraft, sich darüber aufzuregen. Milo eilte zu ihr und zog sie hoch.

»Alles klar?«, rief er ihr ins Ohr.

Sie setzte vorsichtig ihren Fuß auf und nickte erleichtert, als der befürchtete Schmerz ausblieb. Milo griff nach ihrer linken Hand und zog Lika mit sich. Überrascht stellte sie fest, wie warm seine Finger waren. Seine Wärme kroch ihren Arm hinauf. Sie verstärkte ihren Griff und folgte ihm mit neuem Mut.

Schon bald waren sie den Berg so weit hinabgestiegen, dass die Bäume wieder dichter und größer wurden und ihnen ein wenig Schutz vor Wind und Regen boten. Doch als Milo wenig später den Pfad verließ und den kürzesten Weg Richtung Bach einschlug, warteten neue Herausforderungen auf sie. Immer wieder versperrten umgestürzte Bäume ihren Weg. Manchmal konnten sie über sie hinwegsteigen, oft blieb ihnen jedoch keine andere Wahl, als um sie herumzulaufen. Sie kamen nur langsam voran. Das Bücken, Steigen, Hindurchzwängen kostete Lika immer mehr von der Kraft, die kaum noch vorhanden war. Brombeergestrüpp überwucherte große Teile des Waldbodens. Die dornigen Pflanzen reichten ihr bis an die Oberschenkel. Hier durch zu wollen, war aussichtslos. Ihnen blieb nichts anderes übrig, als einen großen Bogen um diese Gebiete zu machen. Lika meinte, vor Erschöpfung keinen weiteren Schritt mehr gehen zu können. Nun war sie froh, dass Milo sich wie ein Bollwerk den Elementen entgegenstemmte. Seine unerschütterliche Stärke gab ihr die Kraft, die sie brauchte, um durchzuhalten.

Sie näherten sich der Talsohle, als ein Geräusch Lika aus ihren Gedanken riss. Der Wald wurde lichter und die Quelle des gewaltigen Rauschens offenbarte sich ihr. Ein schäumender Fluss stürzte aus den Bergen herab und rauschte an ihnen vorbei. Vereinzelte moosbedeckte Felsblöcke ragten aus den sprudelnden Wassermassen. Mitgerissene Bäume und Äste hatten sich zwischen den Gesteinsbrocken verfangen. Einige wohl schon vor längerer Zeit. Ihre entrindeten Leiber glänzten matt. Andere hatten ganz offensichtlich in diesem Sturm ihr Leben eingebüßt. Ihr Grün war noch satt und frisch und in ihren Wurzeln klebten Erdklumpen.

Lika sah entgeistert zu Milo auf.

»Dort sollen wir durch?« Das konnte nicht sein Ernst sein!

[23]

Auch Milo schien überrascht. Er hatte wohl nicht damit gerechnet, dass der sonst vergnügt vor sich hinplätschernde Bach innerhalb so kurzer Zeit zu diesem wütend brüllenden Monster anschwellen konnte.

»Wir haben keine andere Wahl«, meinte er entschlossen.

Lika sah zweifelnd zu dem sprudelnden Fluss hinunter.

»Gibt es denn keine Brücke? Irgendwo weiter unten?«

Das Rauschen riss ihre Worte mit sich fort. Sie untermalte den Inhalt mit ausladenden Gesten.

Milo schüttelte bedauernd den Kopf. Er zeigte auf die Felsen und Stämme.

»Das dort ist unsere Brücke.« Bevor sie protestieren konnte, fügte er hinzu: »Ich gehe als Erster. Ich habe ein Seil. Zum Sichern.«

Er studierte die Gegebenheiten aufmerksam.

»Es ist gefährlich, aber nicht unmöglich«, rief er, den Mund nah an ihrem Ohr.

Was ihnen jetzt nicht half, waren Zweifel. Zweifel führten zum Zögern und Zögern könnte ein Scheitern zur Folge haben. Doch das kam nicht infrage. Nicht für Lika und für Milo sowieso nicht. So viel hatte sie über ihn gelernt.

Vorsichtig stiegen sie die Böschung zum Bach hinunter. Am Ufer wuchs eine uralte Tanne, die tief verwurzelt zu sein schien. Milo schlang ein Seilende um den dicken Stamm und zurrte es fest. Er kontrollierte den Knoten und band sich das andere Ende um die Taille.

Nervös knabberte Lika an ihrer Unterlippe. Mit angehaltenem Atem beobachtete sie, wie Milo einen großen Schritt zum ersten Felsen machte, der aus dem Wasser ragte. Stück für Stück tastete er sich über die bemooste Oberfläche des Steines. Dann sprang er mit wenigen beherzten Sätzen über die feucht glänzenden Felsbrocken zum gegenüberliegenden Ufer. Lika lachte erleichtert auf, als er ihr von der anderen Seite des Flusses aus zuwinkte.

Wie besprochen löste er sein Seil und band es um einen Baum, der nicht weit vom Ufer entfernt stand. Währenddessen knotete Lika das andere Seilende um ihre Taille. Ihre Finger waren eiskalt und zitterten. Sie hauchte in ihre Hände und rieb sie aneinander.

»Ich ziehe zuerst das Seil zu mir herüber, sodass es gespannt ist«, rief Milo Lika zu.

Sie hatte Mühe, ihn zu verstehen, aber dank seiner eindeutigen Gesten erkannte sie, was er vorhatte. Sie hob den Daumen. Milo zog das Seil mit kräftigen Bewegungen zu sich heran. Dann war es so weit. Behutsam setzte sie den ersten Fuß auf den grünen Stein. Zum Glück lag der Felsen nicht weit vom Ufer entfernt. Das vollgesogene Moos fühlte sich unter ihren Schuhen wie ein Seifenfilm an. Sie hangelte sich an den Ästen und Zweigen eines umgestürzten Baumes entlang bis zur anderen Seite des riesigen Brockens. Milo schaute angespannt zu ihr herüber. Die nassen Haare klebten in seiner Stirn. Aufmunternd nickte er ihr zu. Lika trat einen Schritt zurück, holte tief Luft und - sprang sicher auf den zweiten Stein.

Geschafft! Eine Welle der Erleichterung durchströmte sie. Sie stand nun in der Mitte des tosenden Gewässers. Schritt für Schritt schob sie sich über den Felsbrocken bis zur nächsten Kante. Sie betrachtete den letzten Abschnitt über den Fluss. Der nächste Stein lag in unerreichbarer Ferne, doch auf halber Strecke hatte sich ein entwurzelter Baum zwischen den Felsen verhakt. Der dicke Stamm ragte aus den sprudelnden Wassermassen und würde ihr den nötigen Zwischenschritt ermöglichen. Ein kleiner Anlauf, noch einmal kräftig mit einem Bein vom Baumstamm abdrücken und dann die Landung auf dem dritten Felsen. Das würde am schwierigsten werden. Der Stein war nass und uneben. Aber zum Glück nicht vollständig mit Moos bewachsen. Irgendwo dort konnte sie sich festhalten. Milo hatte es schließlich auch geschafft, redete Lika sich Mut zu.

Sie trat zwei Schritte zurück, schloss kurz die Augen und schon flog sie in hohem Bogen über das Wasser in Richtung Ufer. Ihr linker Fuß setzte auf dem Baumstamm auf. Sie drückte sich mit aller Kraft ab, und da geschah es. Anstatt sich abzudrücken, rutschte ihr Fuß weg. Sie schrie überrascht auf, bevor die Wassermassen über ihr zusammenschlugen. Die Strömung erfasste sie. Riss sie mit sich fort. Es kam ihr wie eine Ewigkeit vor. Ihre Lungen brannten. Sie spürte das dringende Bedürfnis, einzuatmen, doch die dröhnende Masse über ihr schien mit jeder Sekunde anzuwachsen. Und dann tauchte ihr Kopf wieder auf. Sie schnappte nach Luft. Die ungezügelte Kraft des Wassers schleuderte ihren Körper wie den einer willenlosen Puppe hin und her. Sie griff nach einem Ast des umgestürzten Baumes, aber das Holz entglitt ihr.

Das Seil, erinnerte Lika sich, doch bevor es seine Funktion erfüllen konnte und den wilden Ritt stoppte, prallte ihr Kopf mit einem dumpfen Schlag gegen einen Felsvorsprung. Schwarzer Nebel umfing Lika.

Als sie wieder zu sich kam, meinte sie, Milos Stimme zu

hören. Er rief ihren Namen. Immer wieder. Ihr Kopf dröhnte. Das straffe Seil schnitt schmerzhaft in ihren Rücken und die Brust. Sie schluckte Wasser. Hustete. Ein neuer Schwall strömte in ihren Mund.

Das Gesicht über Wasser halten!

»Lika«, rief Milo erleichtert. »Greif nach dem Seil! Ich ziehe dich ans Ufer!«

Sie stellte überrascht fest, dass er nur ein kleines Stück von ihr entfernt stand. Er musste sie schon ein gutes Stück an dem Strick herangezogen haben. Wie lange war sie ohnmächtig gewesen?

Sie griff nach dem Seil, bemüht, nicht wieder unter Wasser gedrückt zu werden. Die Krone eines umgestürzten Baumes ragte vom Ufer in den Bach. Die Strömung warf sie gegen die Äste. Lika stöhnte gequält, als das Holz tiefe Wunden in ihr Bein riss.

Ruck für Ruck zog Milo das Seil zu sich heran. Langsam kam das rettende Ufer näher. Wenn sie doch bloß das schwere Gepäckstück auf ihrem Rücken abstreifen könnte! Aber in ihm befanden sich alle wichtigen Arzneimittel und Impfstoffe für den Bergclan. Sie musste den Rucksack aufbehalten, koste es, was es wolle.

Wieder machte sie einen Satz auf Milo zu. Er kämpfte um jeden Zentimeter. Hoffentlich reichte seine Kraft, bis sie aus dem Wasser war. Erneut griff er mit einer Hand nach dem unteren Ende des Seiles. Er ächzte vor Anstrengung, die Zähne fest zusammengebissen.

Nicht aufgeben! Nicht das Seil loslassen!

Ein weiterer Ruck und sie schnellte nach vorn. Aber dieses Mal kam sie einem der Äste zu nah. Während Milo sie zu sich zog, bohrte sich ein starker Zweig zwischen ihr Handgelenk und das Armband. Wieder schrie sie vor Schmerzen auf.

»Ich hänge fest, Milo. Mein Arm!«

Sie waren so dicht vor dem Ziel und nun das! Einen,

höchstens zwei weitere Schübe und Milo hätte sie aus dem Bach ziehen können.

Er sah wohl, was geschehen war.

»Ich lasse das Seil ein wenig locker. Dann löst sich der Ast.«

Er ließ so viel Seil durch seine Finger gleiten, dass sie wieder von der Strömung mitgerissen wurde. Doch nach ein paar Zentimetern trieb der Strick lose auf der Wasseroberfläche. Likas ganzes Gewicht wurde nun vom Band um ihr Handgelenk gehalten, das auf dem Ast aufgefädelt war.

»Es funktioniert nicht«, rief sie.

Egal, wie sehr sie mit der freien Hand an dem Ast riss und zerrte, er war zu stabil und wollte nicht brechen.

Milo musste ihr Dilemma erkannt haben. Er brachte das Seil wieder auf Spannung und knotete es um den Baumstamm. Langsam kletterte er die Uferböschung hinunter. Dorthin, wo die Baumkrone ins Wasser ragte. Er balancierte auf den dicken Ästen entlang, mit Bedacht einen Schritt vor den anderen setzend, bis Lika zum Greifen nahe war.

»Nicht, Milo … zu gefährlich … nicht gesichert …«

Milo schien sie nicht zu hören. Er überprüfte seinen Stand, klemmte sich zwischen zwei Äste und griff nach Likas Hand. Erleichtert spürte sie, wie sich seine Finger um ihr freies Handgelenk schlossen. Mit der anderen Hand zog er einen Dolch hervor und führte ihn vorsichtig zwischen Ast und Armband. Mit einem kräftigen Ruck schnitt er das Schmuckstück entzwei. Schon versuchte das Wasser wieder, Lika mit sich zu reißen, aber Milos eiserner Griff hielt sie sicher.

»Ich lass dich nicht los!«

Während er sich mit einer Hand an der Baumkrone festklammerte, zog er Lika mit der anderen zu sich hinauf. Endlich hatten sie es geschafft. Milo richtete sich keuchend auf. Sobald Lika sicher stand, warf sie sich erleichtert in seine Arme.

»Danke.« Für mehr reichte ihre Kraft nicht.

Milo drückte sie einen Moment an sich. Dann schob er sie ein Stückchen weg und griff nach ihrer Hand.

»Lass uns ans Ufer gehen. Mir ist erst wieder wohl, wenn wir beide festen Grund unter den Füßen haben.«

An Land half Milo ihr, den Rucksack abzusetzen. Lika fiel im Schutz eines großen Baumes auf den Boden. Erschöpft streckte sie alle viere von sich. Der Sturm hatte sich ein wenig gelegt. Die weit ausladende Baumkrone über ihnen bot einen dichten Schutz vor dem Regen. Nur von Zeit zu Zeit wehten heftige Windböen einen Wasserschwall zu ihr herüber und schütteten ihn über ihr aus. Ein Zittern durchlief ihren Körper, obwohl ihr gar nicht mehr kalt war.

Ein Schock, registrierte ihr Hirn.

Milo sank neben Lika ins Gras. Er starrte gedankenverloren zum Bach hinunter, die Unterarme auf den angewinkelten Knien abgelegt. Die dramatische Rettungsaktion der letzten Minuten zu verarbeiten, kostete wohl auch ihn etwas Zeit. Er sah zu Lika, und von einem Augenblick zum nächsten hockte er neben ihr und hob behutsam ihr rechtes Bein an. Likas erster Impuls war es, ihn von sich zu stoßen, aber als sie sein entsetztes Gesicht sah, hielt sie in der Bewegung inne.

»Dein Bein, Lika. Guck dir an, was mit deinem Bein passiert ist! Du musst wahnsinnige Schmerzen haben!«

Lika setzte sich auf und betrachtete ihre Wade. Sie erinnerte sich vage an den stechenden Schmerz. Er hatte ihr für einen Moment den Atem geraubt, als Milo sie an Land gezogen hatte. Der Ast hatte den Stoff ihrer Hose zerfetzt und tiefe Krater in das zarte Fleisch ihres Unterschenkels gerissen. Das Blut quoll aus den Wunden hervor und färbte das Gras unter ihr rot.

Warum spürte sie das nicht? Nichts, außer etwas Brennen? Aber eigentlich sollte sie sich nicht darüber wundern, sondern sich freuen. Das Bein sah wirklich nicht gut aus.

»Ich brauche das Verbandsmaterial aus meinem Rucksack.«

Milo sah sie zweifelnd an.

»Du willst das Bein doch nicht selbst versorgen! Eine der Wunden ist so tief, dass man den Knochen sieht. Sie muss genäht werden.«

»Na, da habe ich ja Glück, dass ich so etwas schon einmal gemacht habe.«

Milo sah Lika an, als hätte sie den Verstand verloren. Dennoch stand er ohne weitere Diskussion auf und suchte nach dem geforderten Verbandszeug. Während sie Tiegel mit Salben, Nadel, Faden und verschiedene Mullbinden auf einem Tuch ausbreitete, hockte er mit gerunzelter Stirn neben ihr.

Zum Glück war es unter dem Baum einigermaßen trocken.

»Kann ich dir irgendwie helfen?«

Milo sah aus, als wäre er überall lieber als ausgerechnet hier. Sie erinnerte sich an sein Gesicht, als sie Lios offenen Bruch versorgt hatte. Konnte es sein, dass er kein Blut sehen konnte? Das war ja interessant!

»Eigentlich gibt es nichts, was du tun kannst«, wiegelte sie ab.

Jetzt war kluges Taktieren gefragt. Irgendwie musste Lika es schaffen, dass Milo sie für die Zeit der Wundversorgung allein ließ.

»Weißt du …« Sie sah ihn mit großen Augen an. »Es tut wahnsinnig weh und ich werde die Wunde nähen müssen und … es wäre mir wirklich unangenehm, wenn … na ja, weißt du … wenn es so sehr wehtut, dass ich … das wäre mir wirklich peinlich.«

Milo sah sie irritiert an. Doch dann begriff er und rappelte sich hektisch auf.

»Ja, schon klar.« Er zeigte hinter sich. »Ich gehe dann so lange, na ja, mal sehen, wie der Pfad so aussieht und das Seil muss ja auch noch verstaut werden und …« Er fuhr sich mit den Händen durch die nassen Haare. »Ruf mich einfach, wenn du Hilfe brauchst.«

Damit drehte Milo sich um und ging. Lika sah ihm nach, bis er weit genug entfernt war. Ein wenig schämte sie sich für das Getue. Aber was sollte sie machen? Sie hätte wohl kaum ihre medizinischen Instrumente aus der Neuen Welt vor ihm auspacken können. Und die brauchte sie jetzt. Dringend.

Sie verabreichte sich eine Injektion in die rechte Wade. Die betäubende Wirkung setzte unmittelbar ein. Dann desinfizierte sie die Wunden mit einem Spray. Sie kramte in ihrem Beutel und zog das mobile Meditool hervor. Das kleine, metallisch glänzende Gerät war etwa so groß wie ihre Handfläche und hatte an einem Ende eine breite, dünn auslaufende Kante. Sie schaltete es ein. Ein Summen ertönte und sie führte das Meditool in einigem Abstand über die tiefen, klaffenden Verletzungen. Die Blutung stoppte. Nach einer weiteren Justierung drückte Lika die Ränder der zerfetzten Muskeln und Adern zusammen und verklebte sie mithilfe des Geräts.

Es dauerte lange. Sie musste Schicht für Schicht vorgehen. Als sie auch die äußere Haut zusammengeschweißt hatte, waren von den einst tiefen Verletzungen lediglich blasse Striche übriggeblieben. Sie umwickelte ihren rechten Unterschenkel vom Knie bis zum Knöchel mit einer Mullbinde. Eigentlich unnötig, aber ein wirkungsvoller Schutz vor allzu neugierigen Blicken. Sie könnte Milo wohl kaum eine glaubhafte Erklärung liefern, warum die Wunde in nicht einmal einer Stunde vollständig verheilt war. Blieb nur noch der Schnitt an ihrem rechten Handgelenk. Bis zu dem Unfall hatte sich dort ihre Servunit befunden. Lika hatte Glück gehabt, dass der Ast nicht die Sehnen oder die

Schlagader verletzt hatte. Die Wunde blutete, war aber ansonsten harmlos. Sie nahm ihr Gerät und wollte mit der Behandlung beginnen, als sie Milo hinter sich kommen hörte. Hastig schob sie das Meditool in den Rucksack zurück.

»Ist alles in Ordnung?«

»Die Wunde am Bein ist versorgt. Ich bin gleich fertig. Nur noch das Handgelenk, dann können wir weiter.«

Milo kniete neben Lika und griff nach ihrer Hand.

»Zeig mal.« Vorsichtig drehte er das Gelenk herum. Er schluckte schwer, als er die Wunde betrachtete.

Für jemanden, der kein Blut sehen konnte, hielt er sich erstaunlich gut, befand Lika.

»Sieht aus wie ein Schnitt von meinem Dolch. Ich werde ihn verbinden.«

»Nicht nötig. Ich mache das schon.« Lika versuchte, Milo ihre Hand zu entziehen.

»Lass mich dir helfen. Du bist doch Rechtshänderin, oder? Mit links kannst du deine Hand auch nicht besser verarzten als ich.«

Murrend gab Lika sich geschlagen. Wenn sie seine Hilfe ausschlug, würde das Milos Argwohn wecken. Besser, sie ließ ihm seinen Willen. Und die Verletzung war wirklich harmlos. Die Wunde konnte auch auf herkömmliche Art heilen.

Milo säuberte den Schnitt, drückte ein Stück Mull auf die offene Stelle und verband das Handgelenk mit einer weichen Binde. Gemeinsam packten sie die verstreuten Sachen zusammen.

»Wir werden noch knapp eine Stunde bis zur Höhle brauchen. Der Weg führt von hier aus steil nach oben. Meinst du, du schaffst das?«

Lika konnte Milo kaum sagen, dass ihre Wade so gut wie neu war. Er dachte bestimmt, sie hätte starke Schmerzen. Einerseits freute sie sich über seine Fürsorge. Auf der anderen Seite mochte sie das Gefühl nicht, ihn zu belügen. Denn irgendwie war es genau das, was sie hier tat.

»Das geht schon. Ich habe im Moment keine Schmerzen.«

Wenigstens das war ehrlich.

Sie liefen eine Weile schweigend nebeneinanderher. Der Sturm war endgültig abgeflaut. Der Regen fiel nun sanft vom Himmel. Das Brausen des Windes war dem monotonen Rauschen des Niederschlags gewichen.

»Das mit deinem Armband tut mir leid.«

An das Armband hatte Lika gar nicht mehr gedacht. Es war ihre Verbindung zum Professor, sollte sie in Schwierigkeiten geraten. Aber die größte Gefahr hatte sie mit Milos Hilfe bereits gemeistert. Zumindest hoffte sie das. Und dafür hatte sie den Professor oder zusätzliche Unterstützung aus dem Shuttle nicht benötigt. Sobald sie zurück beim Clan wären, würden sie und der Professor die Heimfahrt in die Neue Welt antreten. Dort hatte sie keinen Bedarf mehr für die mobile Servunit. Der Verlust war also zu verkraften. Vielmehr beschäftigte Lika Milos Verhalten. Es machte den Anschein, als befürchtete er, das Band hätte eine besondere Bedeutung für sie gehabt und sie wäre nun traurig, weil es unwiederbringlich verloren war.

»Ich habe noch versucht, es zu retten, aber die Strömung war einfach zu stark«, bestätigte er Likas Vermutung.

Es war eigenartig, diesen wesensveränderten, zahmeren Milo zu erleben. Er war zugänglich und sorgte sich um ihr Wohlbefinden. Eigenartig, aber auch schön.

»Das Armband war nicht wichtig. Mach dir keine Gedanken«, versicherte sie ihm.

Als sie ihr Ziel erreichten, waren Likas letzte Kraftreserven aufgebraucht. In der Höhle war es dunkel und feucht. Es roch muffig. In der Mitte des steinernen Untergrunds waren die Überreste einer Feuerstelle zu sehen. Sie waren also nicht die Ersten, die hier einen Unterschlupf für die Nacht suchten.

Auch Milo schaute sich in der Höhle um.

»Normalerweise übernachten wir hier nicht. In der anderen Höhle befindet sich immer ein Vorrat an trockenem Feuerholz. Hier kann ich aber nichts finden. Ich werde noch einmal nach draußen müssen.«

Er setzte sein Gepäck auf den Boden und verschwand durch den schmalen Eingang.

Als er zurückkehrte, hatte er einen Arm voller Äste und Zweige zusammengetragen. Lika breitete ihren Proviant auf einem Tuch aus. Endlich knisterte das Feuer. Trotz der Wärme, die sich in der Höhle ausbreitete, fror Lika. Ihre Sachen klebten nass auf ihrer Haut. Ein Blick auf Milo zeigte ihr, dass es ihm ähnlich zu gehen schien. Er streckte seine Hände dem Feuer entgegen und rieb sich anschließend über die Arme. Er ging zu seinem Rucksack und zog eine Decke hervor. Ein feines Rinnsal lief aus dem Wollstück und formte eine Wasserlache auf dem Felsboden. Milo griff nach dem Sack und kippte dessen gesamten Inhalt aus. Er wrang die triefenden Sachen aus und legte sie auf dem Höhlenboden aus.

»Sie werden zwar nicht trocken, aber zumindest trockener«, meinte er mit einem schiefen Lächeln.

Im Gegensatz zu Milos Rucksack war Likas so gut wie wasserdicht. Ihre Sachen waren trotz des Sturzes ins Wasser nur leicht feucht. Sie nahm die Decke, auf der sie gesessen hatte, und reichte sie Milo.

»Gut, dass Keylin mich überredet hat, zwei mitzunehmen.«

„Wir sollten unsere nassen Sachen loswerden und sie zum Trocknen über das Feuer hängen“, sagte Milo.

Unentschlossen sah Lika ihn an. Erwartete er etwa, dass sie sich vor ihm entblößte und nur in eine klamme Decke gewickelt neben ihm saß? Ihre Augen weiteten sich, als er wie selbstverständlich nach dem Saum seiner Tunika griff und sie sich in einer fließenden Bewegung über den Kopf zog. Lika spürte, wie ihr die Hitze in die Wangen schoß. Hastig raffte sie ihre Decke zusammen und stürzte in den hinteren Teil der Höhle. Hier würde sie wenigstens etwas Privatsphäre haben. Sie entledigte sich bis auf die Unterwäsche ihrer Kleidung und schlang die Wolldecke fest um sich. Als sie zum Feuer zurückkehrte, hatte Milo eine Schnur von einer Felswand zur nächsten gespannt. Seine Kleidung hing nun direkt über dem Feuer. Feiner Dampf stieg von der Wäsche auf. Lika warf ihre Hose und die Tunika über die Leine und setzte sich neben Milo. Sie griff nach einem Apfel und biss in die süßsaure Frucht. Saft spritzte auf ihr Kinn. Verlegen wischte sie die Tropfen weg und schielte zu Milo herüber. Er schien von ihrem Missgeschick nichts bemerkt zu haben. In seiner Hand hielt er ein Stück Brot. Er kaute genüsslich und starrte dabei gedankenverloren in die flirrende Glut am Rande der Feuerstelle. Likas Blick wanderte tiefer. Erleichtert stellte sie fest, dass auch er sich in seine Decke gewickelt hatte und diese seinen Körper größtenteils verhüllte.

Lika merkte, dass sie sich allmählich entspannte. Sie rückte näher an die knisternden Flammen heran. In sanften Wellen zog sich die Kälte aus ihren Gliedern zurück, bis ihr wohlig warm war.

[24]

Es war stockdunkel. Lika streckte die Hände aus. Nur ein kleines Stück und schon tastete sie kühles Metall. Sie fuhr die glatten Flächen entlang. Befühlte die Wände, die sie umschlossen. Sie war allein, gefangen in einem engen Raum. Ihr Atem beschleunigte sich. Das Blut rauschte in ihren Ohren. Ihr war, als bewegten die Seiten sich auf sie zu. Plötzlich erbebte der Boden unter ihren Füßen. Lika sackte auf die Knie und stützte sich haltsuchend ab, während der metallene Kasten mit ihr aufwärts raste. Sie riss die Augen auf, sah sich um. Doch da war nichts zu erkennen. Nur pechschwarze Dunkelheit. Die Fahrt schien kein Ende zu nehmen. Ein erneuter Ruck erschütterte den Lift. Die Türen glitten auf und Lika kniff geblendet die Augen zusammen.

Als sie sich an die Helligkeit gewöhnt hatte, fand sie sich auf der Shuttlestation ihres Wohnquartiers wieder. Neuweltler umringten sie wie graue Schatten. Gesichtslose Nebelgestalten, aus denen alle Farbigkeit gesaugt worden war. Sie standen in Trauben zusammen und schienen miteinander zu kommunizieren. Erst jetzt wurde Lika bewusst, dass sie von absoluter Stille umgeben war. Die Leute redeten, aber kein Laut war zu hören. Sie scharrte mit dem Fuß über den Boden, atmete tief ein und aus, schrie aus Leibeskräften. Nichts. Kein Ton. Feine Vibrationen krochen ihren Rücken hinauf. Elektrische Schauer überzogen ihre Kopfhaut. Panisch sah sie sich um, bis ihr Blick auf einen leuchtend roten Haarschopf am Ende der Plattform fiel. Die Zeit schien für einen Moment stillzustehen, als sie die schmerzlich vertraute Gestalt betrachtete, die mit dem Rücken zu ihr stand. Sehnsucht durchströmte sie. Die Frau mit dem Flammenhaar übte eine unwiderstehliche Anziehungskraft auf sie aus. Erst zögernd, dann mit wachsender Entschlossenheit drängte Lika sich durch die Menge. Das Wesen entfernte sich unaufhaltsam. Sie versuchte zu schreien, die Frau zu rufen, doch kein Laut entschlüpfte ihren Lippen.

Die Gestalt war nun fast vollständig von den Schattenwesen verdeckt. Verzweifelt stieß Lika die Neuweltler von sich. Sie erhaschte einen letzten Blick auf das rote Haar der Frau, bevor es von der Menge verschluckt wurde. Erneut schrie sie auf. Wie ein Echo hörte sie nun ihren eigenen Namen. Jemand rief sie. Erst aus weiter Ferne, doch schon bald direkt neben ihr. Immer klarer. Drängender. Lika! Lika! Lika!

Mit einem Ruck schnellte Lika in die Höhe und starrte mit weit aufgerissenen Augen in Milos Gesicht. Er hockte vor ihr auf dem Boden der Höhle. Seine Hände umklammerten ihre Oberarme. Ein blutiger Kratzer zierte seine linke Wange.

»Lika, beruhige dich. Es ist alles gut. Du hast bloß geträumt.«

Lika schüttelte den Kopf. Sie verstand nicht.

»Geträumt?«

»Ja. Du wurdest unruhig und hast irgendetwas gerufen. Dann hast du plötzlich panisch um dich geschlagen.«

Sie sah Milo fassungslos an und deutete auf seine Wange. »War ich das etwa?«

»Ist nicht schlimm. Nur ein Kratzer.« Milo wischte das Blut mit dem Ärmel ab. Er sah sie besorgt an. »Geht es dir wirklich gut?«

»Ich weiß nicht. Ich kann mich an nichts Konkretes erinnern. Ich habe etwas wiedergefunden. Aber ich konnte es nicht erreichen. Egal, wie sehr ich mich bemühte, es blieb unerreichbar für mich. Ich fühlte mich so allein und …« Sie überlegte einen Moment, dann sah sie Milo verwirrt an. »… traurig.«

Milo lehnte sich vor. Behutsam tastete er nach der Beule an Likas Hinterkopf.

»Das sind bestimmt die Auswirkungen deiner Bewusstlosigkeit gestern. Du hast garantiert eine Gehirnerschütterung.«

Lika schüttelte bestimmt den Kopf. »Nein. Das ist anders.«

Ihr fiel ein, was Milo zuvor erwähnt hatte.

»Und ich habe etwas gerufen?«

»Ja. Ich konnte es aber nicht wirklich verstehen. Ich glaube, es war ein Name. Vielleicht Odey, Obley oder Oclay. Mehr habe ich nicht verstanden. Tut mir leid.«

Lika wiederholte die Namen still. Odey. Obley. Oclay. Der Klang des letzten Wortes berührte sie. Da war sie wieder, diese Traurigkeit. Als hätte sie etwas verloren. Es fiel ihr schwer, das Gefühl zu benennen. War das vielleicht … Sehnsucht?

»Mach dir keine Gedanken, Lika. Das war nur ein Albtraum. Es hat nichts zu bedeuten«, durchbrach Milo ihr Grübeln.

»Nichts zu bedeuten?« Lika sah ihn ungläubig an.

»Nichts zu bedeuten?«, wiederholte sie lauter. »Aber ich habe in meinem ganzen Leben noch nie geträumt!«

Milo starrte sie einen Moment an, dann erhob er sich und trat an den Eingang der Höhle. Anscheinend wusste er nicht, was er auf diese Aussage erwidern sollte. Auch Lika verfiel ins Grübeln. Konnte die Gehirnerschütterung wirklich den Albtraum ausgelöst haben?

In der Höhle war es schummerig. Das Feuer war im Laufe der Nacht fast vollständig niedergebrannt. Die verbliebenen Holzscheite glommen zart und von draußen drang nur spärliches Licht in das Innere der Höhle. Lika starrte auf Milos Silhouette, die sich dunkel vor dem Höhleneingang abzeichnete. Er lehnte sich nach draußen und sah in das Tal hinunter, als suchte er nach etwas. Dann blickte er in den trüben Himmel.

»Es hat heute Nacht wieder angefangen zu regnen«, sagte er, während er zur Feuerstelle zurückkehrte und mit einem dünnen Stock in der Asche herumstocherte.

Er steckte dünne Zweige in das rotglühende Nest, das er freigelegt hatte, und blies in die verbliebene Glut. Kurz darauf knisterte ein Feuer und verbreitete wieder Licht und Wärme. Gedankenversunken türmte er weitere Holzscheite über der Feuerstelle auf. Im flackernden Licht erschienen seine sonst so harten und abweisenden Züge weich und offen. In seinen schwarzen Augen tanzten Flammen. Zum ersten Mal nahm Lika war, wie ebenmäßig seine dunklen Brauen geformt waren.

»So bald werden wir nicht aufbrechen können«, riss er sie aus ihren Betrachtungen. »Wenn es bis Mittag nicht aufhört zu regnen, müssen wir eine weitere Nacht hier verbringen.«

»Damit habe ich kein Problem. Ich glaube, ein wenig Ruhe kann ich nach dem Erlebnis gestern gut gebrauchen.«

Lika zog ihre Decke zurecht und legte sich neben das Feuer. Die Wärme machte sie schläfrig. Ihr Kopf schmerzte.

So etwas kannte sie eigentlich nicht. Hätte sie doch bloß ihr Armband, dann wären die Auswirkungen des gestrigen Tages schon längst verschwunden. Die mobile Servunit hätte ihrem Körper geholfen, sich zu regenerieren und, wo nötig, zu heilen. Aber so fühlte Lika sich nun wie gerädert. Sie betrachtete die tanzenden Schatten an der Decke über ihr. Der steinige Untergrund drückte unangenehm in ihren Rücken. Sie drehte sich auf die Seite, das Gesicht dem wärmenden Feuer zugewandt. Wohlig seufzend schloss sie die Augen und war kurz darauf wieder eingeschlafen.

Als sie erneut erwachte, war es draußen taghell. Sie war allein in der Höhle. Von Milo keine Spur. Panisch sprang sie auf. Eine Welle der Übelkeit erfasste sie. Erst als sie Milos Rucksack an der Wand lehnen sah, beruhigte sich ihr Herzschlag wieder. Schwer atmend stützte sie sich an der nasskalten Steinwand ab. Wie dumm, zu denken, er würde sie hier allein zurücklassen. Sie trat auf den schmalen Felsvorsprung außerhalb der Höhle. Unter ihr erstreckte sich das grüne Tal. Die Blätter und Nadeln der Bäume glänzten feucht. Das blaue Band des Baches blitzte zwischen den Baumwipfeln hervor. Sie hielt ihren ausgestreckten Arm in den Regen. Feine Tropfen benetzten ihre Haut. Lika drehte die Handfläche nach oben und beobachtete, wie sich eine kleine Pfütze in der flachen Mulde bildete. Vorsichtig kostete sie von dem kühlen Nass. Es schmeckte köstlich. Rein und wohltuend. Sie leckte die letzten Tropfen von ihrer Handfläche. Es würde ihr nichts weiter übrigbleiben, als geduldig in der Höhle auf Milos Rückkehr zu warten. Sie warf zwei Holzstücke in das Feuer, das zum Glück nicht wieder ausgegangen war.

Lika kramte aus ihrem Rucksack eine kleine Schale hervor und stellte sie nach draußen in den Regen. Das würde später einen schönen Schluck ergeben. Sie überlegte, die nassen Sachen in der Höhle zum Trocknen auszulegen, entschied sich aber dagegen. Ihr Unterschlupf war kalt und feucht. Das Feuer würde nicht reichen, damit sie trockneten. Außerdem hellte der Himmel bereits am Horizont auf. Irgendwann würde es aufhören zu regnen. Ihre Sachen könnten auch nach ihrer Ankunft im Bergclan trocknen.

Rastlos tigerte sie in der Höhle umher. Sie konnte jetzt nicht schon wieder sitzen. Da sie hungrig war, holte sie den verbliebenen Proviant hervor. Die Wasserschläuche waren so gut wie leer. Mit dem aufgefangenen Wasser könnten sie ihren Vorrat auffüllen. Sie breitete die Lebensmittel auf einem Tuch aus und verteilte die Möhren, Äpfel, ein Stück Käse, Brot und das Ende einer Wurst darauf. Viel war es nicht. Diese Verzögerung war nicht geplant gewesen. Sie mussten jetzt gut haushalten, damit das Essen reichen würde. Lika griff nach dem kleinsten Apfel, um ihren knurrenden Magen zu beruhigen. Der musste genügen, bis Milo zurück war.

Schon bald fiel ihr vor Langeweile die Decke auf den Kopf. Sie entschloss sich, den Berg ein Stück hinabzusteigen. Ein wenig Bewegung würde ihr guttun. Nebenbei könnte sie Feuerholz sammeln. Der Vorrat war bereits auf ein paar Scheite zusammengeschrumpft und würde nicht für eine weitere Nacht in der Höhle reichen. Sie ließ sich Zeit. Es regnete nur noch leicht, nicht mehr stark genug, um ihre Sachen erneut zu durchnässen. Sie stapelte die Scheite neben dem Feuer auf. So würden sie schnell abtrocknen. Bevor Lika ein zweites Mal aufbrechen konnte, kehrte Milo zurück. Er schüttelte sich das Wasser aus den Haaren und hielt ein totes Wildkaninchen in die Höhe.

»Ich habe uns etwas zu essen besorgt.«

»Das ist nicht dein Ernst, oder?«

Lika riss entsetzt die Augen auf. Sie hatte Mora zwar das eine oder andere Mal beobachtet, als diese Fleisch für die Mahlzeiten kleingeschnitten hatte, aber wie sollte aus diesem haarigen, blutigen Ding etwas Essbares werden?

»O doch. Und ich glaube, sobald sich der Duft von gebratenem Fleisch in der Höhle ausbreitet, wirst du deine Meinung ganz schnell ändern!«

Zum Glück erwartete Milo keine Hilfe von ihr. Mit einer Mischung aus Ekel und Faszination beobachtete Lika, wie er dem ausgeweideten Kaninchen die Unterläufe abschnitt, das Fell an den Hinterläufen mit dem Messer löste, um dem toten Tier dann mit einem kräftigen Ruck das Fell über die Löffel zu ziehen. Er trennte den Kopf ab und schon lag ein sauberes, rosiges Stück Fleisch vor ihr. Von dem Blut war keine Spur mehr zu sehen. Es war wohl nur an dem Fell gewesen. Was für ein Glück für sie beide, dass sich seine Aversion auf menschliches Blut zu beschränken schien. Mit dem Wasser aus der Schale wusch Milo die letzten Haare ab, bevor er das Stück auf einer langen Haselnussrute aufspießte, die er ebenfalls mitgebracht hatte. Er holte aus seinem Rucksack einen kleinen Lederbeutel mit Kräutersalz hervor und hielt es grinsend in die Höhe.

»Das habe ich immer dabei. Man sollte auf alles vorbereitet sein. Und nichts schmeckt fader als ungesalzenes Fleisch.«

Mit kreisenden Bewegungen rieb er das duftende Gewürz in die Haut des Kaninchens. Dann hängte er den Spieß mithilfe zweier Astgageln, die er zwischen die Steine klemmte, über das Feuer. Zufrieden mit seinem Werk setzte er sich neben Lika auf die Decke.

Als der Braten gar war, hatte es aufgehört zu regnen. Beim Anblick des knusprig gebratenen Stückes zog sich ihr Magen schmerzhaft zusammen und knurrte laut.

»Egal, was du vorhin dachtest, als ich mit dem Kaninchen zurückkam. Dein Magen scheint sich schon auf das Festessen zu freuen«, sagte Milo.

Er trennte die beiden Keulen ab und hielt eine davon Lika entgegen. Sie biss ein großes Stück ab.

»Das ist wirklich lecker«, stellte sie erstaunt fest. »Bei deinem nächsten Jagderfolg werde ich mehr Begeisterung zeigen. Versprochen.«

Lika grinste Milo an, und als er ihr Lächeln erwiderte, stolperte ihr Herz. *Er ist gar nicht so griesgrämig, wie er sich immer gibt,* dachte sie. Plötzlich freute sie sich auf die nächsten gemeinsamen Tage.

Nach der Stärkung verpackte Milo das übriggebliebene Essen und trat das Feuer aus, während Lika die Decken in ihrem Rucksack verstaute.

»Es ist leider schon zu spät, um es heute bis zum Clan zu schaffen. Aber auf halber Strecke liegt eine zweite Höhle, in der wir heute übernachten werden. Sie ist größer als diese Höhle hier und liegt an einem Südhang. Die Sonne erwärmt sie tagsüber. Außerdem wartet dort ein großer Stapel Feuerholz auf uns.«

Lika lächelte Milo dankbar an. Bei dieser Aussicht fiel der Aufbruch gleich doppelt so leicht. Nach dem ausgedehnten Schlaf und der wirklich köstlichen Mahlzeit fühlte sie sich für die nächste Wegstrecke gestärkt. Und glücklicherweise hatte es ihr Kopfschmerz mit dem Regen gemein gehalten und sich ebenfalls aufgelöst.

[25]

Nach dem Unwetter betrachtete Lika die Welt um sich mit neuen Augen. Der Regen hatte den Staub des Sommers fortgespült. Die Pflanzen erstrahlten in satterem Grün, die Luft roch frisch und rein.

Milo ging vor ihr durch den Wald und bahnte ihnen einen Weg durch das dichte Unterholz. Seit einiger Zeit herrschte Schweigen zwischen ihnen. Die Geräusche der Natur drangen von allen Seiten auf sie ein. Das dichte Blätterdach rauschte sanft im Wind und untermalte das Konzert der Vögel. Ein Specht hämmerte hoch oben in den Wipfeln seinen Rhythmus dazu.

Schon bald lullte die eintönige Wanderung Likas Sinne ein. Ihr Blick wanderte umher, blieb an der breiten Gestalt vor ihr hängen. Warum war ihr noch nie aufgefallen, dass Milos Haar sich im Nacken kräuselte? Wie es sich wohl anfühlen würde, mit den Fingern durch die dunkle Masse zu fahren? Es kribbelte in ihrem Bauch. Vor Schreck hielt sie den Atem an. Wo kam das denn auf einmal her? Erst waren Milo und sie ständig aneinandergeraten. Bei jeder sich bietenden Gelegenheit hatte Milo ihr zu verstehen gegeben, dass sie ein rotes Tuch für ihn war. Sie hatten eine

Art stillschweigenden Frieden miteinander geschlossen, aber anstatt nun den netten, unkomplizierten Umgang mit ihm zu genießen, wurde sie plötzlich bei seinem Anblick nervös! Warum konnte es mit Milo nicht einfach sein? Wenn sie doch bloß verstehen würde, was in seinem Kopf vorging. Oder lag das Problem bei ihr?

Sie war so mit ihren Gedanken beschäftigt, dass sie es nicht bemerkte, als Milo stehen blieb. Fast wäre sie in ihn hineingerannt. Er drehte sich zu ihr herum und bedeutete ihr mit dem Finger am Mund, leise zu sein. Langsam drehte er sich um und zeigte auf etwas in einiger Entfernung. Lika sah in die angewiesene Richtung. Auf einem Stein saß eine große Raubkatze. Sie hatte ein rötliches, mit dunklen Flecken übersätes Fell. Die spitzen Ohren, an deren Enden schwarze Haarbüschel nach oben standen, waren hoch aufgerichtet. Sie hatte die weiß geränderten Augen zusammengekniffen und ließ sich die wärmenden Sonnenstrahlen auf den Pelz brennen. Die leicht nach oben gebogenen Enden ihres Mauls erweckten den Anschein, als grinste sie überlegen. Dieses Tier war ein Herrscher des Waldes, vor dem die anderen Waldbewohner sich in Acht nehmen mussten. Das spürte Lika instinktiv.

Ehrfurcht erfüllte sie. So wunderschön und majestätisch. Lika stellte sich vor, wie es wäre, über das rötliche Fell zu streichen. Weich und warm. Sie fühlte es förmlich in ihren Fingerspitzen und auf der Haut ihrer Handfläche. Als würden die Nervenenden sich erinnern. Das Tier gähnte und leckte sich gemächlich die Pfote. Lika keuchte auf, als ein Bild in ihrem Kopf aufblitzte und sofort wieder verblasste.

Das Geräusch schreckte das Tier auf. Es sprang von seinem Thron. Der kurze Schwanz zuckte nervös auf und nieder.

»Er hat uns entdeckt«, raunte Milo ihr ins Ohr.

Aber Lika hörte kaum, was er sagte. Sie verfolgte gebannt, wie das Tier im Dickicht des Waldes verschwand.

Malcom, geisterte es durch ihren Kopf. Sie wusste nicht, woher dieser Name kam oder was er bedeutete. Aber immer wieder, wie in einer Endlosschleife, hörte sie ihn in Gedanken. Malcom, Malcom, Malcom.

»Sie sind sonst sehr scheu. Es ist etwas Besonderes, einem Luchs zu begegnen.«

Milo freute sich sichtlich über dieses Erlebnis. Sein Gesicht strahlte, doch Lika konnte sich kaum auf das, was er sagte, konzentrieren. Während sie ihren Weg fortsetzten, suchte sie verzweifelt nach Antworten.

Was bedeutete Malcom? Warum schien ihr der Luchs so seltsam vertraut? Woher wusste sie, wie sich sein Fell anfühlen würde? Und dann in der Nacht zuvor dieser seltsame Traum. All diese Namen. Warum konnte sie sich nicht erinnern? Hatte ihr Gedächtnis durch die Gehirnerschütterung doch einen Schaden genommen?

Wie in Trance folgte sie Milo. Er konzentrierte sich auf den letzten Aufstieg und schien nichts von Likas innerem Tumult zu merken. Irgendwie schaffte sie es, Milos gelegentlichen Fragen mit den richtigen Antworten zu begegnen. Doch ihre eigenen blieben unbeantwortet.

Wie versprochen erwartete sie in der zweiten Höhle ein Stapel trockenes Brennholz. In der Nähe der Feuerstelle entdeckte Lika sogar zwei Schlafstätten und einige Decken. Schon bald hingen die Reste des Wildkaninchens an einem Stock über einem knisternden Feuer. Ein köstlicher Duft breitete sich aus. Ihre Mägen knurrten ungeduldig.

»Das nennt man wohl ein Duett der besonderen Art«, bemerkte Milo lachend.

Er reichte Lika ein Stück Fleisch und sie ließen sich die letzte Mahlzeit des Tages schmecken.

»Wenn wir zeitig aufbrechen, werden wir das Dorf morgen kurz nach Mittag erreichen. Der Rest des Weges ist nicht mehr anstrengend. Das Schlimmste liegt hinter uns.«

Lika nickte erleichtert. Sie war erschöpft. Ihr Kopf hatte wieder zu hämmern begonnen. Wahrscheinlich doch noch die Auswirkungen des Schlages gestern. Sie sehnte sich nach Ruhe und Schlaf. Und bis morgen würden sich all die unbeantworteten Fragen hoffentlich in Luft auflösen.

Milo musste ihr ansehen, dass sie am Ende ihrer Kräfte war. Er griff nach einer der Decken und wickelte sie um Likas Schultern.

»Leg dich ruhig schon hin. Ich packe noch alles zusammen, damit wir morgen früh gleich loskönnen.«

Lika ging zu einer der Matratzen. Sie zog die Decke über sich zurecht und versuchte zu schlafen. Doch ihre Augen wollten nicht geschlossen bleiben. Ihr Blick irrte durch den Raum, bis er an Milo hängen blieb. Er hockte neben dem Feuer und schnitzte mit einem Messer an einem Holzscheit herum. Von Zeit zu Zeit drehte er das Stück und betrachtete es aufmerksam von allen Seiten, bevor er eine weitere Ecke mit der Klinge heraus schabte. Lika beobachtete Milos Hände. Sie waren kräftig und dennoch schlank, die Haut von der Arbeit rau. Mit diesen Händen hatte er Lika über gefährliche Abgründe geführt, sie aus eisigen Fluten gezogen, ihr sanft die Decke umgelegt. Unruhig rückte Lika sich auf ihrem Lager zurecht. Ihr Blick löste sich, wanderte aufwärts und verfing sich in Milos schwarzen Augen. Eine Sekunde, vielleicht auch zwei. Sie fühlte sich ertappt. Peinlich berührt drehte Lika sich um. Mit dem Rücken zum Feuer starrte sie an den dunklen Felsen vor sich. Schatten tanzten wie Geister an der steinernen Wand, als wollten sie Lika verhöhnen. Ihr Gesicht glühte und schon wieder wuselten diese Ameisen in ihrem Bauch herum. Was war nur mit ihr los?

Stunden vergingen, in denen Lika regungslos auf ihrem Bett lag und lauschte. Milo packte die Sachen zusammen und verstaute sie in seinem Rucksack. Lika hörte, wie er weitere Scheite in das Feuer warf. Danach verriet das Knistern der Strohunterlage, dass er sich auf die zweite Matratze legte. Er rückte sich auf seinem Bett zurecht. Dann wurde es still.

Milo war schon lange eingeschlafen, als auch Lika die Augen zufielen.

[26]

Das Dorf lag in einem Tal am Ufer eines Sees. Mächtige Berge ragten zu beiden Seiten des Gewässers in die Höhe. Ein dichter Teppich aus Heidekraut überzog die baumlosen Hänge und färbte das Massiv bunt ein. Die Farbenpracht reichte von zartestem Weißviolett bis zu tiefdunklem Lila und bildete einen leuchtenden Kontrast zum satten Grün der robusten Heidepflanzen. Ausladende Farne komplettierten die dichte Pflanzendecke. Lediglich die Spitzen der steinernen Riesen lugten schneeweiß unter dem farbenprächtigen Mantel hervor. Der See glitzerte im Sonnenlicht. Wolkenberge spiegelten sich in der Wasseroberfläche. Um das Gewässer wuchsen Nadelbäume in kleinen Ansammlungen. Dazwischen schmiegten sich auf einer in den See ragenden Landzunge niedrige, aus Stein und Stämmen errichtete Hütten eng an den kargen Boden. Ihre moosbedeckten Dächer ließen sie fast mit dem Untergrund verschmelzen, als suchten sie Schutz vor den Gewalten der Natur. Das Dorf war deutlich kleiner als die Siedlung von Milos Clan. Etwa zwanzig Hütten entdeckte Lika zwischen den Bäumen.

Abseits des Dorfes rauschte ein Wasserfall die steile

Bergwand hinab. Der Wasserlauf schlängelte sich an Felsbrocken vorbei Richtung Dorf, um dort mit den Fluten des Sees zu verschmelzen. Trotz der Kargheit wirkte die Landschaft im Spiel der Farben anheimelnd und majestätisch. Der Anblick entlohnte Lika für die anstrengende Überquerung des Bergkammes.

Als sie das Dorf erreichten, war es bereits früher Nachmittag.

»Milo! Wie schön, dich zu sehen.« Ein alter Mann mit wallender grauer Mähne und einem nicht minder üppigen weißen Bart empfing sie. Er schien Milo gut zu kennen und begrüßte diesen mit einer Umarmung, begleitet von einigen kräftigen Schlägen auf den Rücken.

»Ihr habt darum gebeten, dass der Städter, der immer zu uns kommt, auch euren Clan impft«, sagte Milo. »Das hier ist Lika. Sie hat den Professor dieses Jahr begleitet und soll nun die Behandlungen bei euch durchführen.«

»Schön, dich kennenzulernen«, begrüßte der Alte sie. »Mein Name ist Aleister und ich bin der Führer dieses Clans. Ihr werdet sicher müde und hungrig sein. Ich zeige euch eure Hütte und danach gibt es erst einmal etwas zur Stärkung.«

Egal, wem sie auf ihrem Weg durch das Dorf begegneten, alle nahmen Milo wie einen verlorenen Sohn in Empfang. Nachdenklich betrachtete Lika ihren Begleiter. Er schien ihr offener, unbeschwerter. Von ihm ging ein innerer Frieden aus, den sie zuvor noch nicht an ihm wahrgenommen hatte. Von der alten Verbitterung keine Spur.

Am Abend hatten sie für jedes Mitglied des kleinen Clans eine Akte angelegt und die letzten Vorbereitungen für die anstehenden Impfungen abgeschlossen.

»Du kennst diese Leute hier sehr gut, oder?«, fragte Lika ihren Begleiter.

Es hätte sie nicht überrascht, wenn Milo sie mit einer barschen Abfuhr auf ihren Platz verwiesen hätte. Doch nach kurzem Zögern antwortete er auf ihre Frage.

»Ich habe vor zwei Jahren eine Zeitlang hier gelebt. Ich musste raus aus unserem Clan. Es war alles zu viel damals, zu eng.«

Milo schaute sie nicht an. Es sah aus, als würde er sich in Gedanken in eine andere Zeit, an einen anderen Ort begeben. Lika war sich unschlüssig, ob sie auf seine Bemerkung eingehen sollte oder besser so tat, als wäre ihre Neugier damit befriedigt. Aber bevor sie es verhindern konnte, platzte es aus ihr heraus.

»Das muss nach dem Tod deines Bruders gewesen sein. Es war sicher schwer für dich zu Hause, wo dich alles an ihn erinnert hat.«

Milo starrte sie mit gerunzelter Stirn an. Das warme Strahlen in seinem Gesicht erlosch. Stattdessen sah Lika in seinen Augen etwas anderes, tieferes. Sie konnte es nicht benennen, aber ihr wurde unbehaglich zumute.

Hätte ich doch bloß meinen Mund gehalten!

Sie fürchtete, mit ihrer Bemerkung einen schweren Fehler begangen zu haben. Es war schön gewesen, Milo so zufrieden zu sehen. Zum ersten Mal hatte sie das Gefühl gehabt, dass er sich in einer Gruppe wohlfühlte, dazugehörte. Auch in seinem Heimatclan mochten ihn alle, da war sie sich sicher. Dennoch hatte sie immer den Eindruck gehabt, als wäre da eine unsichtbare Mauer zwischen Milo und den anderen, als wäre er ein Außenstehender. Sie wollte nicht, dass er sich wieder in sich zurückzog. Als er sich wortlos erhob und die Hütte verlassen wollte, erfasste Lika Panik.

Geh nicht! Das hätte ich nicht sagen sollen. Ich hatte kein Recht, dir mit dieser Bemerkung zu nahe zu kommen. Ich weiß, dein Bruder geht mich nichts an. Ich werde diesen Fehler nicht noch einmal machen, versprochen, aber bitte – bitte - behandele mich nicht wieder so, als würdest du mich hassen! Die Worte hallten in ihrem Kopf, doch alles, was sie laut aussprach, war ein leises: »Es tut mir leid!«

Aber da hatte Milo den Raum bereits verlassen.

Wie in Trance kehrte Lika am Abend in die Hütte zurück, die sie mit Milo teilen sollte. Irgendwie war es ihr während des Abendessens gelungen, sich nichts von ihrem inneren Gemütszustand anmerken zu lassen. Freundlich zu lächeln und belanglosen Smalltalk zu halten, während in ihr das Chaos herrschte, hatte sie angestrengt. Von den anderen hatte es scheinbar niemand eigenartig gefunden, dass Milo nicht zum Essen erschienen war. Wahrscheinlich hatten sie gewusst, wo er sich aufhielt, aber Lika hatte es nicht über sich gebracht, jemanden nach ihm zu fragen.

In Gedanken spielte sie immer wieder die Szene ab, die das wackelige Konstrukt, auf dem ihr Waffenstillstand basiert hatte, zum Einsturz gebracht hatte. Sie wünschte, sie hätte ihre Zunge im Zaum halten können. Sie klammerte sich an die Aussicht, ihn spätestens in der gemeinsamen Hütte wiederzusehen. In Gedanken probte sie immer neue Entschuldigungen für ihre unangebrachte Grenzüberschreitung, war aber mit keiner zufrieden.

Lika fand die Hütte leer vor, von Milo keine Spur.

Sie nutzte die Gelegenheit, nach ihrem Handgelenk zu schauen. Der Verband war schmutzig und zerrissen und musste ohnehin gewechselt werden. Vorsichtig wickelte sie die Mullbinde ab. Die Verletzung heilte bereits. Mit den Fingerspitzen strich sie über die dünne Schorfschicht. Sie kramte ihr mobiles Meditool hervor und hielt es über die Verletzung, doch nichts geschah. Resigniert starrte sie auf das Gerät. Die blinkende Anzeige bestätigte ihre Vermutung. Der Energiestatus war zu niedrig für eine weitere Behandlung. Da sie das Meditool in ihrem Rucksack verstecken musste, konnte es sich nicht mithilfe von Sonnenenergie aufladen. Sie schnaufte leise. Dann würde die Wunde eben auf herkömmliche Art heilen müssen. Sicher würde eine Narbe zurückbleiben, aber darum würden sich die Meditecs zu Hause kümmern. Jetzt gab es für sie nichts weiter zu tun. Sie verband ihr Handgelenk neu und verstaute das nutzlose Gerät in ihrem Gepäck. Ein Glück, dass sie nicht gestört worden war. Milo würde sicher jeden Moment zurückkommen.

Stunden später saß sie immer noch im flackernden Schein der Kerze und wartete auf ihn. Es war schon lange dunkel, als sie resigniert zu Bett ging. An diesem Tag würde sie keine Gelegenheit mehr bekommen, alles wieder in Ordnung zu bringen.

[27]

Das Frühstück stand am nächsten Morgen in der Ratshütte für Lika bereit. Milo saß bereits am Tisch. Er bedachte sie mit einem knappen »Morgen« und schaufelte weiter seinen Haferbrei in sich hinein. Lika griff sich eine Schüssel, füllte sie mit der dampfenden Masse und setzte sich Milo gegenüber. Sie beobachtete ihn verstohlen. Sein finsteres Gesicht, die nach oben gezogenen Schultern, der gesenkte Kopf. Seine ganze Körperhaltung wirkte wie eine unsichtbare Mauer. Lika rang mit sich. Sie wollte ihren ganzen Mut zusammennehmen. Ihn ansprechen. Alles wieder in Ordnung bringen. Sie nahm einige Male Anlauf, aber immer wieder versagte ihr die Stimme. Milo beendete seine Mahlzeit. Sein Stuhl schurrte über den steinernen Boden, als er sich erhob und den Tisch verließ.

»Bis gleich.«

Lika sackte in sich zusammen. Jetzt wäre ohnehin nicht der geeignete Zeitpunkt für eine Aussprache gewesen. In wenigen Minuten sollten die Impfungen beginnen. Aber danach würde sie mit Milo reden.

Während der Impfungen assistierte Milo ihr. Er begegnete den Bewohnern offen und herzlich. Lika dagegen bedachte er mit freundlicher Gleichgültigkeit. Es schmerzte Lika. Sie konnte nicht sagen, warum ihr seine unpersönliche Art wehtat. Vor ein paar Tagen hätte sie sich noch gefreut, wenn er mit ihr derart höflich umgegangen wäre, anstatt in ihr den personifizierten Teufel zu sehen. Aber das schien lange her. Mittlerweile reichte Lika dieses distanzierte Verhalten nicht mehr. Sie sehnte sich danach, von ihm gesehen zu werden. Sie erinnerte sich an einen Moment in der Höhle vorgestern Nacht. Ihre Blicke hatten sich über das Feuer hinweg getroffen. Das intensive Glitzern in Milos Augen hatte ihr Blut zum Kochen gebracht. Es war wie flüssiges Gold durch ihre Adern gerauscht. Dieses Gefühl war so unglaublich schön gewesen, und sie wollte mehr davon. Lika konnte nicht sagen, was es mit diesem Sinneswandel auf sich hatte. Sie spürte ein starkes Bedürfnis, Milo nahe zu sein. Sie wollte, dass er sie mochte. Und sie wusste auch, dass es keine Entscheidung des Kopfes war, sich Milos Ablehnung nicht zu Herzen zu nehmen. Es war ihr nicht mehr egal, was Milo über sie dachte.

Es war später Nachmittag, als sie die letzte Impfung durchführte. Die Zeit war wie im Fluge vergangen. Wann immer es ihr gelungen war, Milo aus ihren Gedanken zu verdrängen, hatte es ihr sogar Freude bereitet, die einzelnen Clanmitglieder kennenzulernen, ihren Geschichten zu lauschen und sie zu behandeln. Wenn nötig hatte sie ihnen auch mit medizinischem Rat zur Seite gestanden. Doch nun hatte auch der letzte Patient die Ratshütte verlassen. Milo räumte am anderen Ende der Hütte Tische, Stühle und Bänke wieder an ihren ursprünglichen Platz. Auch für Lika gab es noch einiges zu tun.

Sie kehrte zu ihrem provisorischen Untersuchungsraum hinter der hohen Holzwand zurück. Auf einem Tischchen lagen Akten, Salbendosen, Verbandsmaterial und ihre anderen medizinischen Utensilien fein säuberlich aufgereiht. Sie verstaute die Akten in der Kiste, die Aleister hatte bauen lassen, und steckte alles andere in ihre Tasche. Die Aufzeichnungen hatte sie für den Professor gescannt. Sie bildeten den Grundstein für die regelmäßigen Besuche, die ihr Mentor für den Bergclan plante. Vielleicht würde es sogar in ihren Aufgabenbereich fallen, die jährlichen Impfungen hier durchzuführen. Dann würde sie alle in einem Jahr wiedersehen. Das wäre schön. Sie sah sich ein letztes Mal in ihrem kleinen Refugium um, das nun leer und ungemütlich wirkte.

Als Lika hinter der Holztafel hervortrat, hatte Milo sich bereits aus dem Staub gemacht. So viel zu ihrer geplanten Aussprache. Lika wusste nicht, ob sie enttäuscht oder erleichtert sein sollte.

Auf dem Weg zu ihrer Unterkunft kam ihr Arsil entgegen. Lika hatte die junge Frau am Tag zuvor kennengelernt.

»Ich habe dich schon gesucht. Ein paar Freundinnen und ich wollen schwimmen gehen. Wir dachten, du würdest dich uns gern anschließen. Das Wasser des Sees ist herrlich erfrischend nach so einem heißen Tag.«

Lika musste nicht lange überlegen. Die Aussicht, die nächsten Stunden in der dunklen und sicher auch leeren Hütte zu hocken, war wenig verlockend. Bewegung und frische Luft würden ihr nicht nur körperlich guttun.

Die Badebucht lag etwas außerhalb des Dorfes. Ein Wäldchen säumte eine kleine Wiese, die bis an das sandige Ufer des Sees führte.

Die jungen Frauen breiteten Decken auf dem Gras aus. Ihr Lachen perlte über die spiegelglatte Oberfläche des Sees. In Windeseile schlüpften sie aus ihrer Kleidung und rannten in Unterhose und Hemd in das Wasser. Lika lauschte dem ausgelassenen Treiben. Sie ließ sich Zeit, während sie sich ihrer Schuhe und Hose entledigte. Sie prüfte den Sitz der Verbände an ihrem Bein und dem Handgelenk. Zu schade, dass sie den Schein wahren musste. Die Binde am Bein würde sie bestimmt beim Baden behindern.

Dann konnte sie den Moment nicht länger hinauszögern. Die Vorstellung, fast entblößt schwimmen zu gehen, war ihr unangenehm. Von einem Badeanzug hatten sie hier wohl noch nie etwas gehört. Entschlossen zog sie sich ihr Shirt über den Kopf und lief, nur ihre Unterwäsche am Leib, zum See. Das Gras kitzelte an ihrer Fußsohle. Sie streckte einen Zeh in das glasklare Wasser. Es war kühl, aber nicht eisig.

»Wenn du noch länger brauchst, ist es bald wieder Zeit, zum Dorf zurückzugehen.« Arsil zog Lika lachend auf.

»Ich habe gedacht, ich warte, bis ihr das Wasser für mich etwas angewärmt habt.«

Lika winkte den feixenden Frauen zu und stürzte sich dann ebenfalls in die Fluten.

Sie tauchte Meter um Meter. Mit kräftigen Armzügen glitt sie durch das Wasser. Der steinige Untergrund des Sees war glatt geschliffen und glänzte matt im Schein der Sonnenstrahlen, die sich unter Wasser verirrt hatten. Schlanke Gräser wuchsen aus Spalten und Öffnungen hervor. Sie wiegten sich im Takt der Wellen sanft hin und her. Kleine, farblose Fische glotzten sie aus riesigen Augen neugierig an, bis sie genug gesehen hatten und aufgeschreckt an ihr vorbei huschten. Die dicke Wasserdecke über ihr schluckte die Geräuschkulisse der Außenwelt. Hin und wieder drang ein tiefes Glucksen zu ihr herunter und durchbrach die dumpfe Stille. Ihre Gedanken, die seit Tagen nicht zur Ruhe gekommen waren, verflüchtigten sich. Ein tiefer Friede breitete sich in Lika aus. Noch zwei, drei Züge, dann wurde ihr die Luft knapp. Sie tauchte nicht weit von der Frauengruppe entfernt auf. Arsil entdeckte Lika als Erste und begrüßte sie mit einem ordentlichen Wasserschwall. Prustend wischte Lika sich das Wasser aus den Augen.

»Das war aber nicht fair.«

»Nein, fair war das nicht.« Arsil lachte. »Aber hier geht es auch um Spaß und nicht darum, fair zu sein.«

Na warte, dachte Lika. Sie tauchte abermals ab und schwamm unter der wassertretenden Schar hindurch. Sie sah über sich Arsils lange Beine und griff blitzschnell nach deren Fuß. Mit einem Ruck zog sie sie zu sich nach unten. Zurück an der Luft empfingen Lika die anfeuernden Rufe der anderen. Kurz darauf tauchte auch Arsil wieder neben ihr auf.

»Ich sehe schon, du lernst schnell.« Die junge Frau strich sich die nassen, dunklen Strähnen aus dem Gesicht und grinste Lika verschwörerisch an. »Was meinst du, wir beide gegen den Rest?«

Eine wilde Wasserschlacht entbrannte. Lika genoss den Spaß in vollen Zügen. Die ausgelassenen Rufe der Truppe hallten über den See. Die Sonne spiegelte sich auf der Wasseroberfläche. Lika fühlte sich frei und sorglos.

Die jungen Frauen hatten sich inzwischen ausgetobt. Eine nach der anderen verließ das kühle Nass. Sie streckten sich auf den Decken aus und ließen sich von der Sonne wärmen.

»Ich schwimme noch ein Stückchen«, teilte Lika Arsil mit, die als Einzige mit ihr im Wasser geblieben war.

Arsil nickte. »Ich habe jetzt auch genug. Aber wir sind noch eine Weile hier. Lass dir ruhig Zeit.«

Lika war eine geübte Schwimmerin. Mit kräftigen Zügen durchschnitt sie die blanke Oberfläche des Sees. Sie kam schnell voran. Bevor sie den Rückweg antrat, ließ sie sich auf dem Rücken liegend dahintreiben. Sie starrte in den blauen Sommerhimmel. Weiße Wölkchen schwebten über ihr. Die schneebedeckten Gipfel der Berge glitzerten in der Sonne. Selbst nach Ende der Heideblüte würde die Landschaft sie sicher noch beeindrucken.

Mit einem leisen Seufzer riss sie sich von dem Anblick los und schwamm zurück an das Ufer.

In Ufernähe ließ sie ihre Beine herabsinken. Sie ertastete den steinigen Untergrund unter ihren Füßen. Hier war es schon flach genug zum Stehen. Lika strich sich das Haar aus dem Gesicht und wrang die nassen Strähnen aus. Das Hemd klebte an ihrem Oberkörper. Sie zog an dem Stoff. Er löste sich mit einem satten Schmatzen von ihrer Haut, saugte sich aber sofort wieder fest, als sie ihn losließ.

Sie hatte das Ufer fast erreicht. Mit den Beinen pflügte sie durch das Wasser. Das feuchte Element leistete Widerstand und massierte ihre Oberschenkelmuskulatur wohltuend.

Plötzlich entdeckte Lika eine Gruppe von etwa sechs jungen Männern. Sie traten aus dem Wäldchen und liefen über die Wiese. Lika fühlte sich entblößt. Die nassen Sachen schmiegten sich wie eine zweite Haut an ihren Körper. Sie hätte genauso gut nackt vor ihnen stehen können. Doch die Männer schienen nichts Ungewöhnliches an ihrem Aufzug zu entdecken. Sie winkten ihr zu und gingen zu Arsil und den anderen Frauen. Diese hatten sich inzwischen umgezogen und saßen auf den Decken beisammen.

Mit hochrotem Gesicht setzte Lika ihren Weg fort, um dann erneut zu erstarren. Vor ihr stand Milo. Er war aus dem Nichts aufgetaucht und wirkte wie angewurzelt. Seine Miene unlesbar. Lika beschloss, sich ihr Unbehagen nicht anmerken zu lassen. Ihre Sachen lagen auf der Decke hinter ihm. Ihr blieb also keine Wahl. Während sie auf ihn zuging, betrachtete er sie von oben bis unten.

Wie machte er das nur? Er sah sie aus kalten Augen an und ihr wurde heiß. Ihr Körper stand in Flammen. Was war das? Verlegenheit? Oder Ärger?

Unter seinem rechten Auge zuckte ein Muskel. Inzwischen sah er ihr wieder ins Gesicht.

Wollte er ihr irgendetwas sagen? Entnervt zog Lika die Augenbrauen hoch.

Doch bevor Lika vor ihm zum Stehen kam, drehte er sich weg und verließ die Wiese Richtung Dorf.

Stunden später kochte Lika immer noch vor Wut. So ein Aufruhr in ihrem Inneren war ihr neu. Das konnte nur Milo in ihr anrichten. Wieder und wieder lief die Szene am See vor ihr ab. Und mit jedem Mal stieg die Wut weiter an, bis Lika meinte, sie stünde kurz davor, zu explodieren.

Wäre sie ihm hinterhergelaufen, was hätte sie ihm alles in sein überhebliches Gesicht geschrien.

Es kam ihr gerade recht, dass Milo zwischen zwei Hütten auftauchte und vor ihr den Weg Richtung Ratshütte einschlug. Er hatte sie nicht bemerkt. Lika stürmte hinter ihm her und riss ihn zu sich herum.

»Du bist so ein aufgeblasener Idiot. Ständig behandelst du mich wie den letzten Dreck, während du zu allen anderen nett und freundlich bist.« Sie hatte ihn an den Schultern gepackt und schüttelte ihn mit all ihrer Kraft durch. »Warum machst du das? Was habe ich getan, dass du mich so hasst?«

Die schäumende Wut in ihrem Inneren raubte ihr die Sicht. Nach ihrem Ausbruch legten sich die Wogen und sie sah, dass Milo sie entgeistert anstarrte. Dann schien er zu begreifen.

»Du denkst, ich hasse dich??«, entgegnete er fassungslos. »Du hast ja keine Ahnung.«

Eine Hand an ihrem Hinterkopf, die andere in ihrem Rücken zog er Lika an sich. Er sah sie mit gerunzelter Stirn an, als trüge er einen inneren Kampf aus. Lika verschlug es die Sprache. Die Wut verpuffte. Stattdessen verharrte sie atemlos in seinen Armen wie ein verschrecktes Kaninchen. Milo senkte seinen Kopf. Er kam immer näher, bis sein Mund sich auf ihre Lippen legte. Er küsste sie. Erst zögernd, doch schon bald wurde sein Kuss drängender, fordernder. Und da spürte Lika es wieder. Dieses Kribbeln. Den Rücken hinab. Bis in den Bauch und in andere Regionen, über die sie jetzt nicht näher nachdenken konnte und wollte. Ihre Beine wurden kraftlos und sie lehnte sich an Milo. Seine Hand in ihrem Rücken verstärkte den Druck. Er hielt sie sicher, aber nun fühlte sie jeden Zentimeter seines Körpers. Von irgendwo tief in ihr drang ein leises Stöhnen. Als hätte sie ihn erneut angeschrien, erstarrte Milo in der Bewegung. Er schob Lika auf Armeslänge von sich. Der Gefühlsstrudel hielt sie noch gefangen. Sie brauchte einen Moment, bis ihr klar wurde, dass Milo den Kuss beendet hatte. Verwundert sah sie ihn an.

»Denkst du wirklich, ich hasse dich?« Milo schien dieser Gedanke zu schockieren. »Man könnte wohl eher sagen, das Gegenteil ist der Fall, oder?«

Lika hatte Mühe, sich auf seine Worte zu konzentrieren. In seinen Augen loderten noch immer Flammen, doch nun ahnte sie, dass diese nicht von Wut genährt wurden.

»Aber das mit uns hat keinen Sinn«, hörte sie seine Stimme. »Ich weiß nicht, wo du wirklich herkommst. Aber du und ich, uns trennen Welten!«

[28]

Nach dem Kuss hatte sich für Lika alles verändert. Nicht, dass sie sich seither ein zweites Mal geküsst hätten. Am Vorabend waren sie zu dem Schluss gekommen, dass es für sie beide keine gemeinsame Zukunft geben konnte. Es standen zu viele Dinge zwischen ihnen. Nach dem Grubenunglück hatte sich zwischen Milo und ihr zwar ein stillschweigender Waffenstillstand eingestellt, aber auch wenn er sein Misstrauen gegenüber dem Professor und den Impfungen nicht mehr offen ausgesprochen hatte, glaubte sie nicht, dass er ihrem Mentor inzwischen über den Weg traute. Dafür war er viel zu stur. Dazu gesellten sich Dinge, von denen Milo größtenteils noch nicht einmal etwas ahnte. Die Notlügen, die der Professor hatte anbringen müssen, um ihr Erscheinen im Dorf zu erklären, ihr Leben in der Neuen Welt, ganz zu schweigen von dem Fakt, dass Lika alterslos war. Wie recht Milo doch gehabt hatte, als er festgestellt hatte, dass sie Welten trennten. Wenn er wüsste!

Sie hatten sich am frühen Morgen vom Bergclan verabschiedet und ihren Heimweg angetreten. Anders als zwei Tage zuvor zeigte sich das Wetter nun von seiner schönsten Seite. Die Sonne prangte am wolkenlosen Himmel und es war fast windstill. Trotz all der Gründe, die zwischen ihnen standen, sehnte Lika sich nach weiteren Berührungen von Milo, nach dieser besonderen Nähe, von der sie bisher nicht gewusst hatte, dass es so etwas gab. Dass sie so intensiv fühlen konnte. Jedes Mal, wenn er sie auf dem Weg zurück zu seinem Clan mit diesem neuen, warmen Blick betrachtete, mit ihr lachte, nach ihrer Hand griff, breitete sich Zufriedenheit in Lika aus. Da war kein Raum mehr für all die Fragen, die neuerdings in ihrem Kopf herumspukten. Die nagenden Zweifel lösten sich auf. Für einen Moment war es egal, warum sie plötzlich träumte. Wessen Gesicht in ihren Gedanken herumgeisterte. Was es mit diesem Namen – Malcom – auf sich hatte. Alles, was blieb, war eine Glückseligkeit, die ganz tief aus ihrem Inneren kam. Es drängte Lika, ihrer Sehnsucht nachzugeben. Sie wollte sich an Milo schmiegen, ihn berühren, seinen Körper mit ihren Händen erkunden, mehr von diesen Küssen.

Du bist ein vernunftbegabter Mensch, schalt sie sich. Er ist nicht für dich bestimmt. Dieser Kuss hat dich durcheinandergebracht, mehr ist das nicht. Dein erster Kuss eben. Nimm dir ein Beispiel an Milo. Er hat erkannt, dass es zu nichts führen würde, dieser Laune nachzugeben. Hör auf, dir Dinge vorzustellen, die es nicht geben wird. Nicht geben kann!

Am schwersten wurde es am Abend. Sie hatten wieder in der zweiten Höhle am Bergpass Rast gemacht. Das Feuer erfüllte den dunklen Raum mit seinem Schein. Wärme lullte sie ein. Satt und zufrieden hockten sie nebeneinander auf dem Boden. Lika legte ihren Kopf auf Milos Schulter und schloss die Augen. So hätte sie stundenlang sitzen können. Jedes Wort war fehl am Platz. Sie spürte, dass es Milo genauso ging.

Nach einer Weile regte er sich. Er kramte in seiner Hosentasche. Als sie ihre Augen öffnete, baumelte etwas vor ihrem Gesicht. Sie richtete sich auf und griff nach dem

Ding. Es war ein kurzes Lederband, auf das ein kleiner aus Holz geschnitzter Kopf eines Luchses gefädelt war. Sprachlos betrachtete Lika das Schmuckstück. Ihre Gedanken überschlugen sich – der Sturz in den Bach, ihr verloren gegangenes Armband, die Begegnung mit der Wildkatze, Milo am Feuer, wie er mit seinem Messer ein Stück Holz bearbeitete.

Ihr Zeigefinger strich über die glatt polierte Oberfläche des Anhängers. Er war etwa doppelt so groß wie ihr Daumennagel. Spitz aufgerichtete Ohren und der buschige Backenbart umrahmten das ernste Gesicht des Tieres. Die leicht nach oben gezogenen Mundwinkel deuteten ein Lächeln an. Geheimnisvoll und irgendwie wissend. Das Armband war wunderschön. Zu ihrem Entsetzen spürte Lika Tränen in sich aufsteigen. Sie richtete sich auf und räusperte sich.

»Das hast du für mich gemacht«, stellte sie fest. Warum hörte sich ihre Stimme so fremd an? »Milo, ich … ich weiß gar nicht, was ich sagen soll.«

Sie wandte sich ihm zu. Das Lächeln auf seinen Lippen erinnerte Lika an das verschmitzte Grinsen des Luchses. Milos schwarze Augen glitzerten. Sein Blick verzauberte Lika, wob ein unsichtbares Netz um sie. Die Welt außerhalb der Höhle löste sich auf. In diesem Moment gab es nur noch sie beide, hier, im Schein des Feuers. Sie hob ihre Hand und legte sie an Milos Wange. Die Bartstoppeln kitzelten unter ihrer Handfläche. Sie fuhr mit der Hand Richtung Kinn, bis ihre Fingerspitzen knapp über seinen Lippen verharrten. Langsam. Jede Sekunde auskostend. Das Kribbeln auf ihrer Haut entfachte Feuerwellen in ihrem Inneren. Atemlos starrte sie auf Milos leicht geöffnete Lippen. Sein Atem ging stoßweise. Heiß und feucht umströmte er ihre Finger. Lika schluckte. Ihr Blick wanderte aufwärts. Forschte in seinen Augen nach einer Antwort auf all die Fragen, die in ihr an die Oberfläche drängten. Aber wonach? Sie wusste es nicht.

Milo zog ihre Hand von seinem Gesicht fort. Er betrachtete ihr Handgelenk, das sie am Morgen nicht wieder verbunden hatte. Die Wunde war von einer dicken Schorfschicht bedeckt. Das Licht und die frische Luft tagsüber hatten der empfindsamen Stelle gutgetan. Milo fuhr mit dem Daumen über die krustige Struktur, bevor er ihr das Armband abnahm, es um ihr Handgelenk schlang und verknotete. Er schob den Anhänger zurecht, sodass er die Verletzung fast vollständig bedeckte. Versonnen betrachtete er sein Werk. Dann rückte er von Lika ab und starrte ins Feuer. Enttäuscht wandte sie sich ab. Doch dann schien er seine Meinung zu ändern, denn im nächsten Moment zog er Lika zu sich und drückte seinen Mund auf ihre Lippen. Sein Kuss war fordernd und dennoch sanft.

Lika spürte seine Zungenspitze an ihren Lippen. Sehnsucht breitete sich in ihr aus. Sie öffnete ihren Mund und seufzte leise, als sich ihre Zungen berührten. Als Milo den Kuss beendete, wollte sie protestieren. Doch ein Blick in sein entschlossenes Gesicht genügte. Er hatte ihr schon mehr gegeben, als er bereit gewesen war. Zwischen ihnen hatte sich nichts verändert. Dieser Kuss zeigte nur, was sein könnte, wären sie sich unter anderen Umständen begegnet.

Lika versuchte, die Enttäuschung hinunterzuschlucken. Sie strich über das neue Schmuckstück. Warm und weich schmiegte es sich um ihr Handgelenk.

»Wenn doch nur …«, murmelte sie.

»Ist es aber nicht!«, unterbrach Milo ihr Wunschdenken. »Ich habe mich und meine Überzeugung schon verleugnet, als ich dich zum Bergclan geführt und dir bei diesen verdammten Impfungen geholfen habe. Wenn wir wieder zu Hause sind, wirst du mit dem Professor in deine Welt zurückkehren. Ich muss mich selbst schützen, sonst werde ich mich wieder verlieren, wenn du weg bist«, erklärte er. »Es ist also ganz egal, was zwischen uns sein könnte, solange du in einem oder zwei Tagen wieder abreist. Ein paar schöne Momente alle paar Jahre mal sind mir zu wenig. Verstehst du das?« Er sah sie eindringlich an.

Langsam schüttelte Lika den Kopf. »Nicht wirklich. Das, was ich fühle, wenn du bei mir bist, ist vollkommen neu für mich. Aber ich möchte nicht, dass es dir schlecht geht, wenn ich weg bin. Also akzeptiere ich deine Entscheidung.« Nach einer kleinen Pause deutete sie auf den Anhänger. »Ich danke dir, Milo. Es ist das Schönste, was ich jemals bekommen habe.« Und damit meinte sie nicht nur das Armband.

Am nächsten Morgen brachen sie früh auf. Die Sonne verbarg sich noch hinter den Berggipfeln und tauchte das Tal in Schatten. Nebelschwaden hingen über den Wiesen. Selbst die Vögel schienen noch in ihren Nestern zu hocken. Anstelle des bunten Gezwitschers, das sonst die Luft erfüllte, durchbrach nur der Gesang einer einsamen Amsel die Stille. Lika lief hinter Milo den Berg hinab. Am Himmel zeichneten sich vereinzelt Wattewolken ab. Ein laues Lüftchen blies ihnen aus den Tiefen des Tals entgegen. Es versprach ein weiterer schöner Sommertag zu werden. Milo hatte ihre Ankunft im Clan für den Abend vorausgesagt. Lika freute sich auf ein Wiedersehen mit ihren neuen Bekannten. Besonders Edirah und Keylin vermisste sie. Beschwingt genoss sie die Wanderung durch die unberührte Natur.

Die Mittagsmahlzeit nahmen sie an dem Bach ein. Von dem reißenden Ungetüm, mit dem sie am ersten Tag ihres Aufstiegs zu dem Bergclan Bekanntschaft gemacht hatten, war nichts geblieben. Leise glucksend floss das Wasser an ihnen vorüber. Im glasklaren Wasser sonnten sich Bachforellen. Sie trieben mit der Strömung dahin. Nur hin und wieder korrigierten sie ihre Position mit einer energischen Bewegung ihrer Schwanzflosse.

»Nicht weit von hier haben wir den Bach überquert, als das Unwetter uns überraschte.«

Lika lachte laut auf. »Du kannst wohl Gedanken lesen. Ich habe auch gerade daran gedacht. Ich kann kaum glauben, dass das erst einige Tage her ist. Seitdem ist so viel passiert. Ich habe das Gefühl, dass das Unwetter in einem anderen Leben war. Als wäre ich nach dem Sturm ein neuer Mensch geworden.«

Ihr Lachen stockte, als ihr bewusst wurde, wie recht sie mit dieser Feststellung hatte. Bis zu diesem Augenblick war ihr nicht bewusst gewesen, wie sehr sich ihre Wahrnehmung seit der gemeinsamen Zeit mit Milo verändert hatte. Die Welt schien klarer, intensiver, schonungsloser. Konnte das mit ihrem neuen Verhältnis zu Milo zu tun haben? Einige Dinge schienen deutlicher zu werden, wenn man sie in Worte packte.

»Es dauert nicht mehr lange, dann erreichen wir den Weg zum Clan.«

»Ich bin schon gespannt, wie es Keylin und Edirah in den letzten Tagen ergangen ist. Andererseits genieße ich es, mit dir allein zu sein.«

Milo ging nicht auf ihre Bemerkung ein. Er setzte sich seinen Rucksack auf und streckte ihr die Hand entgegen.

»Auf geht´s.«

Lika schluckte die Enttäuschung hinunter. Wenn er nicht über diese Sache zwischen ihnen reden wollte, würde sie ihn nicht zwingen. Das hatte sie versprochen. Ihr Blick fiel auf ihr neues Armband. Sie strich über das Gesicht des Luchses. Dieses kleine Kunstwerk hatte er nicht an einem Abend vollendet. Um eine derart filigrane Schnitzerei herzustellen, musste er viele Stunden an dem Stück Holz geschnitzt, geraspelt, geschliffen und poliert haben. Er hatte sich so viel Mühe gegeben, nur um ihr eine Freude zu bereiten. Das musste doch etwas bedeuten. Das würde er doch nicht für jeden machen. Mit neuem Mut stiefelte sie hinter Milo her.

Die Sonne stand nun hoch am Himmel und brannte erbarmungslos auf sie nieder. Der Schweiß lief Lika den Rücken hinunter. Unter dem Rucksack klebten ihre Kleider auf der Haut. Sie war durstig. Lika schüttelte den Wasserschlauch. Es war nicht mehr viel übrig. Sie setzte den Schlauch an die Lippen und leerte ihn mit einem langen Zug. Irgendwann würde der See kommen, an dem sie ihre wunden Füße verarztet hatte, und dann konnte sie ihren Trinkvorrat wieder auffüllen.

Im Schutz des Waldes wurde die Wanderung einfacher. Die Bäume spendeten Schatten. Das Moos auf dem Weg dämpfte ihre Schritte. Ein Stückchen abseits entdeckte Lika Himbeersträucher. Dieser Versuchung konnte sie nicht widerstehen. Nur ein paar naschen. Milo marschierte in einiger Entfernung voran. Sie würde ihn in kurzer Zeit wieder einholen. Und wenn sie fündig werden sollte, könnte sie ihn mit einer Handvoll saftiger roter Beeren überraschen!

Zu ihrer Freude hingen die Sträucher voll mit prallen, rotleuchtenden Früchten. Sie bahnte sich einen Weg zwischen den Büschen. Die Beeren schmeckten nach Sommer. Lika zerdrückte die Früchte mit der Zunge am Gaumen. Genüsslich spürte sie nach, wie der süße Saft sich im Mund verteilte und ihre Geschmacksknospen kitzelte. Als ihr größter Heißhunger gestillt war, sammelte sie Himbeeren in ihre Hand. Zu schade, dass sie kein Gefäß dabeihatte. So war die Menge, die sie mitnehmen konnte, begrenzt. Sie stellte sich Milos Gesicht vor, wenn sie ihn mit der Leckerei überraschen würde.

Etwas riss sie aus ihren Gedanken. Ein Geräusch. Eine schnelle Bewegung zwischen den Bäumen. Zweige knackten. Dann sah sie Milo. Er kam durch den Wald auf sie zugerannt. Erleichterung zeichnete sich auf seinem Gesicht ab, als er sie zwischen den Büschen entdeckte. Ohne Rücksicht auf die dornigen Ruten stürmte er ihr entgegen. Er packte sie am Arm, ließ sich fallen und zog sie mit sich auf den Boden.

»Leg dich flach hin«, raunte er ihr ins Ohr. Er atmete heftig, vom Sprint oder vor Aufregung, konnte Lika nicht sagen. »Hör mir jetzt genau zu.« Seine schwarzen Augen fixierten sie unnachgiebig. »Da hinten sind Nomaden. Sie haben mich gesehen. Werden gleich hier sein. Du musst dich verstecken. Wenn sie weg sind, lauf zurück zum Clan, hörst du? Sie werden mich bestimmt mitnehmen. Mach dir keine Sorgen«, forderte er sie eindringlich auf. »Nomaden entführen oft Menschen. Als Tauschmittel gegen Essen oder Waffen. Sie werden mich nach Hause bringen. Aber wenn sie dich in die Hände bekommen, ist das etwas anderes. Sie beobachten uns. Sie kennen sich in den Clans aus. Sie würden wissen, dass du nicht zu unserem Clan gehörst. Was ist, wenn sie dich zu den Städtern bringen? Was würde passieren, wenn deine Leute merken, dass du dich davongeschlichen hast? Das ist viel zu gefährlich. Verstehst du?« Lika nickte wie betäubt. »Die Nomaden dürfen dich nicht finden. Bleib hier liegen, bis sie weg sind. Dann lauf zum Clan zurück. Du kennst den Weg!«

Bevor Lika erneut nicken konnte, rappelte Milo sich auf. Er rannte durch das Unterholz von Likas Versteck weg.

Nur Sekunden später tauchten sie zwischen den Bäumen auf. Nomaden. Lika zählte mindestens sieben. Aber es konnten auch mehr sein, die in einiger Entfernung an ihr vorbei durch den Wald jagten, hinter Milo her.

Lika presste sich nah an den Waldboden. Der Geruch nach Erde und Pilzen stieg ihr in die Nase. Ihr Herz raste. Das Blut rauschte in ihren Ohren. Was, wenn sie sie entdeckten? Was, wenn sie Milo fingen und nicht zu seinem Clan zurückbrachten? Er war sich so sicher gewesen, dass für ihn keine Gefahr bestand. Aber woher wusste er das? Diese Nomaden waren Gesetzlose. Das hatte Jona ihnen bei ihrer Ankunft im Clan erzählt. Solche Menschen konnten doch nicht berechenbar sein.

Lika lauschte in den Wald. Die Rufe waren schon vor einer Weile verhallt. Sie blieb dennoch liegen. Ihr Puls beruhigte sich allmählich. Doch nun schnürte Angst ihre Kehle zu. Nicht Angst davor, entdeckt zu werden, sondern Angst um Milo.

Nach weiteren Minuten, in denen sie bewegungslos zwischen den Himbeersträuchern gelegen hatte, richtete sie sich langsam auf. Ihr Blick huschte umher. Aber außer Bäumen und Sträuchern sah Lika nichts Ungewöhnliches. Langsam näherte sie sich dem Weg. Sie starrte in die Richtung, in der die Nomaden und zuvor Milo verschwunden waren. Dann wandte sie sich nach rechts. Da entlang ging es zurück ins Tal. Zum Clan. Vorbei an dem See, an dem sie schon einmal Rast gemacht hatten.

Nach einigen Schritten blieb Lika stehen. Sie sackte in sich zusammen. Ihre Gedanken rasten. Bilder überschlugen sich vor ihrem inneren Auge. Bilder von Milo. In die Enge getrieben, bedroht, in Gefahr. Lika drückte den Rücken durch und richtete sich auf. Mit einem letzten Blick Richtung Sicherheit drehte sie sich um und folgte den Nomaden.

[29]

Die Nomaden hatten bei ihrer Jagd durch das Unterholz Spuren hinterlassen. Ein abgeknickter Zweig, ein Stückchen weiter niedergetrampeltes Gras, plattgedrückte Farnwedel. Immer wieder blieb Lika stehen. Lauschte. Sah sich um. Ihre Muskeln waren angespannt. Ihre Sinne geschärft. Doch weder Stimmen, Schlagen gegen Baumstämme noch Kampfgeräusche durchbrachen die friedliche Stille der Natur. Vorsichtig tastete sie sich weiter auf den Spuren der Nomaden entlang. Sie stieg über trockene Äste, machte einen Bogen um tiefhängende Zweige. Sorgfältig darauf bedacht, selbst keinen Lärm zu verursachen. Sie wollte nur sichergehen, dass Milo recht gehabt hatte. Sie musste wissen, dass die Nomaden ihn wie angekündigt zum Clan bringen würden. Sobald sie sich davon überzeugt hatte, würde sie auf dem schnellsten Weg zum Clan laufen. Aber erst musste sie Beweise sehen.

Der Wald lichtete sich. Geduckt näherte Lika sich dem Waldrand. Ihr Blick streifte umher. Ihr Gehör war geschärft. Sie suchte hinter einer dicken Eiche Schutz und spähte auf die Wiese hinaus. Der blühende Grünstreifen erstreckte sich bis zum Fuß der Bergkette, hinter der das

Tal des Bergclans lag. Davor glitzerte das Wasser eines Baches friedlich im Sonnenlicht. Es musste sich um denselben Bach handeln, an dem Milo und sie vor nicht allzu langer Zeit Rast gemacht hatten. In der Nähe seines Ufers äste ein Reh. Die Nomaden waren nicht zu sehen. Ratlos schweifte Likas Blick ein weiteres Mal über die offene Wiese. Nichts. Wo sollte sie nun nach Milo suchen? Die Spuren hatten sie hierhergeführt. Oder war sie einem Wildwechsel gefolgt? Nein. Ganz bestimmt nicht. Der wäre viel ausgetretener gewesen.

Ratlos wollte sie sich in das Dickicht zurückziehen, als eine Bewegung ihre Aufmerksamkeit fesselte. Das Reh hatte seinen Kopf erhoben. Selbst von hier aus konnte Lika die Anspannung des Tieres sehen. Es starrte zum Wald, bevor es schreckte und in die entgegengesetzte Richtung sprang. Und dann sah auch Lika sie. Eine Gruppe Nomaden, in ihrer Mitte Milo. Sie hatten ihm die Hände auf dem Rücken zusammengebunden. Lika zählte dreimal, bis sie sicher war. Sie hatte es mit neun Wilden zu tun. Sie schienen es nicht eilig zu haben. Als würden sie einen Ausflug machen, streiften sie durch das hohe Gras. Sie entfernten sich von Lika. Die Richtung stimmte. Sicher existierten mehrere Wege zum Clan. Kurz überlegte Lika, den Gesetzlosen zu folgen. Allerdings standen auf der Wiese kaum Baumgruppen oder Sträucher, hinter denen sie sich verstecken konnte. Es wäre das Beste, umzukehren und dem Pfad Richtung Dorf zu folgen. Diesen Weg war sie mit Milo schon einmal gegangen. Den kannte sie.

Es fiel ihr schwer, sich von dem Anblick der Truppe loszureißen. Ab und zu tauchte Milos Rucksack zwischen den eng beieinander laufenden Nomaden auf. Er hatte seine Hände zu Fäusten geballt. Seine Haltung war aufrecht und stolz. Hoffentlich provozierte seine unbeugsame Art die Nomaden nicht. Aus eigener Erfahrung wusste Lika, wie wenig Rücksicht Milo auf die Gefühle anderer nahm. Er war nicht berechnend. Er würde sich nicht fügsam geben, nur damit die Entführer ihn gut behandelten. Noch einmal blitzte sein schwarzes Haar zwischen den anderen auf.

Nun komm schon. Vertrau Milo. Mach, worum er dich gebeten hat!

Lika schluckte. Sie atmete tief durch, sprach sich Mut zu. Widerwillig wandte sie sich zum Gehen. Doch dann meinte sie, ihren Augen nicht trauen zu können. Vor einer kleinen Baumgruppe wechselten die Nomaden ihre Richtung. Nun gingen sie dem Bach entgegen. Aber – das konnte doch nicht richtig sein. Der Clan wohnte im Süden. Lika war klar: Sollten sie weiter gen Berge gehen, hatten sie nicht vor, Milo im Austausch gegen Nahrungsmittel oder andere Rohstoffe freizulassen.

Was sollte sie jetzt machen? Zurück zum Dorf und Hilfe holen, kam nicht infrage. Es würde fast ein ganzer Tag vergehen, bis die Clanleute die Verfolgung der Nomaden aufnehmen könnten. Bis dahin wären die längst über alle Berge. Sie war Milos einzige Chance auf Rettung. Doch bei dem Gedanken daran, es allein mit seinen Entführern aufzunehmen, schnürte die Angst ihr schon wieder die Kehle zu. Nein. Dazu war sie nicht in der Lage. Wenn sie irgendetwas Unüberlegtes im Alleingang versuchte, wäre Milo noch mehr in Gefahr als ohnehin schon. Aber sie musste herausfinden, wo sie ihn hinbrachten. Danach würde sie überlegen, woher sie Hilfe holen konnte. Schließlich war da ja noch der Bergclan, der im Osten lebte. Und genau in diese Richtung wanderte der Trupp im Moment. Über den nächsten Schritt würde sie sich Gedanken machen, wenn es so weit war. Erst einmal musste sie alles daransetzen, den Nomaden auf den Fersen zu bleiben, ohne selbst entdeckt zu werden.

Das gestaltete sich schwerer als gedacht. Erst als die Truppe den Bach überquerte, wagte Lika sich aus dem schützenden Wald auf die Wiese. Sie huschte von einer

Baumgruppe zum nächsten Strauch. Versteckte sich, bis sie sicher war, nicht gesehen worden zu sein, bevor sie ihren Weg fortsetzte. Das dauerte, aber sie wagte nicht, einfach zum Bach zu laufen. Sie wäre den Blicken der Nomaden schutzlos ausgeliefert, würde einer von ihnen sich die Mühe machen und nach möglichen Verfolgern Ausschau halten.

Als Lika durch den Bach watete, waren die Entführer schon längst im Dickicht verschwunden. Sie suchte entlang des Ufers nach Spuren, die ihr verrieten, in welche Richtung die Nomaden gegangen waren.

Sie entdeckte einen Schuhabdruck in einem frisch aufgeworfenen Maulwurfshaufen. Zu ihrer Erleichterung gesellte sich im nächsten Moment Enttäuschung. Endlich wusste sie, welchen Weg der Trupp eingeschlagen hatte. Allerdings stand nun fest, dass es auch nicht ihre Absicht war, Milo beim Bergclan gegen irgendwelche Güter einzutauschen. Dazu hätten sie dem Bach weiter folgen müssen. Der Abdruck führte jedoch vom Wasser weg, die Berge hinauf. Somit blieb Lika keine Wahl. Sie musste den Entführern weiter folgen.

Nach einer Weile entdeckte sie in einiger Entfernung zwei Nomaden vor sich. Sie schienen allein unterwegs zu sein. Hoffentlich hatte die Gruppe sich nicht getrennt. Wie sollte sie in dem Fall Milo jemals wieder aufspüren? Lika ließ sich wieder zurückfallen. Wenn die Nomaden nun tatsächlich in kleineren Trupps unterwegs waren, erschwerte dies ihre Mission gewaltig. Von Zeit zu Zeit blickte sie sich um, aus Angst, einer der Heimatlosen würde sich ihr von hinten nähern. Die Gefahr, entdeckt zu werden, zehrte an Likas Nerven. Es knackte neben ihr im Gebüsch. Sie sprang zur Seite, presste ihre Hand auf den Mund und erstickte so ihren Angstschrei. Ein kurzer Blick. Nein, die beiden Männer setzten ihren Weg fort. Sie hatten nichts gehört. Es raschelte erneut. Ein Hase hoppelte aus dem Gebüsch und knabberte in aller Ruhe an Grashalmen herum. Die Knie gaben unter Lika nach. Sie stützte sich an einem Baum ab und rieb sich mit der Hand über die schweißnasse Stirn. Warum war sie nur so schreckhaft? Beinahe hätte sie sich selbst verraten. Entschlossen setzte sie ihren Weg fort. Sie hatte sich von der Möglichkeit überzeugt, dass die beiden vor ihr eine Art Nachhut des restlichen Trupps bildeten. Sicher würden sie am Abend zu den anderen Nomaden aufschließen. Hoffentlich irrte sie sich nicht. Es musste einfach so sein. Sie musste mit eigenen Augen sehen, dass es Milo gut ging.

Immer wieder drehten Likas Gedanken sich um ihn. Nur mit Mühe gelang es ihr, die aufsteigende Panik unter Kontrolle zu halten.

Sie stiegen seit Stunden den Berg hinauf. Likas Füße schmerzten. Mal wieder. Sie hatte Hunger und der Trinkschlauch, den sie im Bach gefüllt hatte, war zum zweiten Mal ausgetrunken. Hoffentlich machten die Nomaden bald Rast. Seit sie in der Alten Welt war, tat ihr ständig irgendetwas weh, beschimpfte jemand sie oder sie ertrank beinahe in einem wildgewordenen Bach. Es tat gut, sich ein bisschen selbst zu bemitleiden. Außerdem lenkte es sie von ihrer ständigen Sorge um Milo ab.

Ohne Vorwarnung trat nicht weit vor ihr ein Nomade auf den Weg. Lika hechtete hinter einen nahen Felsvorsprung. Sie ließ ihren Rucksack neben sich ins Gras gleiten. Mit angehaltenem Atem schielte sie um die Kante des Gesteins. Die drei standen keine fünf Meter von ihr entfernt. O Mann, sie musste wirklich ganz tief in ihrer Gedankenwelt eingetaucht gewesen sein. Es hätte nicht viel gefehlt, und sie hätte die Nomaden überholt!

Der Neuankömmling deutete in die Richtung vor ihnen. Sie redeten miteinander, gestikulierten, lachten. Sie schienen Lika nicht gesehen zu haben. Glück gehabt! Oder … Wenn nun ein vierter Nomade in der Nähe war? Ängstlich sah Lika sich um. Das Herz hämmerte ihr bis zum Hals. Sie presste ihren Rücken fest an den Stein. Nein, nichts zu sehen und zu hören.

Was beredeten die drei da nur so lange? Bewegung kam in die Truppe. Einer setzte seinen Weg fort, während der Neuankömmling und einer der beiden anderen es sich auf einem Stein gemütlich machten. Der Neue zog ein Messer und einen Apfel hervor und schob sich Stück für Stück das Obst in den Mund, während der andere seinen Stiefel auszog und ihn ausschüttete.

Lika sank an der Felswand entlang auf den Boden und lehnte ihren Hinterkopf an den Stein. Federwolken glitten wie im Zeitraffer über sie hinweg. Sie biss auf ihre Unterlippe, während sie überlegte. Die beiden sahen aus, als bewachten sie den Weg. Das würde doch heißen, dass irgendwo hier der Rest der Truppe sein musste. Es begann zu dämmern. Noch nicht sehr offensichtlich, aber das Licht verlor bereits seine strahlende Brillanz, wurde dumpfer. Wahrscheinlich hatten die Nomaden sich hier irgendwo für die Nacht niedergelassen. Und das bedeutete, dass Milo ganz in der Nähe war, aber dank der beiden Männer vor ihr unerreichbar. Ihr blieb keine andere Wahl, als einen weiten Bogen um die Wachen zu schlagen. Natürlich. Aber die Nomaden waren zu neunt. Wie groß mochte so ein Nachtlager für zehn – nein acht, schließlich wachten zwei ja hier – Menschen sein? Bei ihrem Glück würde sie an dem Lager vorbeilaufen, ohne es auch nur zu sehen. Aber sie hatte keine Wahl. Sie konnte nur auf das nötige Quäntchen Glück hoffen, das sie zu Milo führen würde.

Lika setzte sich ihren Rucksack wieder auf und spähte ein letztes Mal um die Ecke. Da saßen die beiden noch. Der eine hatten seinen Apfel inzwischen vertilgt und gönnte sich eine Mütze voll Schlaf. Der andere kramte in seiner Tasche. Gut. Tief durchatmen und los ging es.

Lika schlich tiefer in den Wald. Die Baumgrenze lag nicht mehr weit entfernt. Die Fichten und Lärchen waren nur noch halb so hoch wie ihre Schwestern in der Nähe des Tals. Dafür wuchsen moosbedeckte Felsen wie Pilze aus der Erde. Heidekraut, Farne und Sträucher bildeten einen dichten Teppich auf dem kargen Boden. Der Weg war beschwerlich. Lika kam nur langsam voran. Ständig musste sie Felsen umrunden, über Gesteinsbrocken klettern oder sich durch Gestrüpp kämpfen. Ihre Hände waren blutig. Sie rang keuchend nach Atem. Sie vermutete, dass sie sich parallel zum Weg vorwärtsbewegte, aber sicher war sie sich nicht. Noch ein Stückchen weiter rutschte sie einen Felsen hinab und stand plötzlich wieder auf dem ausgetretenen Pfad. Entsetzt sah sie sich um, doch weit und breit war keine Menschenseele zu sehen. Glück gehabt! Dafür war sie sich aber sicher, dass sie an dem Lager der Nomaden vorbeigelaufen sein musste. Sie war nun schon ewig unterwegs. Die letzten Sonnenstrahlen waren fast vollständig hinter der Bergkette verschwunden. Nicht mehr lange und es wäre Nacht. Die beiden Wachen würden sich doch sicherlich in der Nähe des Lagers niederlassen, oder? Lika beschloss, zurückzulaufen. Dieses Mal jedoch auf der anderen Seite des Weges.

Das Licht war vollständig verschwunden. Nachtschatten umschlossen Lika, bedeckten die Umgebung wie ein schwarzes Tuch. Lika konnte sich nur noch tastend voran schieben. Es hatte keinen Zweck mehr. Sie musste sich ein Lager für die Nacht herrichten und am nächsten Morgen ihre Suche fortsetzen. Doch wie sollte sie hier eine geeignete Stelle zum Schlafen finden? Sie kletterte auf einen Stein und blickte sich um. Baumschatten, Felsschatten, noch mehr Baumschatten. Wahrscheinlich musste sie sich mit einer glatten Felswand zufriedengeben. Doch was war das? Angestrengt starrte Lika auf einen Punkt zwischen den Zweigen einer Fichte. Ein Windhauch stieß die Zweige an und sie wogten auf und nieder. Da war es wieder. Ein zartes Glimmen. Noch ein gutes Stück talabwärts. Das musste es sein. Dort war das Lager. Sie hatten ein Feuer entfacht. Das flackernde Licht wies Lika den Weg. Endlich. Mit neuem Mut kletterte Lika den Felsen hinab und arbeitete sich weiter voran, dem Schein entgegen.

Sie hatte das Lager gefunden und spähte zwischen zwei Felsen hindurch auf den freien Platz vor ihr. Um das Feuer in der Mitte der Lichtung hatten sich sechs Nomaden zum Schlafen gelegt. Sie waren in Felle und Decken gewickelt. Lediglich ihre Köpfe guckten aus dem wärmenden Kokon hervor. Gleich daneben hatten sie aus einer Decke und einem zwischen zwei Bäumen gespannten Seil ein Zelt improvisiert. Vermutlich schliefen dort die anderen beiden Nomaden. Das hoffte Lika zumindest, oder warum sollte man sich sonst die Mühe machen und ein Zelt für die Nacht errichten, wenn dann niemand darin schlief? Etwas abseits des Feuers entdeckte Lika schließlich Milo. Seine Hände waren immer noch auf dem Rücken gefesselt. Er lehnte an einer Felswand, die Beine ausgestreckt. Sein Kopf ruhte schief auf seiner rechten Schulter. Das musste ungemütlich sein. Und kalt war ihm sicher auch, so weit entfernt vom Feuer. Aber darüber beschwerte Lika sich nicht. Im Gegenteil. Milo saß tatsächlich nicht weit von ihrem Versteck entfernt. Ein unerhörter Gedanke nistete sich in Likas Kopf ein. Sollte sie es tatsächlich wagen? Wäre es möglich? Ihre Hände zitterten bei der Vorstellung.

[30]

Lika stellte ihren Rucksack an einen Baumstamm. Sie riss ein Stück Moos aus dem Boden und verrieb die feuchtwarme Erde, die an den Wurzeln des Mooskissens klebte, auf Gesicht und Händen. Sie vergewisserte sich ein letztes Mal. Ja. Alle schliefen. Tief geduckt schlich sie hinter ihrem Felsen hervor. Nah an die steinerne Wand geschmiegt näherte sie sich Schritt für Schritt dem schlafenden Milo. Ihr Blick huschte immer wieder zu den regungslosen Gestalten in der Nähe des Feuers. Ihr Herz hämmerte hart in ihrer Brust. Sie atmete flach ein, ließ die Luft langsam aus ihren leicht geöffneten Lippen strömen, immer begleitet von der Angst, sie könnte einen der Nomaden wecken. Neben Milo sank sie auf die Knie.

Ihre Hand schwebte über seinem Mund, als sie sich zu seinem Ohr neigte und ihm zuraunte: »Milo. Ich bin's. Lika. Wach auf.«

Lika spürte, dass Milo zu sich kam. Seine Schultern strafften sich. Er hob seinen Kopf und sah ihr in die Augen, gab aber keinen Laut von sich. Lika ließ ihre Hand sinken.

»Was machst du hier?«

Lika hörte die Überraschung in seiner Stimme. Sie

presste den Zeigefinger auf ihre Lippen und deutete mit dem Kopf Richtung Feuer. Dann zog sie ihr Messer hervor und durchtrennte die Fesseln. Noch während Milo sich seine Handgelenke massierte, erhob er sich.

Schließlich erreichten sie die Stelle, an der Lika ihren Rucksack zurückgelassen hatte. Sie wollte nach ihrem Gepäckstück greifen, doch ein Schauer durchfuhr sie. Ihre Hand begann zu beben, es wurde stärker, bis ein unkontrollierbares Zittern ihren ganzen Körper erfasste. Ihre Knie schlugen aneinander. Sie wimmerte wie ein verletzter Welpe. Kraftlos stützte sie sich an dem Felsen ab. Ihre Zähne schlugen aufeinander und ihr wurde eiskalt.

»Lika?« Milo schien die Situation mit einem Blick zu erfassen. »Es ist alles gut. Tief durchatmen«, flüsterte er ihr zu. Er nahm sie in die Arme und strich ihr beruhigend über den Rücken. »Du hast einen Schock. Aber jetzt ist alles gut. Wir sind in Sicherheit.« Likas Schluchzen wurde von Milos dicker Tunika gedämpft. »Lika, wir haben keine Zeit für so etwas.« Er schien unruhig zu werden. »Wenn einer der Nomaden aufwacht und merkt, dass ich weg bin, werden sie uns hier sofort finden. Wir müssen weiter. Jetzt.«

Lika biss sich auf die Lippe und nickte. Sie rückte ein Stück von Milo ab. Das Zittern hatte nachgelassen, aber immer noch liefen Tränen über ihre Wangen.

»Es tut mir leid. Ich weiß auch nicht, warum ich mich so anstelle. Es ist doch alles gut gegangen.«

Milo fasste sie beruhigend an den Schultern. »Du warst wahnsinnig mutig. Und es ist normal, dass sich die Anspannung löst, wenn die Gefahr vorüber ist. Aber wir müssen jetzt wirklich weiter. Meinst du, du kriegst das hin?«

Wieder nickte Lika. Milo setzte sich Likas Rucksack auf, fasste sie an der Hand und zog sie hinter sich her.

»Dann los. Aber wenn wir wirklich in Sicherheit sind, reden wir noch einmal darüber, was ich meinte, als ich dir gesagt habe, du sollst auf dem schnellsten Weg zum Clan zurückkehren.«

Empört zog Lika die Luft ein, entspannte sich aber wieder, als Milo sich zu ihr umdrehte und sie ein Grinsen auf seinem Gesicht entdeckte.

Milo kannte die Gegend. Das wurde Lika klar, als er sie zielgerichtet zwischen den unwegsamen Felsen in die Berge führte. Es war stockdunkel. Lika konnte kaum die eigene Hand vor Augen erkennen. Doch wahrscheinlich war daran nur ihre Müdigkeit schuld, denn Milo schien keine Mühe zu haben, die Umgebung zu sehen. Immer weiter führte er sie hinauf.

»Müssen wir nicht eigentlich talwärts gehen, wenn wir zum Clan zurückwollen?«

»Ja. Und deshalb werden die Nomaden uns genau dort suchen. Ich habe in dieser Gegend viel Zeit verbracht, als ich beim Bergclan gelebt habe. Ein kleines Stück noch, dann kommen wir an einen Abstieg, der an der anderen Seite des Berges hinunterführt. Dieser Weg nach Hause ist zwar viel länger, aber dort werden sie uns nicht sofort suchen.«

Als Milo Rast machte, zeichnete sich über dem Wald am Fuße der Berge bereits ein schmaler Lichtstreifen ab. Lika war erschöpft. Es war ihr egal, dass sie kein Feuer entzünden würden. Sie protestierte auch nicht, als Milo sich auf einem Moosbett ausstreckte und sie zu sich zog. Sie kuschelte sich an Milos breite Brust, und noch bevor er eine Decke über ihnen ausbreitete, war sie eingeschlafen.

Mit einem Ruck fuhr Lika aus dem Schlaf. Milo hockte neben ihr und rüttelte sie sanft an der Schulter. Benommen sah sie sich um. Der helle Streifen am Horizont war bereits den halben Himmel hochgekrochen. Oberhalb des Blaus glitzerten die letzten Sterne am Himmel. Sie konnte nicht lange geschlafen haben. Vielleicht eine Stunde, höchstens zwei. Ihre Glieder fühlten sich schwer wie Blei an. Und auch ihre Augen konnte sie nur mühsam aufbehalten.

»Müssen wir schon weiter?«

»Leider ja. Ich traue den Nomaden nicht. Es kann gut sein, dass sie sich bei der Suche aufgeteilt haben und uns dichter auf den Fersen sind, als mir lieb ist.« Milo hielt Lika die Hand hin. Die Handfläche war gefüllt mit saftigen Himbeeren.

»Hast du überhaupt geschlafen?« Selbst im Halbdunkel sah Lika die dunklen Schatten unter seinen Augen.

»Ich hatte doch schon Schlaf, als du mich gefunden hast. Erinnerst du dich?«

Lika schnaufte. »Wenn du das Schlaf nennst.«

Die Himbeeren schmeckten köstlich, doch ihr grummelnder Magen schien die Früchte für Appetitanreger zu halten und protestierte lautstark, als weiterer Nachschub ausblieb.

»Wieso haben die Nomaden dich eigentlich nicht zu unserem Clan zurückgebracht, wie du erwartet hast?«

Milos linke Augenbraue wanderte aufwärts. Er studierte Lika, als suchte er nach einem Zeichen. Likas Stirn legte sich in Falten, als sie darüber nachgrübelte, was diese eigenartige Reaktion in Milo ausgelöst haben könnte. Doch dann richtete er sich auf, sein Gesicht hinter einer unleserlichen Maske verborgen. Plötzlich hockte der Milo vor ihr, den sie in den ersten Tagen nach ihrer Ankunft im Clan kennengelernt hatte.

»Habe ich irgendetwas Falsches gesagt?«

»Sie wollten mich zu den Städtern bringen. Waffen und Medizin gegen einen neuen Unfreien.« Blanker Hass breitete sich auf seinem Gesicht aus. »So etwas haben sie noch nie gemacht. Nicht, soweit wir wissen. Wir müssen uns in Zukunft mehr vor den Nomaden in Acht nehmen. Es ist besser, tot zu sein, als den Städtern als Unfreier dienen zu müssen.«

Lika hatte keine Vorstellung davon, wie es den Unfreien bei den Städtern erging. Aber bei Milos Worten lief ihr ein Schauer über den Rücken.

Nach zwei Tagen erreichten sie am Nachmittag das Dorf. Sie hatten sich nur wenige, kurze Pausen gegönnt, auch wenn von den Nomaden weiterhin jede Spur gefehlt hatte. Milo hatte so schnell wie möglich zum Clan zurückkehren wollen. Lika hatte seine Unruhe bei jeder Rast gespürt. Aber sie hatte ihn verstehen können. Er hatte dem Frieden nicht getraut. Sie hatte vermutet, dass er sich erst wieder in der Gemeinschaft seines Clans sicher fühlen würde. Ohne zu protestieren, war sie Stunde für Stunde neben Milo hergelaufen. Als die ersten Hütten zwischen den Bäumen auftauchten, atmete sie erleichtert auf.

»Ich habe das Dorf mit all seinen Bewohnern vermisst. Obwohl es hier im Vergleich zu dem Trubel im Bergclan ausgesprochen ruhig ist«, sagte sie.

»Vielleicht ein wenig zu ruhig.« Milo schaute sich stirnrunzelnd im Dorf um. »Um diese Zeit müssten eigentlich überall Menschen herumlaufen. Irgendetwas stimmt hier nicht.«

Milo hatte recht. Es war keine Menschenseele in Sicht. Lika sah sich um. Ein mulmiges Gefühl wanderte durch ihren Bauch.

»Lass uns deine Sachen in Keylins und Matteos Hütte bringen«, forderte Milo sie auf. »Vielleicht treffen wir unterwegs jemanden, der uns das hier erklärt. Ansonsten gehen wir zur Ratshütte. Dort wird bestimmt einer sein.«

[31]

In der Hütte saßen Keylin und Mora am großen Esstisch und putzten Gemüse. Bis auf das gelegentliche Klappern des Messers herrschte Stille zwischen den Frauen.

»Was ist passiert?«, platzte es anstelle einer Begrüßung aus Lika heraus.

Keylin sprang vom Stuhl auf und fiel ihrer Freundin um den Hals. Sie drückte Lika an sich.

»Endlich seid ihr wieder zurück. Es ist etwas Schreckliches passiert.« Keylins Bauch war seit Milos und Likas Aufbruch vor knapp einer Woche noch runder geworden. Behäbig setzte die Schwangere sich wieder auf ihren Platz, bevor sie fortfuhr: »Nachdem ihr weg wart, ist eine Epidemie ausgebrochen. Inzwischen sind schon mehr als zwanzig Dorfbewohner erkrankt. Peet, Edirah, der Professor und die anderen Helfer arbeiten Tag und Nacht, um zu helfen. Was auch immer es ist, es befällt vor allem Alte, Kranke und Kinder.« Keylins Lippen zitterten. »Inzwischen sind bereits vier Clanmitglieder gestorben. Und Edirah meint, es werden wohl noch mehr werden. Um uns alle zu schützen, hat Lovis Sicherheitsmaßnahmen verhängt. Wir gehen nur aus dem Haus, wenn es dringend notwendig ist. Wir halten uns von allen anderen fern. Mehr können wir nicht tun.«

Lika war schockiert. Sie sank auf einen Stuhl und dachte fieberhaft nach. Keylin hatte gesagt, mehr könnten sie nicht tun. Und das traf auf die beiden Frauen auch zu. Aber bei Lika sah das anders aus. Sie sprang auf und holte ihre Medizintasche aus dem Rucksack.

»Wisst ihr, wo ich den Professor finde?«

Mora schüttelte den Kopf. »Wir haben ihn seit Ausbruch der Krankheit nicht mehr gesehen. Er will uns nicht unnötig in Gefahr bringen.«

Das konnte Lika verstehen.

»Wir werden ihn schon finden«, schaltete Milo sich in das Gespräch ein. »Sie werden in der Ratshütte eine Quarantänestation eingerichtet haben. Dort können sie die Kranken besser versorgen und den Rest schützen.«

»Ja, das würde Sinn ergeben.« Auf dem Weg nach draußen wollte Lika sich von Milo verabschieden. »Ich gehe gleich hoch zum Versammlungsplatz. Du brauchst mich nicht dorthin zu begleiten.«

»Du glaubst doch wohl nicht, ich lasse dich allein dorthin gehen, während ich mich in meiner Hütte verkrieche und hoffe, dass der Spuk bald vorbei ist?« Er baute sich entrüstet vor Lika auf.

»Aber du musst vernünftig sein.« Sie versuchte ihn zu beschwichtigen. »Du hast doch gehört, wie gefährlich diese Krankheit ist.« Bei dem Gedanken, Milo könnte sich anstecken und womöglich sterben, wurden Likas Knie weich.

Milo zog auf seine eigene, ihr inzwischen so vertraute Art seine linke Augenbraue nach oben und sah zu ihr herunter.

»Es ist ja schmeichelhaft, dass du dich um mich sorgst. Aber ich bin weder alt noch krank. Und ein Kind bin ich auch nicht mehr. Es gibt also keinen Grund, warum ich in Gefahr sein sollte.« Er stockte einen Moment und presste die Zähne aufeinander. Die Muskeln an seinem Kiefer arbeiteten und sein Blick verfinsterte sich, bevor er fortfuhr: »Außerdem fühle ich mich mitverantwortlich für den Ausbruch dieser Krankheit. Ich hätte mich nicht so schnell von dem Professor mundtot machen lassen dürfen. Wenn ich mir mehr Mühe gegeben hätte, wäre es mir vielleicht gelungen, die Impfungen zu verhindern!«

Es war, als hätte Milo einen Eimer kaltes Wasser über Lika ausgeschüttet.

»Du glaubst also, wir wären schuld an diesem Ausbruch?«, flüsterte sie.

Erst jetzt wurde ihm wohl bewusst, dass er mit seinem Vorwurf auch Lika beschuldigte. »Lass uns nicht darüber streiten«, wehrte er jede Diskussion ab. »Darüber können wir immer noch reden. Jetzt gibt es Wichtigeres zu tun.«

Seine Worte taten ihr weh, doch in einem hatte Milo recht. Dies war nicht der richtige Zeitpunkt, um zu klären, wie sie zueinanderstanden.

»Dann lass uns gehen.«

Sie versuchte, ein gleichgültiges Gesicht aufzusetzen und sich nicht anmerken zu lassen, wie sehr seine Worte sie verletzt hatten. Milos Verhalten bestätigte das Gefühl, das sie bereits beim Betreten des erstarrten Dorfes beschlichen hatte.

Sobald die ersten Hütten hinter ihnen lagen und die gespenstische Stille sie umfing, zog Milo sich Schritt für Schritt von ihr zurück. Seine Brauen rückten wieder enger zusammen und wischten die Spuren des offenen, in sich ruhenden Mannes fort, den sie in den letzten Tagen kennengelernt hatte. Selbst der Zwischenfall mit den Nomaden hatte ihn nicht seiner neugewonnenen Leichtigkeit berauben können. Ein Teil von ihr wünschte sich, sie wären noch auf dem Rückweg zum Clan und diese neue Entwicklung hätte die Unbefangenheit zwischen ihnen nicht verdorben.

Wie Milo vermutet hatte, war in der Ratshütte ein Krankenlager errichtet worden. Die Betten standen in drei Reihen beieinander. Bis auf einige wenige beherbergte ein jedes einen Schwerkranken. Ihre regungslosen Konturen zeichneten sich unter den dicken Wolldecken ab. Eine alte Frau versuchte sich aufzurichten. Es schien, als kostete sie selbst diese kleine Bewegung all ihre Kraft. Ein paar Betten weiter jammerte ein Kleinkind leise vor sich hin. Es lag matt in den Armen seiner Mutter. Mitfühlend betrachtete Lika das ausgemergelte Gesicht der jungen Frau. Dunkle Schatten zeichneten sich unter ihren Augen ab, als hätte sie seit Tagen nicht mehr geschlafen.

Die Krankenpfleger huschten lautlos durch die Reihen. Einer hockte sich neben einen der Patienten, um ihm etwas – wahrscheinlich einige Tropfen Medizin – auf einem Löffel zu verabreichen. Ein anderer mühte sich, einem Kind etwas aus einer Schüssel einzuflößen.

Lika entdeckte Edirah bei dem offenen Kamin am anderen Ende der Hütte. Über dem knisternden Feuer hing ein großer Kessel an einer Eisenkette. Sie schöpfte dampfendes Wasser in eine Schüssel. Mit dem Finger testete sie die Temperatur und fügte anschließend Kräuter und Pulver aus Leinensäckchen hinzu. Sie hob den Kopf und erblickte Lika und Milo am Eingang der Hütte. Erleichterung huschte über ihr müdes Gesicht.

»Keylin hat uns schon informiert«, begrüßte Lika ihre Freundin. »Wie können wir helfen?«

Edirah brauchte nicht lange zu überlegen. »Der Professor ist zu einem neuen Notfall gerufen worden.« An Milo gewandt fügte sie hinzu: »Es ist Sehlem. Ihn scheint es nicht so stark erwischt zu haben wie manch anderen«, beeilte Edirah sich hinzuzufügen. »Trotzdem wäre es gut, wenn du zu ihm gehen würdest. Der Professor ist allein los, weil wir hier niemanden entbehren konnten. Er wird sich sicher über deine Hilfe freuen, besonders, weil er im Anschluss nach weiteren Kranken sehen wollte.«

Milo ließ sich nicht lange bitten. Sobald er die Hütte mit einem letzten Blick auf Lika verlassen hatte, deutete Edirah auf die Schüssel.

»Ich war gerade dabei, einen Aufguss für heiße Wickel zu machen. Wenn du das übernehmen würdest, könnte ich mich schon um die nächste Sache kümmern.«

Sie führte Lika zu einem Mädchen, dessen Körper vor Fieber glühte. Lika hatte es vor ihrem Aufbruch zu dem Bergclan bei den Impfungen kennengelernt. Es hieß Sol und war noch keine vier Jahre alt. Seine Mutter hatte vor Kurzem ein zweites Kind bekommen. Einen süßen Jungen, der Lika mit seinen blauen Augen und dem zahnlosen Lächeln verzaubert hatte. Jetzt war von dem lebenslustigen Mädchen keine Spur mehr zu sehen. Es schaute den beiden Frauen aus glasigen Augen entgegen. Lika hatte nicht den Eindruck, als würde die Kleine ihre Umgebung wahrnehmen.

»Wie lange liegt sie schon so da?«

»Heute ist der dritte Tag.« Edirah strich dem Mädchen die schweißnassen Locken aus dem Gesicht. »Unser größtes Problem ist, dass alle Arzneimittel, die uns zur Verfügung stehen, wirkungslos sind.« Edirah richtete sich auf und Lika sah den resignierten Ausdruck in ihrem Gesicht. »Mittlerweile ist sie völlig apathisch. Sie wird immer schwächer. Wir müssen dieses verdammte Fieber senken!«

Lika legte Sol die Hand auf die Stirn und anschließend in den Nacken.

»Sie ist extrem heiß. Bestimmt über vierzig Grad. Mit den Wadenwickeln müssen wir vorsichtig sein, sonst kollabiert sie. Ich werde mit einer Waschung anfangen. Das drückt die Temperatur hoffentlich etwas nach unten.«

Edirah nickte zustimmend. »Dazu fehlte mir bisher leider die Zeit«, sagte sie.

»Du siehst aus, als würdest du jeden Moment zusammenbrechen. Du solltest dich ausruhen. Und wenn es nur für eine Stunde ist«, forderte Lika sie auf. »Es sieht doch so aus, als wären im Moment genug Helfer hier.«

»Eigentlich ist dafür keine Zeit, aber es stimmt schon. Ich bin mittlerweile am Ende.« Edirah deutete Richtung Feuerstelle. »Die Frauen haben heute Morgen eine Suppe gebracht. Ich hänge den Topf nur noch über das Feuer, dann ruhe ich mich aus. Versprochen. Aber nur für eine Stunde.«

Es war bereits Abend geworden, als Edirah wieder neben Lika auftauchte. Diese hatte stundenlang bei der Kleinen gesessen und unermüdlich versucht, das Fieber zu bekämpfen. Aber nichts, weder die Waschungen noch Wadenwickel oder fiebersenkende Tropfen hatten zum ersehnten Erfolg geführt. Lika war ratlos. Dazu steckte ihr noch der lange Heimweg in den Knochen. Eine Zeitlang hatte das Adrenalin in ihrem Blut dafür gesorgt, dass sie von ihrer Müdigkeit nichts gespürt hatte. Aber je weniger Möglichkeiten ihr blieben, Sol zu helfen, desto mehr machte sich ihre eigene Erschöpfung bemerkbar. Sie wusste nun, warum Edirah so verzweifelt ausgesehen hatte. Diese Hilflosigkeit war kaum zu ertragen.

»Ich habe alles getan, was ich konnte. Sie spricht auf keine Behandlung an.« Lika hatte Sol sogar heimlich eine Injektion mit Antibiotika aus der Neuen Welt verabreicht. Die Wirkung sollte längst eingesetzt haben, stattdessen schien das Fieber weiter zu steigen. Es schien sich eindeutig um einen viralen Infekt zu handeln. »Keinen einzigen Löffel Suppe habe ich ihr einflößen können.« Ihr Blick fiel auf die

Hand des Mädchens, die unter der Decke hervorlugte. Lika strich über die zarten Finger. »Ihr ganzer Körper ist mit einem roten Ausschlag übersät.«

»Der Ausschlag beginnt immer am Oberkörper«, sagte Edirah. »Er breitet sich bis zu den Armen und Beinen aus. Dann kommen Kopfschmerzen und starker Schwindel. Und anschließend das Fieber.«

Die beiden sahen auf das kranke Mädchen hinunter. Es lag nun mit geschlossenen Augen regungslos in seinem Bett. Auf der Stirn hatten sich erneut Schweißperlen gebildet. Die Atmung war flach. Das leichte Heben und Senken des Brustkorbs war kaum wahrnehmbar.

»Ich fühle mich so furchtbar hilflos, Edirah.« Likas tränenerstickte Stimme war kaum mehr als ein Flüstern.

Edirah legte Lika tröstend eine Hand auf die Schulter. »Wir können jetzt nichts weiter für Sol tun, als zu hoffen. In dieser Nacht wird sich entscheiden, ob sie die Krise übersteht.«

In Lika brodelte es. Erwartete der Professor wirklich, dass sie einfach hier herumsaß und zuschaute, wie diese süße Kleine dahinsiechte? Sie würde das Mädchen zum Shuttle bringen und sie dort in die Meditec legen. Natürlich müssten sie im Dorf dann einiges erklären. Aber das würden sie schon hinbekommen. Unter diesen Umständen durften sie ihre wahre Herkunft nicht länger verbergen. Denn war es das Leben dieses Mädchens nicht wert, ihr bisheriges Vorgehen zu überdenken? Hatten sie und jeder andere der Erkrankten nicht ein Recht auf uneingeschränkte Hilfe?

Likas Hilflosigkeit wandelte sich in Wut. Wie gerufen öffnete sich die Eingangstür und ihr Mentor betrat in Begleitung von Milo die Hütte. Lika sprang auf und lief auf den Professor zu.

Nachdem sie sich vergewissert hatte, dass es Sehlem und den anderen Erkrankten den Umständen entsprechend gut ging, zog Lika ihren Mentor mit sich in die hintere Ecke der Hütte. Milo sah sie verwundert an, ging aber zu Edirah hinüber.

»Wir müssen etwas unternehmen!« Lika redete im Flüsterton auf ihren Mentor ein. »Wir können nicht einfach danebenstehen und zusehen, wie diese Menschen hier sterben. Wir haben im Shuttle unsere Meditecs. Auch wenn wir kein Mittel gegen das Virus haben. Vielleicht haben die Menschen eine bessere Überlebenschance, wenn wir sie mit unseren Gesundheitsscannern behandeln.«

Der Professor schüttelte entsetzt den Kopf. »Bist du wahnsinnig, das auch nur in Betracht zu ziehen?« Mit einem raschen Blick vergewisserte er sich, dass sie beide außerhalb der Hörweite Anderer standen. »Wir sind an unser oberstes Gebot gebunden. Und das lautet, unsere Welt zu beschützen. Dazu gehört auch, dass niemand von ihr erfahren darf. Und das weißt du!« Er fasste Lika an den Oberarmen und strich beruhigend auf und ab. »Du bist erschöpft. Und dass dich das Schicksal dieser Menschen nicht kalt lässt, ist verständlich. Aber du kannst dir gar nicht vorstellen, was passiert, wenn die Menschen der Alten Welt mitbekommen, wo wir herkommen. Das würde unser Ende bedeuten. Die Gesellschaft Edens ist bis ins kleinste Detail geplant worden. Jeder nimmt einen ihm vorbestimmten Platz in unserer Gesellschaft ein. Wir können nicht einfach hunderte oder gar tausende Menschen zusätzlich aufnehmen. Wo sollen die hin? Das funktioniert nicht.

Ganz abgesehen davon, dass diese Menschen ihre Viren mitschleppen würden und du weißt, dass wir noch keine zuverlässigen Mittel zur Behandlung dieser Erreger in der Hand haben. Wir können nicht riskieren, auch nur einen Edenbewohner zu verlieren, bloß weil wir die Altweltler vor Gefahren beschützen wollen, die nun einmal zu ihrem Leben dazu gehören.« Der Professor schüttelte entschieden den Kopf. »Nein, es ist noch viel zu früh. Die Sicherheit

Edens steht an oberster Stelle. Wenn wir auch nur einen Schritt von unserem Ziel abweichen, versinkt die gesamte Menschheit wieder in Unterdrückungen und Kriegen.« Die Stimme des Professors wurde sanfter. »Du kennst all die Probleme in der Alten Welt und seit unserer Ankunft hat sich daran nichts geändert. Erst müssen die Viren unschädlich gemacht werden, dazu die ganzen Umweltprobleme. Und da ist auch noch ein weiterer Punkt. Diese Menschen sind noch genauso, wie vor hunderten von Jahren. Ihre eigenen Interessen stehen an erster Stelle. Denke an die Städter! Sie unterdrücken die Unteren Kasten und beuten andere Menschen aus, um selbst bequem und sicher zu leben. Wenn wir den Clanbewohnern von Eden erzählten, würden auch bald die Städter von uns erfahren. Was meinst du, würde dann passieren?«

»Aber das glaube ich nicht.« Noch während sie sprach, fiel ihr die Eifersuchtsszene ein, die sie und Sehlem beobachtet hatten. Sehlem hatte gesagt, dass Liebe und Eifersucht zusammengehörten. Und mehr als einmal hatte Lovis bei Konflikten zwischen den Clanbewohnern vermitteln müssen. Aber hieß das, dass jeder nur seine eigenen Interessen im Sinn hatte? Nein, entschied sie. Das Leben im Dorf war geprägt von gegenseitiger Rücksichtnahme. Mehr als einmal hatte sie erlebt, dass die Menschen sich gegenseitig halfen, für den anderen dachten. Allerdings hatte sie auch eine andere Seite des Lebens in der Alten Welt kennengelernt. Wenn sie daran dachte, wie kurz Milo davor gewesen war, als Unfreier bei den Städtern zu landen, schauderte es sie. Dennoch …

»Der Clan verzichtet bewusst auf viele technische Möglichkeiten. Sie leben im Einklang mit der Natur, weil sie sich der Schuld ihrer Vorväter bewusst sind. Wie wir tun auch sie alles in ihrer Macht stehende, damit sich so etwas wie im einundzwanzigsten Jahrhundert nicht wiederholt. Und natürlich gibt es Konflikte zwischen den Bewohnern.

Aber ich habe gesehen, dass sie diese gemeinsam lösen. Daran kann ich nichts Gefährliches entdecken. Dafür gehört die Liebe zu ihrem Leben. Wir leben bewusst ohne diese Emotionen, damit wir uns als Gemeinschaft empfinden, für die wir denken und leben. Aber manchmal denke ich, dass der Preis für unseren Frieden zu hoch ist, wenn wir dafür ohne Liebe leben.«

Der Professor schnaubte belustigt. »Ach Lika. Diese Art der Liebe ist nur eine Illusion. Und glaube mir, sie ist es nicht wert. Dieses Gefühl kann dazu führen, dass du alles verlierst, was dir wichtig ist. Sogar dich selbst. Und wir lieben ja auch, aber ohne den körperlichen Aspekt. Die Nächstenliebe ist so viel stärker und wichtiger als die vergänglichen Gefühle zwischen zwei Menschen, die für einen Moment glauben, sie könnten nicht ohneeinander glücklich sein.«

Lika schüttelte wie in Trance den Kopf. Ihr Zorn war verpufft. Fassungslos starrte sie den Professor an.

»Aber sollte eben diese Nächstenliebe nicht unser Antrieb sein? Wenn wir die Möglichkeit haben, auch nur ein einziges Menschenleben zu retten, haben wir dann nicht auch die Pflicht, es zu tun?«

Der Professor schüttelte den Kopf. Er betrachtete sie, als spräche er mit einem Kind, das schwer von Verstand war.

»Ein einzelnes Leben ist nur dann für dich von Bedeutung, wenn du den Menschen kennst, eine Beziehung zu ihm hast. Ein namenloses Gesicht hätte nie die Kraft, dich so aufzuwühlen. Aber keine Angst. Nach und nach vergisst du erst das Gesicht des Mädchens und dann irgendwann auch seinen Namen. Und dann wirst du wieder klar sehen können. Es wird für dich keinen Zweifel mehr daran geben, dass es richtig ist, das Wohl unserer Gesellschaft über das Leben eines einzigen Menschen zu stellen.« Lika wollte protestieren, aber in diesem Moment erschien Milo.

»Komm schnell. Es ist Sol.«

Gemeinsam rannten sie zu dem Bett der Kleinen. Edirah saß auf der Kante des Holzgestells und strich die Decke des Mädchens glatt. Ohne aufzusehen, verkündete sie tonlos: »Sie hat es nicht geschafft. Sie ist tot.«

Der Raum begann sich um Lika zu drehen. Hilfesuchend klammerte sie sich an Milos Arm fest.

»Ich bringe dich nach draußen«, raunte er ihr ins Ohr.

Er führte sie aus der Hütte über den Dorfplatz bis hinter ein Holzlager. Im Schutz der Dunkelheit zog er Lika in seine Arme. Er hielt sie an sich gedrückt. Ihr Körper zitterte und ihr Kopf war leer. In ihrem Herzen setzte sich ein stechender Schmerz fest. Er nahm ihr die Luft zum Atmen. Sie schlang die Arme um Milo. Erst als die ersten Tränen ihre Wange herabliefen, löste sich ihre innere Starre und sie konnte wieder atmen.

Milo wartete geduldig. Es schienen Stunden zu vergehen, bis ihr Tränenstrom versiegte. Unter ihrer Wange spürte sie den durchfeuchteten Stoff von Milos Hemd. Er raunte ihr tröstende Worte zu. Geistesabwesend nestelte Lika hinter Milos Rücken an dem Armband, das er für sie geschnitzt hatte. Nach einer Ewigkeit richtete sie sich auf. Auch auf Milos Wangen zeichneten sich die Spuren getrockneter Tränen ab. Seine Augen waren gerötet. Sie hielten sich noch eine Weile wortlos im Arm, bis Lika ruhiger wurde. Lediglich der Schmerz blieb.

»Meinst du, du bist jetzt in der Lage, zu Sols Mutter zu gehen? Wir müssen ihr die traurige Nachricht überbringen. Oder soll ich das allein machen?«

»Nein. Ich komme mit.« Sie straffte ihre Schultern und schniefte. »Das bin ich Sol schuldig.«

Es war das Schwerste, was Lika in ihrem bisherigen Leben tun musste – der jungen Frau gegenüberzustehen, von dem Tod ihres ältesten Kindes zu berichten, sie tröstend im Arm zu halten, wo Lika selbst es doch noch vor wenigen

Minuten gewesen war, die auf diese Weise Trost empfangen hatte. Das Leid der Frau verstärkte den Schmerz in Likas Brust aufs Neue.

Das Leben im Clan war geprägt von Verbundenheit und gegenseitiger Anteilnahme. Es dauerte nicht lange und der Tod des kleinen Mädchens hatte sich herumgesprochen. Auch wenn die Clanbewohner den Kontakt zueinander mieden, so lange die Gefahr bestand, sich gegenseitig mit dem Virus anzustecken, trafen wenig später die Großeltern des toten Mädchens und eine junge Frau ein. Milo erzählte Lika, dass es sich bei der zierlichen Clanbewohnerin um die engste Freundin von Sols Mutter handelte.

Lika beobachtete, wie die drei Sols Mutter in die Arme schlossen, bevor sie sich in die enge Hütte zurückzogen. Ohne viele Worte zu verlieren, woben sie ein Netz aus Fürsorge und Wärme um die junge Frau und ihr Baby.

Milo griff nach Likas Hand. »Lass uns gehen. Wir werden hier nicht mehr gebraucht.«

Lika wunderte sich über Milos verschlossenen Gesichtsausdruck. Es wirkte, als versuchte er, seine Gefühle erneut hinter einer emotionslosen Maske zu verbergen. Allerdings mit wenig Erfolg. Oder fiel es nur Lika auf, dass sich um seinen Mund harte Linien abzeichneten? Dass seine Augen gefährlich glitzerten?

Sobald die Tür hinter ihnen ins Schloss fiel, stellte Lika ihn zur Rede.

»Was ist mit dir? Hat dich irgendetwas dort drinnen verärgert?«

»All dieses Leid und die Verzweiflung zu sehen, macht mich so wütend!«

»Wütend?«, fragte Lika überrascht.

»Ich weiß, du möchtest das nicht hören. Aber ich bin mir sicher, dass alles, was hier gerade passiert, mit dem Professor und seinen Impfungen zusammen hängt … mit euren Impfungen«, verbesserte Milo sich nach kurzem

Zögern. »Es ist wie schon so oft. Der Professor kommt, führt seine Impfungen durch und kurze Zeit darauf erkranken Dorfbewohner. Nur dass es dieses Mal schlimmer ist als jemals zuvor.«

»Das sind doch alles Vermutungen. Du hast keinen einzigen Beweis. Und ich weiß, dass an deinen Vorwürfen nichts dran sein kann«, empörte sich Lika. »Ich kenne den Professor. Er ist wie ein Vater für mich und ich vertraue ihm. Wenn du behauptest, wir hätten Schuld an dieser Epidemie, beschuldigst du uns auch, verantwortlich für Sols Tod zu sein. Das ist, als würdest du sagen, ich hätte Sol umgebracht!« Likas Stimme überschlug sich. Wenn jetzt jemand wütend war, dann sie.

Milo hingegen wirkte nun ruhig und rational.

»Es tut mir leid. Ich hätte nicht davon anfangen sollen. Das war ganz sicher der denkbar schlechteste Zeitpunkt für diese Diskussion. Vergiss, dass ich das gesagt habe.«

»Du knallst mir so eine bösartige Behauptung an den Kopf und dann soll ich das einfach vergessen und so tun, als hättest du nichts gesagt? Wie denkst du dir das? Ich dachte, du würdest mir vertrauen.«

»Dir ja. Aber dem Professor? Niemals!« Milos verächtliches Schnaufen verletzte Lika.

»Wie kannst du so etwas sagen? Du stellst mich als naives Dummerchen hin.«

Ihre aufgewühlten Gefühle machten es Lika unmöglich, Klarheit zu bekommen. Sie hätte schreien können. Sie hatte wirklich gedacht, zwischen ihr und Milo wäre etwas Besonderes entstanden. Aber wenn er ihr so etwas Furchtbares zutraute, kannte er sie kein bisschen. Egal, was sie zu ihrer Verteidigung sagte, er würde ihr doch nicht glauben.

»Es hat ja eh keinen Zweck«, schleuderte sie Milo enttäuscht entgegen, bevor sie sich umdrehte und ging.

»Davonlaufen ist auch keine Lösung«, hörte sie Milo hinter sich herrufen.

Aber gerade jetzt konnte er ihr mit seiner zur Schau gestellten Überlegenheit gestohlen bleiben.

Nach einer Weile erreichte sie den kleinen Bach, der am Rande des Dorfes vorbeifloss. Die sanften Wellen glitzerten im Mondschein. Lika blieb stehen und zwang sich, tief durchzuatmen. Sie musste zu ihrer berühmten sachlichen Herangehensweise zurückfinden, mit der sie sich jedem noch so kleinen Problem stellte. Seit sie hier war, erkannte sie sich selbst nicht wieder. Diese Achterbahnfahrt der Gefühle laugte sie aus. Innerhalb eines Wimpernschlags von tiefem Schmerz und Trauer zu ohnmächtiger Wut. Das war einfach zu viel.

Lika setzte sich an das Ufer und starrte auf die silbrige Wasseroberfläche. Sie zog das Armband unter dem langen Ärmel ihres Oberteils hervor und strich über den hölzernen Anhänger. Der Kopf des Luchses schmiegte sich an ihre Haut. Das warme Holz unter ihren Fingerspitzen und das leise Rauschen des Baches glätteten ihre aufgerichteten Nervenenden. Allmählich legte sich der Gefühlssturm, und sie konnte wieder klar denken.

Der Streit mit Milo machte sie traurig. Er hatte sich in ihr Herz geschlichen. Wenn er bei ihr war, fühlte sie sich lebendig. Aber umso schlimmer war es für sie, wenn sie aneinandergerieten. Dann fühlte Lika sich, als würde sie von einer tonnenschweren Last erdrückt werden.

Ein erster leiser Zweifel meldete sich. Konnte doch etwas an Milos Behauptung dran sein? Natürlich glaubte sie nicht, dass der Professor das Leben der Clanbewohner absichtlich aufs Spiel setzen würde. Aber vielleicht hatte sich das Immunsystem der Menschen in der Alten Welt aufgrund der unterschiedlichen Lebensweisen verändert.

Und womöglich lösten die Impfungen Nebenwirkungen aus, die der Professor nicht vorhersehen konnte?

Lika griff nach einem Stock, der im Gras neben ihr lag, und zeichnete damit Wellenbilder in das Wasser.

Die letzten Tage waren so angefüllt gewesen, dass sie nicht die Ruhe gehabt hatte, über ein weiteres Problem nachzudenken. Sie hatte noch niemandem davon erzählt. Dem Professor nicht und auch nicht Milo. Seit ihrem ersten Traum und dem Erlebnis mit dem Luchs begann sich der Nebel, der ihre Erinnerungen verschleierte, nach und nach zu lichten. Mittlerweile sah sie das Bild eines rot getigerten Katers ganz klar vor sich. Sein Name war Malcom gewesen. Sie erinnerte sich wieder. Er hatte bei ihr gelebt. Aber was war geschehen? Warum war er verschwunden, aus ihrem Leben und aus ihrem Gedächtnis? Und dann diese junge Frau. Sie sah etwa so alt wie Lika aus, wenn man das von einer Alterslosen sagen konnte. Bilder von ihr blitzten wie Schnappschüsse aus dem Nichts vor ihrem inneren Auge auf. Es passierte unangekündigt. Während des Essens, wenn sie sich die Schuhe zuband, einmal sogar, als sie an Sols Krankenbett gesessen hatte. Das namenlose Gesicht grinste sie an. Aus den grünen Augen lachte der Schalk. Ihre Haare waren leuchtend rot. Mal standen sie wirr in alle Richtungen ab. Dann wieder waren sie schulterlang und schmiegten sich eng um ihr hübsches Gesicht. Sie musste witzig sein. Bestimmt auch ein bisschen verrückt. Aber eines wusste Lika genau, vielmehr spürte sie es mit einer unerschütterlichen Gewissheit. Sie waren vertraut und eng miteinander verbunden. Wer war sie also, und warum hatte Lika jemanden vergessen, der ihr so nahestand? Sie musste endlich ehrlich sein und sich eingestehen, dass in der Neuen Welt irgendetwas nicht mit rechten Dingen zuging. Aber wie viel wusste der Professor darüber? Lika konnte ein klärendes Gespräch mit ihm nicht ewig vor sich herschieben. Doch bei der Vorstellung, ihn mit ihren Fragen und Vermutungen zu konfrontieren, wurde ihr mulmig zumute.

Die Wut auf Milo hatte sich gelegt und Platz für ein anderes Gefühl gemacht. Sie schämte sich, die Kontrolle verloren zu haben. So etwas war ihr noch nie passiert. Und wenn sie ganz tief in sich hineinlauschte, wollte sie nach allem, was heute vorgefallen war, nur bei Milo sein. Hoffentlich würde er ihr verzeihen. Sie fürchtete, mit ihrem kindischen Ausbruch und dem Davonrennen alles unwiederbringlich zerstört zu haben.

[32]

Der Mond war seit ihrer Ankunft zu seiner vollen Größe angeschwollen und erhellte das schlafende Dorf mit mattem Licht. Unsicher blieb sie vor Milos Hütte stehen. Im Inneren brannte kein Licht mehr. Hoffentlich schlief er nicht schon. Sie nahm all ihren Mut zusammen und klopfte.

Ungeduldig wartete sie, doch nichts rührte sich. Sie hob die Hand, um erneut gegen das Holz zu schlagen, als die Tür aufschwang und ein verschlafener Milo vor ihr stand. Seine schwarzen Haare waren zerzaust und auf seinen Wangen zeichneten sich dunkle Bartstoppeln ab. Bis auf die Hose, die ihm lose auf den Hüften saß, war er unbekleidet. Er starrte überrascht auf Lika herunter und trat dann wortlos einen Schritt zur Seite, um sie einzulassen. Nervös knabberte sie an ihrer Unterlippe. Doch dann gab sie sich einen Ruck und schaute zu ihm auf.

»Es tut mir leid, wie ich vorhin reagiert habe. Und dass ich einfach weggelaufen bin, anstatt mit dir zu Ende zu diskutieren.« Hilflos zuckte sie mit den Schultern. »Deine Anschuldigung hat mich so wütend gemacht, dass ich nicht mehr vernünftig denken konnte.« Sie trat einen Schritt auf Milo zu. »Du hast recht. Der Zeitpunkt der Epidemie ist eigenartig. Dafür gibt es bestimmt eine Erklärung, aber …«, fügte sie mit Nachdruck hinzu, als Milo einen Einwand erheben wollte, »… ich möchte nicht, dass das Thema zwischen uns steht. Lass uns morgen die alten Aufzeichnungen heraussuchen. In den Krankenakten werden wir bestimmt etwas finden, das deinen Verdacht bestätigt. Oder eben nicht.«

Milo nickte. Er hatte bisher noch kein Wort gesprochen. Fragend zog er seine linke Augenbraue hoch, als spürte er, dass Lika noch nicht fertig war.

»Das mit Sol macht mich so unendlich traurig. Ich möchte heute Nacht nicht allein sein. Kann ich bei dir bleiben, bitte?«

Milo zog sie langsam zu sich. »Ich bin immer da, wenn du mich brauchst. Daran darfst du niemals zweifeln. Und wenn wir uns streiten, ist das nicht schlimm, solange wir das zwischen uns wieder in Ordnung bringen, okay?« Eindringlich sah er sie an. »Versprich mir, nie wieder davonzulaufen. Du musst dich den Problemen stellen und sie lösen.«

Lika schmiegte sich an ihn und zog mit der Fingerspitze seine Braue nach.

»Versprochen.« Sie stellte sich auf die Zehen und hauchte einen Kuss auf seine Lippen. »Kannst du mich heute Nacht einfach nur halten? Mir ist so furchtbar kalt. Ich muss spüren, dass du da bist. Geht das?«

Milo zögerte kurz.

»Aber du bist dir unserer Abmachung bewusst, oder? Wir waren uns einig. Zwischen uns kann nichts sein, außer Freundschaft.«

»Ich wünschte, es wäre anders, aber ich sehe das genauso«, bestätigte Lika.

Lika kuschelte sich eng an Milo heran. Er zog die Decke um sie und schloss sie in seine Arme.

»Ich weiß nicht, wie ich so schlafen soll«, meinte er

zähneknirschend. »Aber ich bin ja schon für Kleinigkeiten dankbar. Ehrlich.«

Lika grinste versteckt. Ihr Kopf lag auf Milos Brust und sie lauschte seinem gleichmäßigen Herzschlag. Versonnen strich sie über seine Haut. Mit einem Knurren griff er nach ihrer Hand und hielt sie fest.

»Nun schlaf endlich, bevor die Nacht vorbei ist.«

Als Lika erwachte, war es bereits hell draußen. Milo lag eng an ihren Rücken geschmiegt. Sie lächelte selig, bis ihr die Ereignisse des vergangenen Tages wieder einfielen und ihrem Glücksgefühl einen Dämpfer verpassten.

In der Ratshütte informierte Edirah die beiden, dass der Höhepunkt der Epidemie überstanden sei. Bis auf Sehlem hatte es seit zwei Tagen keinen neuen Krankheitsfall mehr gegeben. Den Patienten in ihrer Obhut ging es besser. Seit letzter Nacht befand sich niemand mehr in einem lebensbedrohlichen Zustand. Natürlich bedurfte es noch einiger Pflege, bis alle wieder in ihre eigenen Hütten zurückkehren konnten, aber wenn nichts Unvorhergesehenes geschähe, war das nur noch eine Sache von Tagen. Sols Tod war der traurige Abschluss der Krankheitswelle gewesen.

Da dem Professor und Edirah genügend freiwillige Helfer zur Versorgung der Patienten zur Verfügung standen, bot sich Milo und Lika früher als erhofft die Gelegenheit, ihren Plan in die Tat umzusetzen. Die Tür zum Archiv befand sich im Inneren der Ratshütte gleich neben dem Ausgang. Unauffällig sah Lika sich nach dem Professor und den anderen Anwesenden um.

»Wir müssen den richtigen Moment abwarten. Der Professor darf nicht mitbekommen, dass wir ins Archiv gehen. Sonst erfährt er, was wir vorhaben.«

Milo pflichtete ihr bei. Auch er hatte wohl kein Interesse an einer Konfrontation mit Likas Mentor.

Es gestaltete sich einfacher, als gedacht, unbemerkt in den runden Anbau zu schlüpfen. So früh am Morgen waren alle Helfer damit beschäftigt, Medizin zu verabreichen, Frühstück auszuteilen, die Kranken zu waschen oder ähnliche Tätigkeiten auszuführen.

Im Archiv war es schummerig wie immer. Lika sah sich in dem vertrauten Raum um. Hier hatte sie endlose Stunden in Sehlems Gesellschaft verbracht, hatte die Chronik gewälzt, Krankenberichte studiert, Akten vervollständigt, während Sehlem auf seinem Stuhl das eine oder andere Nickerchen gehalten hatte, erinnerte Lika sich schmunzelnd. Sie durfte auf keinen Fall vergessen, sich von dem liebenswerten Kauz zu verabschieden, bevor sie mit dem Professor in ihre Welt zurückkehrte. Dann könnte sie sich auch gleich persönlich davon überzeugen, dass er wieder auf dem Weg der Besserung war.

Zielgerichtet ging Lika die hohen Regalreihen entlang. Die dicken Bände der Clanchronik standen chronologisch geordnet im hinteren Teil der Bibliothek.

»Ich denke, wir sollten in der Gegenwart beginnen und dann in der Zeit zurückgehen.«

Sie zog drei dicke Bücher hervor und legte sie auf den runden Tisch unterhalb des Fensters.

Derweil schaute Milo sich interessiert in dem großen Raum um.

»Es ist schon eine Ewigkeit her, seit ich zum letzten Mal hier war. Doch dieser Geruch ist unverwechselbar. Er weckt alte Erinnerungen.« Auf Likas fragenden Blick hin erläuterte er: »Als wir Kinder waren, hat mein Vater mich und meinen Bruder oft hierher mitgenommen. Er hat Sehlem im Archiv geholfen. Eigentlich sollte er die Stelle als Archivar nach Sehlems Tod übernehmen, aber dann ist ihm leider sein eigener Tod dazwischengekommen.«

Lika hörte die Verbitterung in Milos Stimme. Wie schon so oft wunderte sie sich, wie die Clanleute mit dem Tod eines Menschen zurechtkamen, der ihnen viel bedeutet hatte. Den sie vielleicht sogar geliebt hatten. Worin bestand der Unterschied darin, jemanden zu mögen, ihm nahezustehen oder gar zu lieben? Lika kannte die Antwort auf diese Frage nicht. Warum war das so? Und wann konnte man davon sprechen, einen Menschen zu lieben? Sie wusste, dass ihr Kater Malcom ein wichtiger Teil in ihrem Leben gewesen war. Aber als er dann fort gewesen war, hatte sie ihn nicht vermisst. Diese Frau, deren Bild Lika ständig verfolgte – Oclay!, fiel ihr plötzlich siedend heiß ein – war ihre Freundin gewesen. Daran erinnerte sie sich wieder. Sie hatte gern Zeit mit Oclay verbracht. Hatte sich gefreut, sie zu sehen. Sie hatten sich blind verstanden, bis Oclay plötzlich so merkwürdig geworden war. War das Liebe, wenn ein Mensch einem näher stand als jeder andere? Und was war mit Milo? Sie dachte ständig an ihn, sehnte sich nach seiner Nähe, vermisste ihn, wenn er nicht bei ihr war. Es kribbelte in ihren Fingern, ihn zu berühren. Sie wollte ihn schmecken. Bei dem bloßen Gedanken an ihn spielte ihr Magen verrückt und ein süßes Sehnen schoss durch ihren Unterleib. Die Vorstellung, ihn schon bald nicht mehr sehen zu können, war schier unerträglich. War das Liebe?

Diese Gedanken führten zu nichts. Sie bewirkten nur, dass sie sich elend fühlte.

»Wie ist dein Vater denn gestorben?«, fragte sie, um sich auf andere Gedanken zu bringen.

»Er ist nach einem Besuch des Professors krank geworden, so wie ein paar andere auch. Er war allerdings der Einzige, der nicht wieder gesund wurde. Finn und ich waren noch klein. Erst elf und zwölf Jahre alt. Sehlem nahm uns danach bei sich auf. Er war allein. Wir waren allein. Es funktionierte ganz gut.«

Lika war starr vor Schock. Das war also der Grund für seine unterdrückte Wut auf den Professor.

»Es tut mir leid«, brachte sie mühsam hervor. Umso mehr hoffte sie, dass sich Milos Verdacht nicht bestätigen würde.

»Schon gut. Ist ja auch schon lange her.«

Jeder griff sich einen Band der Chronik und begann, ihn durchzuarbeiten. Auf einer Liste führten sie sämtliche Krankheiten auf, an denen mehrere Menschen gleichzeitig erkrankt waren. Peinlich genau vermerkten sie Symptome, Verlauf und, wenn vorhanden, Todesfälle, die mit diesen Erscheinungen im Zusammenhang standen. Dazwischen zeitlich eingeordnet markierten sie die Besuche des Professors.

»Wenn die Krankheit maximal drei Wochen nach dem Besuch ausbricht, müssen wir später noch überprüfen, ob die entsprechenden Personen zuvor geimpft wurden.«

Lika hatte sich gerade einen neuen Band aus dem Regal geholt. Mittlerweile hatte sie sich so weit vorgearbeitet, dass sie nun Einträge las, die mehr als fünfzehn Jahre zurückdatiert waren. Sie hielt sich nicht lange bei den einzelnen Vermerken auf. Lika wusste, dass sie nur wenig Zeit haben würden, Milos Verdacht nachzugehen. Der Professor half heute noch bei der Versorgung der Kranken, aber spätestens morgen würde er nach Hause zurückkehren wollen. Sie verdrängte den Gedanken an den baldigen Abschied. Je schneller sie diese Recherche erledigten, desto mehr Zeit könnte sie mit Milo verbringen.

Dann entdeckte Lika einen Eintrag, der sie stutzen ließ.

»Guck dir das mal an«, rief sie Milo zu.

Er beugte sich über das dicke Buch und las.

»O Mann. Ich kann mich noch gut an diesen Tag erinnern. Ich war damals sechs und Finn fünf. Wir waren fast gleich alt, nur elf Monate auseinander. Die Leute sagten immer, wir seien wie Zwillinge, so ähnlich waren wir uns. Und auch so unzertrennlich.« Er betrachtete versonnen den Eintrag. »Es war Frühling, aber schon fast so warm wie im Sommer. Wir waren den ganzen Tag außer Rand und Band. Vater raubte unser Lärm den letzten Nerv und er schickte uns nach draußen zum Spielen. Es gab immer ein neues Abenteuer für uns zu erleben. Angst kannten wir nicht. Dann entdeckte ich in einem Baum ein Vogelnest. Ich wettete mit Finn, dass er es nicht schaffen würde, dort hinaufzuklettern und ein Ei aus dem Nest zu holen.« Milo lachte leise vor sich hin. »So einer Herausforderung konnte er nicht widerstehen. Er kletterte bis in die Spitze des Baumes. Ich sehe ihn noch vor mir, wie er triumphierend das Ei hochhielt. Es war klein. Die Schale bläulich schimmernd mit braunen Sprenkeln.«

Lika sah den kleinen Jungen deutlich vor sich. In kurzen Hosen. Schwarze Locken, die wirr zu allen Seiten abstanden. Das stolze Glitzern in seinen Augen.

Nach einer kurzen Pause erzählte Milo weiter. Seine Stimme tönte wie von weit her. »Auf dem Weg vom Baum runter rutschte er mit dem Fuß ab. Er stürzte drei Meter tief und brach sich beim Aufprall den rechten Arm. Zum Glück war der Bruch unkompliziert. Er war schon bald wie neu. Aber als es passierte und Finn vor Schmerzen schrie, hatte ich furchtbare Angst. Ich machte mir Vorwürfe. Schließlich war ich der Ältere von uns beiden. Ich hätte auf ihn aufpassen müssen, anstatt ihn zu so einer dummen Mutprobe anzustacheln.«

»Aber du warst doch selbst noch klein. Du kannst doch nicht wirklich denken, dass du für den Sturz verantwortlich warst.«

»Nein, ich glaube nicht, dass ich das war«, meinte Milo nachdenklich. »Obwohl ich mich damals schuldig fühlte.«

So wie Jahre später für Finns Tod, wollte Lika fragen, doch ihr fehlte der Mut.

Stattdessen stellte sie verwundert fest: »Kaum zu glauben, dass der Professor schon damals zu eurem Clan kam.«

»Ja, nicht wahr? Zumal ich ihn schon immer als alten Mann mit weißem Haar und grauem Bart wahrgenommen habe. Es scheint so, als würde er überhaupt nicht älter werden.« Milo schaute Lika durchdringend an. Als erwartete er eine Erklärung von ihr, die er glauben konnte. Doch dann lenkte er ein: »Der Professor ist den meisten im Dorf unheimlich. Sie wissen, dass irgendetwas mit ihm nicht stimmt. Und auch, dass er uns nicht die ganze Wahrheit über seine Herkunft erzählt. Aber sie sind zu der stillen Übereinkunft gekommen, sein Erscheinen im Clan nicht zu hinterfragen. Seit den jährlichen Impfungen sind tatsächlich viele Krankheiten wie Kinderlähmung, Masern und Röteln nicht wieder aufgetreten. Wir leben sicherer seitdem. Und der Preis, den wir dafür zahlen, ist eben, dass wir die Geschichte, die der Professor uns auftischt, schlucken, ohne sie zu hinterfragen.«

Milo sah Lika nun direkt an. Ein eigenartiger Ausdruck lag auf seinem Gesicht.

»Manchmal frage ich mich, ob du in zwanzig Jahren auch noch zu uns kommst. Wie wird das sein? Ich bin dann Anfang vierzig. Sicher habe ich schon graue Haare und Falten im Gesicht. Ich werde nicht mehr so fit sein wie heute.« Und nach einer kleinen Pause fügte er hinzu: »Und du? Wie wirst du dich verändert haben?«

[33]

Lika erstarrte. Es konnte doch nicht sein, dass er sie so schnell durchschaut hatte. Fieberhaft suchte sie nach einer Antwort für Milo, ohne ihre Welt zu verraten. Ohne Milos Vertrauen zu missbrauchen. Ohne ihn belügen zu müssen.

Zu Likas Erleichterung wechselte Milo das Thema. »Ich bin mit meinem Band fertig. Meinst du, dass wir weit genug in den Aufzeichnungen zurückgegangen sind?«

Lika war noch unbehaglich zumute. Aber sie war auch froh, um eine Antwort herumgekommen zu sein.

»Ich denke, das sollte genügen. Lass mich die Chroniken zurückstellen. Dann müssen wir nur noch in den Krankenakten kontrollieren, ob die Erkrankten tatsächlich kurz vor dem Auftreten der ersten Symptome geimpft worden waren.«

Als die Fakten kurze Zeit darauf vor ihnen ausgebreitet lagen, konnte Lika das Offensichtliche nicht länger leugnen. Fast nach jedem Besuch des Professors hatte es im Clan eine Häufung von Erkrankungen mit gleichen Symptomen gegeben. Nicht immer besonders stark, meist harmlos verlaufend. Lika vermutete, dass es sich bei den Fällen um

Impfreaktionen gehandelt hatte. Nichts, was auf irgendeine Art und Weise ungewöhnlich wäre und Grund zur Besorgnis gäbe. Leichtes Fieber und grippeähnliche Symptome, die nach wenigen Tagen ohne Komplikationen abgeklungen waren.

Anders verhielt es sich bei drei Epidemien, die ähnlich dramatisch verlaufen waren wie die gerade erlebte. Die Erkrankungen nach den Impfungen waren ungewöhnlich heftig ausgefallen. Die Betroffenen hatten schließlich hohes Fieber bekommen und sich kurze Zeit später in einem lebensbedrohlichen Zustand befunden. Insgesamt standen auf der Liste mehr als fünfzehn Clanbewohner, deren Tod als Folge einer solchen Reaktion gesehen werden konnte. Likas Verstand sagte ihr, dass diese Fälle nicht auf die üblichen, altbewährten Impfstoffe zurückzuführen waren.

»Wenn du nichts als unmöglich ausschließt, welche logische Erklärung gibt es dann für dich?«, drängte Milo sie.

Es fiel Lika schwer, ihren Verdacht laut auszusprechen. Aber Milo gegenüberzustehen und ihn mit irgendwelchen Ausflüchten abzuspeisen, kam für Lika auch nicht in Frage.

Sie fasste sich ein Herz und gab unumwunden zu: »Ich kann mir diese Reaktionen nur als Folge einer Impfung mit einem nicht ausreichend erprobten Serum erklären. Allerdings kann ich auch nicht ausschließen, dass es hierfür eine andere logische Ursache gibt, die ich nicht kenne. Bevor wir mit Gewissheit dem Professor die Schuld für diese Todesfälle geben können, muss ich mit ihm reden.«

Lika versprach, ihn noch am selben Tag mit ihrem Verdacht zu konfrontieren. Milo stimmte ihr zu, auch wenn in seinen Augen der Fall klar war. Der Professor spritzte den Clanbewohnern irgendein Zeug, das nicht sicher war. Darüber hinaus tat er das, ohne irgendjemanden darüber zu informieren, geschweige denn, um Erlaubnis zu fragen. Lika konnte dem Vorwurf nichts entgegensetzen. Stattdessen bat sie Milo, ihr zu vertrauen.

Bis zum Einbruch der Nacht fand Lika keine Gelegenheit, den Professor mit ihrem Verdacht zu konfrontieren. Entweder befand er sich im Gespräch mit Edirah oder sonst jemandem aus dem Clan oder sie erwischte ihn auf dem Weg zu einem wichtigen Treffen mit Lovis oder er war schlichtweg nicht auffindbar. Unzufrieden brach Lika zu ihrer Verabredung mit Milo auf. Sie hätte das Gespräch mit dem Professor gern hinter sich gebracht. Etwas unerledigt mit sich herumzuschleppen lag ihr nicht. Außerdem hatte sie Milo versprochen, den Professor heute noch zur Rede zu stellen. Hoffentlich würde er ihr glauben, dass sie ihr Möglichstes versucht hatte.

Milo stand unter einer uralten Linde, den Rücken an den mächtigen Stamm gelehnt. Als er Lika entdeckte, trat er aus dem Schatten des Baumes in den silbrigkühlen Schein des riesigen Vollmondes. Lika stockte der Atem und sie schluckte nervös. Er war so unglaublich schön! Warum war ihr das nicht schon früher aufgefallen? Am liebsten wäre sie zu ihm gerannt und hätte sich ihm in die Arme geworfen. Stattdessen lächelte sie Milo nur unsicher an. Wie ein kleines Dummerchen, schalt sie sich, während ihr Herz aufgeregt hüpfte. Milo schien von ihrem inneren Tumult nichts zu ahnen. Völlig entspannt drückte er einen federleichten Kuss auf ihre Lippen, bevor er nach ihrer Hand griff.

»Komm. Ich wollte dir etwas zeigen.«

Er führte Lika in den nahen Wald, den Weg entlang, bis sich die Bäume vor ihnen teilten. Eine kleine Lichtung kam zum Vorschein. Der Mond stand so früh noch tief. Der Schatten des dichten Waldes tauchte die freie Fläche in Dunkelheit. Als sie auf die kleine Wiese hinaustraten, schreckte ein Rehbock. Laut bellend sprang er in hohem Bogen Richtung Dickicht. Milo machte vor einem umgestürzten Baum am Waldrand halt, auf dessen glattem Stamm sie sich niederließen.

»Diese Lichtung ist ein besonderer Ort. Sie ist nicht entstanden, weil Menschen Bäume rodeten. Der Untergrund ist sumpfig, sodass hier keine großen Bäume wachsen. Dafür kann man am Ende des Sommers die schmackhaftesten Blaubeeren pflücken.« Er sah lächelnd zu Lika herunter: »Wenn wir Glück haben, werden wir in wenigen Minuten Zeugen eines der schönsten Naturschauspiele, die die Erde zu bieten hat.«

»Hier?«

Lika war etwas irritiert. Wollte Milo sie auf den Arm nehmen? Was gab es hier schon mitten in der Nacht zu sehen, außer vielleicht die schwarzen Silhouetten der Bäume und Büsche? Er grinste sie verschmitzt an. Ihre Ungläubigkeit amüsierte ihn sichtlich.

»Du musst schon etwas geduldiger sein. Auf die wirklich schönen Dinge im Leben muss man oft warten. Aber glaube mir, es lohnt sich.«

Lika wusste nicht, was sie auf diese kryptische Bemerkung antworten sollte. Also lehnte sie sich stattdessen an Milo und starrte wortlos in die Nacht. Das Schweigen zwischen ihnen war nicht unangenehm. Es gab Lika den Raum, die friedliche Umgebung auf sich wirken zu lassen. Wie aus weiter Ferne drangen vereinzelte Tiergeräusche zu ihnen herüber. Milo hatte einen Arm um sie gelegt und sie noch näher zu sich herangezogen. Warm und geborgen im Arm eines Mannes, der ihr in so kurzer Zeit so sehr ans Herz gewachsen war, wie sie es nie für möglich gehalten hätte.

»Wenn ich hier bei dir sitze, fühle ich mich wie ein anderer Mensch.« Sie sprach leise, um die Nachtruhe nicht zu stören.

»Ich glaube auch nicht, dass du noch dieselbe Frau bist,

die ich vor fast drei Wochen kennengelernt habe«, meinte Milo nachdenklich. »So ist das, wenn man neue Menschen trifft. Sie vergrößern deinen Erfahrungskreis, verändern dich und deinen Blick auf die Welt.«

Lika ließ die Worte auf sich wirken. Sie hätte das Thema damit beenden können. Aber die Umgebung, der Mond und Milos Nähe zwangen sie, auch ihre anderen Gedanken auszusprechen.

»Ich weiß, was du meinst. Auch du bist ein ganz anderer als noch vor ein paar Tagen. Damals war ich ein rotes Tuch für dich. Aber ich glaube, bei mir geht die Veränderung viel tiefer.« Sie holte tief Luft, um sich Mut zu machen. »Das Armband, das ich bei meinem Fall in den Fluss verloren habe …« Lika spürte, dass Milo auffordernd nickte. »… es war viel mehr als nur ein Schmuckstück. In ihm war eine Art Chip verborgen, mit dem ich geortet werden konnte. Er ermöglichte mir, mit dem Professor in Verbindung zu treten, falls notwendig. Es hat auch bis zu einem gewissen Grad meinen Gesundheitszustand überwacht.«

»Ihr seid also noch im Besitz der alten Computertechnik, die die Menschen benutzten, als die großen Katastrophen einsetzten.«

Es war keine Frage gewesen. Eher eine nüchterne Feststellung.

»So ungefähr.«

Mehr konnte Lika nun wirklich nicht preisgeben. Mit den wenigen Fakten hatte sie bereits mehrere Tabus gebrochen. Jede weitere Information wäre ein klares Überschreiten der Grenzen, die ihr vor Beginn ihrer Reise haarklein von Tanara eingetrichtert worden waren.

»Seit ich mein Armband verloren habe, sind eigenartige Dinge passiert. Ich träume. Jede Nacht. Ich habe vorher noch nie geträumt. Erst konnte ich diese Träume nicht einordnen. Verwirrende Fetzen, die mich verängstigten.

Aber nach und nach erinnerte ich mich, und diese Szenen und Gesichter ergaben Sinn.«

Während Lika zögernd erzählte, hörte Milo ihr geduldig zu und unterbrach sie nicht. Derart gestärkt begann sie zu berichten.

»Ich hatte einen Kater. Malcom. Er hatte das weichste Fell, das du dir nur vorstellen kannst. Und wenn er schnurrte, vibrierte meine ganze Hand. Malcom lebte seit vielen Jahren bei mir. Aber dann begann er, sich eigenartig zu verhalten. Wirkte krank. Und plötzlich war er fort. Einfach so. Es war, als hätte es ihn nie gegeben. Weißt du, was ich meine?«

Lika fühlte sich, als würden kleine, wütende Flammen vor ihren Augen tanzen. Bevor Milo etwas erwidern konnte, erzählte sie weiter.

»Er war nicht nur aus meinem Leben verschwunden, sondern auch aus meinem Gedächtnis. Wie konnte das sein? Und dann meine Freundin Oclay. Auch sie veränderte sich. Wahrscheinlich war auch sie krank. Und als sie verschwand, vergaß ich sie ebenfalls. Einfach so, als wäre sie gelöscht worden.« Lika sah Milo ratlos an. »Aber das kann doch nicht sein, oder?«

Milo schüttelte bedauernd den Kopf. »Ich kann dir dafür keine logische Erklärung liefern. Willst du mit dem Professor darüber sprechen?«

»Ich weiß es nicht«, erwiderte Lika leise.

»Ich hoffe, dass du mir irgendwann so weit vertraust, dass du mir alles erzählst. Dann könnte ich dir vielleicht helfen, Licht ins Dunkel zu bringen.«

Wie gern hätte Lika Milo alles erzählt. Es gab so vieles, das sie mit ihm teilen wollte. Aber sie hatte bereits mehr als genug Verbote gebrochen. Milo hatte nur bestätigt, was ihr selbst längst klar war. Das klärende Gespräch mit ihrem Mentor war unumgänglich.

Mit einem überraschten Ausruf riss Milo sie aus ihren düsteren Gedanken.

»Es fängt an, Lika.« Er wies Richtung Sumpf. »Schau!«

Mit ehrfürchtigem Staunen beobachtete Lika, wie immer mehr glühende Punkte auf der Lichtung erstrahlten. Sie begannen einen geisterhaften Tanz, der sie immer höher und höher führte, bis sie sich wie ein Funkenregen am Himmel ergossen.

»Es ist wunderschön«, hauchte Lika. Sie sah Milo an und küsste ihn. »Danke für diesen unvergesslichen Moment.«

In der Hütte herrschte nächtliche Stille. Die letzten Holzscheite glommen im Kamin vor sich hin. Der rot glühende Schein erhellte die Umgebung nur spärlich.

Gut, dass Vollmond ist.

Lika tappte zum Schlafbereich ihrer Mitbewohner. Keylin und Matteo schlummerten friedlich und auch Mora weilte im Reich der Träume. Zumindest vermutete Lika das anhand des leisen Schnarchens, das aus der hinteren Zimmerecke zu ihr herüberdrang. Das Bett des Professors war unbenutzt. Von ihrem Mentor keine Spur.

Was er wohl so spät in der Nacht noch zu erledigen hatte?

Lika beschloss, auf ihn zu warten. Sie wollte sich dem Gespräch so bald wie möglich stellen. Quälende Gedanken kreisten unentwegt durch ihren Kopf. Sie konnte es nicht mehr erwarten, endlich Klarheit zu erlangen. Sie sehnte sich nach dem inneren Frieden, der sie für einen flüchtigen Augenblick auf der Lichtung erfüllt hatte.

Die Minuten zogen sich. Lika machte es sich auf ihrem Bett bequem.

Wer weiß, wann der Professor zurückkehrt.

Während sie in die züngelnde Glut starrte, beschwor sie vor ihrem inneren Auge Milos Bild herauf. Die aufkommenden Fragen beruhigten sich, traten in den Hintergrund. Stattdessen wuchs in Lika eine Sehnsucht, die sie mit einer ganz anderen Art der Unruhe erfüllte. Sie bedauerte, dass sie Milo zurücklassen musste, wenn sie in ihre Welt zurückkehrte. Wie gern hätte sie erkundet, wo diese gegenseitige Anziehung hinführen würde.

Irgendwann in den frühen Morgenstunden verlor Lika den Kampf gegen die Müdigkeit.

Das leise Klappern der Teller weckte sie. Sie sprang aus ihrem Bett. Ein kurzer Blick in die Ecke. Die Schlafstätte des Professors stand unberührt da. Er war in der letzten Nacht nicht mehr heimgekommen.

Mora zog ihre Aufmerksamkeit mit einem fröhlichen »Guten Morgen« auf sich. Die Alte grinste verschmitzt. »Du musst gestern ja sehr müde gewesen sein, dass du vollständig bekleidet auf deinem Bett eingeschlafen bist.«

Lika sah an sich hinunter. Formlos und verknittert wirkten ihre Kleider noch unansehnlicher als ohnehin schon.

Keylin betrat die Hütte. Über ihrem Arm hing ein Stoß sauberer Wäsche.

»Ah. Du bist wach. Dann können wir ja gleich frühstücken.«

Lika machte sich rasch für den neuen Tag frisch, bevor sie sich zu den beiden Frauen an den Tisch setzte.

»Isst Matteo nicht mit uns?«

»Er ist schon vor Stunden los«, erklärte Mora, während sie ihre Schüssel mit dampfendem Brei füllte.

»Und das ist auch besser so«, fügte Keylin kaum hörbar hinzu.

Lika betrachtete ihre Freundin verständnislos. Hatten die beiden sich etwa gestritten?

»Willst du denn gar nichts essen?«, wunderte Lika sich und betrachtete den leeren Teller vor Keylin.

»Ach, ich habe heute Morgen keinen Hunger. Wahrscheinlich ist mein Magen durch diesen kleinen Lindwurm hier auf Erbsengröße zusammengequetscht«, meinte sie. Dabei tätschelte sie ihren riesigen Bauch liebevoll.

»Ich wollte gestern Nacht eigentlich auf den Professor warten, aber wie es aussieht, habe ich mir völlig umsonst die halbe Nacht um die Ohren geschlagen.« Lika goss sich ein zweites Mal von dem heißen Tee ein.

Mora wirkte erstaunt. »Weißt du denn nicht, dass der Professor seit der Epidemie nicht mehr bei uns wohnt? Er ist mitsamt seinen Sachen in die Ratshütte gezogen. Lovis hat dort extra ein Bett für ihn aufstellen lassen.«

»Doch. Eigentlich schon. Aber ich dachte, dass er nach dem Ende der Epidemie wieder zurückgekehrt ist.«

Mora schüttelte den Kopf. Sie beendete ihre Mahlzeit und räumte, emsig wie immer, das schmutzige Geschirr ab. Dann griff sie sich einen leeren Krug und verschwand nach draußen.

Lika sah zu Keylin. Ihr Gesicht war schmerzverzerrt. Doch bevor Lika reagieren konnte, richtete ihre Freundin sich wieder auf und gab vor, es sei nichts geschehen.

»Alles in Ordnung mit dir?«

»Ja, alles bestens.« Keylin beugte sich verschwörerisch zu Lika herüber und fügte leise hinzu: »Bei mir haben heute Nacht die Wehen eingesetzt!«

»Was?«, entfuhr es Lika. »Aber ist das nicht viel zu früh?«

»Nein, nein. Nur knapp drei Wochen und das ist völlig im Rahmen. Aber ich habe noch niemandem davon erzählt. Es kann ja sein, dass es nur Übungswehen sind und sich alles wieder beruhigt. Auf jeden Fall ist es noch viel zu früh, Matteo einzuweihen. Er würde sich nur verrückt machen und mich gleich mit. Das kann ich gerade nicht gebrauchen.«

Lika spürte in sich auch gerade eine leichte Panikattacke anrollen.

»O Mann, o Mann, o Mann. Solltest du dich nicht besser hinlegen? Und auf jeden Fall Mora informieren. Oder besser gleich Edirah!«

Keylins helles Lachen unterbrach Likas Redeschwall.

»Beruhige dich mal. Du bist ja schlimmer als Matteo. Der bekommt auch bei dem kleinsten Zipperlein, das ich habe, einen Anfall.«

»Ah, ja. In Ordnung. Es ist soweit also alles völlig normal? So läuft das, wenn man dabei ist, ein Kind zu bekommen?«

»Jaaah«, bestätigte Keylin lang gedehnt, wobei sie sich ein Grinsen nicht verkneifen konnte.

»Okay. Na dann. Also gut.«

Likas innerer Aufruhr schien sich von Keylins Versicherung nicht beschwichtigen zu lassen. Das hier war ihr alles zu viel. Zu viel Aufregung. Zu viel Sorge. Zu viel Ungewissheit. Sie wollte raus aus dieser Hütte, und zwar schnell. Die Menschen hier waren so ein Ereignis gewohnt. Aber Lika, die vor ihrem Eintreffen im Dorf noch nie eine Schwangere gesehen hatte, war von der Situation überfordert. Vielleicht waren Keylins einsetzende Wehen auch nur der sprichwörtliche Stein, der das Fass zum Überlaufen brachte. In den vergangenen Tagen hatte sich Likas Erfahrungshorizont dramatisch erweitert. Sie hatte gegen Milos Anfeindungen ankämpfen müssen, den Sturz in eisige Fluten überlebt, war dabei gewesen, als Menschen starben, dann noch ihre aufkeimenden Gefühle für Milo. Und schließlich Sols Tod. All das verbunden mit Emotionen, die sie zuvor noch nie erlebt hatte, mit denen sie nie umzugehen gelernt hatte. Mit aller Kraft drängte es Lika nun weg von hier. Sie konnte in dieser Hütte nicht mehr atmen. Die Wände schienen sie plötzlich zu erdrücken.

»Ich muss los. Den Professor suchen. Es ist dringend«, stammelte sie. Sie erhob sich ruckartig von ihrem Stuhl und deutete unbeholfen Richtung Tür.

Keylin, plötzlich ernst, nickte bedächtig. »Es ist alles gut. Kümmere dich um das, was du zu erledigen hast. Wir sehen uns.«

Lika winkte unbeholfen zum Abschied, bevor sie die Hütte fluchtartig verließ.

[34]

Lika fand den Professor im Archiv. Er saß allein an einem Tisch und las in einem dicken, ledergebundenen Buch. Für Lika die Gelegenheit, wenigstens einen Teil dessen, was sie umtrieb, loszuwerden.

»Ich muss mit dir reden«, sagte sie.

Der Professor löste sich von seiner Lektüre und deutete auf den freien Stuhl neben sich, doch Lika schüttelte ablehnend den Kopf. Sie war nervös und hätte es keine Sekunde sitzend ausgehalten. Sie strich sich eine lose Strähne aus dem Gesicht und schloss für einen Moment die Augen. Wo sollte sie am besten beginnen? Die Entdeckung von Milo und ihr war unerhört, sollte ihr Mentor eine logische Erklärung für die scheinbaren Zusammenhänge von Impfungen einerseits und Erkrankungen der Dorfbewohner andererseits vorweisen können. Auch wenn die Wissenschaftlerin in ihr zu dem eindeutigen Schluss gekommen war, dass die Erkrankungen als unmittelbare Reaktion auf zuvor verabreichte Grippeschutzimpfungen zu sehen waren, konnte sie die Möglichkeit, einen wichtigen Baustein in dem Puzzle zu übersehen, nicht außer Acht lassen.

Sie atmete tief ein und schluckte, bevor sie mit fester

Stimme begann: »Ich habe gestern mit Milo im Archiv Krankenakten der letzten Jahre durchgesehen. Meiner Meinung nach deutet alles darauf hin, dass der Ausbruch einiger Krankheiten auf unsere Impfungen zurückzuführen ist.«

Der Professor wirkte nicht schockiert, eher erstaunt. Er erhob sich langsam von seinem Sitz und trat zu ihr. Lika hielt die Luft an. Ihre Handflächen wurden feucht und sie ballte gespannt die Fäuste.

»Milo? Der Milo, der jedes Mal einen Wutanfall kriegt, wenn er uns zu Gesicht bekommt und vor dem ich dich gewarnt hatte?«

Die Stimme des Professors klang beinahe gelangweilt. Konnte es sein, dass ihn ihr Umgang mit Milo mehr interessierte als der Vorwurf, den sie eben geäußert hatte?

»Ja, äh, nein«, stotterte sie, bevor sie ihre Gedanken wieder ordnen konnte. Wieso fing er jetzt mit Milo an und sagte nichts zu dem eigentlichen Kern ihrer Aussage? »Diese Wutanfälle, wie du sie nennst … das ist längst vorbei. Hier geht es um etwas ganz anderes: Mehrere Male traten im Clan zum Teil folgenschwere Epidemien auf, die als Folge unserer Impfungen gesehen werden müssen.«

Während sie dies sagte, zog Lika mehrere Zettel mit den gestern erstellten Notizen aus ihrer Tasche hervor und breitete sie auf dem Tisch aus. Der Professor griff eines der Blätter und warf einen kurzen Blick darauf, bevor er es zurück zu den anderen legte.

»Ich muss wissen, welche Erklärungen es für diese offensichtlichen Zusammenhänge gibt. Unsere Impfstoffe sind altbewährt. Diese Reaktionen passen nicht zu unseren Seren. Die einzige Erklärung, die ich sehe, ist die Verabreichung von neuen, nicht erprobten Stoffen. Aber das kann nicht sein. Wieso solltest du das machen?«

»Lika!« Der Professor legte in einer väterlichen Geste eine Hand auf ihre Schulter. »Deine Forschung dient dazu, eine dauerhaft wirksame Behandlungsmethode gegen die Viren zu entwickeln, gegen die wir keine Heilmittel haben. Und wenn eure Methode so bahnbrechend ist, wie es den Anschein hat, werden wir bald nicht nur Viren der Beta-Kategorie, sondern alle Viren unschädlich machen können. Aber bis dahin kommen sämtliche Impfstoffe, die uns zur Verfügung stehen, den Bewohnern des Clans zugute. Und so, wie wir dieses Jahr erstmalig dem Bergclan geholfen haben, werden wir bald noch viel mehr Menschen schützen können.« Der Professor ließ seine Hand sinken und setzte sich auf die Kante des Tisches. »Doch auch in unserer Welt greifen uns Viren und Bakterien an«, fuhr er fort. »Natürlich sind wir durch Impfungen und die ständigen Kontrollen durch unsere Servunits und Meditecs bestens geschützt. Eine Infektion führt nur selten zu einer Erkrankung. Aber du weißt, dass die Erreger häufig mutieren und wir uns ständig im Wettlauf mit den Viren befinden. Das ist nichts Neues für dich, nicht wahr?«

Er legte eine kurze Pause ein, als wartete er auf ein Zeichen von Lika. Sie wunderte sich, warum er jedes Mal mit denselben Floskeln argumentierte, entschloss sich aber, sich in Geduld zu üben, und nickte zustimmend. Er ließ seinen Arm sinken und trat einige Schritte zur Seite.

»Auch wenn eure neue Strahlentherapie vielversprechend ist, wird es noch eine Weile dauern, bis wir die ersten Tests durchführen können. Und weiterhin bleibt zu hoffen, dass uns diese Viren nicht wieder an der Nase herumführen. Und so lange entwickle ich Seren, die auf dem konventionellen Weg funktionieren. Wir überprüfen sie zuerst klassisch an Tieren, bevor wir zu der letzten Testphase übergehen: der Erprobung an menschliche Probanden.«

»An menschlichen Probanden?«, wiederholte Lika ungläubig. »Du meinst die nichts wissenden Bewohner des Clans!«

»Lika, bevor wir hierhergekommen sind und mit den

Impfungen begonnen haben, sind viele Dorfbewohner nicht älter als zehn, elf Jahre geworden. Die Clanmitglieder sind dankbar für unsere Hilfe, und dazu haben sie auch allen Grund. Wenn ich ihnen nebenbei ein neues Serum verabreiche, hat das in den meisten Fällen keine nennenswerten Auswirkungen. Im darauffolgenden Jahr entnehme ich Speichelproben und kann später anhand der Daten die Wirkungsweise des Impfstoffes untersuchen.« Er wirkte beinahe kindlich begeistert.

Ungläubig starrte Lika ihn an. »Ohne nennenswerte Auswirkungen?« Sie schüttelte den Kopf. »Ich habe mindestens fünfzehn Todesfälle gefunden, die ich auf eine Impfreaktion zurückführe. Frag mal die Familien der Opfer, ob das nicht nennenswerte Auswirkungen waren!«

»Nun komm schon, Lika. Du glaubst doch nicht, dass ich diese Menschen vorsätzlich habe sterben lassen. Einige wenige Male waren die Auswirkungen des Serums völlig unvorhersehbar. Das gebe ich zu. Doch es gab im Vorfeld keinerlei Anzeichen für derart heftige Nebenwirkungen. Sonst hätten wir den Stoff gar nicht erst verabreicht.«

»Und das soll eine Rechtfertigung für euer Vorgehen sein? Du hättest die Dorfbewohner vor die Wahl stellen müssen. Sie haben ein Recht darauf, zu wissen, was mit ihnen geschieht.«

Der Professor klopfte energisch mit den Fingerknöcheln auf die hölzerne Tischplatte. Es wirkte, als würde er allmählich die Geduld mit ihr verlieren.

»Du glaubst doch nicht allen Ernstes, dass auch nur einer zugestimmt hätte. Und es ist für uns wichtig, schnell ein Mittel gegen die Viren zu finden. Du hast keine Ahnung, wie wichtig — überlebenswichtig!« Er schien mit sich zu ringen, als sei er sich unsicher, ob er noch mehr sagen durfte. Doch dann gab er sich einen Ruck und fuhr fort: »Ich werde dir jetzt etwas erzählen, das du noch nicht weißt, und dann wirst du anders über die Sache denken:

Vor einiger Zeit ist auf Eden ein eigentlich harmloser Virus mutiert. Er ist so aggressiv, dass die Erkrankung bei den meisten infizierten Neuweltlern tödlich verläuft.«

Ein entsetztes Keuchen entfuhr Lika. Plötzlich fügten die Puzzleteile sich zu einem Bild zusammen. »Das ist es, was mit Oclay geschehen ist! Sie hat sich auch mit diesem Virus infiziert.«

Der Professor zuckte mit weit aufgerissenen Augen vor Lika weg.

»Woher weißt du …?«

Wortlos schob sie den Ärmel ihrer Tunika nach oben und streckte ihm ihr Handgelenk entgegen. An der Stelle, an der bei ihrer Abreise das Armband gehangen hatte, baumelte nun der Luchskopf an der ledernen Schnur.

»Du hast es verloren? Das hättest du mir sagen müssen …«

»Seit unserer Rückkehr ins Dorf haben sich die Ereignisse überschlagen. Wann hätte ich dir denn von dem Verlust erzählen sollen? Als wir zurückkamen und die Kranken zu versorgen waren? Oder nachdem Sol gestorben war? Es bot sich nie die richtige Gelegenheit und außerdem: ich dachte ja, es sei nur eine harmlose Scanunit, deren Hauptaufgabe es ist, mich vor Infektionen zu schützen. Warum hätte ich annehmen sollen, dass es wichtig wäre, dir sofort von dem Unfall zu erzählen?« Lika schüttelte den Kopf, als ihr die Tragweite der neuen Informationen bewusst wurde. Sie zwang sich, tief durchzuatmen, um nicht die Kontrolle über ihre Emotionen zu verlieren. »Ich habe es auf dem Weg zum Bergclan verloren. Und weißt du, was dann passierte? Ich fing an zu träumen. Und schon bald wurden aus den Träumen Erinnerungen. An Malcom, meinen Kater, an Oclay und andere Dinge. Und etwas anderes veränderte sich: Ich begann zu fühlen. Nicht nur diese in Watte gepackte Freude oder Sorge oder Ungeduld. Ich meine so richtig. Ohne Puffer und Sicherheitsnetz. All die Gefühle wie Angst, Sehnsucht, Liebe, Wut und Trauer stürmten auf mich ein.« Likas Wangen begannen zu glühen. »Weißt du, wie das ist, wenn man so etwas noch nie erlebt hat?«, fuhr sie mit bebender Stimme fort. »Nie gelernt hat, mit so einem Chaos im Kopf und im Bauch umzugehen? Es ist verdammt beängstigend!«

Der Professor starrte Lika fasziniert an. Er sah aus, als hätte er ein neues Forschungsobjekt gefunden und überlegte schon, welcher Versuchsaufbau ihm die meisten Erkenntnisse bringen würde.

»Eigentlich kenne ich die Antwort schon, aber ich muss es aus deinem Mund hören.«

Sie betrachtete ihren Mentor. Er sah aus, als wäre er sich keiner Schuld bewusst. Das also war der Mann, zu dem sie wie zu einem Vater aufgeschaut hatte. Dem sie, ohne zu zögern, ihr Leben anvertraut hätte. Ihre Augen brannten, doch sie unterdrückte die aufsteigenden Tränen und richtete sich zu voller Größe auf, bevor sie die alles entscheidende Frage stellte.

»Nutzt ihr die Servunits dazu, die Erinnerungen und Gefühle der Menschen zu manipulieren?«

»Die Servunits sind wichtig, um ein harmonisches Zusammenleben zu garantieren.« Der Professor sprach, als hätte er ein Kind vor sich. »Du kennst die eigentliche Natur des Menschen nicht. Egal, wie gut es jedem einzelnen geht, Neid, Missgunst und Eifersucht wird es immer zwischen den Menschen geben, und diese Gefühle haben eine so starke zerstörerische Kraft, dass in der Vergangenheit schon ganze Völker wegen ihnen ausgerottet wurden.«

Lika konnte den Anblick des Professors nicht länger ertragen. Sie fühlte sich hilflos und verraten. Und wütend. Die unterdrückten Tränen wollten nun mit aller Macht an die Oberfläche. Lika schluckte, doch es war, als hätte sie eine scharfe Klinge verschluckt, die ihr nun die Kehle von innen aufschnitt.

»Alles nur Ausreden!«, presste sie hervor. »Ihr habt kein Recht …«

In diesem Moment flog die Tür auf und krachte mit einem lauten Knall gegen die Wand. Milo stürmte mit blassem Gesicht auf die beiden zu.

»Edirah schickt mich. Sie brauchen eure Hilfe. Schnell. Es gibt Komplikationen bei der Geburt von Keylins Baby.«

Alle Konflikte zwischen dem Professor und Lika wurden mit diesem letzten Satz unwichtig. Lika zitterte am ganzen Körper. Mit fahrigen Händen half sie dem Professor, die wichtigsten Dinge zusammenzutragen.

Vor Moras Hütte standen mehrere Menschen beieinander. Es war unnatürlich ruhig. Lika lief an ihnen vorbei, dem Professor hinterher, dicht gefolgt von Milo.

Im Inneren der Hütte war die Welt scheinbar zum Erliegen gekommen. Edirah trat auf sie zu. Sie war bleich und starrte ihr aus großen Augen entgegen. Lika musste es nicht aus ihrem Mund hören, um zu wissen, dass sie zu spät eingetroffen waren. Edirahs Gesichtsausdruck sprach Bände. Likas Blick fiel auf das zerwühlte Bett. Es war von blutigen Tüchern und Laken bedeckt. Auf dem Tischchen daneben stand eine Schüssel. Der Zipfel eines Lappens ragte strahlend wie ein einsamer Eisberg aus der tiefroten Brühe. Aus dem Hintergrund leise Wortfetzen.

– zu viel Blut – Plazentaablösung – Kind tot – Keylin –

Ein Rauschen in Likas Ohren. In der Ecke saß Mora. Ein Bündel im Arm. Eine kleine Hand lugte daraus hervor. Die Haut bläulich schimmernd. Die Alte wiegte sich vor und zurück, vor und zurück. Likas Blick glitt wie in Zeitlupe zum Bett. Ein gesichtsloser Schatten huschte umher, klaubte die blutigen Zeugnisse des Schreckens zusammen, stopfte sie in einen Korb. Unter dem zerknitterten Laken die Konturen eines Körpers. Lange, schlanke Beine, der noch gewölbte Leib. Schneeweiße Hände, sittsam auf dem

Tuch gefaltet. Das blonde Haar liebevoll auf dem Kissen ausgebreitet. Ein Rahmen für das blasse, erstarrte Gesicht.

Benommen erfasste Lika die ihr mittlerweile so vertrauten Züge. War das noch ihre Freundin? Sie konnte doch nicht einfach so weg sein! Innerhalb eines Wimpernschlags – verschwunden.

Erst jetzt bemerkte sie die zusammengesunkene Gestalt neben dem Ruhelager. Sie saß vornübergebeugt auf einem Stuhl, den Kopf in die Hände gestützt. Wie aus Stein gemeißelt. Stumm. Starr. Matteos Verzweiflung schwappte zu Lika herüber. Ihr wurde die Luft knapp. Sie versuchte zu atmen, doch irgendetwas drückte ihr den Brustkorb zusammen. So sehr sie sich dagegen wehrte, der Druck schien noch zuzunehmen. Das Zimmer begann, sich um Lika zu drehen. Sie taumelte einen Schritt zurück. Weg von diesem Wahnsinn. Milos Hände glitten von ihren Schultern. Wann hatte er sie dort abgelegt? Was machte er hier? Sie stolperte weiter Richtung Tür. Weg von diesem Ort.

Noch zwei Meter. Noch ein Meter. Sie riss die Tür auf. Frische Luft strömte ihr entgegen, doch noch immer konnte sie nicht atmen. Sie fing an zu laufen. Immer schneller und schneller. Bloß weg.

Als sie schließlich zusammenbrach, fand sie sich auf der Lichtung wieder, auf der sie mit Milo in einem anderen Leben die Glühwürmchen beim Tanzen beobachtet hatte. Sie kauerte sich neben dem umgestürzten Baum, auf dem sie vor einer gefühlten Ewigkeit gesessen hatten, auf den Boden. Zitternd umschlang sie ihre Knie, zog die Beine ganz nah an ihren Oberkörper und drückte ihre geschlossenen Augen so fest gegen die Knie, bis ein stechender Schmerz in ihr Hirn schoss. Aber es half nichts. Die Seelenqual blieb. Raubte ihr die Luft zum Atmen. Bohrte sich so unglaublich tief in ihren Körper, dass sie meinte, jeden Augenblick zu zerspringen.

Die Sonne wanderte langsam am Himmel entlang. Kälte kroch aus dem torfigen Untergrund empor und saugte auch den letzten Rest Wärme aus ihrem Körper. Ihre Zähne schlugen aufeinander und ihre Augen brannten, aber noch immer hatte sie keine einzige Träne vergossen. Plötzlich schob sich eine Hand auf ihren Rücken und riss sie aus der Welt, in die sie sich geflüchtet hatte. Likas Kopf schnellte in die Höhe. Verunsichert starrte sie zu Milo empor.

»Lika.« Er versuchte, sie zu umarmen, doch sie stieß ihn von sich und sprang auf.

»Was willst du hier?« Lika schlang die Arme um sich. Eisschauer wallten in ihr und schüttelten ihren Körper. Sie rieb über ihre Oberarme, aber die Kälte wollte nicht weichen.

Langsam richtete Milo sich auf. »Ich habe dich überall gesucht.«

Er machte einen Schritt auf sie zu, doch sie wich vor ihm zurück und wehrte ihn mit weit aufgerissenen Augen ab. Mit ruhiger Stimme sprach er auf Lika ein, als fürchtete er, sie könnte bei einer falschen Bewegung aufschrecken und erneut flüchten.

»Ich weiß, wie es in dir aussieht. Ich habe das Gleiche durchlebt, als Finn gestorben ist. Alles scheint schwarz und trostlos. Die ganze Welt bricht von einem Moment zum nächsten zusammen. Es fühlt sich an, als würden der Schmerz und die Verzweiflung dich zerreißen. Man weiß nicht, wie man jemals damit leben soll. Und du kannst nichts dagegen tun.«

Vorsichtig schob er sich in Likas Richtung. Seine tiefe Stimme drang durch den Nebel, der sie umfing. Seine Worte rissen die Dämme ein und Tränen strömten ihre Wangen hinunter. Sie schüttelte abwehrend den Kopf, während sie ihn argwöhnisch belauerte.

»Keylins Tod ist furchtbar«, setzte Milo fort. »Aber du bist nicht allein.« Wieder versuchte er, sich ihr zu nähern, aber Lika wich erneut zurück, bis der morsche Baumstamm sich in ihre Kniekehlen bohrte. »Lika, ich liebe dich. Und ich glaube, dass du mich auch liebst. Wenn wir beide füreinander da sind, uns trösten, miteinander reden, uns lieben, dann wird dieser Schmerz nach und nach kleiner. Das geht nicht von heute auf morgen. Das braucht Zeit. Aber irgendwann verschwindet die Verzweiflung und lässt wieder Raum für andere Gefühle. Du wirst Keylin immer vermissen. Doch das Leben wird weitergehen. Irgendwann wird es wieder einen Platz für andere, schöne Dinge geben. Ich habe lange gebraucht, um das zu lernen. Als du hier aufgetaucht bist, hast du mich wachgerüttelt, bis ich mich nicht mehr vor der Welt verkriechen konnte.«

Entsetzt schüttelte Lika den Kopf. »Was redest du da?«

Die Trauer wich aus Milos Gesicht und er sah Lika entschlossen an.

»Ich weiß, dass dies der ungünstigste Moment ist, den man sich denken kann. Was ich sagen will, ist: Lika. Ich liebe dich. Ich möchte, dass du hier bei mir bleibst. Geh nicht dorthin zurück, woher du auch immer kommen magst. Lass uns gemeinsam um Keylin und ihr Baby trauern. Auch Matteo braucht uns jetzt. Ich brauche dich. Hier. In meinem Leben.«

»Wie kannst du so etwas sagen, nach dem, was heute passiert ist?«

Lika fiel es schwer, ruhig stehen zu bleiben. Sie sehnte sich nach Milo. Nach seinem Trost. Aber gleichzeitig konnte sie es nicht ertragen, ihm so nahe zu sein.

»Ich gebe zu, ich habe mir auch vorgestellt, wie es wäre, hierzubleiben. Bei dir. Ich habe mir nichts sehnlicher gewünscht, als dass sich all die Gründe, die zwischen uns stehen, in Luft auflösen. Ich konnte uns sehen. Gemeinsam. Hier.«

Sie sah sich um. In dieser Welt, die so wahrhaftig war. Doch es hatte keinen Sinn mehr, weiter darüber nachzugrübeln. Das trug nur weiter zu ihrem Schmerz bei.

»Verstehst du nicht, dass sich alles geändert hat, als Keylin gestorben ist?«

»Nichts hat sich geändert, Lika. Keylins Tod ist furchtbar, aber der Tod gehört nun einmal zum Leben. Es gibt keine absolute Sicherheit. Das Risiko, verletzt zu werden, ist Teil des Lebens.«

Lika schüttelte den Kopf. »Nicht Teil meines Lebens.« Dann setzte sie hinzu: »Keylin war meine Freundin, und es tut unfassbar weh, sie zu verlieren. Am liebsten würde ich vor diesem Schmerz davonlaufen. Aber das geht nicht. Und sicher wird dieses furchtbare Gefühl mit der Zeit kleiner und erträglicher. Und wenn man nicht allein ist, bestimmt auch schneller. Aber das ändert nichts. Wenn es bei Keylin schon so schlimm ist, wie würde es erst sein, wenn du stirbst?« Allein die Vorstellung versetzte Lika wieder in Panik. Kurze, heftige Atemzüge ließen ihre Lunge brennen. »Ich könnte das nicht ertragen. Es würde mich zerreißen. Und selbst wenn es dir gut ginge, würde ich doch jede einzelne Sekunde Angst davor haben, dich zu verlieren. Dass du nicht zurückkommst, wenn du morgens aus dem Haus gehst. Dass du nicht gesund wirst, wenn du dich bei jemandem angesteckt hast. Dass du nicht wieder aufwachst, wenn wir abends schlafen gehen.« Sie sprach immer schneller, je mehr sie sich diese Szenerien ausmalte. »Ich kann das nicht, verstehst du?«

»Lika.« Milo griff nach ihr und zog sie an sich, doch sie stemmte sich starr und abweisend gegen seine Arme. »Irgendwann wird einer von uns diesen Schmerz durchleben, weil jeder sterben muss. Aber bis dahin vergeht hoffentlich noch viel Zeit. Und jede einzelne Minute, die wir zusammen verbringen, ist es wert, dieses Risiko einzugehen.«

Lika entwand sich seiner Umarmung.

»Nein, Milo. Es tut mir leid, aber ich kann das nicht. Ich würde das nicht überleben.«

Milos verletzter Gesichtsausdruck verfolgte Lika auf Schritt und Tritt. Er hatte nicht akzeptieren wollen, dass sie es wirklich ernst meinte. Er hatte versucht, sie mit logischen Argumenten von einer gemeinsamen Zukunft zu überzeugen. Aber weder diese noch sein flehender Appell an ihre Gefühle, geschweige denn die danach einsetzende ohnmächtige Wut änderten etwas daran, was Lika tief in ihrem Inneren wusste. Sie wünschte, es wäre anders. Es war nicht leicht für sie, ihm so sehr wehtun zu müssen. Aber er hatte sie nicht verstanden. Was sie meinte, als sie sagte, sie habe keine Wahl.

Wahrscheinlich war es für die Menschen in der Alten Welt einfacher. Sie lernten jemanden kennen, verliebten sich, beschlossen, ihr Leben miteinander zu verbringen. Natürlich wussten sie, dass sie auf Zeit spielten. Egal, ob durch Trennung oder Tod, ob nach einem Monat, einem Jahr oder nach fünfzig Jahren, irgendwann würde ihre gemeinsame Zeit enden. Und Lika hatte miterlebt, dass hier Neuanfang und Abschied allgegenwärtig waren. Sie stellten einen ständigen Begleiter im Leben der Clanbewohner dar. Von frühester Kindheit an lernten sie, diese unausweichliche Tatsache zu akzeptieren. Sie lernten Schritt für Schritt, mit Schicksalsschlägen dieser Dimension umzugehen. Erst war es der Tod einer alten Nachbarin, dann ein entfernter Verwandter, bis es schließlich einen Menschen traf, der ihnen wirklich nahestand. Doch bis dahin hatte der Tod einen großen Teil seines Schreckens verloren. Sie hatten erlebt, dass Schmerz sich wandelte, dass dieses düstere Trauerschwarz nach einer Weile aufbrach und ein, wenn auch noch so kleiner, Hoffnungsschimmer sich seinen Weg bahnen würde. Egal, wie lange es dauerte, egal, wie klein die Schritte zurück ins Leben waren. Getragen von der menschlichen Wärme ihrer Mitmenschen schafften sie es, auch wenn der Schmerz immer bleiben würde. Abgestumpfter. Hintergründiger.

Aber für Lika war das anders. Ihr fehlten all diese Erfahrungen, um in ihr die Gewissheit zu verankern, dass es ein Leben nach dem Tod gäbe. Bis vor wenigen Minuten hatte sie noch nicht einmal gewusst, dass auch in ihrer Welt Menschen starben. Da die Erinnerung an diese Neuweltler aus den Köpfen aller gelöscht wurden, war es, als hätte es sie nie gegeben. Sie waren einfach ausradiert. Nun löste allein die Vorstellung, Milo sterben zu sehen, eine Panik in ihr aus. Und diese Panik überschattete jeden rationalen Gedanken und beherrschte ihr Denken und Handeln. Und das konnte sie nicht durch ein paar Argumente und ein bisschen guten Willen ändern. Milo verstand das nicht. Wie sollte er auch? Er wusste nicht, wie ihre Welt aussah, wie ihr Leben aussah. Er konnte sich nicht in sie hineinversetzen, obwohl sie wünschte, es wäre anders. Dann würde ihn ihre Zurückweisung nicht so tief verletzen. Er würde verstehen, dass dies alles nichts mit ihnen beiden zu tun hatte, sondern nur mit ihr allein.

Lika gelang es nicht, ihre Gedanken zum Einhalt zu bringen. Es fühlte sich an, als würde sie jeden Moment den Verstand verlieren. Warum konnte nicht einfach alles wieder gut sein? Noch vor vierundzwanzig Stunden war ihre Welt in Ordnung gewesen. Und nun schien nichts mehr an seinem Platz. Alles, was Lika wahr und richtig erschienen war, lag enttarnt vor ihr und zeigte sein hässliches Gesicht. Es war zu viel auf einmal.

Lika wusste nicht, wohin Milo gegangen war. Sie hatten sich nicht im Guten getrennt. Sie hoffte, sie würde ihm bei ihrem kopflosen Hin und Her nicht begegnen. Sie brauchte

Abstand. Musste sich klar werden, wie es weitergehen konnte. Aber dazu wäre sie erst in der Lage, wenn sie zur Ruhe kam. Sie bog in den nächsten Weg ein und lief dem Professor in die Arme. Er griff ihren Ellenbogen und führte sie mit sich fort. Aus dem Dorf, weg von den Behausungen, über eine Wiese, bis zu einer kleinen Baumgruppe. Sie ließ es geschehen und folgte ihm wie eine willenlose Puppe. Als er stehen blieb, drehte er Lika zu sich um. Er betrachtete sie besorgt.

»Es geht dir nicht gut.«

Wortlos schüttelte Lika den Kopf, während erneut Tränen ihre Wange hinunter liefen.

»Wir sind schon viel zu lange hier. Wären wir wie geplant nach den Impfungen heimgekehrt, wäre uns allen viel erspart geblieben.«

Was meinte er damit? Lika starrte ihn verständnislos an. Doch dann liefen die Bilder der letzten Tage vor ihr ab. Das Unwetter, der Bergclan, der Verlust des Armbands, Milo, der erste Kuss. Keylin. Sofort schwoll der Klumpen aus Angst, Schmerz, Sehnsucht und Verzweiflung in ihrem Inneren zu neuer Größe heran und drückte ihre Kehle zu.

Beruhigend umfasste der Professor ihre Oberarme.

»Tief durchatmen, Lika! So ist es besser. Ich weiß, dass es für dich nicht leicht ist. Aber ich kann die Abreise nicht länger hinauszögern. Für dich hat sich alles geändert, seit du dein Armband verloren hast. Über unsere Impfungen brauchen wir uns nicht noch einmal zu streiten. Du verurteilst unser Vorgehen und findest es nicht richtig. Aber ich sage dir, es geht hier um größere Ziele als nur den Erhalt einiger Leben. Und wären deine Emotionen nach dem Verlust der Scanunit nicht völlig außer Kontrolle geraten, würdest du nur die Fakten sehen und zu demselben Schluss kommen.« Der Professor fuhr sich mit der Hand durch das Haar. »Lika, ich breche jede Regel, aber ich biete dir die Wahl. Du musst dich entscheiden. Entweder du löst dich von der Neuen Welt oder du kehrst mit mir zurück. Ich bin mir sicher, dass der Clan dich aufnehmen würde, wenn du das möchtest. Allerdings muss klar sein, dass du alles, was du über die Neue Welt weißt, für dich behältst. Du verdankst uns dein Leben und bist uns zur Loyalität verpflichtet. Ich kann dich nur dann hierlassen, wenn ich dir voll und ganz vertrauen kann.« Er sah sie eindringlich an. Als von Lika keine Reaktion kam, setzte er fort: »Wenn du dich aber dafür entscheidest, mit mir nach Eden zu fliegen, sollten dir die Konsequenzen auch bewusst sein. Du wirst nie wieder hierher zurückkommen, wirst Edirah, Mora, Lovis und vor allem Milo nie wiedersehen. Und mehr noch, sobald du in der Neuen Welt eintriffst, wirst du mit Hilfe des Scans jede Erinnerung an diese unsäglichen Tage verlieren. Für dich wird es sein, als wärst du nie hier gewesen. Dafür wartet dein Leben auf dich. Deine Wohneinheit, deine Freunde. Du wirst weiterhin im Forschungsteam arbeiten und gemeinsam mit mir nach Wegen suchen, die Viren dauerhaft unschädlich zu machen. Ihr seid kurz davor, eine Lösung zu finden.

Ich schätze, dass wir noch dreißig, vielleicht fünfzig Jahre brauchen, bis wir die nötigen Technologien entwickelt haben werden, um alle Auswirkungen der großen Katastrophe kontrollieren zu können. Erst dann ist es an der Zeit, den Bewohnern der Alten Welt von unserer Existenz zu berichten. Dann können wir damit beginnen, ein zivilisiertes, gemeinsames Leben außerhalb unserer Neuen Welt aufzubauen.« Er holte tief Luft und fügte mit ruhigerer Stimme hinzu: »Aber du kennst nun den Preis, den ein jeder Neuweltler zahlt. Die Manipulationen sind wichtig, damit wir uns nicht in kräftezehrenden Streitigkeiten und persönlichen Konkurrenzkämpfen verlieren. Unser Fokus muss auf unserer Arbeit liegen, auf unserer Gemeinschaft. Der Erhalt der Erde als lebensfähiger Lebensraum und auch das langfristige Überleben der Menschheit liegt in unserer

Verantwortung. Eine Verantwortung, die so groß ist, dass sie es rechtfertigt, ihr alles andere, auch unsere Individualität, unterzuordnen. Aber du hast nun die Möglichkeit, nein zu all dem zu sagen. Die Entscheidung liegt allein bei dir.«

Die Stille zwischen den beiden dehnte sich. Der Professor wartete geduldig auf Likas Antwort, während in ihrem Kopf immer noch das Chaos regierte. Die Vorstellung, hierzubleiben und mit Milo gemeinsam ein fast normales Leben zu führen, war alles, was sie sich noch vor wenigen Stunden gewünscht hatte. Doch nun erfüllte sie diese unbändige Angst. Allein bei dem Gedanken daran zog sich das Band um ihren Brustkorb wieder enger zusammen. Lika japste nach Luft. Mit aller Kraft drängte sie die Gedanken an Milo beiseite. Nur wenn sie an ihre Arbeit und ihre Freunde in der Neuen Welt dachte, breitete sich Ruhe in ihr aus. Ihr war bewusst, dass sie die Sicherheit ihrer bisherigen Existenz mit einem Teil ihrer Persönlichkeit bezahlen würde. Aber war das wirklich so schlimm, wenn sie stattdessen nie wieder leiden würde?

Der Gedanke, Milo für immer aus ihrem Leben zu verbannen, tat jetzt weh. Doch sobald der Scan alle Erinnerungen gelöscht haben würde, würde sie wieder durchatmen können. Sie könnte in ihr unbeschwertes Leben zurückkehren.

Wenn sie jedoch bei ihm bliebe, würde sie ihn irgendwann verlieren. Für immer. An den Tod. Keylins Tod hatte ihr einen Vorgeschmack auf den Schmerz und die Verzweiflung geboten, die dann folgen würden. Und diese Gefühle waren untragbar für sie, das spürte sie als unabänderliche Tatsache tief in sich. Milos Tod würde sie zerbrechen lassen, ihren eigenen inneren Tod nach sich ziehen.

Die ständige Angst um Milo und ihr gemeinsames Leben würde sie erdrücken. Tag für Tag aufs Neue. Das könnte sie nicht ertragen. Es wäre vernünftig, dem Ganzen ein Ende zu bereiten, bevor es richtig begann.

Plötzlich schob sich ein weiterer Gedanke in Likas Bewusstsein. Warum hatte sie nicht schon längst darüber nachgedacht? Ungläubig schüttelte sie über ihre eigene Naivität den Kopf. In all ihren Tagträumen, in denen sie sich ein gemeinsames Leben mit Milo ausgemalt hatte, hatte sie eine Tatsache völlig außer Acht gelassen: sie war alterslos und Milo wurde mit jedem Tag älter. Natürlich würde das in fünf oder zehn Jahren noch keine Bedeutung haben. Aber wie sah das aus, wenn Milo siebzig oder achtzig Jahre alt war und sie immer noch wie achtzehn wirkte?

Sie konnte die Augen nicht länger vor den unumstößlichen Tatsachen verschließen. Was hatte Milo nach ihrem ersten Kuss gesagt? Noch immer hörte Lika seine Stimme ganz deutlich in ihrem inneren Ohr: Das mit uns hat keinen Sinn. Ich weiß nicht, wo du wirklich herkommst. Aber du und ich, uns trennen Welten!

Lika wusste, wie sie sich entscheiden musste. Der Professor hielt gespannt den Atem an.

»Ich kehre mit dir zurück.«

Zischend stieß der Professor die Luft aus.

»Dann lass uns aufbrechen.« Er deutete auf einen der dicken Bäume. Lika entdeckte ihre Rucksäcke, halb verdeckt an den mächtigen Stamm gelehnt.

»Ich habe unser Gepäck vorhin hierhergebracht.«

Lika wunderte sich nicht über diese eigenmächtige Vorkehrung des Professors. Er war eben ein analytisch denkender Mann. Ihm war gewiss von vornherein klar gewesen, wofür Lika eine Ewigkeit gebraucht hatte: Zu erkennen und zu akzeptieren, dass es in dieser Welt keinen Platz für sie gab. Sie drehte sich zu der kleinen Siedlung um, betrachtete die niedrigen Hütten, die sich schutzsuchend um die runde Ratshütte schmiegten. Sah den blauschimmernden Bach. Ihr Blick folgte seinem Lauf. Er kam aus den Bergen, schlängelte sich über Wiesen, durch Wäldchen, bis er sich am Dorfrand dem Blick entzog und erst am anderen Ende des Dorfes wieder sichtbar wurde. Auf der Weide grasten Kühe. Zwei Menschen näherten sich den Stallungen. Die Kannen in ihren Händen hingen schwer herunter. Vermutlich waren sie gerade mit dem Melken fertig. Auf dem Platz vor der Ratshütte spielten Kinder. Sie waren zu weit entfernt. Ihr Lachen drang nicht bis zu Lika herauf. Sie drehte der Szenerie den Rücken zu und setzte sich ihren Rucksack auf.

»Los geht´s.«

Der Professor lief den schmalen Trampelpfad entlang, dem Wald entgegen, dicht gefolgt von Lika. Schon bald verschwanden sie im satten Grün des Gehölzes.

[35]

Das Shuttle hob ab und stieg aufwärts, bis es seine Flughöhe erreicht hatte. Für einen Moment verharrte es in der Luft wie ein Falke, der am Himmel schwebt und den Boden nach Beute abscannt.

Von hier oben sah das Plateau wie ein Miniaturmodell aus. Es war wolkenlos und die Sonne brachte die Bäume und Sträucher zum Strahlen. Der Gletschersee lag blank und unbewegt wie ein großer Spiegel eingebettet in die kargen Felswände. Es wehte kein Lüftchen und so wirkte der Schauplatz unter ihr wie erstarrt.

Das Surren des Shuttles drang als leise Untermalung der unwirklichen Szene in Likas Ohr. Sie hatte so gar nichts mehr mit der Alten Welt gemein, die sie in den vergangenen Wochen kennengelernt hatte. Eine neue Welle aus Abschiedsschmerz und Sehnsucht rollte auf sie zu. Sie richtete sich in ihrem Sessel auf, als wollte sie sich gegen diesen erneuten Angriff wappnen. Sie fixierte eine Felsspitze, die im Sonnenlicht leuchtete, und verdrängte jeden weiteren Gedanken an das Dorf oder die Ereignisse der letzten Tage. An Milo.

Das Summen schwoll an und das Shuttle schoss davon.

Hinter sich hörte sie den Professor hantieren. Anstatt sich zu ihm umzudrehen, lehnte sie sich näher an das Fenster, bis ihre Stirn fast die Scheibe berührte. Sie ertrug seinen Anblick im Moment nicht. Stattdessen konzentrierte sie sich auf die vorbeifliegende Landschaft.

Milos Gesicht schob sich in ihre Erinnerung und ihre Brust zog sich schmerzhaft zusammen. Sie schluckte. Wieder und wieder spulte sich ihr letztes Gespräch, das sie auf der Lichtung geführt hatten, vor ihrem inneren Auge ab. Mit immer neuen Argumenten hatte er versucht, sie zum Bleiben zu bewegen. Du bist stark, hatte er ihr versichert. Er hatte sie an das Grubenunglück erinnert, als sie Seite an Seite nach den verschütteten Bergarbeitern gesucht hatten und an seine Entführung durch die Nomaden. Keine Sekunde hatte sie damals gezögert und sich seinen Anweisungen widersetzt, obwohl sie damit ihr eigenes Leben riskiert hatte. Und er hatte Sol erwähnt. Es hatte sie innerlich zerrissen, der Kleinen beim Sterben zuzusehen. Und dennoch hatte sie sie bis zum Schluss begleitet. Aber all diese Beispiele waren verpufft. Milo hatte nicht verstanden, dass ihre Entscheidung nichts mit Mut oder Stärke zu tun gehabt hatte. Bei dem Grubenunglück hatte sie noch unter dem Einfluss des Armbands gestanden. Sie war damals noch gar nicht fähig gewesen, Zweifel oder Todesangst zu spüren. Ihre Reaktionen hatten auf gesundem Menschenverstand basiert. Die Männer waren verschüttet gewesen und jede weitere Minute, die bis zu ihrer Rettung verstrichen war, hatten ihre Chancen zu überleben verringert. Also hatte sie mit angepackt.

Als Milo von den Nomaden entführt worden war, war das Armband schon eine Weile fort gewesen und ihr hatte sich eine neue Welt der Empfindungen offenbart. Dennoch hatte sie damals nicht bis in die letzte Konsequenz gewusst, was es bedeutete, von den Entführern entdeckt zu werden. Ihr Verstand hatte ihr gesagt, dass sie sterben könnte. Aber etwas nur aus der Theorie zu wissen und dann zu handeln, war nichts Besonderes. Erst wenn man Angst um sein Leben hatte, weil leidvolle Erfahrungen einen gelehrt hatten, wie schmerzhaft und unumstößlich der Tod war, erforderte es Mut, sich dennoch der Gefahr auszusetzen.

Und genauso wenig bewies die Sache mit Sol Likas Stärke. Ja. Sie war der Kleinen bis zuletzt nicht von der Seite gewichen. Und sie war erschüttert gewesen, als das Mädchen trotz ihrer Bemühungen gestorben war. Aber dass sie mit Sols Tod umgehen konnte, hatte einen entscheidenden Grund: Sie hatte sie nicht geliebt. Erst jetzt wusste Lika, dass es einen Unterschied gab, ob man jemanden verlor, den man mochte, oder ob man denjenigen liebte. Das hatte ihr der Tod von Keylin gezeigt. Von da an hatte sie die Wahrheit in jeder Faser gefühlt. Und die Angst war gekommen. Denn sie war nicht stark. Und mutig schon gar nicht.

Er würde sie vergessen. Nicht sofort, das war Lika klar. Aber nach einigen Monaten würde sie nur eine Episode in seinem Leben sein. Eine unangenehme Erinnerung wie das Jucken ihrer frisch verheilten Narbe an ihrem Handgelenk. Es tröstete sie, zu wissen, dass Milo nicht allein war. Edirah, Sehlem und Matteo würden für ihn da sein. Und schließlich würde er sich neu verlieben. Die Vorstellung bohrte sich wie eine Messerklinge in ihre Brust. Schnell schob sie den Gedanken beiseite.

Sie schloss die Augen und beschwor sein Abbild herauf. Um Abschied zu nehmen. Um wenigstens im Geiste das zu tun, wofür ihr auf der Lichtung die Kraft gefehlt hatte. Ein letztes Mal. Sie malte sich aus, wie sie über Milos stoppelraue Wange strich. Ihre Fingerspitzen kribbelten bei der Erinnerung, als stände sie wirklich vor ihm und würde die Konturen seines Mundes nachzeichnen. Sie sah, wie sich seine Lippen näherten, schmeckte seinen Kuss, meinte, seine Zunge zu spüren, wie sie an ihrem Gaumen entlangstrich. Schon wieder brannten ihre Augen.

Sie rang zitternd nach Luft und wischte mit dem Ärmel über ihre Wangen.

Wenigstens konnte der Professor die Clanbewohner von nun an nicht mehr als Versuchskaninchen missbrauchen. Der Gedanke tröstete sie nur kurz, denn ihr wurde bewusst, dass gleichzeitig auch die helfenden Impfungen wegfielen. Das bedeutete in Zukunft für die Kinder keinen Schutz vor Masern, Kinderlähmung oder Wundstarrkrampf und für alle anderen auch nicht vor den jährlich wiederkehrenden Grippewellen. Wenn ihr doch nur ein Weg einfallen würde, wie sie den Dorfbewohnern helfen könnte.

Hinter einer Hügelkette tauchte der Umriss einer Stadt auf. Das Shuttle jagte der Siedlung entgegen. Lika betrachtete die Überreste einer Stahlbetonbrücke. Die Pfeiler erhoben sich wie mahnende Finger, eingebettet in riesige Schuttberge, aus denen vereinzelte Betonplatten ragten. Dahinter reckten sich die zerfetzten Gerippe unzähliger Häusertürme in den Himmel. Graue Wolkenberge spiegelten sich in den Fassaden. Dort, wo die Glasflächen zerstört waren, klafften tiefschwarze Löcher. Die Bauwerke wirkten auf Lika, als starrten sie das Shuttle feindselig an und drohten, es aufzusaugen, sollten sie ihnen zu nahekommen.

Sie erinnerte sich daran, dass die Oberen Kasten die weniger privilegierten Mitmenschen wie Sklaven behandelten.

Der Professor trat neben sie und spähte an ihr vorbei auf die halb verfallene Siedlung.

»Die Städter verkörpern alles, was wir in Eden überwunden haben.« Mit einem Ächzen ließ er sich auf den Sitz neben ihr fallen. »Nachdem die Katastrophen die riesigen Flüchtlingsstürme ausgelöst hatten, wurde die wahre Natur der Menschen offengelegt. Wenn die eigene Existenz in Gefahr ist, steht jeder sich selbst am nächsten. Sie leisten sich den Anschein von Mitmenschlichkeit nur, solange sie keine Abstriche von ihrem eigenen komfortabel eingerichteten Leben in Kauf nehmen müssen.«

Die hasserfüllte Stimme des Mentors ließ Lika aufhorchen. Er redete, als gehörten die Städter einer eigenständigen Spezies an. Ungläubig starrte sie ihn an. Sein abfälliger Blick lag auf der heruntergekommenen Stadt. Er zog die Oberlippe nach oben, als ekelte ihn allein die Gedanken an die Altweltler, die dort unten lebten.

»Anstatt dankbar zu sein, dass sie zu den wenigen Überlebenden der Katastrophen gehörten, begannen sie nach der Pandemie sofort, um die besseren Plätze in der Gesellschaft zu kämpfen. Ihnen war jedes Mittel recht, um ja nicht zu den Schwachen zu gehören. Sie gingen im wahrsten Sinne des Wortes über Leichen.«

Angewidert wandte er sich ab und sah Lika an. »Sie haben es nicht verdient, zu leben. So viele gute, unschuldige Menschen sind damals gestorben. Meine Familie, meine Freunde … « Der Professor stockte. Verwundert fragte Lika sich, ob sie tatsächlich eine Spur von Trauer in seinem Gesicht entdeckte. Doch schon verhärtete sich sein Blick wieder. »Ich konnte sie nicht retten. Das Virus breitete sich einfach zu schnell aus. Aber die da unten, sie sind nicht besser als ihre Vorfahren. Sie haben nichts dazugelernt und würden schon bald die gleichen Fehler machen wie ihre Ahnen. Wenn es soweit ist und wir Eden verlassen werden, wird es für sie keinen Platz mehr auf der Erde geben.«

Entsetzt keuchte Lika auf.

»Was willst du damit sagen? Wollt ihr sie etwa alle umbringen?«

»Ach, Lika. Du verstehst das nicht.« Ihr Mentor sah sie mitleidig an. Es hörte sich an, als versuchte er, einem naiven kleinen Mädchen etwas zu erklären, dass es ohnehin nicht begreifen würde. »Es liegt in der Natur des Menschen, egoistisch und rücksichtslos zu sein. Als wir Eden erschufen, haben wir jeden Bewohner für unsere Neue Welt sorgsam und nach reichlicher Prüfung ausgewählt. Und dennoch dauerte es nicht lange, bis auch auf Eden das Gerangel um Einfluss und Stellung begann. Uns blieb keine andere Wahl, als die neue Steuertechnik, die wir gerade entwickelt hatten, einzusetzen, um ihre Gefühle zu manipulieren und die Konflikte zwischen den Edenbwohnern zu beenden. Wir hatten niemals vor, die Menschen dauerhaft zu kontrollieren. Das ist nicht die Zukunft, wie wir sie uns vorstellen. Deshalb zielen unsere gentechnischen Forschungen darauf ab, die neuen Edenbewohner mit allen erforderlichen sozialen Kompetenzen auszustatten, so dass es in ihrer Natur liegt, ihr Denken und Handeln den Bedürfnissen der Allgemeinheit unterzuordnen. Sobald uns dies gelungen ist, werden die Scans unnötig werden.«

Ein eiskalter Schauer lief Likas Rücken hinunter.

»Ihr seid alle wahnsinnig«, flüsterte sie. »Ihr könnt doch nicht einfach Gott spielen und entscheiden, wer das Recht hat, zu leben. Und mit euren Forschungen seid ihr dabei, euch eure eigenen willenlosen Sklaven zu züchten!« Niemals hätte sie sich träumen lassen, dass die Verdorbenheit des Oberen Rates solche Ausmaße annehmen könnte.

»Du weißt nicht, wovon du redest«, fuhr der Professor ihr ärgerlich über den Mund. »Doch ich kenne dich. Besser als du dich selbst. Tief in deinem Inneren bist du dir darüber im Klaren, dass es nur diesen Weg gibt. Ansonsten hättest du dich nicht dafür entschieden, mit mir nach Eden zurückzukehren.«

Lika spürte, wie die Farbe aus ihrem Gesicht wich. Sie klammerte sich an die Lehnen ihres Sitzes, um nicht vornüber zu kippen. Auf einmal sah sie deutlich vor sich, welch entsetzlichen Fehler sie begangen hatte. Warum hatte sie nicht auf Milo gehört? Sie hätte ihm vertrauen und sich auf das Leben, das er vor ihr ausgebreitet hatte, einlassen müssen. Doch dafür war es nun zu spät. Es würde keine zweite Chance für sie geben.

»Wie hätte ich bei ihm bleiben können«, flüsterte sie. »Als Alterslose unter Altweltlern?«

Das Lächeln des Professors traf sie wie eine schallende Ohrfeige. »Deshalb hast du dich für eine Rückkehr entschieden?«

Endlich zeigte er sein wahres Gesicht. Er betrachtete sie, als wäre sie ein lästiges Insekt, das er jeden Moment unter seinen Füßen zertreten würde. »Arme Lika. Wenn du wüsstest, wie unsinnig dein Opfer war. Du denkst, die Alterslosigkeit beginnt, wenn ihr eurer Bestimmung zugeführt werdet? Dass ein kleines Ritual, die Verabreichung eines Wundermittels reicht, um jede Zelle von da an ewig jung zu halten?«

Wieder ertönte das höhnische Lachen, bei dem sich ihr die Nackenhaare aufstellten. Er beugte sich zu ihr herüber. Sein Atem streifte ihre Wangen, und ihr wurde übel, während er mit leiser Stimme fortfuhr.

»Für unsere Alterslosigkeit ist nichts anderes verantwortlich als die Gesundheitsscans. Keine Scans, keine ewige Jugend.«

Er ließ sich in seinen Sessel zurückfallen und grinste sie fast schelmisch an. Er zog eine Kontrolleinheit aus seiner Tasche und drückte einen Knopf. Bevor Lika wusste, wie ihr geschah, legten sich zwei metallene Bänder um ihre Handgelenke und fixierten sie im Sitz. Ungläubig riss sie ihre Augen auf.

»In Eden funktioniert nichts ohne die Servunits. Keine Scans, keine Kontrolle, keine Alterslosigkeit. Leider wird dir diese Information nicht weiterhelfen, da du sie in wenigen Sekunden vergessen haben wirst. Aber vielleicht tröstet es dich zu wissen, dass du nach unserer Rückkehr dein altes Leben wiederaufnehmen wirst. Ich freue mich schon darauf, auch in Zukunft mit dir zusammenzuarbeiten. Du stehst kurz davor, eine Behandlungsmethode für das

Virus zu entwickeln, das unser Leben in Eden gefährdet, weil es die Scans unwirksam macht.«

Mit diesen Worten zog er eine mobile Servunit über Likas Sitz und aktivierte den Gesundheitsscan.

Lika versuchte aufzuspringen, doch die metallenen Bänder hielten sie an den Sitz gefesselt. Was hatte er gesagt? Das neuartige Virus machte die Scans unwirksam? Es tötete die Neuweltler gar nicht? Aber was war dann mit Oclay passiert? Sie wollte schreien und sich wehren, aber ihr Körper gehorchte ihr nicht mehr. Ein leichtes Kribbeln breitete sich in ihrem Kopf aus und ihr entglitt die Kontrolle über ihren Geist, bis alles um sie herum schwarz wurde.

[36]

Sanfte Klänge drangen in Likas Unterbewusstsein. Kitzelten sie aus dem Schlaf. Ihre Lider fühlten sich bleischwer an. Unter großen Mühen öffnete sie ihre Augen. Acht Uhr. Die Sonne stand am wolkenlosen Himmel und flutete das Zimmer mit Licht. Blendete sie. Sie blinzelte. Wieder lag eine unruhige Nacht hinter ihr. Sie fühlte sich wie gerädert. Gesichtslose Schemen schwirrten durch ihren Geist. Wesen in menschlicher Gestalt. Es war, als riefen sie ihr etwas zu, als wollten sie sie auffordern, zu ihnen zu kommen. Lika rieb sich über die Stirn und legte den Kopf langsam von einer zur anderen Schulter. Sie streckte ihren Rücken durch und hievte sich hoch. Heute Abend vor dem Zubettgehen würde sie noch einmal die Servunit zu Rate ziehen. Sicherlich gab es ein Mittelchen, das ihr einen ruhigen Schlaf bescheren könnte. Sie verscheuchte die Trugbilder und schlurfte Richtung morgendlichem Gesundheitsscan.

Warum fühlte es sich an, als wäre ihr Hirn in Watte gepackt? Irgendetwas stimmte nicht mit ihr. Vielleicht sollte sie beim Gesundheitszentrum vorbeischauen? Diese Quälerei musste ein Ende haben.

Der Scan begann. Die Benommenheit wich. Endlich war sie wieder sie selbst. Energiegeladen, entspannt, bereit, all die Herausforderungen anzupacken, die heute auf sie warteten.

Ein Fenster poppte im Holoscreen auf. Eine Erinnerung an die anstehende Sporteinheit.

Eigentlich benötigte Lika diese Mitteilungen nicht. Sie lebte schon so lange in ihrer Routine. Seit sie im Wissenschaftlichen Zentrum arbeitete. Der Ablauf der Tage war ihr in Fleisch und Blut übergegangen. Trotzdem. Ihre Servunit kümmerte sich um sie. Hier eine kleine Erinnerung, da ein Vorschlag. So konnte sie nichts vergessen. Und es war wichtig, die vorgegebenen Einheiten an Schlaf, Nahrung und Bewegung einzuhalten. Nur dann war garantiert, dass ihr Körper und ihr Geist gesund blieben. Dazu die täglichen Gesundheitschecks. So konnte ihr nichts passieren.

Lika überlegte, welche sportliche Betätigung sie heute wählen sollte. Nebenbei stellte sie sich Kleidung für den Tag und ein Frühstücksmenü zusammen.

Einige Freunde trieben gern gemeinsam Sport. Doch sie blieb lieber für sich. Das war schon immer so gewesen. Das Besondere am Laufen, Schwimmen oder Klettern war es, ihre eigenen Grenzen auszutesten, den Körper bis zur Erschöpfung anzutreiben. Worin lag der Sinn, mit jemandem zusammen zu sein, während einem der Schweiß herunter strömte und das Haar strähnig ins Gesicht hing? Darauf konnte sie gut verzichten. Diesen Teil des Tages genoss Lika lieber ohne unnötige Ablenkung.

Auf der Fahrt zum Wissenschaftlichen Zentrum spielte sie in Gedanken die anstehende Besprechung mit dem Professor durch. Die Versuche zu ihrer neuen Strahlentherapie waren abgeschlossen. Und sie hatte es geschafft! Bei den Proben waren die Viren nach der Bestrahlung vollständig abgetötet worden. Und das war noch nicht alles.

Die Therapie schädigte die zuvor infizierten und angegriffenen Zellen nicht. Vielmehr regenerierten sich diese sogar im Laufe der Behandlung. Ein vielversprechendes Ergebnis! Nun wurde es Zeit, mit dem Professor nächste Schritte zu entwickeln.

Der Professor erwartete Lika in seinem Büro. Sie setzte sich und rief die Tafeln zu den Versuchsreihen über den Holoscreen auf. Der Professor war ihr Mentor, seit sie ihre Arbeit im Wissenschaftlichen Zentrum aufgenommen hatte. Sie beide sprachen eine Sprache. Lika musste nicht lange überlegen, wie sie die Ergebnisse präsentieren sollte. Alles, was wichtig war, waren die Fakten. Kein Schnickschnack darum herum. Ein Blick auf die Daten und er sah das Ausmaß ihres Erfolges. Manchmal dachte Lika, ihre Hirne tickten gleich. Sie war froh, mit ihm zusammenarbeiten zu dürfen.

Ihr Mentor studierte die Zahlenkolonnen. Dann richtete er sich in seinem Stuhl auf, stützte sich auf den Unterarmen ab. Er verschränkte die Hände ineinander und sah zu ihr herüber. Sah sie an, als wolle er in ihr Innerstes blicken. Ihr wurde unbehaglich zumute. Hatte sie irgendetwas übersehen? Das konnte nicht sein. Dafür waren die Ergebnisse zu eindeutig. Sie fühlte sich in die Zeit ihrer Ausbildung zurückversetzt. So hatte ihre Tutorin sie immer betrachtet, wenn sie ihr eine besonders schwere Aufgabe gestellt hatte und dann gespannt auf ihre Antwort wartete. Um zu sehen, ob sie diese Prüfung bestehen würde. Den Erwartungen gerecht werden würde. Lika räusperte sich. Überflog ein weiteres Mal die Präsentation. Sie ertappte sich dabei, wie ihr Zeigefinger die kleine Narbe an ihrem rechten Handgelenk nachzeichnete. Schon wieder. Dumme Angewohnheit. Immer, wenn sie sich unbehaglich fühlte.

Nein. Alles perfekt.

»Du kannst stolz auf deine Ergebnisse sein«, setzte der Professor an. Wahrscheinlich war ihre Fantasie mit ihr durchgegangen. Kein Wunder. Erleichterung durchflutete sie, machte ihr bewusst, wie angespannt sie war. »Wie denkst du dir dein weiteres Vorgehen?«

»Die Ergebnisse sind zuverlässig. Wir können die nächste Stufe planen.« Lika schaffte es nicht, den stolzen Unterton in ihrer Stimme zu unterdrücken.

»Und die nächste Stufe wäre ... das Testen an Mäusen, nicht wahr?«, fügte der Professor gedehnt hinzu.

Plötzlich war es, als würde Lika sich aus ihrem Körper lösen und die Szene von oben betrachten. Sie sah sich, wie sie aufsprang und schrie, als müsste sie jemanden oder etwas mit ihrem Leben verteidigen. Im nächsten Moment verpuffte das Bild. Sie saß wie erstarrt vor ihrem Mentor.

»Lika?« Der Professor betrachtete sie lauernd.

Irritiert sah sie an sich hinunter, konnte aber keine Veränderung feststellen. Was war das eben gewesen? Sie schüttelte sich innerlich und versuchte, sich zu konzentrieren.

»Natürlich«, beantwortete sie die Frage. »Wir sind so weit. Das Verfahren sollte an komplexeren Organismen getestet werden.«

Ihr Innerstes sträubte sich bei diesen Worten, als würde sie einen großen Fehler begehen. Sie wusste nicht, wo dieses Gefühl herrührte und was es zu bedeuten hatte. Unsicher schaute sie zu ihrem Mentor. Der betrachtete sie aus leicht zusammengekniffenen Augen.

Er rieb sich über das Kinn, bevor er die Hand sinken ließ und sich zurücklehnte.

»Das sehe ich auch so.«

Er stand auf. Klopfte ihr auf die Schulter und geleitete sie Richtung Tür. Die Geste irritierte sie zusätzlich. Der Professor hielt seine Mitmenschen stets auf gesunder Distanz. Noch nicht einmal ein Händeschütteln gab es bei ihm. Sie beobachtete, wie er zu seinem Platz zurückkehrte. Er setzte sich wieder hinter seinen Schreibtisch, und als er den Kopf hob, schaute ihr altvertrauter Mentor zu ihr.

Der Tag verging wie im Flug. Die Arbeit, dann der Sport. Für den Abend hatte sie sich mit Yavis und anderen Freunden verabredet. Im Kulturzentrum fand eine Musiksession statt. Lika ging durch den nächtlichen Park zum vereinbarten Treffpunkt. Leuchtballons schwebten zu beiden Seiten des Weges. Der silbrige Rock ihres kurzen Kleides schlug ihr bei jedem Schritt um die Oberschenkel. Das Licht der Ballons brach sich in der metallenen Oberfläche des Kleidungsstücks und ließ es in den Farben des Regenbogens aufleuchten. Die fluoreszierenden Strähnen in ihrem Haar würden erst bei zunehmender Dunkelheit sichtbar werden.

»Lika!« Yavis umfasste ihre Arme und hauchte Luftküsse rechts und links neben ihr Gesicht. »Wir feiern heute eine Party, und du siehst aus, als würdest du direkt aus deinem Labor kommen.« Er schnalzte mit der Zunge und musterte sie tadelnd. »Wir wollen doch Spaß haben. Da kann man sich ruhig etwas herausputzen!«

Lika lachte. Yavis war einfach göttlich. Sie liebte seine Unverfrorenheit.

»Dafür würde selbst ein Pfau neben dir wirken, als hätte er sich in Sack und Asche gehüllt«, meinte sie und erntete dafür einen leichten Klaps auf die Schulter.

Yavis schlang seinen Arm um ihre Taille und zog sie mit zu den anderen. Jeder von ihnen stellte ein kleines Kunstwerk dar, doch niemand konnte es mit Yavis' Aufmachung aufnehmen. Seine Beine steckten in hautengen schwarzen Hosen. Das Oberteil ähnelte der Form nach einem Federkleid. Hob er einen Arm, fächerte sich der Ärmel wie eine weite Schwinge auf. Doch anstelle von Federn war das

Kleidungsstück über und über mit gläsernen Schuppen besetzt. Das musste ein neuer Effektstoff sein. Er gefiel ihr. Jedes Plättchen für sich war eine kleine 3-D-Unit. Je nach abgespielter Filmsequenz glühte das Oberteil wie flüssige Lava, schimmerte in den Farben des Ozeans oder glitzerte wie Raureif, in dem sich die ersten Sonnenstrahlen des Tages brachen. Dazu trug Yavis schweren Schmuck um Hals, Armgelenke und an den Fingern.

Ihr Freund griff zwei Gläser von einem mobilen Server und drückte Lika eines in die Hand.

»Auf einen unvergesslichen Abend«, sagte er.

»Und auf uns.«

Sie stießen die Gläser aneinander und versetzten sie in Schwingungen. Lika spürte die feinen Vibrationen in ihren Fingerspitzen. Sie nippte an dem süßen Getränk und augenblicklich begann die Luft zu flirren. Sie drehte das Glas gedankenverloren zwischen ihren Fingern und betrachtete das ausgelassene Treiben um sich herum. Die anderen waren bereits in Feierlaune. Sie redeten. Lachten. Manoos helles Kichern perlte zu ihr herüber. Plötzlich durchzuckte es Lika. Hinter ihrer Freundin stand ein Unbekannter mit dem Rücken zu ihr. Sein dunkles Haar kräuselte sich im Nacken. Er war für Neuweltler ungewöhnlich kräftig gebaut. Besaß nicht wie Yavis die schlanke Statue eines Athleten, sondern breite Schultern wie jemand, der seinen Tag mit körperlicher Arbeit verbrachte. Wie von selbst bewegten sich ihre Füße vorwärts, zu dem Mann hin, der ihr merkwürdig vertraut erschien. Sehnsucht erfüllte sie. Und eine Traurigkeit, die ihr den Atem zu nehmen drohte, vernebelte ihren Blick. Da schob sich eine Hand auf ihren Arm.

»Schön hiergeblieben«, riss Yavis' Stimme sie aus ihrer Trance.

Sie schüttelte sich, als wollte sie sich von einem Zauber befreien, der Macht über sie ergriffen hatte. Mit einem letzten Blick auf den dunklen Haarschopf des Fremden leerte sie ihr Glas in einem Zug und wandte sich ihren Freunden zu. Ein Funkenregen explodierte in ihrem Kopf.

Das Grüppchen schlenderte durch den Park, zog Lika mit sich fort. In Sichtweite zur Bühne blieben sie stehen. Die erhöhte Plattform war gefüllt mit dem Equipment für das Konzert. Riesige Mischpulte. Boxen überall. Laute Jubelrufe begrüßten die drei Musiker, die winkend die Stufen zur Bühne erklommen. Sie spielten an Reglern und Schaltern herum und schon bald dröhnten pulsierende Rhythmen durch den Park. Grelle Laserstrahlen schossen durch die Menge. Die Konzertbesucher johlten. Schwenkten ihre zuckenden Körper im Takt der Musik. Vor und zurück. Hin und her. Lika eine von ihnen, die Hände nach oben gereckt. Inmitten ihrer Freunde. Beseelt. Schwerelos. Versunken in einer Welt voller Seifenblasen und Flitterschauer. Die Augen geschlossen. Ein entrücktes Lächeln auf den Lippen. Die Musik. Ihr Körper in Schwingungen. Unermüdlich. Immer weiter. Ein Gläschen zur Erfrischung zwischendurch. Wenn der Durst kam. Die Erschöpfung zu groß wurde. Die Seifenblasen zerplatzten.

Die Zeit raste. Unbemerkt. Und dann, nach Stunden – Stille. Aus ihrer Verzückung gerissen erstarrte Lika in der Bewegung. Sie öffnete ihre Augen. Sah sich um. Neben ihr stand Yavis und blinzelte. Orientierungslos. Am Himmel eine Lasershow. Verkündete das Ende. Beglückte Menschen um sie herum. Farbenprächtiges Schauspiel. Lika mittendrin. Und dann lichtete sich der Nebel und die Welt verblasste.

DANKSAGUNG

Es erfordert Mut, die eigenen Träume Wirklichkeit werden zu lassen.

Die Idee zu diesem Roman begleitet mich schon eine Weile. Ich habe in dieser Zeit so unendlich viel gelernt, habe neue Seiten an mir entdeckt und bin neuen Menschen begegnet. Oft hat es deren Zuspruch und Expertise gebraucht, um den nächsten Schritt sicher setzen zu können.

Mein Dank geht an …

Dr. Wolfgang Gabler, du hast mir die Grundlagen des Handwerks vermittelt. Dank dir kann ich keine Romane mehr genießen, in denen sich Relativsätze und nachträgliche Erläuterungen endlos aneinanderreihen.

Meine Mentorin Stephanie Polak. Ich wünschte, uns wäre die Zeit geblieben, uns wirklich kennen zu lernen.

Meine Lektorin Claudia Pietschmann, du hast die richtigen Fragen gestellt und mit Adleraugen mein Manuskript nach

Logikfehlern und anderen Schwachstellen durchforstet. Dein Engagement hat mich umgehauen.

Rainer Wekwerth, du hast mir den Zugang zu einer ganz neuen, faszinierenden Welt gezeigt, die ich nun genüsslich erforsche. Ich nehme dich beim Wort: Wenn meine Autorenseele Streicheleinheiten braucht, rufe ich dich an!

Meine Freunde und Familie, für das Testlesen, Rücken Freihalten, an mich Glauben und in den Hintern Treten. Ich brauche jeden Einzelnen von euch!

AN MEINE LESER

Ich danke dir für dein Vertrauen, das du mir und meinem Roman geschenkt hast. Ich hoffe, dir hat die Geschichte von Lika und Milo gefallen und sie sind dir genauso ans Herz gewachsen wie mir.

Schon in wenigen Monaten kannst du lesen, welche Herausforderungen auf Lika nach ihrer Rückkehr in die Neue Welt warten. Schau doch mal auf meiner Website www.anne-oldach.de vorbei. Unter der Rubrik MEINE BÜCHER findest du den Link, unter dem du dich für meinen Newsletter anmelden kannst. Im Gegenzug schicke ich dir das erste Kapitel des Finales von NEW WORLD zum Vorablesen.

Als Abonnent meiner Leserpost erhältst du exklusive Informationen rund um meine Buchprojekte und du erfährst früher als alle anderen von Gewinnaktionen und allen aufregenden Neuigkeiten.

Und nun habe ich noch eine große **Bitte** an dich: Jedes Jahr erscheinen in Deutschland mehr als 70.000 neue Buchtitel. Viele Menschen entscheiden sich aufgrund von Rezensionen für einen Buchkauf. Rezensionen sind für AutorInnen das wichtigste Mittel, um in der Vielzahl der Neuveröffentlichungen sichtbar zu werden. Ich würde mich sehr freuen, wenn du auf einem der gängigen Buchportale (Amazon, Thalia, Hugendubel, Goodreads, Lovelybooks oder ähnliche) eine kurze Rezension schreiben würdest.

Hat dich Likas Geschichte berührt, dich gut unterhalten oder etwas in dir zum Klingen gebracht?

Deine subjektive Meinung ist gefragt. Ein paar Worte reichen, um deine Wertschätzung auszudrücken und mich zu unterstützen. Egal ob lang oder kurz: Jede **Rezension** zählt!

Ich danke dir!